龔鵬程 著

紅樓夢夢

臺灣學生書局印行

自序

古人說：「男不讀水滸，女不讀紅樓」，言簡意賅，已說明了今天熱門的性別閱讀理論之精義。確實，男孩子喜歡看的書，硬是跟女孩兒不同。就像女生熱衷替洋娃娃換粧打扮、抱著絨布狗兒說悄悄話，男孩子則飛揚跳踉、舞刀弄棍那般。我小時喜歡讀的，正是水滸三國、平南掃北、征東征西、封神榜西洋記、天寶圖地寶圖、施公案彭公案、三俠七俠十三俠之類；讀到近視陡增，讀到課堂上被老師當眾撕書，讀到在書店被老闆趕了出來，讀到爸爸拿著棍子去書店打我，都不能減損一絲絲我看這些小說的興頭，迷得很咧！

可是，一碰到才子佳人，我就扔到一邊去了。什麼多情公子、才貌佳人，無非愁思啼痕、柔情蜜意。講的是雞毛蒜皮的瑣事，黏搭搭、軟趴趴，脂粉氣、娘娘腔，我一點兒都沒興趣。同學之間，也從沒聽說過有誰是看這種東西的。

《紅樓夢》，我應該是看過的，但毫無印象。不像《水滸》那一堆小說。那些書呀，我有些只在書店街門口站著瞄過一遍，至今就再也沒見著，可是四十年下來，依然印象深刻。《紅樓》卻不，完全不記得。所以後來頗以此為恥。特別是考上大學後，班上馬叔禮等人喜談《紅樓夢》、說《未央歌》，我一概未讀，不免自慚形穢。因為據他們說，或我在各種書刊資料上都看到人們說，《紅樓夢》是非常非常好的小說，非常非常重要，甚或可能是中國最偉大的小說，所以好像我也非讀它一讀不可。

可是，讀《紅樓》真是太辛苦了。我不知讀了多少遍，都只讀到第五回。以後的，無論怎麼看，都看不下去。看了也永遠不記得，所以每次都得再從頭看起。看來看去，除了知道賈寶玉跟林黛玉、薛寶釵談戀愛，後來出了家以外，其餘，俱屬茫然。這在我的閱讀經驗中簡直是奇遇。《紅樓》這部書，彷彿每次我讀時就升起壺公教費長房的法術：五里霧，把書跟我都罩入霧中。讀完以後，則如人剛從霧裡走出來，什麼也沒看見，只有一身霧氣，及滿心既迷濛又恍惚若有所經的感覺。

讀不懂，當然也就不喜歡。不過，老實說，也談不上喜不喜歡，因為根本就沒印象。對此，我很困惑，也很感愧恥。幸而後來看胡適先生的資料，才知胡先生原來也跟我差不多，讀《紅樓》也屢屢不能終卷；後來成了紅學專家、一派宗師，《紅樓》也還是讀不下去。

後來情況有點改變，是因高陽先生的緣故。

高陽的紅學，自成一格，曾出版《紅樓一家言》，確乎是縱橫博辯，自成一家的。且「千古文章未盡才」，他寫出來的，遠不及胸中所蘊之什一。每逢酒邊燈下，唾咳珠玉，那才真是妙緒紛綸哩！我偶侍談席，聽他談清史、說曹家，也是一頭霧水。勉力追躡，應和幾句，實在深以為苦。但他竟誤以為我懂得一點，常願找我聊聊。我不便過拂長者之意，只好再回頭去讀《紅樓》，同時並把各家紅學論著一一覓來研究一番，對勘辨證。反覆久之，乃稍得其腠理，逐漸摸索出了些頭緒。

這時，我最有興趣的，就是這個「讀者」的問題。

歷來紅學家，都在大談作者。作者為誰、生平如何、為何寫這本書，是紅學自傳派索隱派的爭論核心。另有一部分，則是談作品：這本書的結構、寫法、主題、人物、修辭、美學等等。我卻因讀《紅樓》的經驗特殊，所以會特別想到：像我這樣的讀者，對此書有此等感受，跟其他人頗為不同，起碼顯示了男女閱讀有異，古代那些讀《紅樓》而甘為情死的女子，其讀書所見，即與我殊趣。而另一些人讀此書的看法也彼此互歧，詮釋完全不一。這些人為什麼會這樣讀這本書，又讀成這個樣？

這個讀者的問題，跟高陽先生想談的事，其實很不一樣。我想做的，是紅樓詮釋史或紅樓詮釋型態的梳理，也想藉此整理我讀《紅樓》時混亂的思緒。

由讀者閱讀與詮釋的角度看，《紅樓夢》的讀者會因不同時代、不同性別、不同思想背景、不同著眼點，而形成不同的觀點及詮釋結果，讀出許多不同的《紅樓夢》來。這雖然是一般閱讀活動的通例，但《紅樓》似乎格外特別，其原因，我猜是《紅樓》的寫法特殊，即真即假，是非兩行。故這種書籍與讀者特殊的互動型態，若仔細觀察之，不唯深具趣味，對「讀紅樓夢」這件事更可有深刻的了解，亦更可對閱讀與詮釋行為進行方法學的探討，具有高度的理論意涵。

不過，因我雜務太多，歧路亡羊，紅樓夢詮釋史，迄未寫成，只因緣際會寫了〈紅樓猜夢〉等文。加上高陽先生逝世，相與快談《紅樓》之機會漸少，故亦漸懶於理此藝業。而並世紅學名家，於此書雖各有卓見，但我既與大家均不同調，是以也不妨緘言默爾。那些論《紅樓夢》

的稿子，雜七雜八，遂一直閑置篋中，未予整輯成編。

去年六月，辭掉佛光大學校長一職。十年辛勤，建此大黌，一旦棄去，回首之間，殆若夢然。大觀園、乾淨土，繁華熱鬧，群賢畢至者，轉瞬已再滄桑。而於此謠諑謗詬、巷議街談蝟集之際，重讀我那些談紅樓論風月的文章，便別有一番滋味了。爰輯舊製，以供世之讀《紅樓夢》者參考，亦以此思往事而念舊遊也。

二〇〇四年元旦，誌於雲起樓

紅樓夢夢

目次

高陽的紅學

高陽先生對《紅樓夢》的研究，在一九七七年曾出版《紅樓一家言》。同時期並寫了《紅樓夢斷》系列，共四大冊：《秣陵春》《茂陵秋》《五陵遊》《延陵劍》。

在這批研究及小說創作中，高陽基本上接受了胡適以來自傳派的研究成果，認定了《紅樓夢》的作者就是曹雪芹，而《紅樓夢》所描述之情節故事即為曹氏所曾親身經歷的家族事蹟（或以其家族事蹟為其創作素材）。但他反對自傳派對後四十回的看法。他認為從小說創作經驗來看，後四十回絕不可能是高鶚所續的，應該仍是曹雪芹所寫，或基本上已有稿本，後人再據以增改。因為小說情節起伏呼應，絕非續書人所能處理，故「斷無人可續紅樓」。

此一時期，高陽對《紅樓夢》另一個重要見解，應該是對蘇州李家的重視。當時他與趙岡討論，認為「寧國府影射李煦一家」，並在所寫小說《紅樓夢斷》中以李家為藍本，發展其人物與情節。例如鼎大奶奶甚似蓉大奶奶、李鼎甚似賈蓉、李煦甚似賈珍。在一九八〇年他繼寫〈曹雪芹以副貢任教正黃旗義學，因得與敦氏兄弟締交考〉更提出脂硯齋應是李鼎的猜想。

近年紅學研究對蘇州李家的重視日增，皮述民先生甚至有「蘇州李家半紅樓」之說，認為李鼎、脂硯齋、寶玉三位一體；又說李家與曹家均在雍正時被抄家，但抄家時曹雪芹才五歲，曹天佑才十二歲，李鼎卻已二十九歲，故李鼎比曹雪芹、曹天佑更有資格成為寶玉。或許李鼎已寫了部分稿子，曹雪芹再予以修改而成為現在這個樣子。趙岡先生也主張「金陵十二金釵」之來源可能並不在金陵而在蘇州。因李煦家被抄時全家僅餘十人，但據稱李煦樂善好施，喜收養孤兒，抄家時家中仍有十五位被李煦收養的孤兒，其中有十一女四男。後來這些人均發賣為奴，賣至年羹堯家；次年，年羹堯敗，又遭抄家，又被賣。二年之內，兩度遭賣，此真薄命也。十二金釵可能即以此為藍本，故《紅樓夢》中寫林如海為姑蘇人士時，即有一脂批云：「十二金釵正出之地」。凡此之類，高陽早年的說法，應有對之推波助瀾或導夫先路的作用。

在這個時期，高陽對曹家當然也是重視的。《紅樓夢斷》中曹家與榮國府有明顯的對應關係，例如曹太夫人與賈母、曹頫與賈政、馬夫人與王夫人、芹官與寶玉、曹震與賈璉、震二奶奶與璉二奶奶、季姨娘與趙姨娘、棠官與賈環、秋月與鴛鴦，楚珍與金釧、春雨與襲人、小蓮與晴雯、錦兒與平兒等等。可見這個時期高陽的紅學見解，基本上是自傳派的發展，環繞著曹雪芹及曹府家族史來展開。

但從兩個方面，使得高陽逐漸脫離自傳派曹學的陣營，而另闢了蹊徑。

一是從他小說家的身分與寫作經驗，反對把小說跟曹氏家族史、曹雪芹個人生活史直接關聯或對應起來。像周汝昌先生那樣，完全把小說視為自傳紀事，高陽是極為反對的。他認為小說是小說，經歷是經歷，寫小說的人當然可能有其素材，但小說與素材之間絕對不會是一對一的對應關係，因此小說並非歷史。同時，寫小說更可能會有文學上的創造性，例如林黛玉、薛寶釵應該就是曹雪芹的創造物。

如此論小說，就使得他鬆開了《紅樓夢》與曹氏家事史之間的關係，不再成為「曹學」陣營中的人物。

另一條路，是他對近期發現的曹氏史料大多持存疑的態度，例如吳恩裕先生所相信的香山健銳營曹雪芹舊居；端木蕻良所據以刻劃曹雪芹形象的《廢藝齋集稿》；以及被海內外眾多紅學家信賴依憑的靖應鵾藏《紅樓夢》批本，他都認為是假的。不相信這些新出曹氏資料，無疑使他不再繼續深陷曹學的泥沼中。

此外，他認為書名應該本來就叫做《紅樓夢》，後來才改為情僧錄、石頭記、風月寶鑑等。這可以說明他非常重視此書「夢」的意涵。但這個夢，並不如一般紅學家所說的，是指曹家在金陵所曾經歷過的一段彷若夢幻的富貴榮華生活。而是指隱藏在金陵舊夢中的另一個夢。因此，在寫畢《紅樓夢斷》之後，高陽就不再針對江南的昔日李府再多著墨，逕自轉移到對另一個夢境的刻繪上去了。這一轉，當然也就轉出了一般曹學的範疇，不再談江南織造局，不再論相關奏摺、檔案及曹府家族人事關係。

高陽所認定的另一個夢境，是指曹家在雍正六年被抄家，返京歸旗以後，曾經有一度又家道中興，曹頫起復，調升為工部郎中。但好景不常，乾隆十四年又再度被抄家，家族地位完全敗落。在第一次抄家時，曹雪芹畢竟太小，感受不深。而此次跌倒後又爬起，再重重垮下去，這種感受才是真正強烈的。故《紅樓夢》要寫的，就是這「夢幻天恩」之經歷。

高陽對曹家中興的看法，基本上是接受了周汝昌的見解，但對曹家為何中興，以及中興又敗的解說，卻與其他人都不一樣。因為他「發現」了一位與曹家興衰關係最密切的人物：鑲紅旗王子福彭。

發現福彭，是高陽後期紅學最重要的一個特點。他在〈紅樓夢中元妃係影射平郡王福彭考〉中認為紅樓之紅即指鑲紅旗王子福彭。福彭是曹雪芹的表哥，與乾隆關係極為親密，曹府之中興即由福彭之故。待福彭中風死後，曹家禍不單行，遂因和親王府失火而被革職抄家。

由於發現福彭，使得高陽的紅學開始與索隱派接上了線。怎麼說呢？一是對福彭的解釋，使用了索隱派慣用的拆字、猜謎、影射諸說，而且還涉及紫薇斗數的推算，討論福彭的八字，使得整個說解狀況極為類似索隱派。其次，索隱派與自傳說最大的不同，在於自傳說視《紅樓夢》為寫實小說，索隱派則堅持此書有虛實兩層，一為表面敘述的故事，亦即「假語村言」的部分；一為隱藏在表面語言之下之內的另一真事真意，亦即「真事隱」的部分，所以《紅樓夢》是非寫實的。高陽完全接受這個觀點。所以他說《紅樓夢》明寫金陵，暗指長安；說它既為索隱又為自傳。

如此一來，《紅樓夢》之中便不只有個人生活史或家族史做為其素材、供其影射，更可能有國政大事為其材料、任其影射。高陽說賈太君中有康熙的影子、寶玉有廢太子允礽的影子，都屬於這一種情況。為了說明這一點，高陽也接受了索隱派紅學對《紅樓夢》可能涉及雍正奪嫡之事的講法。

高陽之紅學，大抵如此。欲知其詳，仍應去看他兩本紅學專論與十二冊小說，我此處所談，不過是略挈其綱領而已。昔年他構思《曹雪芹別傳》時，喜歡拉著我談他的考據與發現，我的紅學興趣也深受他影響。但他去世後，聯合報辦高陽研討會，卻是康來新先生寫出了〈高陽的紅學〉，對高陽之紅曹研究，有很不錯的討論。現在，康先生主辦紅樓夢博覽會，命我來談這個題目，我之感慨當然也是很多的。

一九九八年九月十九日紅樓夢博覽會講稿

遙指紅樓：夜訪高陽於《曹雪芹別傳》發表前

人生有許多享受，聽高陽先生快談紅樓夢，自屬其中之一。他掀唇拊掌，雄辯滔滔；他寢饋文史，浸淫至深；他更有千萬字以上小說創作的經驗，甘苦遍嚐，對小說創作之體會，當世論紅樓，恐無出其右者。

但是，即令如此，他還是承認他早期許多對紅樓夢的見解不太成熟，「為學譬如積薪，後來居上。那些文章都收在聯經出版的《紅樓一家言》裏，現在看來當然會有些錯處，但我從不諱言。學術是天下公器，我不僅希望得到旁人的批評和指正，我自己更是不斷尋求突破，不惜以今日之我批判昨日之我。」他非常誠懇地說。

突破，不只是高陽一人的事，自民國六十三年余英時發表〈近代紅學的發展與紅學革命——一個學術史的分析〉（香港中文大學學報第二期）一文，即已意味著紅樓夢研究已從內部激生了迫切尋求突破的努力。希冀在自傳、他傳、虛構等各派說法中，尋找出一個新的「典範」（paradigm）。

如今，高陽先生聲稱他已找到一條線索，由這條線索，更可以建立「新紅學」。——既謂之為新，則必不同於過去的研究方向，而這一方向，能否帶來新而合理的發現，正是我們所關心的。

這條線索，主要是指鑲紅旗旗主平郡王福彭和曹雪芹及紅樓夢創作的關係。

康熙曾作主把曹寅的長女許配平郡王納爾蘇，雍正四年七月納爾蘇因案削爵，由長子福彭承襲，他就是曹雪芹的親表兄。雍正六年曹家抄家歸旗，返回北京。不久福彭得雍正重用，任大將軍、入軍機，又與乾隆交往甚密；乾隆即位後，其權力之大，一時僅次於莊親王允祿。所以曹家也因福彭的關係，有過一段美好的「春天」，曹頫並復起調陞為工部郎中。然而，好景不常、君恩難恃，福彭在乾隆十三年十一月驚悸中風而死，十四年正月曹頫即因和親王府失火而遭嚴譴，再度抄家。

陷於窘境的曹府，為了打開家族的困局，乃由曹雪芹捐監生下場，希望博一科名，重振家聲。不料事與願違，鄉試僅中副榜，不能聯翩春闈，只好以副貢資格考入八旗義學擔任滿漢教習。落拓淒涼中，對這段切身經歷有著極深的感愴，遂開始寫作紅樓夢。

紅樓一書，述三春之榮華、寫天恩之幻夢，當然會牽涉到福彭和兩朝的許多隱私；並因此而遭到平郡王府及一切有關人士的阻止。這些壓力包括嚴苛的威脅、利誘和折辱，但紅樓夢終於還是寫出來了。為了換取怡親王府、平郡王府的認可，他也曾一再修改稿本，隱去真事、變更書名，卻始終未能使平怡二府滿意。十年辛苦，字字血淚，竟落得淚盡而死、無法印行流傳的命運，對一位作家來說，還有比這更慘的嗎？

「這就是我對紅樓夢創作的看法，」他長吁了一下，燃起一根烟，把烟噴到我臉上：「去年第一屆國際紅學會議時，我曾發表兩篇論文（〈曹雪芹以副貢任教正黃旗義學，因得與敦氏兄弟締交考〉〈紅樓夢中元妃係影射平郡王福彭考〉），指出福彭在紅學中的地位。我認為紅樓夢以紅為出發，以夢為歸宿，正是環繞著鑲紅旗王子福彭而寫的，既託政事於閨閣，便只好用胭脂、落花等字樣來強調紅樓之紅。」

「元妃是福彭有什麼證據嗎？周汝昌曾說元妃是曹雪芹的姐姐；趙岡說是曹寅的長女和曹天佑的姐姐，趙同《紅樓猜夢》則說是康熙。至於福彭，周汝昌認為是紅樓夢裏的東平王；您從前則認為是北靜王水溶。」

「是的，要了解這個問題，必須先知道元妃在紅樓夢裏的地位。有元春才有賈府之繁華與大觀園，元春死，大觀園亦歸幻滅，曹家哪位親戚具有這種份量呢？曹家根本沒有一位貴妃，雪芹或天佑是否有位姐姐更是可疑，若說元妃指曹佳氏，又和元妃早卒的說法不合，因此從前種種推測均不可靠。」

「那北靜王呢？北靜王出場於王妃歸省之前，保全賈府在元妃卒去以後，其地位在紅樓書中也極重要。周汝昌趙岡都認為北靜王是乾隆第六子永瑢。但我覺得質郡王永瑢的身世及他和賈府的關係，跟第十四回所說：『當日彼此祖父有相與之情，同難同榮』不合。您認為呢？」

「是！永瑢當然不可能是北靜王，周汝昌把紅樓看死了，小說創作裏怎麼可能會一對一的硬配呢？多半是此搭彼載，一事一人或分成幾處來寫，許多事件人物也可能合併表達；北靜王和元妃大致一為寫平郡王的儀表，一為寫平郡王對曹家的影響力。」

「我記得庚辰本四十二回回前總批曾說：『釵黛名雖二個，人卻一身，此幻筆也』，六二回寫寶釵和探春行射覆令時，也有兩覆一射的辦法，似乎可以解釋北靜王和元妃這種創作手法：譬如北靜王保全榮國府，就是暗指福彭在曹家抄革之際，護全外家的事實；而元妃省親則點出賈府因春來而羣芳會聚。」

高陽啜口茶說：「不錯，第五回金陵十二釵正冊描寫元春那首詩和畫，指實了元妃就是福彭。尤其是『虎兔相逢大夢歸』那句，牽涉到元妃和福彭的八字，這是無法揑造或附會的證據。關於元妃的八字，用一個『土木之變』，來實寫福彭的八字，這種配合及設計，非但異常精密複雜，而且相信八字，更是雍乾間常見的事，雍正本人就有一道硃諭給年羹堯說：『你的真八字不可使眾知之，著實慎密好』。」

「關於您的看法，我也許可以稍加補充：一、甲戌本第一回說英蓮（香菱）『有命無運，累及爹娘』，有硃筆眉批云：『看他所寫開卷之第一個女子，便用此二字以訂終身，則知託言寓意之旨，誰謂獨寄興於一情字耶？』可見這有命無運四字，必與紅樓主旨有關。二、您解『三春』為曹家返京後十二年富貴生涯，十分精采。以往紅學家多以為三春是迎春、探春、惜春三姐妹，探春遠嫁、迎春被中山狼折磨而死即是『三春去後諸芳盡，各自須尋各自門』。殊不知黛玉病死、寶釵結婚、湘雲嫁衛若蘭均在探春遠嫁之前，惜春立志學佛，更談不上『去』。反而是金陵十二釵正冊及紅樓夢十二曲一再呼籲大家要勘破三春，三春去後，就是『飛鳥各投林，落了片白茫茫大地真乾淨』。三春之重要性如此，無怪乎脂本有夾批：『此句令批書人哭死了』又有眉批云：『不必看完，見此二句即欲墮淚。梅溪』！梅溪或是曹雪芹之弟棠村。三春花事，動關身世，湛然可見。」

「正是如此。福彭在紅樓夢中居於唯一核心地位：紅樓一書依實事而言，指鑲紅旗王子；就著作而言，指落花胭脂；以身世之感而言，則指血淚。由福彭跟曹家和紅樓夢寫作的關係看來，紅樓書中除了少數借景及追敘往事，與南京織造衙門有關以外，絕大部分發生在京師。曹雪芹將他整個世界隱藏在『金陵舊夢』中，是為了讓熟知這段事蹟的人誤以為他寫的是曹寅、是金陵。因此我認為今後新紅學的研究，在時間上應集中於雍正六年至乾隆卅年；空間則須由南移北！」

高陽意興遄飛地為紅學研究繪製了一幅新藍圖，我對這幅藍圖仔細端詳了一陣，才肯定地說：「我想您是對的。甲戌本第一回『昌明隆盛之邦』夾批：『伏長安詩禮簪纓之族』下有『大都、伏榮國府』，分明說榮國府在長安，書中卻明寫金陵，暗指長安。李商隱有兩句詩說：『紅樓隔雨相望冷，珠箔飄燈獨自歸』，設若賦詩斷章，則亦不妨說從前的研究者都是隔雨相望，珠箔之中並不見美人；直到『美人一笑搴珠箔，遙指紅樓是妾家』，才曉得另一紅樓方屬美人香閨。」

高陽大笑，聲震屋宇。他認為這一發現也可以證明周汝昌的曹家「中興」說，但周氏用以說明中興這一事實的理由卻不能成立，力攻高鶚，成見更深。從前他曾就文學的觀點，斷言「絕無人可續紅樓」，因為續書遠比創作困難，若高鶚能續紅樓，那他就比曹雪芹高明得多了；而且八十回與八十一回之間，並無明顯的痕塹；八十回以前文字和情節疏漏的也不少，不能單責後四十回文采不佳（見〈曹雪芹對紅樓夢最後的構想〉）。如今，他從福彭和元妃的關係上，更證明了一百廿回須當成一個整體來看待，第五回提出的「虎兔相逢大夢歸」，到八十六至九十五回始有解答，伏線千里，誰能續得出來呢？不寧惟是。透過後四十回，我們還可以解決曹家歸旗以後的生活、紅樓夢創作年代及流傳、以及若干脂批的真實意義……等問題。譬如八十五回「賈存周報陞郎中任」，即指曹頫由內務府員外調陞為工部郎中。第一回咏英蓮詩所說「佳節須防元宵後，便是烟消火滅時」，甲戌本批：「不直云前而云後，是諱知者。又伏後文葫蘆廟失火事」；而葫蘆廟失火，更有眉批云：「寫出南直召禍之實病」。這便指出曹家召禍之間接因素是福彭死亡，直接因素則是工部督修和親王府不謹失火所致。這類經歷，書中故示隱晦，是知者諱知其事者。紅樓夢之所以一再修改，後四十回之所以無法傳世，都與這類事實有關。八十回本既不能交代這「虎兔相逢大夢歸」的夢幻天恩，書名便只好改成「石頭記」了。周春〈閱紅樓夢隨筆〉說，乾隆末年流傳兩種抄本，八十回者為石頭記，百廿回者為紅樓夢，就是最醒豁的證據。

「此書本名紅樓夢，應是可以確定的」我說：「改名石頭記，可能是因『石頭城』的關係，用以明寫金陵實指京華。」

高陽又大笑：「這點倒是未經人道過！書名的改動正代表著創作方向的轉變，夢不能出現，則改成石頭記，再改作情僧錄、風月寶鑑、金陵十二釵。這些改變固然表現了曹雪芹在外在壓力下永不屈撓的精神，卻也意味著他在修改過程，逐漸產生興趣，一步步脫離史學而趨向於文學，從自傳經歷走向藝術創造的世界。像寶釵黛玉這兩個人物，就是藝術創造的精品，而非現實人世的投射或複製！」這位自謙為歷史刑警的怪傑停了一下，說：「至於曹雪芹為什麼不能點出夢來，為什麼要諱知者，又為什麼寫作紅樓會遭到許多折辱和壓阻呢？這其中實際上關係著一樁至今尚未被清史專家發現的政治風暴——」

原來康熙有子卅五人，早殤不敘齒者十一，不及封爵而卒者四。清朝家法，子以母貴，所以太子是皇二子允礽。他儀表學問俱有可觀，甚受康熙鍾愛。但康熙四七年九月行圍塞外時，竟有弒父的企圖。康熙憤懣不已，六夕不能安寢，親自撰文告天地太廟社稷，廢太子，監禁在上駟院側的氈帳中，命皇長子允禔和皇四子允禛（雍正）共同看守。此時皇三子允祉舉發允禔囑使喇嘛以邪術鎮魘太子，事出有據，遂將允禔削爵，幽於私第。據《皇清通志綱要》所記，同時被圈禁的還有十三子允祥；故康熙四八年大封成年皇子時允祥未封。可見這次厭勝事件，原是允禔和雍正合謀，事發後才由允祥頂罪的。所以雍正一即位，立刻封允祥為怡親王，恩寵異數，除爵位可以世襲外，另封其子弘晈為寧郡王。而那位曾被雍正鎮魘的廢太子允礽，雍正對他更是內疚神明，因此雍正生前對皇位的繼承問題，一直十分煩惱；可能的安排是：先傳寶親王（乾隆），再傳允礽之子理親王弘晳，續傳和親王，而莊親王允祿或即是這一計劃的監行者。此所以和親王與弘晳一直住在宮中，雍正崩後始行遷出。二人對乾隆也毫無敬謹之意，和親王尤無忌憚，曾在家中演習喪祭事供他欣賞。乾隆此時因腳步未穩，對他們只能一意安撫；但依王氏《東華錄》所收乾隆四年的上諭看，弘晳已有催促乾隆讓位之意，並由莊親王允祿和弘昌、弘晈等人共同擁立弘晳，是一次流產的宮廷政變。

乾隆本人出身寒微，係熱河行宮宮女所生，雍正曾派福彭任玉牒館總裁，竄改乾隆出身，因此他跟乾隆的關係非比尋常。乾隆還是寶親王時，疏宗中唯一為其詩集作序者，只有福彭。對於王位繼承問題，乾隆若想改變既定的安排，策動莊親王及相機疏解的任務，便非福彭莫屬。

然而，政變仍舊爆發了，福彭既大負所託，聖春當然漸歸衰弛。這就是「三春爭及初春景」的由來。紅樓所寫，既以福彭為中心，自會牽涉到這其中許多隱曲，譬如寧郡王弘晈，上諭說他「乃毫無知識之人，不過飲食讌樂，以圖嬉戲而已」，正是寧國府賈珍的寫照。乾隆廿年以後，文網深密，他們不欲紅樓問世，也是情理之常。

這波譎雲詭、驚心動魄的一幕，高陽擘肌析理，娓娓敘來，聽之忘倦。我若有所會，問道：「大觀園除以省親別墅為中心之外，怡紅院總一園之首，此或即指平怡二府而言。」

「呵呀！不錯，」他接過我手上一冊排印本，細看了一回：「曹頫抄家後即交怡親王照看，福彭得以大用，也是允祥保薦的。怡紅二字，由賈妃來改，正表示福彭不忘本。而怡紅總一園之水，更顯示了紅樓與平怡二府關係密切。己卯原本紅樓夢就是怡親王府過錄的，且過錄得十分匆促，動員九個抄手，每人分數頁流水作業，原因就是怡親王急於想看書中到底寫了些什麼！……」

夜愈來愈深，由窗口望去，一個個樓影自莽莽玄夜中泠然立起。高陽仍在闡述他的發現，瀾翻泉湧，勝義紛呈，幾於目不暇給、耳不暇接。我靜坐傾聽，卻又不禁兀自凝思：他透過八旗制度、清宮規制、曹家背景及清初政治派系糾紛、小說創作之體會……等線索，除了抉發雍正奪位、乾隆繼位之謎，是清史研究上一大發現之外，造成的紅學「突破」有三：一是鈎勒出曹家和曹雪芹歸旗後在北平的生活狀況；二是指出紅樓夢包含有一個隱藏在金陵舊夢中的世界；三是證明福彭在書中的核心地位。由此突破，他具體地解決了書名及其流傳、後四十回真贗，如何由史學記纂轉化成文學創作等三大問題，而建立起「新紅學」的基礎。這些，在學術史上代表了什麼意義呢？

近代學術，自邏輯實證論過份強調形式和方法之後，學者已不自覺地將注意力集中到形式探討（formal Approach）上去了。當某一門學科滯止不前時，學者們便歸咎於缺乏有效的方法或方法論可資應用、指引，卻忽略了實際問題的研究及突破。其實，一門學科能否進步拓展，端賴實際問題的解決，而實際問題之解決又常帶來「方法」的改革或創新，高陽便是個最好的例子。今後，如何在新紅學的基礎上補充填實，構築廣廈，就是我們大家的責任了。

原載一九八一年八月廿八日聯合報副刊

附：橫看成嶺側成峰：寫在《曹雪芹別傳》之前

高陽

文網之密：無逾清朝，但康熙年間與雍乾兩朝的文字獄，在忌諱上有極大的不同。康熙年間，對鼓吹反清復明的詩文，懸為厲禁；雍乾兩朝則因世宗與高宗，皆有足以損毀其作為天子的形象的缺陷，因而假借防止謀反大逆的大題目，箝制士林，同時運用各種手段，湮滅不利於他們父子的證據。

這個工作，到了乾隆三十八年詔修四庫全書，推至頂點；高宗以為他的身世之謎，永遠不會有人知道了；但防民之口，甚於防川，由於三百年來口頭相傳，後世乃知清初有四大疑案；如今考定不疑者有雍正奪嫡，而在我自以為亦已考定不疑者，有董小宛入宮封妃晉后及世祖準備出家一案。此外，孝莊太后下嫁及高宗為海寧陳家之後兩案，與事實雖有出入，但絕非全無影響之事。「夜半橋頭呼孺子，人間猶有未燒書」，有形之書可燒，無形之文不滅，隱跡於字裏行間，得與古人會心，自能通曉。

去年為了參加世界紅學會議，我重新下了一番工夫；由發現「右翼宗學」最初在石虎胡同這一點上突破，一路抽絲剝繭，到悟出元春為影射平郡王福彭，終於豁然貫通，看到了曹雪芹的真面目和紅樓夢的另一個世界；雖然有些模糊，但輪廓是絕不會錯的。

曹雪芹的真面目如何；紅樓夢的另一個世界又如何？在未作解答以前，我要特別介紹《國初鈔本原本紅樓夢》即所謂「有正本」中，戚蓼生的一篇〈石頭記序〉：

> 吾聞絳樹兩歌，一聲在喉，一聲在鼻；黃華二牘，左腕能楷，右腕能草。神乎技矣，吾未之見也。今則兩歌而不分喉鼻，二牘而無區乎左右；一聲也而兩歌，一手也而二牘；此萬萬所不能有之事，不可得之奇，而竟得之《石頭記》一書，嘻！異矣。夫敷華掞藻，立意遣詞，無一落前人窠臼，此固有目共賞，姑不具論。第觀其蘊於心而抒於手也，注彼而寫此，目送而手揮，似譎而正，似則而淫，如春秋之有微詞，史家之多曲筆。

「絳樹」美人名，能歌善舞：「兩歌」、「二牘」典出《瑯嬛記》：「絳樹一聲能歌兩曲，二人細聽，各聞一曲，一字不亂；人疑其一聲在鼻，竟不測其何術？當時有黃華者，雙手能寫二牘、或楷或草，揮毫不輟，各自有意」。如此「神技」，任何人都「未之見也」；而曹雪芹則較絳樹、黃華猶且過之，竟能一聲兩歌，一手二牘。此又何說？戚蓼生的解釋是：

> 試一一讀而釋之：寫閨房則極其雍肅也，而豔冶已滿紙矣；狀閥閱則極其豐整也，而式微已盈睫矣；寫寶玉之淫而癡也，而多情善悟不減歷下琅玡；寫黛玉之妬而尖也，而篤愛深憐不啻桑娥石女。他如摹繪玉釵金屋，刻畫薌澤羅襦，靡靡焉幾令讀者心蕩神怡矣，

而欲求其一字一句之粗鄙猥褻不可得也。蓋聲止一聲，手止一手，而淫佚貞靜，悲戚歡愉，不啻雙管之齊下也，噫！異矣。其殆稗官野史中之盲左、腐遷乎？

這段文章的本身就是曲筆，「浮佚貞靜、悲戚歡愉、不啻雙管之齊下」，乃是文學上的本事，與史學上的修養無關；然則何以不擬之為司馬相如、揚雄，而比作左丘明、司馬遷？當然，「盲左」、「腐遷」亦可稱為文學家，但歸類則必入史學。我們再看文「如春秋之有微詞，史家之多曲筆」，更可知所謂「一聲兩歌、一手二牘」，為兼寫不同時期的「金陵」與「長安」；亦可說明寫「金陵」，暗寫「長安」；更可說虛寫「金陵」，實寫「長安」。因為寫「長安」犯了極大的忌諱，所以必得加上一道障眼法；照現在的說法是加上一層保護色。

障眼法也好，保護色也好，只諱淺者，不諱知己。曹雪芹的知己敦敏、敦誠兄弟，甚至為他「刷色」：如「揚州舊夢久已絕」；「秦淮舊夢人猶在」；「秦淮風月憶繁華」之類的詩句，幫助曹雪芹使讀者產生錯覺，以為紅樓夢寫的是「金陵」。試想，以敦敏、敦誠與曹雪芹的交誼，除了一句「不如著書黃葉村」；以及輓詩中的一句「開篋猶存冰雪文」以外，從未提到曹雪芹一生事業所寄的紅樓夢，其故安在，豈不可思！

如上所談，顯然的，戚蓼生也知道紅樓夢兼寫「金陵」與「長安」；因徵絳樹、黃華之典作譬喻。但他也知道忌諱猶在，為了保護自己，不能不用曲筆。在以前，我亦只聞一歌，只見一牘：如今才懂得「橫看成嶺側成峰」。所謂「紅學」；自嘉慶年間至今，已有一百六、七十年的歷史，而紅樓夢自內容至版本，到處都是問題，聚訟紛紜，各執一見，而終無定論，皆由只聞一歌、只見一牘而起。如今，我可以毫不愧怍地說一句；大部分的疑問，都可以獲得初步的解答了。這自然是因為我已得聞另一歌、得見另一牘的緣故。而如許紅學專家，何以我獨耳聰目明？如讀者以此責我大言不慚；我只能說：我很幸運，本意是開煤礦；不道發現了石油。我是從研究孟心史先生的〈清世宗入承大統考實〉及〈海寧陳家〉這兩篇清史論文中，窺破了曹雪芹與紅樓夢的秘密。

然則此另一歌、另一牘到底是甚麼？我寫《曹雪芹別傳》，正就是要解答這個問題。不過，我必須先指出：曹雪芹與紅樓夢之間，不能只畫一個等號。我是寫《曹雪芹別傳》這麼一部歷史小說；並非作紅樓夢內容研究的學術論文。當然寫曹雪芹就必須寫紅樓夢，但我的重點是擺在曹雪芹寫紅樓夢的前因後果上，對探索紅樓夢中那些人是曹雪芹的家族、親戚、朋友，只能本乎「知之為知之，不知為不知」的原則，量力而為——事實上賈寶玉、林黛玉、薛寶釵，都屬於文學上的創造；而非某一真實人物的傳真。唯其如此，紅樓夢才真正顯得偉大。

我所要描寫的曹雪芹的真面目，也就是《曹雪芹別傳》的內容是如此：

雍正六年元宵前後，曹頫革職抄家，舉家回旗。由於平郡王福彭及怡親王胤祥的照應，不再有甚麼罪過；而且「百足之蟲，死而不僵」，劫餘的遺財，也還能維持一個相當水準的生活。曹雪芹是包衣子弟，被選拔到新設的「咸安宮官學」去唸書。這樣到了雍正十一年，曹家又轉運了。

這年二月，平郡王福彭被派為「玉牒館總裁」，表面是主持十年一次的修訂皇室家譜的工作；暗中卻負有一項秘密任務，刪除宗人府的「黃冊」中，一切不利於雍正及皇四子弘曆的記載。福彭圓滿地達成了任務。他一直為雍正所培養，至此通過了考驗，雍正認為他才堪大用，四月間入軍機；三個月後，繼順承郡王錫保而為「定邊大將軍」；奉有勅命，軍前文官四品以下、武官三品以下犯法者，得便宜行事，先斬後奏。

由於福彭被賦以這麼大的權威，因而曹頫雖未起復，但以定邊大將軍至親的資格，自有人來趨炎附勢，託人情、走門路，門前車馬紛紛，重見興旺的氣象。

及至乾隆即位，福彭內召，復入軍機，成為乾隆的心腹，權力僅次於莊親王胤祿；這因為他們從小親密、關係特殊之故。當然，曹頫是起復了；而且還升了官，由員外升為郎中，奉派了好些闊差使。境遇優裕的曹雪芹，復成紈袴；但以性之所近，漸漸成了個少年名士。

到了乾隆四年，福彭由於未能消弭一場潛在的政治危機，漸失寵信。乾隆十二年春天，孝賢皇后在德州投水自殺，流言四起，大傷帝德；於是乾隆殺大臣立威，漸有牽連及於福彭之勢。積勞加上憂煩，福彭在這年冬天，中風不治而薨。

曹家的靠山倒了，誰知禍不單行，第二年正月初五，和親王府失火；禍首是曹頫，於是第二次被革職抄家——這一次很慘，因為落井下石的人很多，抄家抄得相當徹底，不但猝不及防，無法稍留退步；而且還有好些債務要料理。

乾隆十五年庚午鄉試，曹雪芹捐了個監生下場；如果中舉，下一年春天會試聯捷，成了新科進士，則積逋可緩，新債得舉，境遇又可改觀。無奈曹雪芹最討厭的就是八股文；結果僅中了一名副榜，等於未中。

但副榜亦有用處，可以成為「五貢」中的「副貢」；憑此資格，曹雪芹成了「正黃旗義學滿漢教習」。這個義學設在西域石虎胡同，與「右翼宗學」為鄰；曹雪芹因而得與在右翼宗學唸書的敦敏、敦誠兄弟締交。

紅樓夢的寫作，即始於此時。君恩難恃、富貴無常；興衰之速、境遇之奇、人情之薄、悔恨之深，以及他目擊耳聞的許多政治上的秘密、豪門貴族的內幕，在在構成為文學上強烈而持久的創造慾，所以不過三、四年的功夫，已經「抄閱再評」了。

當紅樓夢初稿完成後，曹雪芹送請親友詳閱，立刻引起了相當嚴重的反應；由於他是以象徵的手法，描寫康熙末年的政治糾紛，並穿插了好些王公府第中的遺聞逸事，因而招來了許多抗議、警告、規勸以及修改的意見。最強的壓力來自平郡王府，因為第八十三回「省宮闈賈元妃染恙」，解釋何謂「虎兔相逢大夢歸」，配合第五回「金陵十二釵正冊」寫元春的詩與畫來看，一望而知是指平郡王福彭，所以決不容紅樓夢問世。

於是曹雪芹作了很大的一個讓步，將後四十回割愛。這一來夢無著落，便只好改名，先改石頭記，再改情僧錄，又改風月寶鑑；越改越俗，最後覺得還是石頭記，既為主題所寄，又復語帶雙關——金陵一稱「石頭城」——比較貼切。因而至乾隆十九年甲戌，正式定名為《石頭記》。

儘管如此，仍舊不能獲得平郡王府的同意，此後一改再改，務期「真事隱去」，遷就豪門，但始終不能盡如人意，亦就始終不能付梓。到得乾隆二十四年己卯，又來了一股新而強的壓力，怡親王弘曉亦不能同意紅樓夢刊行；因為其中的「礙語」，必將牽涉到他的父親怡賢親王胤祥，以及他的胞兄寧郡王弘晈。

為了希望曹雪芹放棄紅樓夢，怡、平兩府極盡其威脅利誘之能事，利誘是可以保荐曹雪芹為「如意館供奉」，充任御用的畫師；威脅是利用曹雪芹包衣的身份，予以羞辱——傳他到宮裏當差，像唐朝的閻立本那樣，跪著畫畫。但曹雪芹不為所屈，竟至於「斷六親」；內務府不理他、親戚朋友不敢惹他。同情他、佩服他的人自然很多；但敢於在口頭上、文字上提到他的，卻只有極少數的幾個人，如敦敏、敦誠及他們的叔叔額爾赫宜、「覺羅詩人」永忠等。這也有個緣故，敦敏、敦誠為英親王阿濟格之後，阿濟格功高而被誅；永忠則為恂郡王胤禎的孫子，先世都曾受過極大的委屈，視紅樓夢為替他們一吐怨氣，對曹雪芹自然另眼看待。

由於紅樓夢，曹雪芹生不能一飽，死無以為殮；他為甚麼付出這樣大的代價？是因為他忠於藝術；他筆下的賈寶玉、林黛玉、薛寶釵、賈太君、王熙鳳，先只是影射某一個人，但一改再改，隱去真事，筆觸由史學的轉向文學的，被影射的人，逐漸有了他們自己的個性與型格，成了他筆下的嫡親骨血，而且個個出類拔萃，如見其人，試問曹雪芹扣何割捨得下？

最後讓我在「紅學」這個範疇中說幾句話；除了跟龔鵬程先生所談各種問題外，我要補充的是：

第一，由於「虎兔相逢大夢歸」這個謎的解說，後四十回確為曹雪芹原稿，而非高鶚所續，敢說鐵案如山。紅樓夢之所以有種種糾纏不清、任何一種說法都有矛盾不通之處；割裂了紅樓夢，只以前八十回為研究對象，是主要原因之一。

第二，「紅學」有治絲愈棼之勢，是由於有成見的人太多；而且還有偽造的版本，如所謂「於一九五九年由南京毛國瑤發現」的「靖藏本」就是。這個本子「未經紅學家自驗，即告『迷失』」（見聯經版陳慶浩編著《新編石頭記脂硯齋評語輯校》）。事實上根本沒有這個抄本，只有毛國瑤偽造的脂評。

據說，靖藏本可能於乾隆四十一年（丙申）抄錄，封面原黏有一紙，首行書「夕葵書屋石頭記卷之一」字樣；周汝昌考出「夕葵書屋」是乾嘉年間四六名家吳山尊的書齋名；可惜他未曾一考「夕葵」的出典；否則，他就會發覺這件事是如何荒唐。

先敘吳山尊的簡歷：乾隆二十年生；嘉慶四年進士，時年四十五歲；九年放廣西主考，時年五十歲；後以母老告歸，僑寓揚州；卒於道光元年，得年六十七歲。

由此可知，吳山尊起「夕葵書屋」這個齋名，必在母老告歸的五十歲以後，因為「夕葵」即有養親之意，典出杜詩：「孟氏好兄弟，養親唯小園，負米夕葵外，讀書秋樹根」。乾隆丙申，吳山尊年方二十二歲，尚未出仕，何來告歸養親？又何來「夕葵書屋」？只此便是作偽的確證。而且很可能就是周汝昌的指使。龔鵬程於此事別有考證，我不必多說了。

第三，紅樓夢的內容，歷來分為索隱、自傳兩派，壁壘分明。其實既為索隱，亦為自傳。而索隱派中，我特別要推崇邱世亮先生，他在《紅樓夢解》一文中說：「紅樓夢影射康熙皇帝第四子雍親王胤禛，以陰謀手段奪得帝位的秘史。寶釵影射雍正皇帝、鳳姐影射隆科多、黛玉影射與雍正爭位的皇子（按：指胤禛的同母弟、皇十四子胤禎）、寶玉指康熙，而通靈玉即為傳國璽」。此說大致不謬，但寶玉非指康熙。賈太君中有康熙的影子；寶玉影射廢太子胤礽。此所以永忠「弔雪芹」的三絕：「可恨同時不相識，幾回掩卷哭曹侯」，是為他祖父伸冤而感激涕零。第三首尤為明白：「都來眼底復心頭」，是感懷往事；「辛苦才人用意搜」，搜羅當年的秘辛；

「混沌一時七竅鑿」，將皇位何以由用正黃旅纛，代天子親征的「大將軍、王」胤禎，轉到雍親王胤禛手中之謎，一下都解開了；「爭（怎）教天不賦窮愁」，是著此決不能梓板刊行之書，為無可救藥的「窮愁」。詩上誠恪親王胤秘之子弘旿的眉批：「此三章詩極妙。第紅樓夢非傳世小說，余聞之久矣，而終不欲一見，恐其中有礙語也」。是何「礙語」，竟令天潢貴胄，亦不敢一閱，亦就可以想見了。

原載一九八一年八月廿九日《聯合報》副刊，收入聯經版《高陽說曹雪芹》

靖本脂評石頭記辨偽錄

一、前言

在「舉世紛紛誇紅學，誰識紅樓夢裡人」的紅學研究中，其基本方法是考證；而考證的成果和突破，則有待於新資料的印證和發現。新資料之發現既極偶然，考據便很可能墮入偽資料或不相干資料所敷佈成的妄境中，迷亂徨惑❶。這些不相干的資料或偽物，不同於該學科尚未發展以前外行人、古董商和投機者所製造出來的東西，而常有略嫻此一學科某些內部問題的半內行人羼雜其中，構成該學科持續發展的陷阱。像著有《簠齋金石錄》的金石學家陳介祺，就

❶ 紅學專家中，對資料及方法最有自覺思考的，當推余英時，請參考《紅樓夢的兩個世界》（一九七八年、聯經）頁十六、二二一。

曾收養了精於造假的胥芰泉、田雨颿、王西泉及何昆玉、何瑗玉兄弟在家，造偽欺世。紅樓夢諸抄本中，所謂靖應鵾藏脂評石頭記抄本，其實就是這一類東西。

但是，在新近發現的紅樓夢資料裡，靖藏本的誘惑力太大了，任何紅學家都忍不住想從裡面發掘一些「紅樓夢的真象」。因為新近發現的文物，如王岡繪曹霑小象幽篁圖、香山健銳營正白旗老屋及題詩、曹霑筆山、廢藝齋集稿、脂硯齋所藏硯、快紅怡綠印章、陸厚信繪雪芹小照……等，都只是紅樓夢外圍的材料，縱使它們全部為真，對紅樓夢和曹雪芹的了解，也沒有太多幫助❷；靖本則不然，它是最晚發現的一本重要脂評石頭記鈔本，批語比戚蓼生本多出一百五十條，直接關係到紅樓夢本身內容的發展、曹雪芹寫作的構想和過程、曹雪芹和眾批書人之間關係……等基本問題❸。在紅樓夢與曹雪芹資料仍極缺乏的紅學考據戰中，學者「寧可信其有」的珍惜之情、與「或許可以解決問題」的企盼之心，是很可理解的。

然而，這種心情實非考證常態中所應有。靖本的真偽和價值，應取決於它本身的證據力。綜合靖本各種跡象來看，我們覺得：任何一位虛心的研究者，都將會發現這個抄本只是海市蜃樓；而所謂靖本脂批，也不過是一贋鼎而已！

二、靖本傳聞

(一)由發現到迷失

所謂靖本，據說是靖應鵾所藏，一九五九年毛國瑤在南京發現，所以又稱為脂寧本❹。毛氏將其中不同於有正戚蓼生本的批語抄出後，準備再校錄正文的異同，適值靖氏外出，書遂被其家人售予鼓擔，而告迷失。

一九六四年，毛氏將前所輯批語，寄交俞平伯、吳恩裕、周汝昌研究。周汝昌先撰〈紅樓夢版本的新發現〉〈靖本傳聞錄〉，海內外聳動。趙岡〈從靖應鵾藏鈔本紅樓夢談紅學考證的新問題〉、吳恩裕〈夕葵書屋抄本石頭記〉、俞平伯〈記夕葵書屋石頭記卷一的批語〉先後發表以後，靖本更成為紅學的新據點，它的內容，也溶入了紅學研究的基本常識中。但這時研究

❷ 這類文物之辨偽工作，成績甚為可觀，下舉諸文尤為重要，胡適〈所謂曹雪芹小象的謎〉；胡文彬、周雷〈曹雪芹故居之發現說〉（一九七九、紅樓夢學刊、創刊號）；吳世昌〈調查香山健銳營正白旗老屋題詩報告〉（一九七九、紅樓夢研究集刊、創刊號）；趙迅〈曹雪芹故居題壁詩的來源〉（同上）；陳毓羆、劉世德〈曹雪芹佚著辨偽〉（一九七八、中華文史論叢、七期）；翁同文〈補論脂硯齋為曹顒遺腹子說後記〉（大陸雜誌卅三卷一期）；高陽〈沒有自由，那有學術——曹雪芹擺脫包衣身份考證初稿〉（由曹雪芹故居之發現談起，兼糾有關曹氏生平的若干錯誤看法）等。

❸ 趙岡、陳鍾毅《紅樓夢研究新編》（一九八〇、聯經）頁一一〇就說：「這部鈔本很重要，如果能找出仔細研究，也許可以幫助解決有關脂評本的若干疑團」。

❹ 靖藏本又稱為脂寧本，見文雷〈紅樓夢板本淺談〉（一九七七、曹雪芹與紅樓夢、香港中華書局）。

者對靖批還只能從周吳等人的介紹文字中去摸索，並未看過靖批全文❺。

一九七四年，靖本批語發表在南京師院《文教資料簡報》第廿一、廿二期合刊上。次年又發表在北京師大《紅樓夢研究資料》中。二者互有不同，據解釋是：毛國瑤所抄靖批已經被人用硃筆塗過，靖氏後人向毛氏回抄，所以跟刊在南京師院那份資料頗有出入。

(二)靖本規制

依毛氏描述。靖本只有前八十回，中缺第廿六、廿九兩回，第卅回殘失三頁，所以實存七十七回餘。分裝十九小冊，再合裝成十厚冊。每小冊前均有「明遠堂」「拙生藏書」篆文印記（據稱明遠係靖氏堂名）。估計原書未缺前，每四回為一冊，跟甲戌、戚寧、戚滬本的裝釘法相似，是乾隆年間石頭記的裝釘法。另外，因靖本十七、十八兩回已經分斷，故一般認為其年代應在庚辰本之後；但也有比庚辰本略早的批語現象。

(三)附紙與批語

靖本在首冊封面底下，黏有一張長方形紙條，墨筆抄寫曹寅題張見陽所繪「楝亭夜話圖」七言古詩一首。左下方撕缺，尚可辨為「丙申三月□錄」字樣，可知此本是乾隆四一年丙申之前所抄；同一位置還有一張同樣式的紙條，首行書「夕葵書屋石頭記卷一」，後面抄錄一條有關曹雪芹卒年的脂批，最後一行則單獨書「卷二」兩字。據靖氏說，這頁殘紙在抗戰前曾見於抄本封面底，後來脫落，五三年才在袁中郎集中尋得。又據說：「靖本原藏者的先人八旗某氏，因罪由京遷揚，如此則可能和吳鼐有所交游，所以靖本中才會有這一頁殘紙」❻。

靖本原書已經迷失，所傳只有批語，共四十三回，包括眉批、行間批、句下夾注批、回前回後批等，朱墨雜陳，其特色有二：⑴文字多不見於或異於其他諸本。⑵文字錯訛特甚，有許多甚至無法通讀。

總之，靖本石頭記只是個傳聞中的怪獸，而這些傳聞又矛盾錯綜，撲朔迷離，譬如周汝昌懷疑「夕葵書屋石頭記卷之一」的卷之一三字，款式可疑，那張附紙便失而復得，變成「夕葵書屋石頭記卷一」。那宗訓則因南京師院刊的靖批錯亂不堪而懷疑是否真有這個本子，靖批便又「重新校核」，再予發表……❼。諸如此類，其本身就是個很有趣的考據案例，可以媲美漢河間女子所得〈泰誓〉、和晉梅賾所上《古文尚書》哩！

三、靖本辨偽

❺ 吳恩裕文見《考稗小記》頁六七；俞平伯文見《紅樓夢研究集刊》第一輯（一九七九）頁二〇五；周汝昌文轉刊於香港中文大學《紅樓夢研究專刊》第十期，另又詳〈紅樓夢及曹雪芹有關文物敘錄一束〉（前舉《曹雪芹與紅樓夢》頁六六）〈靖本傳聞錄〉（一九七六、紅樓夢新證、頁一〇五〇—一〇六六）；趙岡文載明報月刊廿六期，二一—七頁。

❻ 見前引周汝昌〈紅樓夢及曹雪芹有關文物敘錄一束〉。

❼ 那宗訓文見大陸雜誌五八卷五期，名為〈談所謂靖藏本石頭記殘批〉。

㈠流傳

靖本來歷不明，較上舉諸書尤甚，而偽跡亦最顯，為什麼呢？

第一、靖本流傳的傳說根本不合乎八旗制度。旗人獲罪失差，必須返京歸旗，像曹家被抄後即得回京，焉有獲罪由京遷揚之理？顯然是民國以後不懂八旗舊制者的偽託之辭。第二、靖本發現以後，未經紅學家目驗，即告迷失。不但舉世無第三人看過，且原書能自乾隆間保藏迄今，卻在世人翹首驚艷之際，忽然杳如黃鶴，實悖於情理之常。第三、迷失的故事，編得太拙劣了；據說它是靖氏偶外出時，被其家人售與鼓擔；姑不論是否有此騃家人，它是不是太像程偉元「一日偶於鼓擔上得十餘卷，前後起伏尚屬接榫」（程高本序）了呢？程偉元倖獲全璧，尚有可能；靖本不慎售與鼓擔，則未免忒巧了吧！

像這樣，流傳端緒既不可考，所述發現與迷失的經過又屬顯然之謬誤，靖本之偽，殆可斷言。

㈡附紙

靖本，據傳說在首冊封面下黏有兩張同一樣式的長方形紙條，這兩張附紙都很可疑。分別說明如下：

第一張附紙注明丙申三月過錄，並抄有曹寅〈題楝亭夜話圖古詩〉一首，這必須假定抄者在乾隆丙申以前已經知道《紅樓夢》的作者確是曹雪芹，而且雪芹和曹寅確有世系關係。但曹寅著有詩鈔八卷、詩鈔別集四卷、詞鈔一卷、詞鈔別集一卷，當時名士與他來往的墨迹也不少，靖本抄者何以一概不錄，單單選鈔這首題楝亭夜話圖詩呢？只因為張純修這張畫是少數流傳下來的曹寅有關資料實迹，藏在葉恭綽處，作偽者為了提高靖本的地位與徵信度，才刻意選抄此詩。批語中也有這類情形（詳後文）。

第二張附條問題極多，「夕葵書屋石頭記」是一問題、卷之一是一問題、批語內容更是問題——

夕葵書屋石頭記，是個不通的名詞，猶如胡適藏有甲戌本，不能題作藏暉室石頭記一樣。名詞所指陳的歷史現象更是怪誕：夕葵是吳鼒的齋名，吳鼒字山尊，又字及之，號抑庵。安徽全椒人，生於乾隆廿年，卒於道光元年。嘉慶四年中進士，改翰林庶吉士，散館，授編修，八年大考以一等三名陞侍讀，充廣西鄉試副考官，洊升侍講學士。後以母老告歸，主講揚州，寓虹橋之西園曲水。著有夕葵書屋集。當靖氏先人在丙申三月以前錄下那張附紙時，吳氏才廿二歲，何來夕葵書屋？夕葵二字，典出杜詩，有奉親之意（〈孟氏〉：「孟氏好兄弟，養親唯小園。承顏胼手足，坐客強盤飧；負米夕葵外，讀書秋樹根。卜鄰漸近舍，訓子學誰門」），靖本若果為乾隆丙申三月過錄，即不可能預知夕葵負米之事於四五十年以前，因此像吳恩裕所說靖本是抄自吳氏原抄本的過錄本，乃是無比可笑的事。相反地，假知我們也跟陳慶浩、周汝昌等人一樣，以為這張附紙是丙申以後補錄的，則寧有丙申三月錄書，其後四五十年補錄一條，而竟用同式紙張黏於同處之理？即使我們勉強承認有此離奇的可能，那位和吳鼒年代相近的先人，也必須在廿歲左右即已抄就這廿冊石頭記才行。任何熟悉當時旗人世家風氣或舉業狀況的人，均應知道這種可能是微乎其微的。

再就批語本身來看，這條「淚筆」，又見於甲戌本，顯然是合併兩條眉批而成的，情形與靖本其他批語完全相同，所以這冊周汝昌、俞平伯諸人所欲指實的「夕葵本」，其實也是子虛烏有之物。造偽者大概知道吳鼒所編八旗詩匯《熙朝雅頌集》裡選錄了有關曹雪芹的詩作，便強拉吳鼒夕葵，以壯聲勢，渾不顧時間、制度、環境之不合，心勞力絀，有如是者！

(三)批語

①批語來源

今存脂批，俱非原本，靖藏本也不能例外。但它同樣是從他本過錄，卻有許多不見於其他本的批語，而批語所顯示的現象也頗有些矛盾之處。這些批語究竟緣何而來？又何以會產生這種雜亂的現象？

周汝昌以為這可能是集抄拼配的結果，所以有比庚辰本或早或晚的現象。趙岡推測它可能是庚辰和甲戌本之間的一種過渡本，所以某些細目在甲戌本中被刪掉了。陳慶浩、王三慶等人則以為它是在甲戌本基礎上添加若干批語而成的。——不管解釋如何，都顯示了靖批的來源確成問題，而這些解釋，似乎也都無法解決此一問題。

集抄拼配說，必須先假定還有許多批語和靖本相同，只是尚未發現而已；而這些尚未發現而又恰好被靖本過錄過的本子，又剛好包括了庚辰以前及庚辰以後。

庚辰甲戌過渡說，更為複雜，除了須先確定甲戌本的性質之外，它還得解決靖本較庚辰本多出若干節目的問題。此外，正如吳智勳〈淺評趙岡先生論脂評本石頭記〉一文所指出的：說靖本十三回秦可卿淫喪天香樓一段是由庚辰、甲戌五條批語演變而來，和甲戌庚辰過渡說正相矛盾❽。

以甲戌為基礎添加整理說，看似嚴密，其實亦不能解決前者所提出靖本有某些批語刪去了甲戌本部分細目的事實。因為一般推斷脂評之先後，多認為愈詳盡的年代愈晚。主張靖本是甲戌本再添加整理而成，自難免會像朱鳳玉那樣，既說甲戌本較其他各脂本更接近原稿，又說靖本內容較他本更近底本（見氏著《紅樓夢脂硯齋評語新探》頁七十），首鼠兩端，矛盾自形。

因此，我以為：這些錯亂及可疑的批語來源，實即造偽的結果。一位對紅學稍有知識的人，要根據庚辰和甲戌本來偽造這些批語，本非難事；但紅學專家們為什麼不想想：何以所有脂批本中沒有第二本跟靖本情形相同呢？

②批語文字

一百五十條靖批，正如那宗訓先生所說，見諸甲戌庚辰者達百條，其餘為完全不通的批語、無意義的讚辭、和某些具有特殊目的的文字。

完全不通的批語，在靖本中份量甚多，也是最明顯的偽證，但竟有許多人把它認為是靖本重要價值所在。譬如六七回，除有正系統外，各脂本皆缺，而有正本雖有此回，卻無脂批。現

---

❽ 詳陳慶浩《新編石頭記脂硯齋批語輯校》（一九七九、聯經）；吳智勳〈淺評趙岡先生論脂評本石頭記〉（香港中文大學、紅樓夢研究專刊第十輯）；王三慶《紅樓夢板本研究》（一九八〇、文化大學中文研究所博士論文）。

在靖批此回乃有批語四條，海內外咸感興奮，彷彿得寶。其實這四條批沒有一條可以通讀（紅學家之所謂「校讀」，根本就是猜謎），這未免太巧了些罷！靖本剛好有這麼一回，而這一回又剛好全部不能通讀；靖批本身也恰好只有本回如此頑舛，若非偽造，其誰信之？

其他各回，雖無完全錯訛的現象，個別訛亂的情形卻極嚴重，且有兩項特色：(1)訛亂情形異於一般批本；(2)其錯亂毫無規則可尋，換言之，也與天下所有的書不同。

脂評俱屬傳鈔過錄，因抄時卒促、抄手拙駑，以致錯、倒、奪、衍的情形是有的；但傳鈔之誤，必屬形似而字訛、或音同而字別、款式錯置等，絕不可能像靖本那樣，將文字秩序隨意拆奪倒置。庚辰本後十回批語素稱難讀，但若跟靖本比起來，真偽立見，例如六三回：

1.庚辰本：原為放心而來，終是放心而去，妙甚！

靖本眉批：原為放心，終是放心而來妙而去。

2.庚辰本：妙極之「頑」，天下有是之「頑」亦有趣甚。此語余亦親聞者，非編有也。

靖本夾批：有天下是之亦有趣甚玩余亦之玩極妙此語非編有也非親問。

這兩條批，庚辰皆與己卯本同，而靖本卻明顯是將批文秩序散置重組編成的不通文字，所以陳慶浩說：「靖藏批語錯漏字甚多，不少批語錯得一塌糊塗，不可卒讀」「庚辰及其他本子也是過錄本，批語也有抄錯的地方，但沒有靖藏普遍，而且絕大多數的批語可以找出錯抄的理由而復原。靖藏有些批語錯得根本沒有理由」（新編石頭記脂硯齋批語輯校）。這種情形，不可能是多次過錄之誤，只可能像周汝昌所指出「夕葵書屋石頭記卷之一」的「卷之一」三字，是不明白紅樓夢抄本分回分卷的情形一樣，顯示了造偽者對脂批不甚瞭解，並故意錯倒，所以才會和所有脂評相戾。

不但如此，錯訛得毫無理路可尋，更是無法辯護的偽證。因為就校勘學立場看，任何過錄傳鈔所造成的錯誤，如款式不明、脫行跳頁、錯倒、音誤、形譌……等等，均可依斠讎學作一解釋和復原，可是像靖本這樣毫無規律可尋，在我國校勘史上倒還是個異數。「此亦南北互用之文，前注不謬」（庚辰五三回），無論如何過錄，怎麼可能抄成「前注不亦南北互用此文之謬」呢？除了刻意造假之外，實在很難解釋。

何況，凡遇紅學重要的關鍵爭議處，靖本又都清晰明順。假如多次過錄真會造成上述怪現象，何以重要異文又都不轉錄錯誤呢？❾

除了文字錯亂之外，另一類不通亦時有所見，如第五回靖批：「此句定評，想世人目中各有所取也。按黛玉寶釵二人，一如姣花、一如纖柳，各極其妙者，皆性分甘苦不同世人之故耳」，衍自甲戌本的夾批。但卻把世人因性分不同而於釵黛二人各有所嗜，寫成釵黛之妙是因性分不同於世人，文意背謬而矛盾。又如十三回瑞珠觸柱一段，甲戌本批：「補天香樓未刪之文」，靖本竟寫作：「是亦未刪之文」。殊不知所謂補，正是蒙府本夾批所云「填實前文」之意，以致文義不通。——倘云此乃過錄之誤，則我們不禁要疑惑：「何來此謬抄手耶？」

---

❾ 周氏〈靖本傳聞錄〉就說靖本批語凡屬重要之異文、足以左右考訂者之爭執者，大抵清楚明順，彷彿抄者早知此處會有關係，所以特意不使錯亂，以供後人排難解紛。

③內容

由於靖本出現，使得我們對遺簪更衣、撒手證緣、西帆樓、獄神廟等情節，妙玉茜雪、煦堂、杏齋、脂硯、畸笏等人物及曹雪芹的卒年等問題，必須重新思考，這是靖批內容帶來的影響。因為這些也恰好是紅學中最尖銳敏感的問題，因此歷來的辨偽者（如那宗訓、周汝昌等），不被視為規避問題，就被懷疑是維護自我立場的攻擊行動。其實，靖本之偽，是可以不牽涉評論人本身立場，而客觀予以證明的。例如我們可以不談脂硯與畸笏是一人或二人、是男是女、畸笏是否在丁丑以前即開始批紅樓，而形式地指出靖本多抹去脂硯署名的事實，其偽跡便自然顯出了。這類證據非常之多，略舉數事，以供參驗：

⑴靖批對批語本身的真實性不斷強調——如第六回平兒名字，靖批：「觀警幻情榜，方知余言不謬」；同回鳳姐五笑，靖批：「何如？當知前批不謬」；四八回寶釵與香菱同回園中，靖批：「此批甚當」……。其他脂批中此類批語較少，且靖批本身便極可疑，像評鳳姐五笑，靖本原批云：「五笑寫鳳姐活躍紙上」，這樣的批語有何正謬值得如此張揚？寶釵香菱一段加批「此批甚當」四字尤屬無理，因為庚辰本批語遠較靖藏詳密圓整，末尾也有脂硯齋的署名，靖本則批文簡訛，又無脂硯署押；若說靖藏過錄的是再批本，不應如此簡訛；但若非加批，則此四字又從何而來？這顯然是偽造者既要自喻真金，又不明脂評真貌，才形成的笑話。將助人信、反滋人疑，似此之例不少。

⑵凡脂硯之名多抹去——如上舉例，靖本對脂硯名署多隨意削刪，四十八回兩靖批，在庚辰本中均有脂硯名，卻都刪去。反倒是畸笏署名的批語，出現比率居所有脂評本之冠。許多原

先認為是脂硯的無名批語，靖本皆署畸笏❿。請看下舉二例：

1.庚辰本：「通回將可卿如何死故隱去，是大發慈悲心也。嘆嘆！壬午春」

靖本眉批：「通回將可卿如何死故隱去，是余大發慈悲也。嘆嘆！壬午季春，畸笏叟」

2.庚辰眉批：「實表奸淫，尼庵之事如此。壬午季春」

靖本眉批：「又寫秦鍾智能事，尼庵之事如此。壬千季春，畸笏」

以上兩批，分別在十三、十五回，互相對比後，我們很難相信加署的名字會是庚辰本漏抄了的。前者將作者之慈悲改為畸笏的命令，更讓人覺得可疑。廿二回那條著名的批語也是加此，庚辰本只有「鳳姐點戲、脂硯執筆事，今知者寥寥矣，不怨夫！——前批知者寥寥，（不數年，芹溪、脂硯、杏齋諸子皆相繼別去），今丁亥夏只剩朽物一枚，寧不痛殺？」括弧中字是靖本添加的。庚辰既有此批，何以反將最重要的文字漏掉？這不顯然告訴了我們：靖本之刪去脂硯、添署畸笏、乃至加繫人名，都是偽造的結果嗎？⓫

(3)批語有年月及名字者特多——靖本不僅眷愛畸笏，不見於他本之人名與日期也較別本為多，四一回丁丑仲春畸笏一批，將畸笏批書之年提早，四二回辛卯冬日一批，又將畸笏批書之年下拉，再刪去若干脂硯的著作權，畸笏便成為十四年間最大的批書家了⓬。除了這位大批家外，另有幾位批者：眗堂、常村、杏齋。眗堂、杏齋不見於他本，無法討論；常村似即棠村，

❿ 詳趙岡、陳鍾毅《紅樓夢研究新編》頁一二〇。

⓫ 另參考周汝昌〈靖本傳聞錄〉後記。

⓬ 這個時限的差異，和上舉廿二回的批語一樣，嚴重影響到脂硯和畸笏的身份問題。

其出現可能是受到甲戌凡例的暗示，恰如當年大家渴望「察出有關脂硯齋硯石的記載」，所謂脂硯齋硯便出現了一樣。在靖本錯亂不堪的批語中，居然對人名和日期如此嚴飭，實在是件不可思議的事。

(4)自構理論部分——影響紅樓夢全書情節及意義最大的是獄神廟和庾子山賦兩段。獄神廟的靖批，根本和紅樓夢曲子無法配合，大陸的紅學界卻盲目地扯來談階級鬥爭，如孫遜〈恢復曹雪芹原作被削弱了的批判光芒〉、周汝昌〈紅樓夢及曹雪芹有關文物敘錄一束〉等文，均以獄廟相逢為後四十回發展的線索，言之可笑！而庾子山哀江南賦那段批，更是索隱、自傳、鬥爭諸派必爭之地，然若細細研究，其中疑點卻很不少，第一、十八回寶玉黛玉分證一段，靖本引庾子山哀江南賦之後，接著說：「大族之敗，必不致如此之速，特以子孫不肖，招接匪類，不知創業之艱難。當知瞬息榮華、暫時歡樂，無異於烈火烹油、鮮花著錦，豈得久乎？戊子孟夏，讀虞子山文集，因將數語系此；後世子孫，其毋慢忽之」。這種形式，在所有脂批中找不到第二個例子（唯一一條，是庚辰本廿一回記杜甫祠一段，但那段自云：「因索書甚迫，姑誌於此，非批石頭記也」）。第二、子孫不肖、招接匪人，見於有正本第四回批語，但該回說：「此等人家，豈必方始成名耶？總因子弟不肖，招接匪人，一朝生事則百計求，父為子隱、群小迎合，雖暫時不罹禍網，而從此放膽，必破家滅族不已，哀哉！」顯然是泛稱一般大族子弟之弊，靖本卻一味指實，所以才有十八回這條長批及五三回批：「招匪類賭錢、養紅小婆子即是敗家的根本」等文字。既不見於他本，又與第四回批不合，此非獨存其真，正是顯見其偽。第三、瞬息繁華、一時歡樂云云，出自十三回秦可卿語，試比較蒙府本夾批，便可發現無論形式或內容，都與靖本違異。若云靖本非偽，為什麼會產生這類現象呢？

四、結語

偽本之出，實與研究工作成一互動的關係：雜事秘辛，素秉升庵之謬賞；古文尚書，遂有百詩之疏證。偽作，不僅有提供或解釋研究中發生問題的企圖，研究本身也深受偽作的影響。影響有正負二面，正面是透過辨偽，重新思考某些問題；負面是信偽迷真，以致歧路亡羊。因此，學者在面對材料時，當有其自覺，才不會被干擾。以俞平伯為例，他在〈記夕葵書屋石頭記卷一的批語〉一文中，居然說靖本將甲戌本兩條批語匯合為一的格式，能解決甲戌原批開首、中間及結末等問題。其實，甲戌原批並無矛盾，靖本作者不甚瞭解脂批款式，又圖省事，所以常合併數批（有時則是故意匯併），談不上優劣及是否能解決問題。何況，強指甲戌兩批分置於書眉，便無法跟正文相應，也是沒有意義的。夕葵附紙獨抄一長批，又跟正文如何繫屬呢？偽資料的證據價值，在研究者眼中常發生膨脹的現象，這是個很值得警惕的例子。

靖本之偽，從前也有人懷疑過，但從懷疑到辨偽，仍有一段相當長的距離。正如由吳棫、朱熹開始懷疑偽古文尚書、到閻若璩辨偽，這中間真是長夜漫漫。而懷疑跟辨偽，主要是方法上的不同。本文嘗試系統地摘訛辨謬，以廓雲翳。寫作中，承王三慶先生惠示若干資料，許晏駢先生告知靖本流傳不合八旗規制及夕葵附紙年代不符等，多所啟發，敬此致謝。

靖本既已確定為偽物，則大陸近數十年來所發現的有關紅樓夢和曹雪芹文物，已可證明全是贋鼎。這在思想史和紅學研究中，自也具有某一意義，至少它顯示了共產制度下所謂馬列科學治史方法的荒謬性。但這可能須用另一篇文章來說明，此處即不贅言了。

原載《成功大學學報》十七卷，人文篇

⓭ 批語收入陳慶浩《新編石頭記脂硯齋評語輯校》頁十八。

紅樓猜夢：紅樓夢的詮釋問題

一、中國人的夢

清嘉慶九年，陳鏞正在看《紅樓夢》，遇到桂愚泉。桂力勸他不要看，因為當時剛好發生了幾樁讀《紅樓》所引起的命案：常州一士人，一月之間，連讀《紅樓》七遍，以致神思恍惚、心血耗竭而死；又有一女子，酷嗜《紅樓》，嘔血，死。道光二年，樂鈞的《耳食錄》卷八也提到那時有個癡女子，因讀《紅樓》而冥思廢食，奄奄一息，她父母趕緊把書燒了，希望她能好轉過來，不料她竟痛哭：「奈何焚我寶玉、黛玉？」，飲泣而卒❶。

❶ 類似的例子，參見鄒弢《三借廬筆談》卷四「小說之誤」條、《世界叢談新說林》卷二天憤生論賈寶玉條，均收入《紅樓夢卷》卷四。

這類因讀《紅樓夢》而喪生的例子，所在多有。一般人雖或不至於入此極端，總也難免對其中的情天欲海神魂顛倒。而父母養一子女，好不容易長到情竇初開，便被此等妖書勾引得一命嗚呼，對《紅樓夢》又怎麼可能會有好感？不是拉雜摧燒之，便是詛咒寫這種書的人不得好死。如毛慶臻《一亭考古雜記》就說嘉慶間林清造反案中，被凌遲處死的都司曹某就是雪芹的後人；又建議把這種淫書一齊移送海外，去毒化老外，以報答他們運銷鴉片毒害我中華同胞的雅意❷。此議甚妙，似較趙之謙說：「全部《紅樓夢》第一可殺者即林黛玉」（章安雜說），尤勝一籌。

至於顧家相《五餘讀書廛隨筆》所載：「光緒間滬上妓女有賈探春、賈惜春、薛寶釵等名，所歡贈以聯云：『我為黃浦江邊客，卿是紅樓夢裏人』」云云，對曹雪芹來說，這可能比下拔舌地獄更值得痛哭吧！對曹雪芹的詛咒與贊美，恐怕也沒有比這種具體行動更火辣辣的了。尤其是林黛玉，「屢嫁人而復屢為娼」，其為瀟湘妃子者，豈如是乎？這實在是個絕大的諷刺❸。

但《紅樓夢》既為一好小說，則無理由禁止妓女閱讀。天下堂官皆可自擬為林妹妹，天下才子皆可自比於寶二爺，何以獨不准妓女以黛玉寶釵相稱？可見這種事雖然滑稽，在情理上卻是不容非議的。相反地，這類現象，倒是我們最感興趣的所在。——依現今流行之讀者反應的文學理論來看，《紅樓夢》一夢方酣，便引得這許多癡男怨女情迷意亂，引得這天下父母心煩冤愴痛，引得道學夫子憂心忡忡，引得上海群芳鶯啼燕語不休，更引出若干續夢、後夢、補夢、圓夢、幻夢、復夢、重夢……之類，恍兮惚兮，夢中說夢，真是漪歟盛哉！

《紅樓夢》為什麼能有這麼大的魅力或魔力呢？

老實說，《紅樓夢》問世這幾百年之間，它的地位和價值並不是沒有遭到挑戰。許多人讀之不能終卷，許多人覺得它瑣碎、枝節太多，對於它所敘述及傳達的內容，亦覺煙雲模糊，無從索解❹。然而，大體說來，它仍然可以算得上是這幾百年間最令人著迷的讀物。這期間，政權幾經改變，物換星移、雲翻雨覆中，獨獨《紅樓夢》還散放著奇光異采，單單這一點，就很了不起了。

而更奇怪的是：大家喜歡的這本《紅樓夢》到底是個什麼東西，到今天仍然不太清楚。紅

---

❷ 論及此事者，尚有陳其元《庸閑齋筆記》卷八、汪堃《寄蝸殘贅》、伊園主人《談異》卷二、英浩《長白藝文志》小說部集類等。又毛慶臻談到當時相傳曹雪芹在地獄中受苦：梁恭辰《北東園筆錄》四編卷四，也說曹雪芹槁死牖下、身後蕭條，乃編造淫書之報應。

❸ 有趣的是，俞樾認為《紅樓夢》十二金釵之名，原即本諸妓女，《茶香室三鈔》說：「朱彝尊《靜志居詩話》云：『趙彩姬，字今燕，名冠北里。時曲中有劉、董、羅、葛、段、趙、何、蔣、王、楊、馬、褚，先後齊名，所謂十二金釵也』，按此則今小說中所稱金陵十二金釵，亦非無所本」。

❹ 貶抑《紅樓》的意見，並不罕見，如尤夙真〈瑤華傳序〉：「珍重攜歸閱之，費去五日夜心神，得其全部要領，似與從前耳聞閱者之贊美大相逕庭。偶於廣座談及，而大眾似有以盲人目我者，心竊疑之」，周永保跋亦云：「最可厭者，莫如近世之《紅樓夢》，蠅鳴蚓唱，動輒萬言，汗漫不收，味同嚼蠟。世顧盛稱之，或又從而續之，亦大可怪矣。……散漫蕪穢之《紅樓夢》」。李慈銘則謂：「其中矛盾埶戾甚多，此道中未為高作」（《越縵堂日記》補・庚集下，咸豐十年八月十三日）。也有人認為它不如《聊齋》，見方玉潤《星烈日記》卷七十，咸豐十年十二月廿八日，《紅樓夢卷》卷四引。但也有人認為書中矛盾處，可能正是作者特意設計的，如《卷》卷六引冥飛等《古今小說評林》云：「醉心《紅樓夢》者，往往尋疤覓疵，挑剔書中情節。不知原書經曹雪芹披閱十載，增刪五次，曹氏胸羅八斗，心細於髮，其紕漏處必有紕漏之所以然者。……其紕漏處均是絕大關鍵，惜後人吠影吠聲，不特厚誣作者，抑且唐突古人矣」。

學專家爭論了幾百年，至今作者為誰，原來面目如何、主旨何在……等，恐怕沒有一點已經獲得了定論。它現存十二個抄本，各不相同，且差異甚大，批本狀況也很混亂，釐析考辨，至為艱難。因此，整個《紅樓夢》可以說仍然籠罩在一團迷霧之中。偏偏這團迷霧又以夢為名，遂愈發荒唐不可究詰了。

中國人的夢，有孔子夢坐兩楹之間、有莊周夢蝶、有南柯一夢、有黃粱夢、有《西廂記》草橋驚夢、有玉茗堂四夢……，然而夢之奇、夢之妙，莫過於《紅樓》。《紅樓》以夢為名，以甄士隱夏日一夢開端，全書就是一場大夢，夢中又有無數小夢，環環相扣，成為夢的大觀園。王希廉評本曾指出：

> 從來傳奇小說，多託言於夢。如〈西廂〉之草橋驚夢、《水滸》之英雄惡夢，則一夢而止，全部俱歸夢境。〈還魂〉之因夢而死，死而復生，〈紫釵〉彷彿似之，而情事迥別。〈南柯〉〈邯鄲〉功名事業，俱在夢中，各有不同，各有妙處。《紅樓夢》也是夢，而立憲作法，另開生面。前後兩大夢，皆遊太虛幻境，而一是真夢，雖閱冊聽歌，茫然不解；一是神遊，因緣定數，了然記得。且有甄士隱夢得一半幻境，絳芸軒夢語含糊，甄寶玉一夢而頓改前非，林黛玉一夢而情癡愈錮。又有柳湘蓮夢醒出家，香菱夢裏作詩，寶玉夢與甄寶玉相合，妙玉走魔惡夢，小紅私情癡夢，尤二姐夢妹勸斬妬婦，王鳳姐夢人強奪錦疋，寶玉夢至陰司，襲人夢見寶玉，秦氏元妃等托夢，寶玉想夢無夢等事，穿插其中。與別部小說傳奇說夢不同。文人心思，不可思議（總評，頁八五）。

二知道人〈紅樓夢說夢〉更說這本書顯現了夢的春夏秋冬諸意境。確實不錯。而自有這本夢書以後，便又出現了無數的復夢、續夢、後夢、補夢、重夢、圓夢……，出現了無數解夢的書，解之、辨之、考之、說之、猜之……寖假而逐漸成了「夢魘」，使人瘋魔❺。

其所以如此，是由於從前各種夢，都是個別性的，都只能詮釋人生某一些部分，《紅樓夢》則幾乎包容了中國所有的夢境，夢之各種面貌，亦皆顯現於其中。故《紅樓夢》一出世以後，中國人一切關於夢的想像、觀念、夢與人生的關係等等，就都薈萃壓縮到這本書裏。整部書，就是大荒山無稽崖石頭幻化出的一場大夢。

二、夢醒了嗎？

夢是會醒的，因此夢時與醒時，即是一種對照。歷來處理這種對照關係，有時是以夢為幻，以現實為真，有些則據夢中之幻、顯現實之所謂真並不一定真，用夢的迷惘，逼人通往人生的超悟。於是在夢與醒的對照之中，即形成了迷與悟、真與假等對照關係。

但《紅樓夢》的複雜，是把這些對照關係混淆了，真真假假、迷迷悟悟、若真若假、若迷若悟。所謂：「假做真時真亦假，無為有處有還無」，太虛幻境，就是真如福地（見一一六回）。

❺ 張愛玲即有《紅樓夢魘》一書。

前者虛幻、後者真有，但同屬一地；猶如甄寶玉與賈寶玉，一個熱中，一個癡情，但同是一人。即真即假，即假即真，真假之間，好不困擾人也！

由於這種特殊的夢境設計，使得《紅樓》跟中國所有的言夢之作，都不相同，迷離惝怳，歸趣難窮❻。但，問題尚不止於此，我們必須知道，夢既可牽引人到一處神秘離奇的幻境，也能讓人通過夢而得到了悟，前者如黃帝夢入華胥國，後者如莊周之夢蝶或黃粱一夢。然而，《紅樓》真真假假，虛幻與真實混揉為一，迷與悟的界限便不甚分明。它究竟是要引導讀者進入桃花源，去尋訪那有情有愛的世界❼；還是要藉大觀園之風華富艷，點醒讀者：繁華如夢？而更糟糕的是，它寫夢，寫得太美麗、太迷人，雖說：「喜笑悲哀都是假，貪求思慕總因癡」，而要「引覺情癡」。但是它所刻劃的情癡、所描寫的喜笑悲哀和貪求思慕，才是真正動人的地方。讀《紅樓》者，大都愛寶玉之癡情，而對甄寶玉沒什麼感覺（有時還很嫌惡他），更甭提什麼覺悟了❽。程郢秋《碧巖館筆記》記載當時人的感慨，說：「一部《水滸》教壞天下強有力而思不逞之民；一部《紅樓》，教壞天下堂官及各津要」，講的就是這個道理❾。前文所引讀《紅樓》致死的幾則社會新聞，更可以看出這個趨勢。寶玉明明是一個「魔迷本性，狎婢亂倫，無所不至」（青山山農，《紅樓夢廣義》）的無腸公子，世人卻偏偏愛其為一多情種子，而且「人人皆賈寶玉，故人人愛林黛玉」（見趙之謙，《章安雜說》）。

這到底是小說佯做超悟語，而其設計卻是存心要讓人見識見識情癡慾海的風光；還是本想指點世人超脫妄情，卻反而引導人走入了魔道？抑或一般讀者都搞錯了，《紅縷夢》是寫給天下能去做和尚的人讀的，不是要寫給一般人看（見黃鈞宰《金壺浪墨》卷八）。所以把世間一切蕩倩佚志、荒淫偏邪之事寫出，希望讓人能知所警惕、能夠覺悟。

換言之，《紅樓夢》是「情書」還是懺情的「悟書」？

顯然很多人認為它是情書，鄉嬛山樵的〈補紅樓夢序〉說：「古人云情之所鍾，正在我輩，故情也夢也，二而一者也。無此情即無此夢也，無此夢緣無此情也。妙哉！雪芹先生之書，情也夢也，文生於情、情生於文者也」，花月癡人的〈紅樓幻夢自序〉說：「同人默庵問余曰：『《紅樓夢》何書也？』余答曰：『情書也。凡一言一事、一舉一動，無在而不用其情。』」

---

❻ 二知道人〈紅樓夢說夢〉云：「雪芹之書，歷敘侯門十餘年之事，非若邯鄲南柯，一剎那之幻夢耳」，所見猶淺。

❼ 同上引文又曰：「雪芹所記大觀園，恍然一五柳先生所記之桃花源也。其中林壑田池，於榮府中別一天地，自寶玉率群釵來此，怡然自樂，直欲與外人間隔矣。此中人囈語云：除卻怡紅公子，雅不願有人來問津也」。余英時「紅樓夢的兩個世界」說，大體即持這種看法，說大觀園是曹雪芹虛構的一個理想世界、未許凡人來此之仙境；且它基本上是一個女孩子的世界，除寶玉外，更無其他男性住在這裡。宋淇大致也這樣認為，見〈論大觀園〉（「明報月刊」八十一期，一九七二年九月）。余英時文，則分別見他《歷史與思想》《紅樓夢的兩個世界》二書。

❽ 涂瀛《紅樓夢論贊》：「世俗之見，往往以經濟文章為真寶玉，而以風花雪月為假寶玉。意其初必有一人如甄寶玉者，與賈寶玉締交，其性情嗜好大抵相同，而其後為經濟文章所染，將本來面目一朝改盡，做出許多不可耐之事。賈寶玉傷之，故將真事隱去，借假語村言演出此書，為自己解嘲，而兼哭其友也」，竟認為批評甄寶玉是全書主旨。鄭光祖《一斑錄雜述》卷八則說：「既有假寶玉，何必復及真寶玉，是為疵瑕」，更是以敘述甄寶玉者為可刪。這當然是由於不明白《紅樓夢》全書的設計使然，但正可以看出一般人對甄寶玉的觀感。門爭論紅學更是極力批判甄寶玉的祿蠹性格。

❾ 又見胡林翼《文集》卷七一〈撫鄂書牘〉。《李慈銘日記》，咸豐十年八月十三日亦云：「凡智慧癡騃，被其陷溺，因之繭葬艷鄉者，不知凡幾，故為子弟最忌之書」（庚集下）。

汪大可的〈淚珠緣書後〉說：「《紅樓》以前無情書，《紅樓》以後無情書，曠觀古今，《紅樓》其矯矯獨立矣」，方玉潤的《星烈日記》說：「《紅樓夢》特拈出一情字作主，遂別開出一情色世界。至寶玉遁入空門一段，事屬荒唐，未免與全書筆墨不稱，何必作此荒誕不經之說也哉？」都持這種見解。認為情才是全書主旨，悟只不過挪用了中國文學傳統的老套，故作門面語罷了。書中真正吸引著他們的，是那纏綿往復、癡絕奇絕之情。故非非子曰：「《紅樓夢》，悟書耶？非也，而實情書。其悟也，乃情之窮極而無所復之，至於死而猶不可已，無可奈何而姑託於悟」（《耳食錄》二編卷八）。

然而，《紅樓夢》中，美人香士、燕去樓空之感，觸處可見，真的是毫無所悟嗎？訥山人〈增補紅樓夢序〉說：「其書則反覆開導，曲盡形容，為子弟輩作戒，誠忠厚悱惻，有關世道人心者也。顧其旨深而詞微，具中下之資者，鮮能望見涯岸，不免墮入雲霧中，久而久之，直曰情書而已」，就是對主情說正面的批評❿。

大體上，主情說認為全書主幹，在於絳珠仙草受神瑛侍者灌溉之恩，以淚償債這件事，因此一寫到林黛玉魂歸離恨天之後，全書也差不多沒啥看頭了⓫。主悟說則強調全書主幹在於石頭經歷一番夢幻的過程。兩派著眼不同，遂於林黛玉之評價也互不相同，所謂「釵黛優劣論」，就是在這兩條解析脈絡中發展出來的⓬。

擁林派和擁薛派，幾百年來爭辯不休，其實即代表了情與悟之間，存在著一種緊張關係。這種關係，基本上是對立的，但情中有悟、悟中有情，又難以截然析分，所以才會搞得這麼複雜。幾百年來，紅學家及紅迷們爭論萬端，它主要的詮釋脈絡，卻大抵不出這兩條路線。

三、解夢的方法：在迷與悟之間

依書中警幻仙子所說，《紅樓夢》中賈寶玉稟性乖張、用情謫怪，因此先以情欲聲色等事

---

⑩ 胡壽萱說：「因恐閱書者不知其無情，誤以為情史，則將秦鍾之死、可卿之亡，卷中先後敘明，大書特書，一情不留」（論紅樓小啟）。江順怡〈論紅樓夢雜記〉更正面批評主情論者：「或以為好色不淫，得國風之旨，言情者宗之。明鏡主人曰：《紅樓夢》悟書也。不知者徒艷其紛華靡麗，有心人視之皆縷縷血痕也。纏綿悱惻於始，涕泣悲歌於後，至無可奈何之時，安得不悟？」

⑪ 如吳雲《紅樓夢傳奇》序：「《紅樓夢》一書，大抵主於言情，顰卿為主腦，餘皆枝葉耳」、解盦居士〈石頭臆說〉：「此書專為靈河岸上之謫仙林顰卿一人而作。……此書既為顰顰而作，則凡與顰顰為敵者，自宜予以斧鉞之貶矣」。最妙的是，犀脊山樵甚至說：「余在京師，嘗見過《紅樓夢》原本，止於八十回，敘至金玉聯姻、黛玉謝世而止。今世所傳一百二十回之文，不知誰何傖父續成者也，令人見之欲嘔」，依今天所能理解的版本狀況來看，不可能有這種「原本」，或許這正是這一批林黛玉迷的傑作哩！因為謝鴻申〈答周同圃書〉就曾建議：在黛玉歸天時，正文就應斗然終止，以求簡淨（見《東池草堂尺牘》卷一）。

⑫ 涂瀛在〈紅樓夢問答〉中就曾討論過「寶釵與黛玉，孰為優劣」，朱作霖也寫過一篇〈釵黛孰優論〉，其他論紅樓者，亦必涉及此一基本問題。揚此抑彼，爭論特多。鄒弢曾記載：「已卯春，余與（許）伯謙論此書，一言不合，遂相齟齬，幾揮老拳」（三借廬筆談卷十一），談的就是釵黛孰優。亦有強作調人者，如野鶴〈讀紅樓箚記〉說：「讀《紅樓夢》第一不可有意辨釵黛二人優劣，或曰黛高而釵下，或曰釵高而黛下，野鶴曰：都是笑話，作是說者，便非能真讀《紅樓夢》」。早在脂評中亦有「黛玉寶釵二人，一如姣花，一如纖柳，各極其妙者，然世人性分甘苦不同之故耳」「想世人目中各有所取也」（第五回甲戌本夾批）之語，可見此一問題發生甚早。

警其癡頑，希望他能跳出迷人圈子，走入正途。但夢中點化。並無效果，寶玉終於被迷津裏的魔鬼扯了下去，沈淪情天慾海之中[13]。他身上佩著一塊玉，玉就是慾；跟秦可卿初識雲雨情，秦可卿者，情可情非常情也。書中如狎秦鍾（情種）等，皆為奇情癖情，所以花月癡人才說它盡是些發於情、鍾於情、篤於情、深於情、戀於情、囿於情、癖於情的東西[14]。最後，得和尚點化，明白「世上的情緣，都是那些魔障」，把玉還給和尚，說：「我已有了心了，要那玉（慾）何用？」終於了卻塵緣，復歸本處，仍為大荒山無崖青埂峰下一塊頑石[15]。故書名《石頭記》，又名《情僧錄》，又名《風月寶鑑》、《金陵十二金釵》、《紅樓夢》[16]。

不管這些書名如何解釋，面對這一場真而不真、假而不假的大夢，詮釋者從解脫超悟的角度來看，便發現它大大有功於世道人心，是教導人不要陷溺於情慾癡妄之中的好書。「其書反覆開導，曲盡形容，為子弟輩作戒，誠忠厚悱惻、有關世道者也」（〈增補紅樓夢序〉，訥山人）。不是認為它「即李青蓮所謂敘天倫之樂事而已」（紅樓復夢自序）「見簪纓巨族、喬木世臣之不知修德載福、承恩衍慶，託假言以談真事。意在教之以禮與義，本齊家以立言也」（觀鑑我齋《兒女英雄傳》序），就是說《紅樓》「乃演性理之書，祖《大學》而宗《中庸》」「全書無非演易道也。」

道光年間張新之和王希廉兩個重要批本，大體上即是這種觀點。張新之曾說：

> 孔子作《春秋》，常事不書，惟敗常反理，乃書於策，以訓後世，使正其心術，復常循理，交適於治而已。是書實竊此意。通部《紅樓》，只左氏一言概之曰：譏失教也。

風月寶鑑，本來就不能照正面，正面是寫情慾，要看反面才能洞悟。張氏就是從這個原理來掌握《紅樓夢》的主旨，並以《易經》和五行生剋的理論，說明書中人物的關係與作者的寓意用心。王希廉則根據「福、壽、才、德」四項標準來評論人物，認為林黛玉「一味癡情，心地褊窄，德固不美，只有文墨之才」（總評），又說：「（風月寶鏡）背面是骷髏，正面是鳳姐；美人即骷髏，骷髏即美人：所謂色即空，空即是色」（十二回評）。這樣的評論，不但「使尊林者流群起詬之」（見吳克岐〈懺玉樓叢書提要〉），更被批評為迂腐、

⓭ 我們時時要注意《紅樓夢》主情與主悟兩者兼攝的寫法。由主悟言之，是太虛幻境；由主情言之，又是孽海情天。警幻，是警其癡頑，但「警幻與可卿（謂可人之情事也）為姐妹，是一是二，恍惚迷離，殆不可辨。雲雨之事，其警幻所訓歟，抑可卿所訓耶？」（解盦居士語）。她是要導引賈寶玉超悟呢？還是教育了寶玉領略情慾風光？

⓮ 見《紅樓幻夢》自序。

⓯ 解盦居士謂：「通靈寶玉，即寶玉之心。直至一百十七卷中，寶玉云：『我已有了心了，要那玉何用？』方將本旨揭出。其從前摔玉、砸玉、失玉、還玉，皆非謂玉也可知」，夢癡學人〈夢癡說夢〉也說：「紅樓者，肉團心之別名；夢者，幻妄之謂」。但此處我須下一轉語：通靈寶玉固然是心，也是慾（王國維《紅樓夢評論》即以慾解釋寶玉入塵世），猶如它既為通靈，又是蠢物，讀者不可只認一面。

⓰ 關於《紅樓夢》為什麼會有這麼多書名，有各種不同的解釋。這一現象使我們想起一九六〇年以後，法國 Tel Quel 學派所開啟的對 text 的看法。所謂「紅樓夢」這個 text，根本不是一個封閉而穩定的系統，它的意義與結構是開放的、不定的，因此在表意時，事實上形成了無窮的多元，《紅樓夢》又名《石頭記》，又名這又名那，呼我為牛則為牛，呼我為馬則為馬，命名的不同，正代表了它意義的變化。整個作品不是完整的、自明的。互參注㊳。

保守。違背作者原意。因為從主情的觀點來看，《紅樓》人物的特質，在於情、在於癡，而不在福慧才德；作者的原意，在於寫出人間天上，瀰漫宇宙、維繫乾坤的一個情字，而不是「大賢大忠、理朝廷、治風俗的善政」[17]。書中人物種種癖於情的舉動，均不當從禮義、禮法和理的角度來衡量，因為湯顯祖老早就說過：「理之所必無，安知情之所必有」。湯氏的〈牡丹亭〉等戲劇，寫的就是「因情成夢」（玉茗堂尺牘之四・復甘義麓），《紅樓》當然也是如此。「人生何處說相思？我輩鍾情在此」「堪留戀，情世界業因緣」「恨流歲年年生，情債朝朝暮暮多」「情根一點是無生債」「生生死死為情多，奈情何！」「嘆情絲不斷，夢境重開」，湯顯祖對情的刻劃，難道不也是《紅樓夢》令人癡迷的原因嗎？石頭難補離恨之天，棄在青埂峰下。青埂就是情根，而靈河岸上三生石畔，則是三生石畔舊精魂，一切皆情生於文，文生於情[18]。

這兩條路子不斷對諍爭鋒，其中主悟者逐漸演成超脫塵俗之說和世道人心之說二系，後者是儒家思想的解釋，前者卻是近乎佛家道家，認為：「邯鄲夢與紅樓夢，同是一片婆心」（二知道人《紅樓夢說夢》）[19]。

至於情愛說，雖然擁護和喜愛的人很多，但它有許多站不住腳的地方，例如甲戌本第一回說甄英蓮（香菱）有命無運，累及爹娘，批：「看他所寫開卷之第一個女子，便用此二字以訂終身，則知託言寓意之旨。誰謂獨寄興於一情字耶？」庚辰本四二回，回前總批也說：「釵黛名雖兩個，人卻一身，此幻筆也」，若寶釵、黛玉本為一人，則擁林或擁薛豈非多事[20]？可是情愛說純以黛玉為全書中心人物，視寶玉黛玉為靈秀正氣的化身，認為寶釵襲人「惡極殘極最奸最詐」，乃殘戾乖邪之氣的體現（見耿墨子《新譯紅樓夢》），若釵黛合一，情愛說即根本無法自圓其說。何況甲戌本更明白說了：《紅樓》並不只寄興於一個情字，而是別有託言寓意。

如果說這只是脂硯齋批本的意見，不足為憑，那麼，請讓我們來看看《紅樓夢》本文的證據。第一回曾明說：「夢幻等字，卻是此書本旨」，這跟脂批主張「無材可去補蒼天，為全書本旨」，雖然略有出入，但顯然都與情愛說無關㉑。

不但如此，情愛說除了在證據上站不住腳，在理論上更容易自找麻煩。因為如果說《紅樓》是一部情書，那就必然牽涉到一個情與淫的問題。在清，如毛慶臻、梁恭辰、汪堃、陳其元……等人，都認為《紅樓夢》是淫書，它裏面所寫的各種扒灰、養小叔、狎婢、嬖倖孌童、以及男癡女愛……諸般情事，實在是教壞天下懷春少男少女。清巡撫部院亦曾下札各省，飭所屬府縣

---

⑰ 參見康來新《晚清小說理論研究》（一九八六・大安）頁五九―六二、七九―八〇。

⑱ 參看西湖散人〈紅樓夢影序〉，《卷》卷二收。

⑲ 張其信〈紅樓夢偶評〉說：「因空見色之十六字，可作釋教心傳之學，全書宗旨如是」，夢癡學人則說：「《西遊》以事演道，為三教一家之學；《紅樓》擬之，不用神奇，直指眼前。……性命雙修法門不二」。至於東魯孔梅溪，也有很多人說他指的就是孔子，就是儒家。

⑳ 俞平伯、趙岡、林以亮等，都認為釵黛本為一人，但細說又有不同，如趙岡就說薛寶釵是真人，林黛玉則為虛構（見《紅樓夢新探》頁二〇〇）：釵黛合一所代表者，則或云為秦可卿，或云為賈寶玉（《花月痕》第廿五回：「薛者設也，黛者代也。釵黛直是個子虛烏有，算不得什麼」，並以釵黛乃代表賈寶玉）。這是個大問題，受衝擊的不只是主情說，奪嫡論、鬥爭論、自傳論、索隱派等，也都必須面對此一問題。

㉑ 以「無材可去補天地」為全書主旨者，詳余英時〈眼前無路想回頭〉（收入《紅樓夢的兩個世界》）。

設立收燬淫書局，將《紅樓》及各種續補之書列為淫書銷燬㉒。我們固然可以說這只是清朝社會風氣保守閉塞所致，但別忘了書中警幻仙子曾說：「塵世中富貴之家，那些綠窗風月、繡閣煙霞，皆被那淫污紈褲與流蕩女子玷辱了。更可恨者，自古來，多少輕薄浪子，皆以『好色不淫』為解，又以『情而不淫』作案，此皆飾非掩醜之語耳。好色即淫，知情更淫。是以巫山之會、雲雨之歡，皆由既悅其色、復戀其情所致」。寶玉乃天下古今第一淫人，不僅因天分中生成一段癡情，獨得「意淫」二字，其狎婢嬖孌童等「皮膚濫淫」處，亦復不少㉓。雖曰癡情，實乃好色，固不容天下暱呼其為寶哥哥者諱也。且書中不只寶玉如此，諸聯〈紅樓夢評〉說得妙：「賈赦，色中厲鬼；賈珍，色中之靈鬼；賈璉，色中之餓鬼；寶玉，色中之精細鬼；賈環，色中之偷生鬼；賈蓉，色中之刁鑽鬼；賈瑞，色中之饞癆鬼；薛蟠，色中之冒失鬼」㉔。以好色來貫串書中人物、以寶玉為色中精細鬼，表面上看，與涂瀛〈紅樓夢論贊〉稱寶玉為「聖之情者也」大異其趣；但主張情愛說，恐怕就很難避開這個問題㉕，而且必然會反面地逼出倫理世道之說，以相抗衡。要解決這個困難，而又要兼顧到後面寫超悟出家的問題㉖，那就更無可避免地必須轉向寄託說，認為《紅樓夢》寫的是清順治皇帝與董小宛的故事，小宛死後，順治出家㉗。

但這是相當詭譎的——基本上情愛說對於作者的問題比較不那麼看重，因此它也就不一定堅持書中所描述者是作者自傳；它所看重的只是書中對於情的刻繪。但因繪聲繪影、寫情細緻，遂又不免教人疑心這即是作者的自述，如諸聯就說：「凡值寶黛相逢之際，其萬種柔腸，千端苦緒，……若云空中樓閣，吾不信也。即云為人記事，吾亦不信也」。現在，不管你信不信，

㉒ 批評索隱派的人，最振振有辭的理由是：假若《紅樓夢》真是反清悼明的種族主義小說，那麼它便是一部最失敗的書，因為幾百年來，讀《紅樓》者，大部分都只被它描寫的戀愛事蹟所吸引。實則，此一論斷，適合用在任何主情說及主悟說上，非索隱派特有的困難。夢癡學人曾說：「今見前人苦心救世，演為一書，而今竟流為害人害世之文。……彼各家只敷衍得一個假語村言，謂之淫書，情罪當真，焚其書，燬其板」，即指此而言。主情與主悟，都只就其「一個假語村言」而說。

㉓ 認為賈寶玉之意淫，不待肌膚之親始入佳境者，早期有二知道人等，近則有劉心皇、薩孟武、傅述先諸氏；但更有許多人指出寶玉與群芳的關係並不都是屬靈的、她們並不都只是「擔了虛名」。王夢阮曾引述當時人說《紅樓》中，「如迎春受虐，為非完璧；惜春出嫁，為已失身；寶釵撲蝶墜胎，故以小紅墜兒二名，點醒其事；湘雲眠藥裀是與寶玉私會，為襲人撞見，故含羞向人」云云，即是從淫慾這一面來解釋大觀園生涯的。甲戌本第五回「是以巫山之會、雲雨之歡，皆由既悅其色，復戀其情之所致也」句上有眉批說：「絳芸軒中諸事情景，由此而生」，講得更是明白。參看余英時〈紅樓夢的兩個世界〉注解六二、陳萬益〈說賈寶玉的意淫和情不情〉（收入《曹雪芹與紅樓夢》，一九八五・里仁）。

㉔ 野鶴〈讀紅樓夢劄記〉說：「明齋主人曰：賈赦色中厲鬼。我謂赦老尚是色中呆鬼，當不起厲字」。

㉕ 江順怡說：「《紅樓夢》或以為好色不淫，得國風之旨，言情者宗之。……『古來輕薄，皆以好色不淫為解，又以情而不淫為案，此皆飾非掩醜之語。好色即淫，知情更淫』，明鏡室主人曰：如此論情，如此論淫，藉口國風者，吾知其偽矣」（讀紅樓夢雜記），是直接對主情說的批判。其他則或舉書中事實以立論、如青山山農說：「寶玉淫行，書中並未明寫，獨於秦氏房中託之於夢，而以襲人雲雨實之，是時玉才十三歲耳，而狎婢亂倫，無所不至。可卿如是，則凡同於可卿者可知；襲人如此，則凡類於襲人者可推」（紅樓夢廣義）、梁恭辰說：「以開卷之秦氏為入情之始，以卷終之小青為點睛之筆，摹寫柔情，婉孌萬狀，啟人淫竇，導入邪機」（《北東園筆錄》四編）。另外，如《恨海》中論《紅樓夢》說：「寶玉用情不過是個非禮越分罷了。幸而世人不善學寶玉，不過用情不當，變了癡魔。若是善學寶玉，那非禮越分之事便要充塞天地了。後人每每指稱《紅樓夢》是誨淫導淫之書，其實一個淫字何足以盡《紅樓夢》之罪？」齊學裘說：「〈紅樓夢〉意在勸懲，而語涉妖艷，淫跡罕露，淫心包藏，亦小說中一部情書」（《見聞隨筆》卷十五）、馮梓華說：「一夕生挑燈讀《石頭記》，女曰：所看何書？生示之。女曰：此書足移情性，以後不看也可。生曰：未免有情，誰能遣此？女曰：君誤矣，

情愛說卻轉而朝替順治與董小宛記事這條路子走，由對書中寫情的喜愛，走向考證索隱史事了。情愛說或簡單地認為《紅樓》大旨不過言情的看法，後來在「紅學」中並沒有什麼勢力，原因也就在這兒。

反觀主悟說，其發展就更複雜了。前文說過，主悟說認為全書大旨在於警幻，幻就是一切情癡欲愛。但是作者要人了解貪慾之非以後，究竟希望人回到什麼樣的「正途」上來呢？賈寶玉固然已悟塵俗之非，出世為僧，甄寶玉卻未出家，作者到底肯定誰？第五回說警幻仙子要寶玉「改悟前情，留意於孔孟之間，委身於經濟之道」；而第一回又說情僧「由色悟空」，這兩者都是悟，然何者方為全書真正宗旨？這一點無法確定，世道人倫之說與出世超脫說，即無可避免地成為互相競爭、互相爭抗的詮釋。不但如此，主悟說不管其所悟者為何，都採批判塵俗的立場，一切紅樓風光，皆視為垢膩污人之所在，這即引出了後來運用馬克斯階級鬥爭理論來解釋的鬥爭說㉘。認為作者寫《紅樓夢》既非言情，亦非出世，而是要尖銳地批判或反映清中葉家族與社會的腐敗及內部矛盾。此說顯然是從主悟說發展來的。但它根本反對悟，既反對出世超脫，也不願留心孔孟；對書中結尾的處理，一概推諉說是讀書人擅自作主、不解曹雪芹原意所致㉙。換言之，它是從主悟說中引出來的一種詮釋，可也未嘗不是看到主悟說的困難而逼出的一套講法。利用「續書說」切掉了問題，而單單注意它批判塵俗的一面。

還有，許多人主張《紅樓》是作者經歷一番夢幻後，自我悔悟之作，此即自傳說。《紅樓夢》，如果真是作者自己悔悟前塵之作，是自傳，則曹雪芹於悼紅軒中披閱十載，固未嘗出家也。且書中譏刺批判賈府荒淫無恥之事甚多，若真屬自傳，何人忍心如此糟蹋自己的父母親長？

那麼，小說所刻劃描述諸般荒淫景況，究竟是純虛構的，還是確有所本㉚？要解答此一問題，雙方皆須得有證據才行，紅學後來糾纏在有關作者生平家世的考證，和作品影射對象的索隱上，可說其來有自。

情之極必主淫」（《昔柳摭談》六），均可顯示當時人確曾以此情書為淫書也。

㉖ 情愛說因無法兼顧後面出家的問題，而建議刪除或偽造版本的事，注十一已曾論及（昭琴亦云：「鄙見敘至黛玉焚稿、神瑛灑淚那兩回，便可陡然而止」）。值得注意的是：主情說解釋出家的意義亦與主悟說不同：「《紅樓夢》以絳珠還淚為主腦，故黛玉之死，寶玉一癡不醒，從此出家收場」（邱煒萲《菽園贅談》卷三）。

㉗ 謂《紅樓夢》為敘述順治出家事諸說，參看本書〈所謂索隱派紅學〉一文。

㉘ 主悟說除了從儒道釋思想來批判世俗之幻妄以外，更有人說它是政治小說，批判專制君主（如俠人、徐珂）；是倫理小說，批判家庭制度；是種族小說，批判滿清；是社會小說，批判男權社會；是道德小說，批判舊道德（均同上）；是「痛陳夫婦制度之不良」（海鳴語．《卷》頁六四二—六四七、三〇二—三一八）。這條路子，到薩孟武運用社會史政治史知識寫成《紅樓夢與中國舊家庭》之後，繼續發展，才成為門爭論。互參注卅二。

㉙ 余英時曾說：「甚至考證派尚有爭論的斷案（如後四十回是否高鶚所續），在門爭論中也迫不及待地被接受了下來」（近代紅學的發展與紅學革命）。這裡要進一步指出：迫不及待地直言後四十回為續作，非門爭論獨有的現象，前面已說過主情說即有此例，索隱派亦然。云《紅樓》乃吳梅村著，乃寫順治出家、宣揚種族主義小說之鄧狂言，就曾說過：「若謂後四十回為高氏所續，則於吾說甚為便利」（紅樓夢釋真）。但我們不應該貪圖這種便利，應了解後四十回書根本不可能是續作，全書一百二十回應作一整體來看待。後四十回不可能是續作的理由很多，除創作經驗、書中前後關聯之解釋外，實際的考證，在《乾隆抄本百二十回紅樓夢稿》被發現之後，亦已趨於定讞。另參岑佳卓《紅樓夢探索》（一九八五．自印本）第四章。

㉚ 如奉寬說：「書中一切排場，非身歷其境不能道隻字」（一九三一年〈北大學生〉一卷四期），梁恭辰則說：「此書全部中無一人是真的」（《北東園筆錄》卷四）。

四、詮釋路向的考察

通過以上有關詮釋路向的解析，我們就知道；紅學的發展，並不是由索隱派、自傳派、到鬥爭論三大典範（Paradigm）革命式的轉變。不是說索隱派因技術崩潰、方法失靈，無法再繼續從事解決難題（Puzzle-solving）的工作，以致導向革命，故新典範自傳派應運而生；然後，再因自傳派危機重重，而出現新的典範鬥爭論㉛。這三者，其實都只在情與悟兩大詮釋進路中，是從其詮釋進路之開展中自然出現的。除鬥爭論受到詮釋以外的政治壓力影響，其它均出於詮釋需要之不得不然㉜。且內中糾葛甚為複雜，不是此仆然後才彼起、更不是真正壁壘分明；單這三項，亦無法包含所有的詮釋。

例如把《紅樓》視為仙佛小說，與以儒家《大學》《中庸》《易經》解釋《紅樓》，表面上看雖頗不相同，實則同一脈絡。而這些用儒，用佛、用道、甚至說三教合一，認為《風月寶鑑》即先天大圓圖、邵雍所謂天根月窟之類，不也是波瀾壯闊的一支嗎㉝？何以缺漏不談？又如論《紅樓》者，或說該書乃譏刺滿人之作，但也有人云此書「演南北一家，滿漢一理」之義，二說相反，然皆屬於主悟說之系統㉞。蓋未悟前之荒淫腐敗，誠為可譏；既悟之後，則慾海情天即是真如福地了。我們若不通過詮釋方法的掌握，對此紛紜矛盾之說，將如何處理？

不僅如此，像考證、索隱或自傳，可能屬於主情的一路，也可能屬於主悟的一路，實在也無法據以作為足供辨識的典範。須知：並不是「自我朝考證之學盛行，而讀小說者亦以考證之眼讀之，於是評《紅樓夢》者，紛紛索此書中之主人公為誰」（王國維《紅樓夢評論》）。因為《紅樓》的作者，很早就有人斷定是曹雪芹了，雖然仍有異說，但在中國小說史上，作者難定，本是常例，何至於發生如此嚴重的問題？清人讀其他小說，亦並不以考證之眼讀之，何以一碰見

㉛ 這裡主要是針對余英時的批評。余英時用孔恩（Thomas S. Kuhn）的「典範」觀念，及他對科學革命之結構的看法，來討論紅學的發展，實在問題甚多。另參龔鵬程〈論俠客崇拜〉（「中國學術年刊」八期注六二、〈論詩文之法〉（收入《文化、文學與美學》）注三三。

㉜ 若細細勘求詮釋發展的歷史，我們可能也會發現鬥爭論與政治之間的關係，一方面正如余英時所說：「乃唯物史觀應用在文學作品的一般『典範』，而不是為了解決紅學本身特有的難題而建立起來的」，一方面則也不盡然。因為在鬥爭論之前，種種反滿、反帝、反男權、反社會、反家庭的說法，早已替鬥爭論鋪好了路，鬥爭論只是在那上面加了一層唯物史觀社會階級鬥爭的解釋。而那些說法，當然跟清末民初的社會環境、政治風潮、學術思想有密切的關聯，但它們都不是從政治條件中硬派出來的，而確有如本文所述，在詮釋發展中不得不如此說的邏輯在。鬥爭論雖屬硬套唯物史觀，卻同樣也不能說它不是從紅學特有的難題中逼出來的。只不過余英時所謂的「難題」是放在孔恩的架構中說，此處所謂難題，則是從詮釋脈絡上說的。互參注廿八。

㉝ 早期持此說者，以〈夢癡說夢〉及妙復軒評本系統為大宗，近仍有圓香的《紅樓夢與禪》（天華）。

㉞ 弁山樵《紅樓夢發微》中〈讀紅樓夢法〉之三云：「讀《紅樓夢》者，須知此非專為罵滿而作。康雍而後，滿已同於漢，非復同檻而浴之舊習。且就語意味之，似滿似漢，似明似清，捉摸不住」，夢癡學人也說：「《紅樓夢》演南北一家、滿漢一理之義。不必講南宗北派、亦不必論滿漢殊俗」。按：同治以前，即有人認為《紅樓》是譏刺滿人之作，「滿州巨室聞及此書，輒形切齒」（見邱煒萲《菽園贅談》卷七）。夢癡學人等即針對此種意見發言。但此中問題尚未了結，後來仍然環繞在有關書中女子小腳之描述上打轉，邱氏書云：「說者乃以林薛以下諸美人皆不纏足，謂為隱刺滿州」，即指此言。清末《新小說》所載平子云：「《紅樓夢》為底是專說滿人之憑據，其不必深求而可知者，則盡在於敘次婦女裝束形體，舉無一語涉及裙下故也」，所討論的也是這個問題。最近唐德剛論《紅樓》，也在此一問題上發揮。

《紅樓》便興發了考據癖？這是因為全書主旨難定，是情是悟，最後均不得不從考據上尋求解釋，因此考證是被逼出來的。作者問題，則只是考據中的一環。作者問題即便是解決了，書是自傳、他傳抑虛構仍不能確定，書是主情還是主悟仍然不知。同理，續書問題，主情說中有些人認為小說至黛玉卒即應結束，主悟說中也有人認為續書者更動了原先設計、扭曲了作者原意。現在，假設確知後四十回乃是贋品，又有何用？主情主悟之爭仍在，仍然要繼續爭論下去。換言之，一切《紅樓夢》的考證，也都是順著詮釋進路之發展而來，詮釋中不發生問題，自不須考證；詮釋中有了問題，考又如何能證[35]？紅學之考證只在詮釋系統中活動，非以考證定詮釋故也。這是非常特殊的例子。紅學的考證，足可令人嘆為觀止，但各家根據差不多相同的資料、證據，卻講了許多南轅北轍的話，資料的解釋也各不相同，原因在此。將來勢必不可能有什麼定論，原因也在於此。

以所謂的索隱派來說，主情說固然會走上索隱的路子，主悟說又何嘗不然？詮釋進路不變，舊索隱的證據被推翻了，自然又還會有新的索隱出來；主情說的索隱站不住腳了，還有主悟說的索隱；縱使兩者都靠不住，又會搞出結合自傳的索隱……[36]，派而非派，圓轉無方，生生不已，與一般考證問題大異其趣。推至極至，甚至可說考與不考，其實也沒有什麼關係，王國維不就說過嗎？「《紅樓夢》之主人公，謂之賈寶玉可，謂之子虛烏有先生可，即謂之納蘭容若，謂之曹雪芹，亦無不可也」。此非謂考證毫無用處，也不是說論《紅樓》根本不需要考證，而是說《紅樓夢》的考證，是順著詮釋進路走的，詮釋進路不變，則問題也不會變，考證只是替問題尋找一些新解釋與新材料罷了。而假若從詮釋路向上必然逐步導出索隱式的解釋，如前所言；則索隱就永遠不可能被消滅。索隱如此，其他各說亦然。像單純地認為《紅樓夢》不過大旨言情，有何「證據」？它講法上的破綻不也很多嗎？但這樣的意見又何嘗滅絕了？它隨時可以結合其他的「證據」、找到新的解釋，再出來提倡一番㊲。

例如從主悟說對塵俗的批判講下來，我們可以說它在思想上是脫棄塵垢的；但在制度層面上，我們也可以說《紅樓》是反對婚姻制度、反對男女不平等、反對君主專制、反對家族制度。而在作者寫《紅樓》時的社會與制度，其實際操作者為滿州人，於是《紅樓》又可以為罵滿之作。然滿乃一種族，何以罵此種族？究竟是凡滿人皆罵，還是專罵滿人中的哪一類人或哪一位？於是前者就出現了《紅樓》是為哀悼明亡而作的說法，後者則想辦法指出所譏刺者為誰，以致出現了宮闈、六王七王、傳恆、年羹堯、和珅、明珠……等索隱。而既然明亡是明與清爭天下，

㉟ 除此之外，我們更當重新思考從前紅學考證的性質。依哈伯瑪斯說，任何一個解釋，其實都是尋求被解釋者的「有效聲稱」（validity claim）；但這些有效聲稱之間，是可以互相批判的。這種批判，並不是說在客觀世界中有一個固定不變的實體，我們只要看看哪些有效聲稱「符應」（correspondence）了它就行了。真理不在符應，而是需要通過各種不同論證形式（如理論的辯論、實踐的辯論、心理分析的批判、語言辯論等）來獲得。——參看 Habermas. *The Communication Theory of Action*. Vol. I, pp.10-22. 紅學考證的出現，正是為了要替各種有效聲稱尋求一批判依據，但因它相信有一客觀固定的事實，只能依某一有效聲稱是否符合該「事實證據」來論斷，因此雖耗盡力氣，依然考而不能證。

㊱ 索隱派最近的發展，參看注㉙引岑佳卓書第三章、注㉗引龔鵬程文。

㊲ 甚至出現假證據假材料。早先的曹雪芹小照、香山健銳營張永海……等，其本身即是假，假的動機和相信它而且據以為證據，更是受到詮釋意見的引導。詳見余英時《紅樓夢的兩個世界》頁一六、三五—三七、一三九。我則認為靖本也是假的，見本書〈靖本脂評石頭記辨偽錄〉。

則宮闈中事當然也不妨從爭天下這一面去想，於是乃有《紅樓夢》即影射雍正奪嫡之說。這幾種說法之間，互不相讓，但通過詮釋脈絡的疏理，我們卻可清楚地看出它們之間的關聯和層次（主情說同樣有這樣的關聯和層次：思想層面上執著於情；制度層面上感傷有情人不能成眷屬，皆家族婚姻之禍；實際人事層面，則指實這不能成眷屬的人是順治、是納蘭性德。——當然，也可以從文學創作原理上，說這不能成眷屬的有情人純為作者心中虛構，一如那世家腐敗情狀並非實指某人某事）。

數百年間紅學之紛爭。透過詮釋脈絡之掌握，實乃粲若列眉。今之所謂「新紅學」，雖昌言要以文學藝術的掘發為主，但脫離對作品意義的詮釋而獨論其文學藝術，如何可能？因此，我們不但反對用「典範」的觀念將紅學的發展比擬為科學革命，也不相信在未改變詮釋系統之前，文學評論的處理能替紅學研究開創什麼新紀元[38]。反而是文學性的研探，因必觸及作品意義之詮釋，而不得不再走向考證、再去索隱。新紅學如果真要有什麼出路，即不能朝這些地方去搞，必須回頭重新審視詮釋的方法問題，檢討《紅樓夢》為什麼會構成主情與主悟兩條不同的詮釋路向。

五、眾聲喧嘩的世界

情，是執著以為真；悟，是透脫而斷言其為假。《紅樓夢》在任何地方，都呈現著這樣的真假並列。姑不論其書中本有甄士隱、賈雨村、甄賈寶玉等設計。從詮釋者的立場看，真與假也都是並存著的。有說：「書中一切排場，非身歷其境不能道隻字」，便有人說：「此書全部中無一人是真的」，前者衍出自傳說、他傳說或索隱，後者則為以文學原理論《紅樓》者所喜。但文學創作者固然可以「憑虛構象」，不一定要「按實肖象」，且即使確曾有此經歷，亦必在創作活動中轉化現實經驗；可是《紅樓》卻不是一般的文學作品，它是文學作品還是具有成為歷史記載的企圖，實在難以判斷。論《紅樓》者，輒謂其章法本諸盲左腐遷，青埂峰即青史之意；就是主情說，也曾以此書為「情史」；書中第一回又明言閨閣中歷歷有人，則論者以史事相稽，有何不可㊴？這倒不是說我們贊成考證索隱，而是我們應當曉得《紅樓夢》寫作型態甚為特殊。戚蓼生序有正本《紅樓夢》時說：

㊳ 余英時所謂的新紅學新典範，是「假定作者的本意基本上隱藏在小說的內在結構之中」；而對於本意的研究，「即在研究整個的作品，以通向作品的全部意義」。他自己說他的取徑有點像西方「結構的分析」。此說一方面忽略了詮釋的問題，一方面又將作品視為一獨立、完整而封閉的結構；至於內在外在的講法，更是有新批評的影子。我們則認為理解是不斷開放、成長，並往前發展的，它意味著存有可能性的開發，而非尋求作品背後之固定意義。互參注⑯。

㊴ 諸聯《紅樓評夢》：「章法句法本諸盲左腐遷，……若賈母之姓史，則作者以野史自命也」、鄧狂言《紅樓夢釋真》：「寶鑑，歷史也，亦順治一代史也。……『披閱十載，增刪五次，纂成目錄，分出章回』此四語，曹氏已明明將《紅樓》之為歷史，並《紅樓》成書歷史一齊道出」。在賈天祥正照風月鑑時，「誰叫你們瞧正面了？你們自己以假為真，何苦來燒我」，庚辰本脂批亦云：「觀者記之」，稍前又有一條批說：「凡野史俱可燬，獨此書不可燬」。皆分明以《紅樓》為史或具有歷史記載之意義。

吾聞絳樹兩歌，一聲在喉，一聲在鼻；黃華二牘，左腕能楷，右腕能草。神乎技矣！吾未之見也。今則兩歌而不分乎喉鼻，二牘而無區乎左右，一聲也而兩歌，一手也而二牘，此萬萬所不能有之事，不可得之奇，而竟得之《石頭記》一書，嘻！異矣。……蓋聲止一聲，手止一手，而淫佚貞靜，悲戚歡愉，不啻雙管之齊下也。

淫佚與貞靜、悲戚與歡愉，意皆相反，然同在一書之中，真與假、迷與悟，確乎一手而兩牘。戚蓼生形容得巧妙，我們這裏也不妨舉個例子。——書一開始，作者說：「此開卷第一回也。作者自云曾經歷過一番夢幻之後，故將真事隱去，而借通靈說此石頭記一書也」，因此，真事已隱，假語獨存。但隨即又說：「其間離合悲歡、興衰際遇，俱是按跡循蹤，不敢稍加穿鑿，至失其真。……只是實錄其事」，不敢失真，則非假語，昭傳實錄，豈是村言？然則請問該書所記究竟是真是假？

這是一種迥異於傳統表達手法的寫作方法。歷來評者，雖也曾指出《紅樓夢》隱詞譎指，類似《春秋》。但事實上，從《春秋》《楚辭》或解《詩經》的傳統來看，美人香草，環譬託諷，都是在真正要講的事況之外，罩上一層煙幕，迷離悅怳，作為保護色，以使言者無罪，聞者足以戒。只要剝開外殼的假語，自能得其真事。《紅樓夢》則不然，它是真與假雙線同時進行，既說真，又同時說假，既說假，卻同時說真。而在它的語言構造上，又同時在瓦解真、瓦解假。以致既真既假，又非真非假。一方面說我這是閨閣昭傳、實錄其事，一方面說此皆屬假語村言，但接著又說讀者讀此假話，即能知那幾個異樣女子的事跡原委，這不是真而非真、假而非假嗎？既說：「更於篇中間用『夢』『幻』等字，卻是此書本旨」，又說：「《石頭記》上面，大旨不過言情」，那麼，何者方為本旨？既云實錄言情，則隱去的到底又是什麼真事？……這樣的寫法，難道不像禪家隨說隨掃，雙提雙破嗎？

雖然有人說它「亦黃粱夢之義」，但只要稍加比較，便會發現它們寫法大不相同。夢是幻，然人在夢中固將以夢為真，〈黃粱夢〉、〈枕中記〉都是這樣的寫法。唯其以夢為真，所以醒來爽然若失，發現自己以為是真的東西原來只是夢幻。《紅樓夢》則複雜多了，石頭歷幻是一層，夢遊太虛又是一層。就前者說，一切人事情緣皆屬虛幻，而人在夢中，所以執以為真；就後者說，則太虛才是幻境，但夢遊太虛，醒來並不以夢為假，於是夢反而為真，人世反而是假，此所以太虛幻境又名真如福地，所以寶玉說：「大凡人做夢，說是假的，豈知夢便有這事」（一一六回）[40]。這還不夠。如此真而不真、假而不假的一番經歷，到了書末結尾時，又一筆掃開，說什麼這一大段真真假假歷幻歸真的經過，也只不過是假語村言罷了。在這一層層的真假辯證中，我們發現《紅樓夢》不斷在用語言瓦解語言。

---

[40] 解盦居士云：「作者既以夢名其書，則書中凡言夢者，其非盡屬夢也明矣。書中歷敘各夢，如寶玉夢遊太虛幻境，夢與甄寶玉相遇，夢見晴雯死後來別，夢至地府尋訪黛玉被石子打回，並甄士隱夢見僧道，甄寶玉因夢改行，黛玉因夢添病，湘蓮夢醒出家，香菱夢裡吟詩，小紅私情癡夢，妙玉走魔惡夢，鳳姐夢可卿勸立家業，又夢被人搶走錦疋，尤二姐夢見三姐勸斬妬婦，襲人夢見寶玉和尚冊子，茗煙說萬兒因母夢得錦疋而生，以及寶玉神遊幻境似夢而非夢，並因黛玉故後想夢而無夢，所言諸夢，皆是真夢。獨寶玉在可卿房中夢訓雲雨之事、絳芸軒中夢斥金玉之說，並屬假夢，非真夢也。」對夢之真假，頗能得其詭趣。

同時，我們又發現《紅樓夢》不斷在運用語言的歧義性，如甄士隱（真事隱）、賈雨村（假語存）、甄英蓮（真應憐）、霍啟（禍啟）、封肅（風俗）、十里街（勢利街）、仁清巷（人情巷）……等，書中人物時地，俱借音諧義近者為之。這在表面上，是借此以宣洩書中隱藏的真事；但同時也利用語言的歧義，引導讀者進入了語言的迷宮。如封，就甄士隱的遭遇說，是風俗，是「封疆也，無兒便是滅國」；就英蓮之生平說「封者風也，花固以風而開，亦以風而謝，千紅萬艷，終被風摧，能不悲哭？香國飄零，故改名香菱」，或「封者風也，因風引火，故其家遭回祿也」。葫蘆廟，「有二義：葫蘆雖小，其中日月甚長，可以藏三千大千世界。喻此書雖小說，而包羅萬象。此一義也。此書雖荒唐，卻是實錄其事，並非捏飾，所謂依樣葫蘆，此又一義也。故曰尚有一義，葫蘆音同胡盧。演為小說。以供胡盧一笑耳」「葫蘆者，胡虜也」。諸如此類，每個語詞，幾乎都可以做多種理解。神瑛侍者，或言「神通靈也，瑛寶玉也」，或言「赤霞宮即朱明宮闕之義。曰侍者，明其非正統也。神瑛二字，不惟映帶寶玉字，蓋此中有深意焉。瑛之左偏為王，相傳順治為山東人王杲之子；瑛之右偏為英，相傳康熙為桐城相國張英之子也」，或言「神仙姻眷也」。林黛玉，或言「讀寧待玉。雪雁，讀接案。寧待寶玉接案也」，或言「林者靈也，靈河岸上之絳株也。黛玉，代其意中之玉人也」，或言「絳珠草者，朱已失色，喻明之亡、漢人之失節，喻奪朱非正色、異種也稱王之義。珠者，珠為滿州之代名詞。草者，傷之也」……[41]。大家都曉得「書中各人姓名皆有寓意」，然而因為文字的歧義與衍異（differance），卻構成了無比複雜難解的謎網[42]。這些歧義，不盡是讀者詮釋及閱讀時的投射，大部分反而是作者藉其善於運用此類歧義而教育了讀者，讓大家採取這種方式去閱讀他寫的書。否則何以其他的小說，我們並不這樣去玩拼字猜字遊戲？

因此，總括來說，《紅樓夢》在整體結構上，改變了夢與現實、真與假的對立區分，充分運用兩者間的模糊性，並且在敘述其中之一時，即同時展開另一層的活動，一手雙牘、一聲兩歌，以致瓦解了作品本身的結構，使得作品中擁有多重聲音，形成多重向度的空間。在語言使用方面，他藉詩詞、篇目、典故、人物命名……等各種方式，宣示作品之真意與邏輯，卻同時又讓它成為概念歧異之所以可能的原因。諧音字的運用，更有種「語音／書寫」的詭譎關係。

這種作品一方面述說其主題，一方面卻以其修辭，將宣稱的事實推翻，使作品的意義變得不能確定，也使得作品無法讓人讀通的情形，頗為接近解構主義所說的「無以決定」(Undecidable)。但解構是就作品中不可避免之「異、外、它」諸因素立論，《紅樓夢》卻是有意地唱出兩種聲音。書中兩覆一射、二名一人的所謂「幻筆」，及一人而有許多「小影」的寫法，均在強化此一特質。我們必須掌握它這種特質，才能理解《紅樓夢》為什麼能夠同時容受這麼多矛盾錯綜的詮釋。它的詮釋現象與發展（即所謂「紅學」的發展），在世界小說史上恐怕是獨一無二的。造成這種現象，歸根究柢，原因應該就在於它這種特殊性質上。《紅樓夢》對世界文學的主要貢獻，可能也不在於它說了一則表兄妹戀愛的故事、紀錄了清朝世家大族的生活狀況、寫出了個人的遭遇或表達了繁華消歇的感悟，而是在小說語言的創造上、在人類語言的開發上，它突破

---

41 《紅樓》人名、地名、物名多採諧音，間用陰陽五行生剋，詳29引岑佳卓書，頁八三六—八五二。

42 就此意義而言，主情說又何嘗不是猜謎？

了既有的敘述成規，透視文字的多面性，以一種從來不曾被人有意識地使用的方式，寫下了這一本迷離惝怳的大書。

正如洪秋蕃《紅樓夢抉隱》所感慨的：「自少至壯，足跡半天下，抵掌談《紅樓》，迄無意見相合者」。一方面它容易使人因僅聽一聲、只見一牘而導致誤解，一方面也預設了開放作品（open work）的可能，容許多種詮釋的參與。《觚葊漫筆》嘗發奇想，云：「《紅樓夢》，小說中之最佳本也，人人無不喜讀之，且無不喜考訂之、批評之。余恆擬重排一精本，用我國叢書板口，天地頭加長，行間加闊，全文概用單圈，每回之末夾入空白紙三、四頁，任憑讀者加圈點、加批評。吾知此書發行後，必有多少奇思異想、鈎心鬥角之佳著作出現矣」（〈小說月報〉一年六期）。《紅樓》本身已有多重聲音，各種抄本、脂評，亦早已在那裏相互質疑、爭辯了；倘若真如觚葊所說，那將更成為一個眾聲喧嘩（Heteroglossia）的世界了。

我們以為，唯有如此理解，才能說明《紅樓夢》何以有這麼大的魅力，它的詮釋路向為什麼這樣分歧。新紅學若真要舉步，則必須由此理解出發。

一九八七年八月，第五屆世界比較文學會議論文

所謂索隱派紅學

《石頭記》即《紅樓夢》。索隱，即探索《紅樓夢》中所隱藏的事實真象。《紅樓夢》這本書，自從乾隆年間問世以來，風靡了所有的中國人，直到今天，大家仍然公認它是中國最重要的長篇小說，但也是問題最複雜的小說。讀者各以他們所認為能夠挖掘作品真實含義的方法，來閱讀這本書，形成了各種不同的解釋與爭論，號稱「紅學」（按：光緒年間王杉綠《癸未日記》便稱它叫「夢學」）。

紅學發展到今天，各派爭衡，對於這部小說到底寫些什麼、作者是誰、是虛構的故事還是確有其事……等基本問題，仍無一致的答案。但大體上可以分成兩類不同解釋，一派主張作者為曹雪芹。《紅樓夢》寫的就是他家的故事、他自己的遭遇；一派則認為作者不一定是曹雪芹，即使是，它寫的也不是曹家的興衰，而是……。是什麼呢？弁山樵子《紅樓夢發微》曾歸納說：

評論家中亦有推測其作書之原因者。或指為明珠家事，納蘭容若之文采風流，寶玉足以當之；雪芹館於其家，故能言之詳悉如此。或以為述和珅之穢史，孌童孌女，朋淫於家，榮、寧兩府之驕奢淫佚足以當之，冰山之倒，和椒八百斛之籍沒，情事又復略同；雪芹生丁其時，目擊其事，借此以伸其口誅筆伐，或亦事所應有。又有創為種族之說者，以順治為寶玉，一人一事、一句一字，必加以種種考證。我鄉有沈茂才者（菱湖鎮人，沒已十年，不能舉其名），一生注力於此，撰成《紅樓夢如是我言》一書，蠅頭細楷，不下二百萬言，其友人崔君懷瑾，曾約其切要之言，以入本雜誌之第二期（聞其書已為崔君攜入京師，能否付刊不可得知矣）。曾憶去年發行之某小說報中，王君夢阮亦主是說。據云聞之京師故老，是書全為清世祖與董鄂妃而作，兼及當時諸名王奇女也。百二十回之目錄，大半皆明指真事，而五臺山之遁跡，證以梅村之〈清涼山讚佛詩〉、漁洋之〈詠鼎湖〉及〈茂陵懷古詩〉，蛛絲馬跡，確有可尋，似亦不得謂之全誣。近日蔡鶴廎君有《索隱》之刊，力主《乘光舍筆記》女人指漢人、男人指滿人之說，斷為發揮民族主義之政治小說，中有敘事自明亡始，及賈雨村之夫人嬌杏為范文程、洪承疇之代表，啣玉之寶玉實為康熙之廢太子允礽等語。信乎文人好奇，無微不至，而益見《紅樓夢》一書之包孕無量也。（一九一六年《香艷雜誌》第十一、十二期）

這些看法，統稱為索隱派。考索《紅樓夢》的人物事蹟，以追蹤作者寫作這本書的主要目的。持這派看法的人很多，興起的時間也很早，蔡元培《石頭記索隱》便是其中主要的一本代表作，他認為寶玉指傳國玉璽或康熙皇帝等，林黛玉指朱彝尊，寶釵指高士奇，探春指徐乾學，王熙鳳指余國柱，史湘雲指陳其年，寶琴指冒辟疆，劉姥姥指湯斌……，而主旨則是宣揚反滿的種族主義。

諸如此類索隱意見，大概可以分為以下幾種：

一、明珠家事說

△《紅樓夢》一書，為故大學士明珠故事，曹雪芹原本只八十回，以下則高蘭墅先生所補也。錯綜離合，大半託諸寓言。惟其以玄旨寫俗情，密縷細針，自是小說中另有一副空前絕後筆墨，讀者藉以考內家典禮，巨閥排場，酒飽茶餘，未始非消遣情懷之助。必弄筆續貂，妄作傳贊，則於國朝掌故，既未深悉，又生長三家村，曾不覩京華景物，以鳥音鴃舌，摹擬閨閣語言，以醬叟醋翁，議論大家矩度，甚或掉弄書袋，每事每人必求合符於經史，小題大做，尤可不必。吾聞魏文帝之言曰：「三世長者知被服，五世長者知飲食。」錢穆父語云：「三世仕宦，纔曉得著衣喫飯。」耳食目論，庸有當乎？世所傳《紅樓》續作及一切評贊，幾於日出不窮，每一覽之，輒作數日惡。己卯十月，抱病家居，落葉打窗，寒雪灑地，閉門卻埽，婆娑於藥罏茗椀間，苦無以自遣，因戲成〈紅樓夢辨〉數則，借他人酒杯，澆自己塊壘，非僅為懵懂輩饒舌，打無謂筆墨官司也。嗟乎！世無眼明人，六經且掃地矣，況輕薄為文乎？則亦癡人之說夢而已！少躬居士自書於近立齋。（許葉芬〈紅樓夢辨〉）

△《紅樓夢》一書，描寫人情世故，深入細微，膾炙人口者，垂二百數十年矣。前清俞曲

園先生嘗考之，謂為康熙朝相臣明珠之子而作。明珠姓納蘭氏，長白人，其子名成德，字容若，長於經學，又好填詞，《通志堂經解》每一種有納蘭成德容若序，即其人也。乾隆五十一年二月二十九日上諭，成德於康熙十一年壬子科中式舉人，十二年癸丑科中式進士，年甫十六歲，然則其中舉人止十五歲，於書所述頗合。此書末卷自具作者姓名曰曹雪芹。袁子才《隨園詩話》云：「曹楝亭康熙中為江寧織造，其子雪芹撰《紅樓夢》一書，備極風月繁華之盛」，則曹雪芹固有可考矣。又《船山詩草》有〈贈高蘭墅鶚同年〉一首云：「艷情人自說紅樓」，自注云：「傳奇《紅樓夢》八十回以後俱蘭墅所補」，然則此書非出一手。按鄉會試增五言八韻詩，始於乾隆朝，使出曹手，必不備此體例，而是書敘科場事已有詩，則其為高君所補可證矣。俞說如是。又云：「納蘭容若《飲水詞集》有《滿江紅》詞，為曹子清題其先人所構楝亭，子清即雪芹也。余觀錢唐袁蘭村先生選刊之《飲水詞鈔》，標為長白納蘭性德容若著，下注原名成德，則容若有二名矣。

又鄞縣陳康祺先生《郎潛二筆》云：「姜西溟太史與其同年李修撰蟠同典康熙己卯順天鄉試，時因士論沸騰，有『老姜全無辣氣，小李大有甜頭』之謠，風聞於上，以致被逮，姜卒於請室。第前輩多紀述此事，而不能定其關節之有無。昔讀《鮚埼亭集》先生墓表，稱『滿朝臣僚皆知先生之無罪』，而王新城亦有『我為刑官，令西溟以非罪死，無以謝天下』之語，知同時公論早以西溟之連染為冤。嗣聞先師徐柳泉先生云：『小說《紅樓夢》一書，即記故相明珠家事。金釵十二，皆納蘭侍御所奉為上客者也。寶釵影高澹人，妙玉即影西溟先生。妙為少女，姜亦婦人之美稱，如玉如英，義可通假。妙王以看經入園，猶先生以借觀藏書，就館相府。以妙玉之孤潔而横罹盜窟，並被以喪身失節之名，猶先生之貞廉而庾死圜扉，並加以嗜利受賕之謗，作者蓋深痛之也。』徐先生言之甚詳，惜余不盡記憶，此編網羅掌故，從不採傳奇稗史，自污其書。惟《紅樓夢》筆墨嫻雅，屢見稱於乾嘉後名人詩文筆札，偶一援引，以白鄉先生千載之誣，且先師遺訓也。」由陳之說，是《紅樓》一書寫美人實寫名士，特化雄為雌而已。高澹人名士奇，浙人。

前清康熙帝為右文之主，一時渡江名士輻湊輦下，或以經術著，或以文才顯，或以理學稱，其遺聞軼事往往散見於各家記載。使按圖而索驥焉，雖金釵之列，上中下三冊多至三十六人，亦不難一一得其形似，第恐失之附會，不若闕疑以存其真之得也。惟《飲水詞鈔》一卷為納蘭侍御親筆所著，中有與諸名士酬唱之作。余嘗讀之，見為南豐梁汾而作者居多數，姜宸英次之，嚴繩孫、陳維崧輩又次之。以交誼言之，彼質夫、蓀友、迦陵三先生當亦在金釵之列，第不知為之影者係何人耳。

是書力寫寶、黛癡情，黛玉不知所指何人。寶玉固全書之主人翁，即納蘭侍御容若也。使侍御而非深於情者，則焉得有此情影？余讀《飲水詞鈔》，不獨於賓從間得訢合之懽，而尤於閨房內致纏綿之意，即黛玉葬花一段，亦從其詞中脫卸而出。是黛玉雖影他人，亦實影侍御之德配也，為錄三詞於左，以資印證：

〔金縷曲（亡婦忌日有感）〕此恨何時已，灑空階寒更雨歇，葬花天氣。三載悠悠魂夢杳，是夢久應醒矣。料也覺人間無味，不及夜臺塵土隔，冷清清一片埋愁地。釵鈿約，定拋棄。重泉若有雙魚寄，好知他年來。苦樂與誰相倚。我自終宵成轉側，忍聽湘絃重理。待結個他生知己，還怕兩人俱薄命，再緣慳剩月零風裏。清淚盡，紙灰起。（於中好（十月初四夜風雨，其明日是亡婦生辰））塵滿疏簾素帶飄，真成暗渡可憐宵。幾回偷視青衫淚，忽傍犀奩見翠翹。　惟有恨，轉無聊，五更依舊落花朝。衰楊葉盡絲難盡，冷雨淒風罩畫橋。（南鄉子（為亡婦題照））淚面更無聲，止向從前悔薄情。憑仗丹青重省識，盈盈，一片傷心畫不成。　別語忒分明，午夜鶼鶼夢早醒。卿自早醒儂自夢，更更，泣盡風簷夜雨淋。（錢靜芳〈紅樓夢考〉）

△容若，原名成德，大學士明珠之子，世所傳《紅樓夢》賈寶玉。蓋即其人也。《紅樓夢》所云，乃其髫齡時事。其詩善言情，又好言愁，摘錄兩首，可想見其人：「予生未三十，憂愁居其半，心事如落花，春風吹已斷，行當適遠道，作計殊汗漫。寒食百草長，薄暮煙溟溟，山桃一夜雨，茵箔隨飄零，願餐玉紅草，一醉不復醒。」「幽谷有佳人，無言若有思，含顰但斜睇，吁嗟憐者誰？予本多情人，寸心聊自持，秀心託遠夢，初日照簾帷。」詩中美人，即林黛玉耶（《聽松廬詩話》）？

△容若〈無題〉起句云：「是誰看月是誰愁？」余為作出句云：「同我惜花同我病。」兩句中皆有黛玉在。（《松軒隨筆》——張維屏《國朝詩人徵略》二編，道光二十二年刊本，卷九）

△《紅樓夢》一書，誨淫之甚者也。乾隆五十年以後，其書始出。相傳為演說故相明珠家

事，以寶玉隱明珠之名，以甄（真）寶玉、賈（假）寶玉亂其緒，以開卷之秦氏為入情之始，以卷終之小青為點睛之筆。摹寫柔情，婉孌萬狀，啟人淫竇，導人邪機。自是而有《續紅樓夢》、《後紅樓夢》、《紅樓後夢》、《紅樓復夢》、《紅樓再夢》、《紅樓幻夢》、《紅樓圓夢》諸刻，曼衍支離，不可究詰。評者尚嫌其手筆遠遜原書，而不知原書實為厲階，諸刻特衍誨淫之謬種，其弊一也。滿洲玉研農先生（麟），家大人座主也，嘗語家大人曰：「《紅樓夢》一書，我滿洲無識者流每以為奇寶，往往向人誇耀，以為助我舖張。甚至串成戲齣、演作彈詞，觀者為之感嘆欷噓，聲淚俱下，謂此曾經我所在場目擊者。其實毫無影響，聊以自欺欺人，不值我在旁齒冷也。其稍有識者，無不以此書為誣衊我滿人，可恥可恨。若果尤而效之，豈但《書》所云：『騷奢淫泆，將由惡終』者哉！我做安徽學政時，曾經出示嚴禁，而力量不能及遠，徒喚奈何！有一庠士頗擅才筆，私撰《紅樓夢節要》一書，已付書坊剞劂。經我訪出，曾褫其衿、焚其板，一時觀聽，頗為肅然。惜他處無有仿而行之者。那繹堂先生亦極言：「《紅樓夢》一書為邪說詖行之尤，無非蹧蹋旗人，實堪痛恨，我擬奏請通行禁絕，又恐立言不能得體，是以隱忍未行。」則與我有同心矣。」此書全部中無一人是真的，惟屬筆之曹雪芹實有其人。然以老貢生槁死牖下，徒抱伯道之嗟，身後蕭條，更無人稍為矜恤，則未必非編造淫書之顯報矣。

（梁恭辰《北東園筆錄》四編，同治五年義文齋刊本，卷四）

△《飲水詩詞集》為長白性德著，大學士明珠子。《曝書亭集》有輓納蘭侍衛詩，世所傳賈寶玉者，即其人。詞以小令為佳，得南唐李後主意。余嘗刻於粵西藩署，原本殘缺，其有不合律者，或傳鈔之訛，余為更易十數處。周稚圭中丞之琦稱為善本焉。（張祥河《關隴輿中偶憶編》，

同治刊本）

△予聞之故老云，賈政指明珠而言，雨村指高江村。蓋江村未遇時，因明珠之僕以進身，旋膺奇福，擢顯秩，及納蘭勢敗，反推井而下石焉。玩此光景。則寶石〔玉〕之為容若無疑。請以質之知人論世者。同治丙寅季冬月左綿癡道人記。（甲戌本《紅樓夢》，第三回孫桐生眉批）

△謁宋于庭丈（翔鳳）於葑溪精舍，于翁言：「曹雪芹《紅樓夢》，高廟末年，和珅以呈上，然不知所指。高廟閱而然之，曰：『此蓋為明珠家作也。』後遂以此書為珠遺事。曹實楝亭先生子，素放浪，至衣食不給。其父執某，鑰空室中，三年遂成此書」云。（蔣瑞藻《小說考證拾遺》引趙烈文《能靜居日記》）

△《紅樓夢》一書，膾炙人口，世傳為明珠之子而作。明珠之子，何人也？余曰：明珠子名成德，字容若，《通志堂經解》每一種有納蘭成德容若序，即其人也。恭讀乾隆五十一年二月二十日上諭，成德於康熙十一年壬子科中式舉人，十二年癸丑科中式進士，年甫十六歲，然則其中舉人止十五歲，於書中所述頗合也。此書末卷自具作者姓名曰曹雪芹。納蘭容若《飲水詞集》有「滿江紅」詞，為曹子清題其先人所構楝亭，即曹雪芹也。（《曲園雜纂》，光緒二十五年《春在堂全書》本，卷三十八《小浮梅閒話》）

△《燕下鄉脞錄》（卷五）引徐柳泉云：「《紅樓夢》一書，即記故相明珠家事。金釵十二、皆納蘭侍衛所奉為上客者也。寶釵影高澹人，妙玉即影西溟先生。妙為少女，姜亦婦人之美稱，如玉如英，義可通假。妙玉以看經入園，猶先生以借觀藏書，就館相府。以妙玉之孤潔而橫罹盜窟，並被以喪身失節之名，以先生之貞廉而庾死圜扉，並加以嗜利受賕之謗，作者蓋深痛之

也。」按西溟己卯北闈之獄，為同年李修撰（蟠）所絓累，卒於請室，天下冤之。望溪記其遺言，謝山為作墓表，其誣何嘗不白？柳泉乃横被以檻外人之女冠子，是欲自受賕之誣，而平添一誣，西溟身後何大不幸乃爾！金釵十二為容若上客影名，前人未有道及，柳泉不知從何得之。惜紹士大令不盡記憶，使人閱之悶悶。《紅樓夢》原名《石頭記》，不署作者姓名。相傳云：乾隆末，明相孫成安，以多藏為和珅婪索不遂，又涎美婢侍明相夫人者，作紫雲之請。成靳不與，固索之，乃以明相夫人為辭，並微露禁臠不容他人染指意。和珅挾恨，以事中傷之，籍沒遣戍，婢為所得而不死。（《玉山閣文・先尚書乞歸疏稿題後》云：「司寇歿後八十餘年，某相國家籍沒，金玉寶貨以數十萬計。」所云某相國即指明珠。健菴歿於康熙三十三年甲戌，歷八十年為乾隆三十九年甲午，則成安籍沒在甲午年後，正和驟顯用事。時和於甲辰七月以吏書協辦。）成之業師某，目擊其事顛末，造為此記，半屬空中樓閣。以賈政影明相，賈珠早死影容若，又以賈敬丙辰進士，故亂其辭，以寶玉影揆敘，皆瞀妄不足詰。惟襲人影婢珍珠，亦非其本名，明夫人必不至以夫名名婢也。以蔣玉函影和相，以和小名琪官故也。初僅鈔本，八十回以後軼去。高蘭墅侍讀鶚讀之，大加刪易。原本史湘雲嫁寶玉，故有「因麒麟伏白首雙星」章目；寶釵早寡，故有「恩愛夫妻不到冬」謎語。蘭墅互易。而章目及謎未改，以致前後文矛盾，此其增改痕跡之顯然者也。原本與改本先後開雕（《桐陰清話》卷七引《樗散軒叢話》云：康熙間某府西賓常州某孝廉手筆，乾隆某年蘇大司寇家以書付廠肆裝訂，抄出刊行），世人喜觀高本，原本遂湮。然廠肆尚有其書，癸亥上元曾得一帙，為同年朱味蓮攜去。書平平耳，無可置議。嘉慶初年，《後夢》、《續夢》、《補夢》、《重夢》、《復夢》五種接踵而出。《後》《續》還魂之妄，說鬼謰謱，已覺無謂，《重夢》則現色身說法，並忘原書「意淫」

二字本旨矣。《復夢》易賈作祝，極譽釵襲，殆認賊作子，文之不通，更無論已。道光中又有《夢補》、《圓夢》、《幻夢》三種，陳厚甫、嚴問樵兩前輩各譜傳奇，嚴後出而遠跨陳上。近時復有《增補》、《夢影》二種，每下愈況，益不足觀。《寄蝸殘贅》謂為讖緯之書，不知何指。柳泉更以為影澹人、西溟，彌匪夷所思矣。果如徐言，以姓名映合通假，則黛玉影秀水，與容若交逾一紀，觀祭文可見，尚有瀟湘館竹可以附會。三春為東海三徐，惜春當為嚴繩孫，晴雯當為田山薑，熙鳳為橫雲山人，李紈、文、綺為秋錦兄弟，可卿為留仙諭德乎？岫煙似指查他山慎行，湘雲疑指史夔，薛寶釵當是翁寶林，花襲人乃指高澹人，紫鵑為陶紫笥元淳，劉老老當是《嘯亭雜錄》之劉藥邨大槐，海峰先生弟也。巧姐又豈指宗之少宰？皆臆斷不足據。唐實君亦與他山同客揆功所，書中應屬誰人？古人可作，微特湛園怒不任受，即江邨亦將拔其舌矣。《憺園集》卷三十七〈通議大夫一等侍衛納蘭君墓誌銘〉云：所交游者，若嚴繩孫、顧貞觀、秦松齡、陳維崧、姜宸英，尤所契厚；吳兆騫，贖而還之。（平步青《霞外攟屑》卷六）

△納蘭明珠為太傅，窮奢極欲。大興土木，建一園林，風廊水榭間，純以白玉甃為花，貼於四壁。有池寬十畝，每交冬令，則以五彩剪成花葉，浮於水面，以為荷芰，復以各色雜毛，綴為鳧雁，亦可見其大概矣。今說部《紅樓夢》所謂大觀園者，蓋指此。袁簡齋牽合隨園，猶是掠名之意也。

夫人某氏亦蒙古籍，終年佞佛，一龕香火，有若優婆尼。然御下綦嚴，婢媼有一蹈淫邪事者，鞭之立斃。此即說部《紅樓夢》中之所謂王夫人。

成德容若為太傅明珠之子，即小說《紅樓夢》之賈寶玉也。十七為諸生，十八舉鄉試，十九成進士，二十二授侍衛。天姿英絕，蕭然若寒素，擁書萬卷，彈琴歌曲，評書畫以自娛，不知其出宰相家也。字學褚河南，善騎射，入禁掖，日事演習，發無不中，扈蹕時，琱弓牙箭，列於罽帳。以意製器，多巧匠所不能到。嘗讚趙松雪自寫照詩有感，繪小影仿其裝束，座客期許太過，皆不應。徐東海曰：「爾何酷似王逸少！」乃大喜。

有中表戚，備宮闈之選，無從會晤。適某后崩，乃扮作喇嘛僧，得窺一面，卒以不能通言而罷。此《石頭記》賈寶玉夢見瀟湘妃子之所由作也。此事為鍾子勤所述，鍾撰《穀梁補注》，硜硜然一守經之士，當不致造作虛言。容若喜古籍，家藏宋元本甚富，徐東海為之校刊《通志堂古經解》，刊刻甚精，並著有《納蘭性德詞》二卷。（李嘉寶《南亭筆記》一九一九年石印本，卷二）

△納蘭容若眷一女，絕色也，有婚姻之約。旋此女入宮，頓成陌路。容若愁思鬱結，誓必一見，了此宿因。會遭國喪，喇嘛每日應入宮唪經。容若賄通喇嘛，披袈裟，居然入宮，果得一見彼姝。而宮禁森嚴，竟如漢武帝重見李夫人故事，始終無由通一詞，悵然而出。故書中林黛玉之稱瀟湘妃子，乃係事實。否則黛玉未嫁，而詩社遽以妃子題名，以作者才思之周密，不應疏忽乃爾！其卷百十六回寶玉重遊幻境，即指入宮事，故始終亦未與妃子通一語，而寶玉出家做和尚，即指披袈裟冒充喇嘛也。雪芹初無他種著作，無從參考。嗣閱其父《楝亭先生集》，知與納蘭氏往還甚密，則容若生平豔史，雪芹以通家無弗知，宜也。容若有〈側帽詞〉〈減字木蘭花〉六闋，與此一一吻合，其第三闋即指入宮事也，詞云：「相逢不語，一朵芙蓉著秋雨。小暈紅潮，斜溜鬟心雙翠翹。　待將低喚，直為癡情恐人見。欲訴幽懷，轉過迴闌叩玉釵。」以此引證妃子之說，尤為有力。其說聞之袁爽秋，袁則得之鍾子勤也。（虎《賃廡筆記》，顛公《小

說叢譚》引，載一九一四年《文藝雜誌》第六期）

△《紅樓夢》中之寶玉，相傳為即納蘭成德。黛玉未嫁，何以稱瀟湘妃子，第□回云：寶玉夢入宮殿，見黛玉非人世服，驚呼林妹妹，侍者謂此王者妃，非林妹妹云云。黛玉不知何許人，蓋與納蘭為表兄妹，曾訂婚約，而選入宮。納蘭念之，曾因宮中唪經，納蘭偽為喇嘛僧，入宮相見，彼固不知納蘭之易裝而入也。書中所云蓋謂此。此語伯希語道希，予蓋得於道希之弟云。阿檢記。

嘗記往見《石頭記》舊版不止百二十回，事跡較多於今本，其最著者，榮、寧結局如史湘雲流為女傭，寶釵、黛玉淪落教坊等事。某筆記載其刪削源委謂：某時高廟臨幸滿人某家，適某外出，檢書籍，得《石頭記》挾其一兩冊而去。某歸大懼，急就原本刪改進呈，高廟乃付武英殿刊印。書僅四百部，故世不多見。今本即當時武英殿刪削本也。余初深疑，以為《石頭記》一說部耳，縱有粗俗語，某又何至畏高廟如是其甚，必刪改而後進呈？今讀鵬圖《飲水集》跋語，乃知原本所有如釵、黛淪落等事，實大有所犯忌，吾疑以釋。而鵬圖之語，得吾說亦益可信。作《石頭記》者，用心深矣。丙午長夏金臺旅邸，驥伏以《飲水集》見示，屬為題辭，隨筆書此。以吾之言與文與字，甚玷是書，深滋愧赧。唯我記。（載納蘭性德《飲水詩詞集》，一九二五年萬松山房刊本卷末，姚鵬圖等跋）

△《紅樓夢》一書，考證紛如，要以寶玉為納蘭容若者近是。昔冒辟疆作《影梅盦憶語》，或謂因小宛被選入宮而作；容若之於黛玉，正復同此感慨。《飲水詞》中多為個人作者，華鬘天上，眉語難通，託諸悼亡以自遣，其情可傷，其志亦可哀矣。南海伍氏謂容若〈采桑子〉詞

云：「瘦盡燈花又一宵。」〈浣溪紗〉詞云：「生憐瘦減一分花。」〈浪淘沙〉詞云：「紅影溼幽窗，瘦盡春光。」哀感頑豔，不忍卒讀，欲以稚黃之稱，移贈斯人。余謂容若之詞久飲香名，詩則談者頗鮮，然零珠碎玉多有可與《紅樓》相印證者。如「自把紅窗開一扇，放他明月枕邊看」，「偶因失睡嬌無力，斜倚熏籠看畫屏」，「深將錦幄重重護，為怕花殘卻怕開」，「春山自愛天然好，虛費隋宮十斛螺」，「端的為花憔悴損，一枝還向膽瓶添」，「已過日高還未起，任教鸚鵡喚梳頭」，及「卻對菱花淚暗流，誰將風月印綢繆？生來悔識相思字，判與齊紈共早秋」，此中有人，呼之欲出。細思之，語語皆有一黛玉小影在。某筆記載十二金釵皆係容若友人，如妙玉即姜西溟，姜者少女，西溟名宸英，如玉如英，又可相通也。說甚新穎，惜其餘已不克省記。又樊山近句云：「一夢紅樓感納蘭」，其說亦與余同，特不知其何所本耳。

（《西神客話・紅樓談屑》，載一九一五年《小說海》第一卷第二號）

△《紅樓夢》一書所載皆納蘭太傅明珠家之瑣事。妙玉，姜宸英也。寶釵為某太史，太史嘗遣其妻侍太傅，冬日輒取朝珠置胸際，恐冰項也。或謂《紅樓夢》為全書標目，寄託遙深，容若詞云：「此夜紅樓，天上人間一樣愁。」賈探春為高士奇，與妙玉之為宸英同一命義。容若名成德，後改性德，太傅子也。（徐珂《清稗類鈔》著述類）

△綜觀評此書者之說，約有二種：一謂述他人之事，一謂作者自寫其生平也。第一說中，大抵以賈寶玉為即納蘭性德。其說要非無所本。案性德《飲水詩集・別意》六首之三曰：

獨擁餘香冷不勝，殘更數盡思騰騰，今宵便有隨風夢，知在紅樓第幾層。

又《飲水詞》中〈於中好〉一闋云：

別緒如絲睡不成，那堪孤枕夢邊城？因聽紫塞三更雨，卻憶紅樓半夜燈。

又〈減字木蘭花〉一闋詠新月云：

莫教星替，守取團圓終必遂。此夜紅樓，天上人間一樣愁。

「紅樓」之字凡三見，而云「夢紅樓」者一。又其亡婦忌日作〈金縷曲〉一闋。其首三句云：

此恨何時已？滴空階，寒更雨歇，葬花天氣。

「葬花」二字，始出於此。然則《飲水集》與《紅樓夢》之間稍有文字之關係，世人以寶玉為即納蘭侍衛者殆由於此。（王國維《紅樓夢評論》第五章）

二、世祖與董鄂妃說

△康熙曾奉太皇太后幸五臺山，故上回言賈蘭欲自己找去，此回賈政乃是以父代母耳。

順治之出家，無形之內禪也。乾隆內禪，作如是觀可乎？是不必拘，反映為尼，是為得之。

考《東華錄》，乾隆三十年乙酉春正月壬戌上奉皇太后啟鑾南巡；三十一年秋七月丙子上奉皇太后啟鑾秋獮木蘭，壬午未刻皇后崩，上奉皇太后駐蹕避暑山莊，癸未諭：「據留京辦事王大臣奏，皇后於本月十四日未時薨逝。皇后自冊立以來尚無失德。去年春朕恭奉皇太后巡幸江浙，正承歡洽慶之時，皇后性忽改常，於皇太后前不能恪盡孝道，比至杭州則舉動尤乖正理，迹類瘋迷。因令先程回京，在宮調攝。經今一載餘，病勢日劇，遂爾奄逝。此實皇后福分淺薄，不能仰承聖后慈眷，長受朕恩禮所致。若論其行事乖違，即與以廢黜，亦理所當。然朕仍存其名號，已為格外優容，但飾終令典，不便復循孝賢皇后大事辦理。所有喪儀止可照皇貴妃例行，交內務府大臣承辦。著將此宣諭知之。」此事似與《南巡秘記》所載富察后事相混。然鄙人以為為尼與水死，皆與死在宮中者不類。且此次為南巡第四，而荒淫不自此次始，那拉后本以宮婢正位，亦未敢強諫，且平日何以不言，而遲之至二十年之久，決非人情。大約此時富察后已死於揚州，而乾隆或追念故劍之情，不釋於心，孝聖亦久而厭之，故有此變。朝臣亦少有力諫者，蓋其傾害富察后，亦為人情所不服耳。故其棄那拉后，猶順治之棄繼后云。

《嘯亭雜錄》尚有一條為那拉后被廢之證，補錄於後。錄云：「納蘭皇后以病廢（納蘭為那拉之轉音）。少司寇阿永阿欲力諫，以有老親在堂，難之。其母識其意，喟然曰：『汝為天家貴冑，今欲進諫當寧，乃以親老之故，以違汝忠藎之志耶？可舍我以伸其志也。』公涕泣從命，因置酒別母，侃然上疏。純皇帝大怒曰：『阿某宗戚近臣，乃敢蹈漢人惡習，以博一己之名耶？』

特召九卿諭之。陳文恭曰：『此若於臣宅室中，亦無可奈何事。』託冢宰庸曰：『帝后即臣等之父母，父母失和，為人子者，何忍於其中辨是非也？』錢司寇汝誠曰：『阿永阿有老母在堂，盡忠不能盡孝也。』上斥之曰：『錢陳群老病居家，汝為獨子，何不歸家盡孝也？』錢叩謝。上乃戍公於黑龍江，命錢司寇歸養焉。踰年，后既崩，御史李玉明復上書請行三年喪，亦戍於伊犁。二公先後卒於邊，未果赦歸也。」

順治出家之旁證。王、沈評梅邨詩，引證確切，而尤以《日下舊聞》之「朕本深山一衲子」一詩為鐵案。鄙人另有二事，附錄於此。《觚賸》云：「李通判者，山西汾洲人，其前世為鄉學究，年踰五旬，閒居晝臥，夢二卒持帖到門云：『吾府延君教授，講速往。』挾之上馬，不移時至一府第，如達官家。青衣者引之入，重闥煥麗，曲檻紆迴，最後書室三楹。坐頃，兩公子出拜，錦衣玉貌，皆執弟子禮，日夕講課不輟。書室外院地，逼廳事，時聞傳呼鞭笞之聲，特不見主人為怪，且不曉是何官秩。請於二子，二子曰：『家君即出見先生矣。』未幾，主人果出，冠帶殊偉，晤語間禮意款洽。學究因言：「晚輩承乏幕下，久且閱歲，不無故園之思。」主人微晒曰：『君至此已不可歸，然自後當有佳處，幸勿復多言。』學究淒然不樂，竟忘其身在冥府也。一日，主人開讌，邀學究共席。稱以寒素，不宜與先輩抗禮，彊之乃行。廳事設有四筵，掃徑良久，一僧肩輿而至，極騶從之盛，曰大和尚；又一僧至，如前，曰二和尚，直據南面兩筵。學究、主人依次列坐。主人與二僧語，學究皆不解，肴果亦並非人間物。酒半，忽見一梯懸於堂簷，二僧出躡之，冉冉而去。主人促學究從而上，攀援甚苦。倏然墮地，則已託生本州李氏矣。襁褓中能語，如成人，但冥府有勿言之約，不敢道前世事。生四歲，握筆為制義，評隲其父文，可否悉當。後登崇禎一榜，順治初通判揚州。天兵南下，出迎裕王。王手掖之，如舊相識，曰：『當時事猶能記憶耶？』一笑馳去。潛窺裕王狀貌，即所見二和尚也，而大和尚未知出世為何如人。」（案南下者豫王，非裕王。裕王名福全，康熙之兄也。大和尚為何如人，閱者可以意會。）

《觚賸》作於康熙時代，而清初紀載尚有一證。坊本《鐵冠圖》之所本，而隱去此事者也，行篋無書，不及檢矣：崇禎在宮中忽暈仆於地，但連稱「臣棣知罪」而已。良久始蘇，嘆曰：「國祚不長矣。」後固問之：乃曰：『朕昏迷間，恍惚悟前身為成祖，但上見高皇帝震怒，諭以將受身死國亡慘禍，朕連稱知罪，固求哀。高皇帝曰：朕非不欲寬汝，奈建文不許何？』今已往生東方矣。」及賊迫都城，啟劉青田遺篋，則有一繩，而啟門時則已見門上書棣再視三字而已。此事大約為崇禎不服之遺老所造，然亦因順治出家故也。（鄧狂言《紅樓夢釋真》第一二〇回，一九一九年民權出版社出版）

△吳梅村〈清涼山讚佛詩〉五為首前清詩中一疑案，第一首第四韻云：「王母攜雙成，綠蓋雲中來。」言董姓也，以下「漢皇坐法宮」云云至「對酒毋傷懷」，言皇帝定情，種種寵愛，以及樂極生悲，念及身後事也。第二首第三韻云：「可憐千里草，萎落無顏色。」言董姓者竟死也。以下「孔雀蒲桃錦」云云至「輕我人王力」，言種種布施，以及大作道場，皇帝亦久久素食也。末韻「戒言秣我馬，遨遊凌八極」，先逗起皇帝將遠遊也。第三首首韻云：「八極何茫茫，日往清涼山。」言將往清涼山求之，以應第一首首六句云：「西北有高山，云是文殊臺，臺上明月池，千葉金蓮開，花花相映發，葉葉同根栽。」言生有自來，本從五臺山來，故亦往

五臺山去也。自「此山蓋靈異」至「中坐一天人，吐氣如旃檀，寄語漢皇帝，何苦留人間」諸句，言來去明白，與山中見此天人，寄語勸皇帝出家，脫屣萬乘也。「房星竟未動，天降白玉棺，惜哉善財洞，未得夸迎鑾」四句，言非正大光明，舍身出家，乃託言升遐也。第四首自「嘗聞穆天子」云云至「殘碑泣風雨」，言古天子之遠遊求仙，及佳人難再得，遂棄天下臣民者，以譬實係出家，而託言升遐之事。不然，如安南國王陳日熚，傳位世子，出家修行，庵居安子山紫霄峰。自號竹林大士者，正可比例也。至「天地有此山」以下，則明言皇帝在五臺山修行矣，故有「怡神在玉几」及「羊車稀復幸，牛山竊所鄙，縱灑蒼梧淚，莫賣西陵履」各云云也。於是相傳為章皇帝董妃之事。然滿洲、蒙古無董姓，於是有以董貴妃行狀與《影梅庵憶語》相連刊印者。有謂《紅樓夢》說部雖寓康熙間朝局，其言賈寶玉因林黛玉死而出家即隱寓此事者。《紅樓夢》中諸閨秀結詩社，各起別號，獨黛玉以瀟湘妃子稱。冒辟疆《寒碧孤吟》為小宛而作，多言生離，而序言：「太白之才，明皇能憐之，貴妃可侍，臣璫可奴。」末又言：「旦夕醉倚沉香，詔賦名花傾國，當此捧硯脫靴時，猶然憶寒碧樓否耶？」《憶語》則既有與姬決舍之議，又有獨不見姬與數人強去之夢，恐其言皆非無因矣。（陳衍《石遺室詩話》，載一九一四年《庸言》第二卷第一、二號合刊，卷十一）

△梁節庵曰：「《紅樓》之寶玉指清世宗，賈赦、賈政、王夫人、邢夫人四人合演多爾衮攝其名姓之音義，曰攝政王刑，謂多爾衮沒籍也」云云。《紅樓夢索隱》，吾未窺其全豹，寶玉指清世宗，固已言之矣，至攝政王刑四字，不知亦有此發明否？（解弢《小說話》，一九一九中華書局版）

三、張侯說

乾隆庚戌秋，楊畹耕語余云：「雁隅以重價購鈔本兩部：一為《石頭記》，八十回；一為《紅樓夢》，一百廿回，微有異同。愛不釋手，監臨省試，必攜帶入闈，閩中傳為佳話。」時始聞《紅樓夢》之名，而未得見也。壬子冬，如吳門坊間已開雕矣。茲召估以新刻本來，方閱其全。相傳此書為納蘭太傅而作。余細觀之，乃知非納蘭太傅，而序金陵張侯家事也。憶少時見《爵帙便覽》，江寧有一等侯張謙，上元縣人。癸亥、甲子間，余讀書家塾，聽父老談張侯事，雖不能盡記，約略與此書相符，然猶不敢臆斷。再證以《曝書亭集》、《池北偶談》、《江南通志》、《隨園詩話》、《張侯行述》諸書，遂決其無疑義矣。案靖逆襄壯侯勇長子恪定侯雲翼，幼子寧國府知府雲翰，此寧國、榮國之名所由起也。襄壯祖籍遼左，父通，流寓漢中之洋縣，既貴，遷於長安，恪定開閫雲間，復移家金陵，遂占籍焉。其曰代善者，即恪定之子宗仁也，由孝廉官中翰，襲侯十年，結客好施。廢家資百萬而卒。其曰史太君者，即宗仁妻高氏也，建昌太守琦女，能詩，有《紅雪軒集》，宗仁在時，預埋三十萬於後園，交其子謙，方得襲爵。其曰林如海者，即曹雪芹之父楝亭也，楝亭名寅，字子清，號荔軒，滿洲人，官江寧織造，四任巡鹽。曹則何以廋詞曰林？蓋曹本作𣌾，與林並為雙木。作者於張字曰掛弓，顯而易見；於林字曰雙木，隱而難知也。嗟乎！賈假甄真，鏡花水月，本不必其人以實之，但此書以雙玉為關鍵，若不溯二姓之源流，又焉知作者之命意乎？故特詳書之，庶使將來閱《紅樓夢》

者有所信考云。甲寅中元日黍谷居士記。

賈雨村者，張鳴鈞也，浙江烏程人，康熙乙未甲科，官至順天府尹而罷。首回明云雨村湖州人，且鳴鈞先曾褫職，亦復正合。此書以雨村開場，後來又被包勇痛罵，乃《紅樓夢》中最著眼之人，當附記之。十月既望又書。（周春《閱紅樓夢隨筆》）

四、傅恆說

乾隆五十五、六年間，見有鈔本《紅樓夢》一書。或云指明珠家，或云指傅恆家。書中內有皇后，外有王妃，則指忠勇公家為近是。（舒敦《批本隨園詩話》，一九一六年商務印書館版，卷二）

五、和珅說

和珅秉政時，內寵甚多，自妻以下，內嬖如夫人者二十四人，即《紅樓夢》所指正副十二釵是也。有龔姬者，齒最稚，顏色妖豔，性冶蕩，寵冠諸妾。顧奇妒，和愛而憚之，多方以媚其意。龔姬喜啖榛栗及熊白，和為百計致之，宰夫腼之失飪，往往致死。龔夏日晚浴後，著蟬紗霧縠，肌體依約可見。和少子玉寶，別姬所出，最佻達。龔素愛之，遂私焉。每交接，不避婢媵，醜聲四溢，不知者惟和與其妻耳。幕下有羅生者，質樸而能事，和倚之如左右手。一日，侍和閒談，適玉寶趨過於前，衣服麗異，腰間雜佩累累。和顧而樂之，目逆而送，謂羅曰：「誠翩翩美少年也。使宰河陽，當為萬花主人。此間風俗不良，當防閑其出，勿使近孌童。」羅曰：「服之不衷，身之災也。子臧所以得罪於鄭。今公子衣服炫異，是謂不衷；修飾儀容，是謂階厲。臣恐穢德之彰，在蕭牆之內，不在寢門之外也。」和大怒，選事杖殺之。玉寶好為治游。時有柳參將者新任城門校，立法嚴肅，伐鼓擊柝，終宵戒嚴。適夜巡，玉寶微服過所歡，為柳所執，問何夜行，叱令通名，玉寶不以實告。柳怒，即街頭褫衣笞二十，血肉狼藉，臥月餘始瘥，人無知者。有婢倩霞，容貌姣好，姿色豔麗，齔齠入府，聰穎過人，喜學內家妝，手潔白，甲長二寸許，幼侍玉寶，玉寶變之。襲姬嫉其寵，讒於和妻，出倩霞。玉寶私往瞰之，倩霞斷甲贈玉寶，誓不更事他人，鬱鬱而死。玉寶哭之慟，隱恨襲姬。襲姬多方媚之，玉寶終不釋。和府故多梨園子弟，皆極一時之選，有貼旦名珍兒者，尤姣媚，昵昵依人，玉寶與結斷袖之契，輒夜宿其家。襲姬廉知其事，大恨曰：「儇薄子乃如此妄作耶？」亟率侍婢十數人，聯燈列炬，潛出府後門，掩其不備。玉寶大驚。肘行以逆，叩頭求免。珍兒伏地戰慄，不敢仰視。襲姬叱令舉首，燭之美，遽慰之曰：「汝勿恐，吾非噬人者。」竟與偕歸，亦留與亂。是夜，襲姬以暴疾死，死後恆為厲府中。和知之，以珍兒殉焉，乃不為厲。按此說見護梅氏《有清逸史》。襲姬即《紅樓夢》中襲人，倩霞即晴雯，字義均有關合。而玉寶之為寶玉，尤為明顯，不過顛倒其詞耳。《紅樓》一書，考之清乾、嘉時人記載，均言刺某相國家事。但所謂某相國者，他書均指明珠；護梅氏獨以為刺和珅之家庭，言之鑿鑿，似亦頗有佐證者，錄之亦足以廣異聞也。

六、袁子才說

（缺名《譚瀛室筆記》，顛公《小說叢譚》引，載一九一四年《文藝雜誌》第五期）

八、讀《紅樓夢》者，須知此書不當作小說觀，乃遜清歷史中之一部分，謂之文苑傳固可，謂之人物志亦無不可。

九、讀《紅樓夢》者，須知以隨園為主人翁（其說具言於下），其他人物此例親切者居其大半，其間示參差者，無非故作疑陣之布也。

十、讀《紅樓夢》者，須知此書為一部小《春秋》，有褒、有貶、有貶中之褒、有褒中之貶，謹嚴微顯，絕妙史筆。

十一、讀《紅樓夢》者，須將隨園一生事實及《小倉山房全集》兩兩對照合勘，方覺字字俱有著落，不為模糊影響之談。

十二、讀《紅樓夢》者，須知乾隆一代人物（嘉初亦概在內）之事實。作者彰幽闡微，具有深心，非泛泛作人物志者可比。

十三、讀《紅樓夢》者，須知此書以隨園為主人翁，其餘附麗之人物，或以一人切合，或以二人三人切合，令人疑是疑非，是作者之弄筆狡獪處。

十四、讀《紅樓夢》者，須知作者既當乾隆太平極盛時代，人才輩出，雍容揄揚，相率以無用之詩文為互相誇耀之具，是猶女子抹脂傅粉、詠絮簪花，媚人從人，乃不二之目的，一則無補於國，一則有害於家。作者特揭出之，以為保泰持盈之戒。（弁山樵子《紅樓夢發微・讀紅樓夢法》，載一九一六年《香豔雜誌》第十一、二期）

七、六王七王說

或曰：「是書所指皆雍乾以前事。寧國、榮國者即赫赫有名之六王、七王第也。二王於開國有大功，賜第宏敞，本相聯屬。金釵十二悉二王南下用兵時所得吳越佳麗，列之寵姬者也。作是書者乃江南一士子，為二王上賓，才氣縱橫，不可一世。二王倚之如左右手，時出其愛姬，使執經問難，從學文字。以才投才，如磁引石，久之遂不能自持也。事機不密，終為二王偵悉，遂斥士子。不予深究。士子落拓京師，窮無聊賴。乃成是書以志感，京師後城之西北有大觀園舊址，樹石池冰猶隱約可辨也。」（徐珂《清稗類鈔》著述類）

八、爭天下說

△〈釋真〉《石頭記》一書，假中有真，真中有假。書面假中假，書底假中真，書之底中

底乃真中假也。書面是影，是借端託意，所謂賈雨村是也。書底是形，是真實事跡，所謂甄士隱是也。書之底中底是僻，是叛道妄言，所謂賈珠、李紈是也。借釵、黛爭婚姻以演書面，託釵、黛爭天下以寓底中底之意，其實惟釵、黛行妒乃是真實事耳。書面姑不必論，底中底是作者剖腹藏珠之事，非但不可論，亦且不屑論也。余所註者，惟書底真實之事略而言之。余所謂《石頭記微言》者，以書底真際為微言也；作者微旨，是底中底之妄意也。同為微言，其實各異其趨向耳。此篇既名釋真，稍舉數條，以概全書：書中清福、萬福、萬萬壽、臨敬殿、臨莊門、臨文不諱、坐纛旗兒、寶天王、寶皇帝、此寶玉之可顯見者也。侯孝康、瀟湘妃子，此黛玉之可顯者也。梨香院、楊貴妃、進京待選才人，此寶釵之可顯見者也。如今聖上、聖明仁德、海晏河清、萬民樂業，此寶黛之子之可見者也。真真國女子、小騷韃子、仁清巷、葫蘆廟、張爺爺是祖太爺替身出家、寶玉得麟於張道，則寶玉有子可見矣。湘雲拾麟於草下，則知湘雲為撫孤之人可知矣。婦人產育為坐草，香菱坐草、鬥草遇寶玉，得夫婦穗、並蒂菱，則知此麟為香菱所出，為湘雲撫育耳。香菱、黛玉乃是一人，此皆事跡之可顯見者也。書中真際，不可枚舉，舉一反三，惟在閱者自得耳。

〈釋影〉《石頭記》一書，影書也。有影必有形，形即真際。但形藏影露，所謂甄士隱也。稍揭其真形，以見微言之意：南面而坐，北面而朝，象憂亦憂，象喜亦喜，此影也，而賈政、王夫人、寶玉、賈環四人之真形可見矣。瀟湘館甥，湘妃多淚，此影也，而黛玉之真形可見矣。武氏鏡室，楊妃、梨首、寶釵，蘅蕪，此影也，而寶釵之真形可見矣。娥皇、女英以比黛玉、湘雲，此影也，而湘雲之真形可見矣。壽陽公主、同昌公主，此影也，而探春之真形可見矣。

書面有賈蘭，書底有賈桂，薛蟠有龍下蛋之說，寶玉得麟於張道爺，湘雲拾麟於草際，黛玉有母蝗蟲之言，即是〈麟趾〉、〈螽斯〉之證，此影也，而賈蘭之真形可見矣。此數者，皆可望影知形，實藏真際者也。若元春則影釵、玉，惜春則影寶、黛，李紈則影黛之潔，迎春則影黛之苦，賈母則總影全書，所謂史太君也。此數者皆無真際者也。餘者或副影，或旁影，或合影，或分影，或影一事小，或影數事，或影外之影，或以人影物，或以物影人，此皆詳註於正文之內，此處不更述。有四總影：以上所述，即為形之正影，此總影之一也。賈赦影政，邢影王，璉影寶玉、琮影環，鳳影釵，秋桐影黛，平影湘，巧姐影蘭，尤二姐影釵、亦影黛，鳳又影王夫人，此總影之二也。賈珍影政，尤氏影王，蓉影寶玉，秦氏影釵、黛兩人，此總影之三也。薛蟠影寶玉，蟠父影寶父，蟠有戲言即是確證，蟠母影寶母，香菱影黛，金桂影釵，金桂為妻、菱為妾，即釵、黛掉包之影也，寶釵影探春，寶琴影湘雲，蟠、菱有子影寶、黛有子，薛蝌影寶玉之柔情，岫煙影黛玉之孤單，臻兒侍香菱影紫鵑之侍黛，寶蟾侍金桂影襲人之侍釵，金桂之母影寶玉之母與薛姨，夏三影環之與釵。此總影之四也。更有遠影之總者，如甄應嘉一家影賈政一家；遠影之分者，如柳湘蓮影寶玉、尤二姐影釵、尤三姐影黛、傅秋芳影黛等類；近影如襲影釵、晴影黛、平兒影湘雲、妙玉影寶、黛、釵三人、鴛鴦影寶、黛、釵三人等類，不可枚舉。又有反影、對面影等類，惟在閱者觸類旁通耳。

〈讀法〉《石頭記》一書，其底裏真實之事，皆寓於邊僻之處，須看其不要緊處，方能得之。正文云：「九省都檢點出都查邊」，此教人搜尋真際之法也。其引用古人或古事，皆有關合書底實事，並非虛設，其或有不相合者，乃作者另有寓意於底中底之謬論故也。書面為談情之書，書底為傷讒哀怨之書，底中底為淫亂悖謬之書。作者以書面游戲，以書底運化，以底中底妄想。正文曰寶玉即寶玉也。在書面言，上寶玉謂寶玉之人，下寶玉謂口中所啣之玉。在底中底言，則上下混同為一，即指石頭，即指輿地，即言釵、黛所爭之天下也。在書底言，上寶玉為寶玉，是天子，下寶玉即寶玉傳國之璽。黛玉曰：「至貴則寶，至堅則玉。」貴為天子謂至貴也，視棄天下如敝屣、不移其情謂至堅也，此上寶玉也。正面「通靈寶玉」四字即是「皇帝之寶」四字，反面「莫失莫忘，仙壽恆昌」八字即是「受命於天，既壽永昌」八字，璽是祖父所傳，故比胎中帶來，此下寶玉也。書底之寶玉即寶玉，乃是實事。又黛玉臨終時曰：「寶玉你好！」在書面言，則為恨寶玉之負心，故曰「寶玉你好」，蓄住負心二字或無情二字。在底中底言，則以寶玉既為坤地，乃是屬陰，為女子之好矣，故曰「寶玉你好」，比黛如國君死社稷矣。在書底言，乃是作者特下一斷語耳。士隱遇道士有好了歌，又言「好便是了，了便是好」等語，此皆故作蒙混語耳。其實是言寶玉因女子而了之義，只好了二字足矣。蓋寶玉之了皆由釵黛二人，當時有黛無釵則不至於了，有釵無黛亦不至於了，既有釵黛，乃成其為好了也。寶玉情則為黛，事由釵逼，則好了二字，釵、黛當各得一半。然在黛只有好而無了，在釵只了而無好矣。黛至臨終是好之止，釵之成大禮是了之起，故曰：「寶玉你好」，截然而止，其下更不可再著一字。此即是書底「你好」之的解。迨至黛死寶走，方是好了二字齊全，方黛死寶尚在，故一好字而止也。此書實是有面、有底、有底中底之三層，不可不辨。此讀《石頭記》之秘要耳。略舉其端，以概其餘。註中凡有微言、微旨等字樣，皆是指作者之底中底。若余所註之書底，皆是明白顯註，更無所謂微言也。讀者切勿誤會耳。（孫渠甫《石頭記微言》）

△《紅樓夢》為政治小說，全書所記皆康、雍年間滿漢之接構，此想近人多能明。按之本書，寶玉所云：「男人是土做的，女人是水做的」，便可見也。蓋漢字之偏旁為水，故知書中之女人皆指漢人，而明季及國初人多稱滿人為達達（即韃靼。明葉盛《水東日記》中所云：「達達試馬。駒生百日後，以騾馬置山巔，群駒見母，犇躍而上。一氣及嶺者，上也。」達達即指滿人，其他載籍可證者尚多，今不備引），達之起筆為土，故知書中男人皆指滿人。由此分析，全書皆迎刃而解，如土委地矣。
（《乘光舍筆記》，石溪散人《紅樓夢名家題詠》引，一九一五年廣益書局石印本）

△前清研究紅學者，不一其說。有謂紅樓一夢乃影清初大事者。林、薛二人爭寶玉，即指康熙末允禩諸人奪嫡事。寶玉非人，寓言玉璽耳，故著者明言頑石也。黛玉之名，取黛字下半黑字與玉字相合，去其四點，則代理二字。代理者，代理密親王也。和碩理密親王名允礽，為康熙帝次子，故以雙木之林字影之。猶慮閱者不解，又於迎春名人曰二木頭，蓋迎春亦行二也。襲人為寶釵之影，寫寶釵不便盡情極致，乃旁寫一襲人以足之。襲人者龍衣人，指世宗憲皇帝允禛也。海外女子指延平王鄭氏之據臺灣。焦大指洪承疇，觀其醉後自表戰功，與承疇之為清效力者近似。妙玉乃指吳梅村，走魔遇劫即狀其家居被迫，不得已而出仕。梅村吳人，妙玉亦吳人，居大觀園自稱檻外人，寓不臣之意。王熙鳳指宛平相國王熙，康熙一朝漢大臣有權者，熙為第一，書中明言熙鳳為男子也。（錢靜芳〈紅樓夢考〉）

△（第一回甄士隱夢幻識通靈　賈雨村風塵懷閨秀）此回本非第一回。而必曰第一回者，即所謂開宗明義，即所謂此是人間第一日，當言人間第一事者也。開宗明義第一事者何事？孝也、種族也，便是宣布全書發生之源頭，而因以盡其尾者也。且小說之難，莫難於作楔子。作者因《水

滸》之楔子妙空古今，而《桃花扇》之楔子亦復恰到好處，故絕不肯再作一篇落人窠臼文字，乃特創此體，而仍從二書脫化而出，又絕對的不見其相犯之跡。《桃花扇》立乎清，以指乎明，故從人口中指說而出，絕不犯手。《水滸》兼指宋、元，而其義並重，其文則獨託於宋，故亦可以宋人立說。《紅樓夢》之所重者清也。所重者現在之清也，當時之所謂本朝者也，《水滸》與《桃花扇》兩法都不可用。故特用「開卷第一回」五字，作直截宣布宗旨之言，而微文見義，納全書於其箇中，此首句之大意也。下句便突接「作者自云曾歷過一番夢幻」云云，在原本為國變滄桑之感，在曹雪芹亦有朝聞道夕死可矣之悲，隱然言下，絕非假託。書中以甄指明，以賈指清，正統也，偽朝也，歷史法也。宋遺民鄭所南言之，明初之史家得聞之，而王船山獨極其精，發揮光大，以造成今日革命家光復之烈，為吾漢族永永興亡之紀念者也。曰「真事隱」，以事論，固迫於不得不隱；以文論，則小說寓言，古今已成故套，從來善作者都不死煞句下，何必作此閒文？著此三字，使人知於書中有字處、書中無字處求之也。明亡即真隱，國界也；明亡而士隱，遺民也。曹氏生於乾、嘉，猶是遺民之心，甘犯迂儒忠君學說之大不韙，所謂一家非之而不顧，一國非之而不顧，天下非之而不顧，窮天地，亙萬世，伯夷、叔齊之所以傷君主之禍，一瞑不視也。梨洲之宗旨，殆有合焉者矣。而乃以船山之種族學說為其畢生歸命之途，其終不能禁其不全書發明者，天理也，人心也。其所以保持至於今日，而屢遭燒書之劫，禁之不能者，作者託詞於兒女之妙，曹氏增刪之妙，隱之力也。《易》之言曰：「有天地，然後有萬物；有萬物，然後有男女；有男女，然後有夫婦；有夫婦，然後有君臣。」西儒之言曰：「地球鐵質，鑛物也。石，地質也。地球之初生物，從草類始。先有草而後有生物，有草而後有蟲類，有蟲類而後有禽，有禽而後有獸，有獸而後有人。」合此兩說。作者立言實含有開天闢地能力，而借草石之生以起之，借男女之感以發之，所以迎合社會上全部人類之心理，使之於飲食男女大欲存焉之地，反叩其本真，而並以饜其好奇之思想。故不得禁，禁之如不禁，壓力遂自此而窮矣，然亦危乎其微焉。曹氏固《紅樓》之功臣也，然吾謂其功較原本尤大。創始者難，繼續者較易，惟其較易，是以完全而不得搖動（當俟後論）。隱之又隱，其艱如此，我國民其永勿忘。

「念及當日之女子」云云。國事無不關係於女子，天然之吸力也。而專制時代尤甚，特別之專制尤甚，專制之兵爭時代尤甚，一則可以任其情之所能為，一則屈於其情之所必不得為也。吾國貴男賤女，女子亦因無學為男子賤，故書中借此立論，蓋非此不便於隱，而亦即以此代表漢族之無能力也。「天恩祖德」云云。太史公曰：「人情慘怛則呼天，疾痛則呼父母。」鄭所南之《心史》本之。種族之義，大聲疾呼矣。

「故曰賈雨村云云。更於篇中間用夢幻等字，卻是此書本旨，兼寓提醒閱者之意。」賈者，偽也，偽朝也；賈語者，偽朝之史也；村者，村俗也，言野蠻也；夢幻者，清不清而明亦不明也；提醒者，使人清明分別也。故曰書中本旨。然賈雨村本事，則仍有意義，俟後論。

「此書從何而起」至「無才不得補天」一段云云。大荒山者，野蠻森林部落之現象也，吉林也。荒唐之荒亦是此義，無稽崖亦是此義，謂滿洲之所自來多不可考，無歷史之民族也。託始於女媧者，何也？女媧為漢族初代之君主，並為初代中之女主，而程子以媧塈為皇，為天地間之奇變，為孝莊寫照也。煉石補天，是為漢族開基之始。「單單剩下一塊未用，棄在青埂峰下」，青者清也，言其為漢族歷代君主所棄，屏諸四夷，不與同中國之義也。既然已煉之矣，而棄之而不早為之防，使自傷其無才不得入選，野蠻民族漸染文明，遂至於靈性已通，可大可小，怨艾悲哀，則安得不為中國害？七大恨之祭告天地堂子所由來也。

「一僧一道」，及「空空道人、茫茫大士、渺渺真人」等語。滿清雖名為重儒，而其實只以為束結人心之具。其實帝王別無所畏，惟畏鬼神。活佛也、張天師也，皆赫然威靈者也，喇嘛尤為尊重。故云「那僧託於掌上」，偏重和尚一方面，而亦引起出家等事。空空道人則當指當時遺老。蓋從頭一看，見大石上所刻頑石一段文字，或係作者自謂，而曹氏亦以為恰當者。

「縮成扇墜」。小扇墜為香君別號，香君入道亦與出家有影射，且《桃花扇》一書與此書同具滄桑感慨，故亦引之。「倒也是個靈物」，愧對愧對。

「昌明隆盛之邦，詩書纓簪之族，花柳繁華之地，溫柔富貴之鄉」。對大荒山、無稽崖、青埂峰而言。一滿一漢，夫復何疑？

「況且那野史中，或訕謗君相，或貶人妻女，姦淫凶惡，不可勝數」。不用野史朝代，不假借漢、唐，明其非漢族也。否則何以不言金、元？質而言之，不承認其為朝廷耳。而事實上乃仍是訕謗君相，貶人妻女，姦淫兇惡，不可勝數。作者避之，而又犯之，其意何居？則上文之所謂第一件無朝代年紀可考，第二件並無大賢大忠、理朝廷、治風俗的善政者，真是將滿清一筆抹煞。故以別種風月筆墨立論，此是何等心胸，而肯與他書爭一日之長短哉？

《石頭記》、《情僧錄》、《風月寶鑑》、《金陵十二釵》。情僧不止順治一方面。寶鑑，歷史也，亦非順治一代史也。石頭、金陵，有當從地名著想者，南京也；有不僅從地名著想者，頑石也。金者，滿清有前金後金之號。陵者，帝王之陵寢也。然必終定其名為《紅樓夢》者，以主旨在明之併於清故。

「悼紅軒」。紅者朱也，悼紅即怡紅之反對。龔定菴〈正大光明殿賦〉以豐草長林禽獸居之為韻，是其義也。若曰失明宮殿，頑石據之，彼自怡紅，我自悼耳。篇中諸如此者，當類推。

「披閱十載，增刪五次，纂成目錄。分出章回」。此四語，曹氏已明將《紅樓》之為歷史，並《紅樓》成書歷史，一齊道出。曰「披閱十載」，見原本之歷史，已經研究而得其真象也。曰「增刪五次」者，見現行《紅樓》之歷史，已非僅原本《紅樓》之歷史也。曰「纂成目錄，分出章回」者，見原本之《紅樓》尚未如此完備，而曹氏多數參入以己意也。後人不知，乃曰此是曹氏自行託之古人，乃又或曰曹補本不如原本，而穿鑿附會焉，其亦太不解事者矣。夫他且不論，明明曰增刪五次，何以不言四次、六次？謂曹氏不死煞句下，可謂便宜。然書中開首即著如此活動字眼，恐大手筆斷無此荒唐。且刪字可解，增字又將何解？蓋原本之《紅樓》，明清興亡史也；刪增五次者，曹氏之崇德、順治、康熙、雍正、乾隆五朝史也。鄙人曾見《紅樓夢》殘本數篇，事跡相類，而略如隨手筆記，或者尚未成書。曹氏據為藍本，乃有此十六字之標題焉。蓋《紅樓夢》之作當在康熙時代（疑吳梅村作，或非一人作）。其言或多不謹，一則遺老文字多放恣，二則隱語甚難，三則事實太近，故清宮亦多有知之者。歷代以來，燒書甚多，或已燒，或未燒，均不可知。厥後文網愈益加嚴，曹氏知其有不能久存之傾向，乃嘔心挖血而為之刪。刪者，刪其較為明顯者也。夫使曹氏無種族思想，則亦已焉耳，則亦聽原本《紅樓夢》之自生自滅焉耳，甚則贊成禁止焉耳，而何必為此無謂之依傍？若使曹氏果有種族之思想，則其近代之所耳聞目見，與原本可以相通，而自發其萬不得已之苦衷者，竟不增入，曹氏其何以自聊？且所謂刪者，刪其辭而隱之又隱，非刪其所指刺也。刪其所指刺，則原本與曹氏之心俱傷。所謂增者，非直截插入也。直截插入，則原本之真失。故每用雙管齊下之法。書中所寫之重要人物，必另取一人焉以配之，是其例也。然而猶不止此也。原本以指刺順治，遂幾乎不得久存，曹氏何敢復蹈其前轍？避之而意有所不甘，則不得不取朝臣之近似者以混之，混之所以避禁忌也。故原本之《紅樓》兼有及於明宮事者，曹氏之《紅樓》又有兩套本錢，談何容易而輕心掉之？曹氏之隱、曹氏之後來居上，踵事增華，天演進化之公例也。《郎潛紀聞》曾以朝臣為說，墮曹氏之術中矣。然而猶為滿人深惡，而禁令屢申，官文、胡林翼尤為切痛，一則云：「罵滿人太惡」，其本旨也；一則云：「壞人心術」，其託辭也。然而終不得消滅，而尚有今日供吾輩之搜求發明，則隱而又隱之力也。蔡君孑民倉卒為之，本亦引伸觸類之義。繼起而為之者，何以漫不加察乃爾？瞻仰先覺，涕泣無已，後死之責，余小子其何敢讓焉。且即以原本而論，鴛鴦也、尤三姐也，非董年、柳如是輩之所能當也。司棋也、潘又安也，情之變而出於近正者也，如何而可付之闕略乎？原本範圍且多闕焉，而何論曹氏哉！

「地陷東南」，是指明社之屋。姑蘇城，便是南京影子，兼清人南下與南巡而言之。「一二等富貴風流之地」，影南京也，即影北京也，即影中國全土也。仁清巷三字不須解。古廟呼作葫蘆，葫蘆者，胡虜也。甄士隱名費，明亡而士隱，隱而仍不失其為費，遺老也，謀光復也。封者，封疆也。無兒，便是滅國、滅種，中原無男子之義。以英蓮為之女者，圓圓本自明宮出也。

「西方靈河岸上」，佛也，僧尼也。石即寶玉，玉璽者不祥之物也。絳珠草者，朱已失色，喻明之亡、漢人之失節，喻奪朱非正色、異種亦稱王之義。珠者，珠為滿洲之代名詞。草者，傷之也。

「赤霞宮神瑛侍者」。赤霞宮即朱明宮闕之義。曰侍者，明其非正統也。神英二字，不僅映帶寶玉字，蓋此中有深意焉。瑛字之左偏為王，相傳順治為山東人王杲之子，東省所傳未祭帝陵、先祭王陵者是。瑛字之右偏為英，相傳康熙為桐城相國張英之子者是。乾隆為海寧尚書陳文恭之子，證據尤多，故以神瑛侍者發明其義。然而政治所在，不以天然之種族為斷，以歷史、政治上之主體為斷。神瑛侍者之義，實含有此等意義。

「情果愁水」。甘露而曰情果，曰愁水，彼族吸收吾民之脂膏，而吾民之困苦流離，幸而得生，得主而受辱忍恥者，即滿清之所謂深仁厚澤，浹肌淪髓，食毛踐土，具有天良者也。即彼君主之待其同族子女，亦何獨不然！謂之曰滋養，毋寧謂之曰情果愁水。僅僅修成女身，君主之奴隸是矣，故書中以女為代表。

「一聲霹靂，山崩地裂」，狀明之亡，冀清之覆。「烈日炎炎」，朱明也。「芭蕉冉冉」，青清也。作者於開首處用全力，真是一字不苟。

英蓮寫吳三桂家人，若其妻、若圓圓、若蓮兒。王、沈（坊間有《紅樓夢索隱》為王夢阮、沈瓶菴二君所作，以下簡稱王、沈）評是矣。然曹氏之寫香菱，則其義更奇。蓋彼意直以獃霸王寫齊林，以香菱寫齊王氏也。三桂之獃固矣，然彼齊林之身作教首，一事無成者，其獃又當若何！三桂一家之有命無運，與齊王氏夫婦等耳。夫齊王氏夫婦，漢人也，正當以謀光復，吾輩當尸祝之而躋之洪、楊之上。即其不善，亦不過與三桂等。比擬最為確切，且其事跡亦有可言者，俟逐節論之。

賈雨村名化，故意與寧國公代化同，指三桂與齊林並希奪帝也。一部大書既以薛蟠一家代表吳齊，又何為而開首便寫賈化？蓋《紅樓》一部之歷史實為吳三桂之所釀成，而漢族之不能光復，革命者之全無思想能力也，故以此為全書提綱。湖州二字，因吳氏以遼東人，僑寓於昆陵，圓圓又為常州奔牛鎮人，齊王則湖北襄陽產也。

「也是詩書仕宦之族，因他生於末世，父母祖宗根基已盡，人口衰喪，只剩得一身一口，在家鄉無益，因進京求取功名，再整基業。」族是漢族，末是明末以迄於今。吳氏父母死於賊，國亡於清，「根基已盡，人口衰喪」諸語無一不合，固矣。齊王氏之出身，清官書但言其為女賊，報夫仇一事尚見於書，而以為反叛之眷屬矣。吾觀張船山之詩曰「白蓮半為美人開」，曰「可惜征苗失此才」，則畏其兵力，曾有招降之議可知。嘉慶時人王曇之《蟫史》所言招降慶喜，亦即此意。清人記載又有為夫報仇，兵強以後，蓄面首不復初志，又謂與漢陽某生有白首之約，為之不犯漢陽境者，則近人所記載齊王民行狀，非盡不可信矣。彼父因當日官吏橫行，白蓮教之逼迫，遂以富室而入其黨，與此數語情形何如？故曰曹氏以寫齊王氏之家庭也。

「慣養嬌生笑你癡，菱花空對雪澌澌，好防佳節元宵後，便是煙消火滅時」。此四句詩頗有意義。夫曰「慣養嬌生」，吳氏待圓圓之情形，比諸齊王氏之父只有一女而富厚者，覺齊王氏較切。「菱花空對」，寡婦之詞也，亦圓圓入道之詞也。「佳節元宵」兩語，更是寡婦與入道現象，便是兵敗勢促而死。與戰陣亡身現象，不必從三桂死時著眼。

「嬌杏見雨村生得雄壯，便留意」一段。此吳梅村之所謂「白皙通侯最少年」者也。而齊林亦為教首，其求婚於王氏，亦必有以武勇自負之意，行狀中亦頗及之。此一段為後篇立照，最有意味，當俟正文詳解。

雨村對月之詩及一聯。便是奸雄草澤吟嘯語，便是奸雄極望非分語，便是好色語。至於聯語，則益見野心勃勃，不可收拾矣。作者筆力之大，乃至於此。然卻可以作「讀書求功名不得」思想解，玄之又玄，玄煞人也。

「七八分酒意，狂興不禁，對月口占」。清光也，天上一輪也，萬姓仰頭也，皇帝語也，奪清帝而代之之語也。三桂似之，齊林強求婚於王氏亦似之。

霍啟之為禍起是也。英蓮失蹤，失身也，入勾欄之現象也，何必另作別解。王氏之入教黨。強婚齊林，失身也，皆此現象也。

「甄家已燒成一堆瓦礫場了」。圓圓亡明，三桂罪案。齊林倡亂，而王氏以報仇之師，騷擾人民，中國那得不成瓦礫場？

「投人不著」。朱明之用三桂，王氏之父入教黨，圓圓之嫁三桂，王氏之婦齊林，真投人不著之類也。

「新太爺到任」。三桂回兵，「蠟炬迎來在戰場，啼妝滿面殘紅映」，是也；「有人夫壻擅侯王」，亦是也。齊林在王氏家中給使時，本為其所不喜。然入教時亦是面善。

（第一百二十回　甄士隱詳說太虛情　賈雨村歸結紅樓夢）薛蚪為薛蟠贖罪。三桂之罪，本無可贖，然光琛勸之背清，似亦贖罪之法。且逼殺桂王而後，三桂本未伏誅，故曰贖罪。然觀其下文之誓詞，則結局已定矣。又《東華錄》，康熙三十八年閏七月諭，查黃明（此非《逆臣傳》中之黃明）係叛逆吳三桂下偽將軍，康熙十九年大兵取柳州時，遁入苗峒，後經查拏，苗子韋朝相假獻首級，黃明因潛住苗峒多年，於康熙三十年七月間糾結陳丹書、吳旦先等侵擾湖廣茶陵州，攻圍衡州府，俱被官兵殺敗，黃明等一百三十四名先後拏獲，俱應照一律，不分首從，斬立決云云。歷十餘年而此志不衰，可謂三桂之忠臣矣。然既非首謀，又非重要人物，鄙人以為不滿其量，故舍之而以方光琛代表其一般焉。

廢后之於優伶，當時果有傳說與否，記者不敢強為之辭。然明季強邀封后之李選侍，竟為鴇母，且言宮中不如其樂，任宮人偽為崇禎帝后，行同倡妓，後為清廷所殺。清初紀載，多有為后辨冤者（案偽皇后事亦見《東華錄》）。和珅獄辭中，亦有擅取出宮女子為次妻一語，作者或亦有感於此乎？

香菱扶正與產難，此事兼指顧眉生。按《貳臣傳》，龔鼎孳於順治三年六月丁父憂，請賜卹典，給事中孫埴齡疏言：「鼎孳明朝罪人，流賊御史，蒙朝廷拔置諫垣，優轉京卿。曾不聞夙夜在公，以答高厚，惟飲酒醉歌，俳優角逐。前在江南，用千金置妓，名顧眉生，戀戀難割，多為奇寶異珍以悅其心。淫縱之狀，哭笑長安，已置其父母妻拏於度外，及聞父訃，而歌飲留連，依然如故。虧行滅倫，獨冀邀非分之典，誇耀鄉里，欲大肆其武斷把持之焰」云云。《板橋雜記》云：「顧眉生既屬龔芝麓，百計求嗣，而卒無子。甚至雕異香木為男，四肢俱動，錦綳繡褓，雇乳母開懷哺之，保母褰襟作便溺狀，內外通稱小相公，龔亦不之禁也。」又載：「偕顧寓市隱園，為顧祝生辰，遍召舊時狎客及南曲姊妹行與讌。門人嚴某赴浙監司任，為眉生褰簾長跪，捧巵稱賤子上壽。」時已為尚書矣。蓋眉生與如是，當時皆儼同正室，而如是決不得比以圓圓。眉生之小相公乃頗與產難合，惟官書所載三桂本非無後。此等小處，作者何必變更事實？以此作結，禍始於圓圓故也。（鄧狂言《紅樓夢釋真》一九一九年民權出版社）

△《紅樓夢》一書，說者極多，要無能窺其宏旨者。吾疑此書所隱，必係國朝第一大事，而非徒紀載私家故實。謂必明珠家事者，此一孔之見耳。觀賈政之父名代善，而代善實禮烈親王名，可以知其確非明珠矣。今略舉所臆見諸條於後，以諗世之善讀此書者。林、薛二人之爭寶玉，當是康熙末允禩諸人奪嫡事。寶玉非人，寓言玉璽耳，著者故明言為一塊頑石矣。黛玉之名，取黛字下半之黑字與玉字相合，而去其四點，明明代理兩字；代理者，代理親王之名詞也（廢太子後封理親王），理親王本皇次子，故以雙木之林字影之，猶慮觀者不解，故又於迎春之名曰二木頭，迎春亦行二也。寶釵之影子為襲人，寫寶釵不能極情盡致者，則寫一襲人以足之，而襲人兩字析之固儼然龍衣人三字。此為書中第一大事。此書所包者廣。不僅此一事，蓋順、康兩朝八十年之歷史皆在其中。海外女子明指延平王之據臺灣。焦大蓋指洪承疇。承疇晚年，罷柄閒居，極侘傺無聊，曩曾於某說部中得其遺事數則，今忘之矣；大醉後自表戰功，極與洪承疇事符合。妙玉必係吳梅村，走魔遇劫，即紀其家居被迫，不得已而出仕之事。梅村吳人，妙玉亦吳人，居大觀園中而自稱檻外人，明寓不臣之意。參觀《桃花扇・餘韻》一齣，當日官府方點派差役持牌票訪求前代遺民，可知梅村之出必備受逼迫也。王熙鳳當即指宛平相國王文靖熙，康熙一朝漢大臣之有權衡者，以文靖為第一，書中固明言王熙鳳為一男子也。（孫靜庵《棲霞閣野乘》，昌福公司版《滿清野史》五編本）

△或曰：「是書實國初文人抱民族之痛，無可發洩，遂以極哀艷極繁華之筆為之，欲導滿人奢侈而復其國祚者。」其說誠非無稽。試讀第一回之詩曰：「滿紙荒唐言，一把辛酸淚。都云作者癡，誰解其中意？」其言何等淒楚痛絕，則知其中有絕大原因，非遊戲筆墨之自道身世者可比也。（徐珂《清稗類鈔》著述類）

△《紅樓夢》一書係憤滿人之作，作者真有心人也。著如此之大書一部，而專論滿人之事，可知其意矣。其第七回便寫一焦大醉罵，語語痛快。焦大必是寫一漢人，為開國元勳者也，但不知所指何人耳。按第七回「尤氏道：『因他從小兒跟著太爺出過三四回兵，從死人堆裏把太爺背了出來，得了命；自己挨著餓，卻偷了東西給主子吃；兩日沒水，得了半碗水給主子喝，他自己喝馬溺。不過仗著這些功勞情分，有祖宗時，都另眼相待』」，以上等句，作者決非無因而出。倘非有所憤，尤氏何必追敘許多大功，曰：「把太爺背了出來，得了命。」可知無焦大則不但無此富貴，則亦無此人家，既敘其如此之大功，而又加以「不過仗著」四字，「何其牽強！又觀焦大所云：「欺軟怕硬，有好差使派了別人（必是督撫、海關等缺）。二十年頭裏的焦大爺眼裏有誰？別說你們這一把子的雜種們。你們作官兒，享榮華，受富貴。你祖宗九死一生掙下這個家業，到如今不報我的恩，反和我充起主子來了。」字字是血，語語是淚。故屢次禁售此書，蓋滿人有見於此也。今人無不讀此書，而均毫無感觸，而專以情書目之，不亦誤乎？（飲冰等《小說叢話》）

△昔之於小說也，博奕視之、俳優視之、甚且酖毒視之、妖孽視之，言不齒於縉紳，名不列於四部（古之所謂小說家，與今大異）。私衷酷好，而閱必背人；下筆誤徵，則群加嗤鄙。雖如《水

滸傳》、《石頭記》之創社會主義，闡色情哲學，託草澤以下民賊奴隸之砭（龔自珍之〈尊隱〉是耐庵注腳），假蘭芍以塞黍離荊棘之悲者（《石頭記》成於先朝遺老之手，非曹作），亦科以誨淫誨盜之罪，謂作者已伏冥誅；繩諸戒色戒鬥之年，謂閱者斷非佳士。即或賞其奇瑰，強作斡旋，辨忠義之真偽，區情慾之貞淫，亦不脫情，無當本旨，（《水滸》本不諱盜，《石頭》亦不諱淫。李贄、金喟強作解事，所謂買櫝還珠者；《石頭》諸評，更等諸鄶下矣。）餘可知矣。（黃摩西《小說林》發刊詞，載一九〇七年《小說林》第一期）

縱觀以上諸論，其中最複雜的就是爭天下說，裏面可能是指奪嫡的問題，也可能指漢滿爭鬥。蔡元培基本上認為《紅樓》是指滿漢種族之爭，但也不盡排除奪嫡的問題，所以他又說賈寶玉是影射廢太子胤礽。

據蔡氏〈雜記〉手稿，他三十二歲以前，即開始考證《紅樓夢》，說：「前曾刺康熙朝士軼事，疏證《石頭記》，十得四五，近又有所聞：如林黛玉為朱竹垞、薛寶釵為高澹人……寶玉為納蘭容若、劉老老為安三」。但《石頭記索隱》事實上是他五十一歲在歐洲時所寫的，民國六年上海商務印書館出版。前後研究了幾十年，而基本立場並無改變。

但《石頭記索隱》出版後，他的看法卻遭到空前未有的挑戰，胡適之撰《紅樓夢考證》，直斥他這樣的研究方式為「笨猜謎」，將紅學的研究，再導入自傳說的路子上來。胡適的考證，在學術界獲得了熱烈的贊同，可是蔡元培並不服氣。他在《石頭記索隱》第六版的序中，再次申明他的論點及他所用以推求隱事的方法，例如說他是依據品類相近、軼事有徵、姓名相關等條件來判斷書中人物究竟影射何人，而且藏謎與影射又是中國小說的習慣，若主張《紅樓夢》是自傳，反而違反了「真事隱」的原則。考民國十一年二月十七日，蔡氏有一函給胡適，答胡適所詢關於對英國退還庚子賠款應如何支配的問題，函末又提到：「承索《石頭記索隱》第六版自序，奉上，請指正」。另外，到了民國十五年，蔡元培六十歲時，他還替壽鵬飛《紅樓夢本事辨證》作序。壽氏字槃林，紹興人，認為《紅樓》是寫清世宗與諸兄弟爭天下的故事，請蔡元培作序，當是推崇他在這一派意見上的發言地位。果然，蔡元培說：

余所草《石頭記索隱》，雖注重於金陵十二釵所射之本人，而於當時大事，亦認為記中有特別影寫，如董妃逝而世祖出家，即黛玉死而寶玉為僧之本事。允礽被喇嘛用術魘魔，即嫂叔逢魘魔之本事，亦嘗分條舉出。惟不以全書為專演此兩事中之一而已。王夢阮沈瓶庵二君所著之《紅樓夢索隱》，以全書為演董妃與世祖事，已出版十五年矣。同鄉壽槃林先生新著《紅樓夢本事辨證》，則以此書為專演清世宗與諸兄弟爭立之事；雖與余所見不盡相同，然言之成理，持之有故。此類考據，本不易即有定論；各尊所聞，以待讀者之繼續研求。方以多歧為貴，不取苟同也。先生不贊成胡適之君以此書為曹雪芹自述生平之說，余所贊同。以增刪五次之曹雪芹，為非曹霑而即著《四焉齋集》之曹一士，尤為創聞，甚有繼續研討之價值。因慫恿付印，以公同好。十五年六月三十日。（蔡元培先生全集，頁九五七）

由這篇序，我們可以知道，不但這位民國史上最重要的教育家蔡元培沒有放棄他原先的見解，繼起者亦大有人在。這些繼起者，有些是受了他的啟發，有些則是自行研究的結果；發展到今天，在自傳派的圍攻之下，他們不但沒有絕跡，似乎還有轉盛的趨勢，論點亦集中到「爭天下」這一方面，明珠說等，則不太有人堅持了。其中較重要的著作，是民國五年九月，王夢阮和沈瓶庵替中華書局批注程甲本的《紅樓夢》時，所寫的《紅樓夢索隱》，它主要的意見，可參看我替金楓出版社重印《石頭記索隱》本書中所附該書的提要。其次，則是潘重規的《紅樓夢考》《紅樓夢辨》等書。潘氏浸淫紅學，功力深厚，發明考辨甚多，吸收了自傳考證派的成果，而開拓了索隱派的解釋，我替金楓出版社編《石頭記索隱》一書時，也選了他〈我探索紅樓夢的歷程〉一文，是對他研究紅學的總括說明。杜世傑《紅樓夢悲金悼玉實考》《紅樓夢原理》《紅樓夢考釋》三書，持論大體亦與潘氏相近，為索隱派之重鎮。讀者亦可以參看該書所收杜著《考釋》的序文。其他，如方豪、張壽平、袁維冠、齊如山、姜伯純、高陽、邱世亮等人也各有索隱。他們有些甚至吸收了自傳派的論點及證據，立論各有巧妙，很值得重視。最近，李知其《紅樓夢謎》、王以安《紅樓夢曉》相繼出版，對此問題，也有進一步的發揮。而在金楓出版社重刊的《石頭記索隱》中，我也選擇了一部分相關資料，收在裏頭，希望能讓讀者對於索隱派紅學的來龍去脈有所理解。讀者不妨看看，並想想《紅樓夢》到底該怎麼讀、紅學的未來究竟應如何發展。

一九八七年三月

紅樓夢與儒道釋三教關係

一、毀僧謗道的小說？

《紅樓夢》敘述女媧煉石補天時剩下了一顆石頭，拜託茫茫大士、渺渺真人攜下塵寰；結果歷盡離合悲歡世態炎涼，重返青埂峰下，再求空空道人將其所歷之事，記去作為傳奇。這是它整本書的敘述框架。所有的故事，都發生在這個框架中。因此，這本書跟佛教道教的關係，並不是枝節、片段、綴合的。

何況，此書既名《紅樓夢》，又名《石頭記》、《金陵十二金釵》，亦名《情僧錄》。出家的和尚賈寶玉，又被賜道號為「文妙真人」。則這部小說與佛教道教的關係，明白揭示於書名上，誰也不會不曉得。許多論者也因此而認為該書主旨即是為了闡揚佛道宗趣，例如「化灰不是癡語，乃道家玄機；還淚不是奇文，是佛門因果。……因色見空，捨此無微妙法；若了便好，要好須了，解此是最上乘。癡和尚看內典，何異窮措大抱高頭講章，那得出頭日子？……境雖曰幻，入幻便即是真；津既曰迷，執迷如何能悟？仙姑是大鶻突」（話石・紅樓夢真義）「第一回開首數頁抵作者一段自敘文字。『因空見色』之十六字，可作釋教心傳之學，全書宗旨如是。〈好了歌〉透頂醒心，讀之如冷水澆背」（張其信・紅樓夢偶評）等說法。在《紅樓夢》的評論中，是非常常見的。

但，如此簡易明白之事，稍一推勘，卻會發現它似乎又並不那麼明白。例如，書中敘述佛教道教之人物與事跡，大體均無崇仰敬愛之意。

第二回〈冷子興演說榮國府〉，介紹賈家的祖宗八代，就批評賈家歷來的道教信仰。說寧國公故世後，賈代化襲官。長子早夭，次子賈敬，「如今一味好道，只愛燒丹煉汞，餘者一概不在心上」、「一心想做神仙，……不肯回原籍來，只在城中城外和道士們胡羼」。這樣的敘述口氣，顯然對燒丹之事甚不以為然。

據第十回說，賈敬生日，賈府人等準備為他祝壽，他不肯，只希望能把他注解的《陰騭文》刻印出來。依書中所記，賈府似乎也沒人理會他這個要求。

第十三回，秦可卿卒，「那賈敬聞得長媳婦死了，因自己早晚就要飛升，如何又肯回家染了紅塵」，故亦置若罔聞。可是，不旋踵，他自己倒是因煉丹而先死了。六三回〈壽怡紅群芳開夜宴，死金丹獨艷理親喪〉記尤氏等人去城外玄真觀驗尸，大家「素知賈敬導氣之術總屬虛證，更至參禮斗、守庚申、服靈砂、妄作虛為，過於勞神費力，反因此傷了性命，如今雖死，肚中堅硬似鐵，面皮嘴唇燒灼得紫絳皺裂」。知他乃吞金服砂，燒脹而死；同時也非常清楚他是虛作妄為而死的。可見平時大家只是不理他，由他去瞎胡鬧而已。

這是對刻注善書和修煉金丹道術的批評。第八十回寫〈王道士胡謅妬婦方〉、廿五回寫〈魘魔法姐弟逢五鬼，紅樓夢通靈遇雙真〉等等，則是對法術的批評。天齊廟道士王一貼號稱膏藥靈驗，談療妬之力，則純是胡扯，不必具論。且說榮國府趙姨娘想除去王熙鳳賈寶玉，找了馬道婆來施法。其法是剪兩個紙人，寫上王熙鳳賈寶玉兩人的年庚、八字，用釘釘了。王賈兩人便日漸瘋魔。這個法術是自古流傳，民間常見的。但作者對它其實不甚明瞭，因此內容講的是魘魔法，標題卻說是「逢五鬼」。不知魘魔法依據的是擬似巫術，把人名及生辰寫在紙上，這紙人便擬似那個真人了；拿針去扎紙人，或把另外五張藍紙剪成的青面鬼跟紙人併在一塊，就類如真用利器刺傷了該人內腑四肢，或真讓其人跟鬼魅併處了。第八十回講金桂故意用紙人扎針的事來誣害香菱，也是這個法術。但一般巫術中講的五鬼術，卻大多不是指這一類，而是說「五鬼搬運」等等術法。故題云〈魘魔法姐弟逢五鬼〉，易滋誤會。施魘魔法，基本上也不必用藍紙絞五個青面鬼去併在一處。作者大概只是聞知有此魘魔之法，故藉此形容趙姨娘忮刻之情及愚昧之狀罷了，意不在宣揚此類法術，其旨甚明。

第四回〈薄命女逢薄命郎，葫蘆僧亂判葫蘆案〉又批評扶乩。說薛蟠打死小鄉宦馮淵，馮家人告到賈雨村堂上，門子替他出餿主意道：「老爺只說能扶鸞請仙，堂下設下乩壇，令軍民人等只管來看。老爺就說：『乩仙批了，死者馮淵與薛蟠原因夙孽相逢，今狹路既遇，原應了結。……』小人暗中囑枴子，令其實招。家人見乩仙批語與枴子相符，餘者自然都不虛了」。以此為扶乩，顯然也說明了作者認為所謂飛鸞乩仙都是騙人的。

施弄道教方術者既多如此，持術者便亦不值得敬重了。廿五回護花主人評曰：「鳳姐之鐵檻寺弄權，是淨虛尼說合。趙姨娘之給衣物魘魔，是馬道婆作法。三姑六婆，為害不淺」，即指此事。

三姑六婆中，尚有一修道人妙玉。號「檻外人」。但青山山農《紅樓夢廣義》說她：「外似孤高，內實塵俗。花下聽琴，反失來路。情魔一起，而蒲團之趺坐，盡棄前功。內賊熾，斯外賊乘之耳」。可見亦非真能令人敬愛者。其餘如水月庵的姑子智通、地藏庵的姑子圓心、饅頭庵的尼姑靜虛，就更不用說了。

一〇二回另載〈寧國府骨肉病災祲，大觀園符水驅妖孽〉，寫尤氏從園中回家後染病，賈蓉建議請南方人毛半仙來占卦。結果算了老半天，得了個未濟卦，說此乃魄歸魂化，先憂後喜，不妨事之徵云云。這種信口雌黃式的占卦人形象，以及該回大段描寫毛半仙設壇做法，以法水符籙驅邪降妖等事，亦皆是因作者不甚信重術士才創造得出來的。

一一七回又記邢大舅子在賈家喝酒與賈薔等人說笑，講了一個玄帝廟老是被盜，仿土地廟建了一堵牆以防賊，不料仍被盜，原來砌的乃是「假牆」的故事。酒話閑耍，竟開起玄武大帝的玩笑來，則作者對神靈也就不甚恭謹了。此不也可以見到他對道教神祇的態度嗎？

凡此等等，均可證作者對佛道教並無特別崇信敬畏之處。而書中所敘，賈府中這類佛道人物與法術，既如此不堪，寶玉對僧道及宗教事務當然也就不會有真正崇仰敬重之心理。小說三十六回記寶玉在夢中罵，說：「和尚道士的話如何信得？什麼金玉姻緣？我偏說木石情緣」。似乎寶玉在潛意識中即頗有反抗僧道的態度，現實生活上則更是。

第十九回記襲人勸寶玉：「再不可毀僧謗道，調脂弄粉」，即足以證寶玉平日正是毀僧謗道的。

這一回載賈珍請大夥兒去看戲，寶玉也跑過去看。「誰想賈珍這邊唱的是〈丁郎認父〉〈黃伯央大擺陰魂陣〉，更有〈孫行者大鬧天宮〉〈姜太公斬將封神〉等類戲文。倏爾神鬼亂出，忽又妖魔畢露。……寶玉既繁華熱鬧到如此不堪的田地，只略坐了一會兒，便走往各處閑耍」。則又證明了寶玉對神鬼仙佛妖魔雜出之境的嫌厭。

而有趣的，是寶玉這下走出閑逛，卻恰巧撞見了書僮茗烟按住了一個女孩兒正在苟合。那女孩竟然名叫「卍兒」。卍是佛教的代表符號，意為吉祥萬德所集。佛陀造相，多在胸前著一卍字。這個女孩在書中並無其它作用，只在此驚鴻一現，顯見作者刻意以聖德為名之女，行苟且淫亂之事，藉此揶揄反諷之。

由這些事例來看，我們還能說《紅樓夢》是親近佛道的小說嗎？

二、批判禮教的小說？

那麼，《紅樓夢》會是宣揚或具有儒家思想的作品嗎？

歷來實有不少人如此認為。例如張新之的《妙復軒評本》就非常強調這一點，他說：「石頭記乃演性理之書，祖《大學》而宗《中庸》，故借寶玉說：『明明德之外無書』，又曰：『不過《大學》《中庸》』。是書大意闡發《學》《庸》，以《周易》演消長、以《國風》正貞淫、以《春秋》示予奪、《禮經》〈樂記〉融會其中。《周易》《學》《庸》是正傳，《紅樓》竊眾書而敷衍之是奇傳，故云『倩誰記去作奇傳？』胡氏曰：『孔子作《春秋》，常事不書，惟敗常反理乃書於策，以訓後世，使正其心術，復常循理，交適於治而已』，是書實竊此意。……通部《紅樓》，只《左氏》一言概之曰：『譏失教也』」（紅樓夢讀法）。

此外，鴛湖月癡子在〈妙復軒評石頭記序〉中說：「閑人之評，並能括出命意所在。不啻親造作者之室，日接作者之席，為作者宛轉指授，而乃於評語中為之微言之、顯揭之、罕譬曲喻之。似作者無心於《大學》，而毅然以一部《大學》為作者之指歸，作者無心於《周易》，而隱然以一部《周易》為作者之印證。使天下後世直視《紅樓夢》為有功名教之書、有裨學問之書、有關世道人心之書，而不敢以無稽小說薄之」（妙復軒評石頭記·卷首）。

孫桐生在〈妙復軒評石頭記敘〉中也說：「……自得妙復軒評本，然後知是書之所以傳、傳以奇。是書之所以奇，實奇而正也。如含玉而生，實演明德；黛為物慾，實演自新。此外融會四子六經，以俗情道文言，或用借音，或用設影，或以反筆達正意，或以前言擊後語。尤奇者，教養常經也，轉託諸致禍蔑倫之口。仙釋借徑也，實隱闢異端曲學之非。就其淺，可以化愚蒙；而極其深，可以困賢智。本談情之旨，以盡復性之功，徹上徹下，不獨為中人以下說法也。至其立忠孝之綱，存人禽之辨，主以陰陽五行，寓以勸懲褒貶，深心大義，於海涵地負中自有萬變不移、一絲不紊之主宰，信乎其為奇傳也」（繡像石頭記紅樓夢·卷首）

此類以儒學之旨來解釋《紅樓夢》的人，誠然亦有所見。但更多的人卻指出此書批判的對象正是封建禮教，或者說此書顯示的思想及內容恰好與封建禮教相悖。

《紅樓》面世後不久，便有此說。梁恭辰自謂：「《紅樓夢》一書，誨淫之甚者也。……以開卷之秦氏為入情之始，以卷終之小青為點睛之筆。摹寫柔情，婉孌萬狀，啟人淫竇，導人邪機。自是而有《續紅樓夢》《後紅樓夢》《紅樓後夢》《紅樓重樓》《紅樓幻夢》《紅樓圓夢》諸刻，曼衍支離，不可究詰。評者尚嫌其手筆遠遜原書，而不知原書實為厲階，諸刻特衍誨淫之謬種。……我做安徽學政時，曾經出示嚴禁，而力量不能及遠，徒喚奈何！有一庠士擅才筆，私撰《紅樓夢節要》一書，已付書坊剞劂。經我訪出，曾遞其衿、焚其板，一時觀聽，頗為肅然。惜他處有仿而行之者。那繹堂先生亦極言：『紅樓夢一書為邪說詖行之尤』」（北東園筆錄・四編・卷四）

其實不止安徽，各省均有禁例。禁之之故，則因此類筆墨破壞了良序善俗，「一二人導之而立萌其禍，風俗與人心相為表裡。近來兵戈浩劫，未嘗非此等踰閑蕩檢之說默釀其殃」（同治七年・江蘇省藩政・查禁淫詞小說例），會危害到統治。

這亦並非官員們的偏見，據李慈銘說：「凡智慧癡騃，被其陷溺，因之繭葬豔鄉者，不知凡幾，故為子弟最忌之書。予家素不畜此」（越縵堂日記補，庚集下，咸豐十年八月十三日）。可見這是一般世家大族的普遍看法。張新之、王希廉等人之評本，之所以會刻意強調《紅樓夢》是不悖名教，甚且是正面宣揚儒家思想的，應該要放到這個社會脈絡中來看。正因社會上有強大的批判聲音，指責《紅樓夢》破壞了儒家綱常禮教的價值，所以才會有這樣一批人由「此書其實乃闡揚儒家倫理價值之作」這個角度去替它去爭地位。

到了清末民初，革命思潮興起，情況便截然不同了。論者由批判傳統社會的專制政體、家庭組織、禮教倫常出發，自然就要對那早期被斥為悖逆了禮教的《紅樓夢》另眼看待了。昔人以為病者，今則適以為美，如季新云：

夫專制之組織，已足逼人為不孝不慈不友不悌之人；而禮教之維繫，更是強人為假慈假孝假友假悌之人。坐是之故，家人父子之間，不講心理，惟講面子。無論其如何父不父、子不子、兄不兄、弟不弟，但使於面子演孝慈友悌之態，即怡然可見人，而人亦群以知禮目之。相習成風，成為中國之家庭。……今讀紅樓夢，見其父子叔姪兄弟姐妹之間、姑媳妯娌之間、宗族戚串之間，紛紛然相傾相軋，相攘相竊，加膝墮淵之態，袗臂奪食之技，極殘忍、極陰鷙、極詭譎、極愁慘；鬼谷之捭闔，不足喻其險，孫吳之兵法，不足擬其詐；戰國之合縱連橫，不足比其亂。使人傷心慘目，掩卷而不欲觀。然其外則彬彬然詩禮之家也，周旋揖讓，熙熙然光風霽月之象也。嗚呼！吾不得不嘆專制組織能逼人為不慈不孝不友不悌之人，如是其甚也；吾尤不得不嘆禮教之維繫能強人為假孝假慈假友假悌之人，更如是其甚也。今試舉一端以明之：賈珍、賈蓉之居賈敬之喪也，寢苫枕塊，儼然孝子，而聚麀之行，公然為之而不恤。此猶曰狗彘之徒不足齒也。賈赦夫婦之事賈母，於表面無甚失禮；然其心恨老厭物之不速死，昭然如見也。此猶曰彼二人者固非人望所歸也。賈政夫婦若能盡孝矣，然其聲音容貌之間，非有至情至性足以使人感動，不過循禮而已。其心以為吾循其禮，乃可以為完全人，吾惟循禮，乃可以為子孫之法式，至其戀慕之心，固漠然也。此猶曰彼齷齪者不足以語此也。若鳳姐者，承歡色笑，宜若能盡婦道者矣，然其心但以能博老祖宗之歡喜，為一己之顏面上之光榮，益得以遂其攬權專制之志云爾（一九一五，小說海。一卷一至二號）。

認為《紅樓夢》暴露了中國專制政體及虛偽禮教集中地（家庭）中的種種醜態，又歌頌了自由戀愛的價值，故具有顛覆中國專制政體、家庭組織及禮教倫理的重大意義。

這種看法，迄今仍有許多支持者。談《紅樓夢》的人，就此而發揮者甚多，但大旨實不脫上文所引這幾句話。

為什麼清朝政府要禁《紅樓夢》、為什麼批判封建、專制，禮教者要引《紅樓夢》為同道之先聲？此不正因此書確有不少悖於儒者之說處嗎？賈寶玉批評讀儒書考科舉的人是「國賊祿鬼」、走進有「世事洞明皆學問，人情練達即文章」對聯的房間便嚷著要出去、號稱「詩禮傳家」的賈府則只有門口一對石獅子是乾淨的……。這些文字，太多了。看來我們似乎不能跟張新之等人一樣，硬要說它是「演理性之書」或宏闡儒家思想之作了。

而且，《紅樓夢》與儒家禮教的衝突，不只在它藉寶玉焦大之口說的那幾句話，而在它整個重情的態度。清朝政府要禁它，主要就是因它言情誨淫。可是在欣賞者眼中，它重情言情卻有極大的價值。因為儒家傳統上只講性理、講禮法。情是被壓抑的。因此《紅樓夢》做為一本「情書」，即有對反性理禮法之意，論者對此，往往給予高度贊揚：

同人默菴問余曰：「《紅樓夢》何書也？」余答曰：「情書也。」默菴曰：「情之謂何？」余曰：「本乎心者之謂性，發乎心者之謂情。作是書者，蓋生於情，發於情；鍾於情，篤於情；深於情，戀於情；縱於情，囿於情；癖於情，樂於情，苦於情；失於情，斷於情；至極乎情，終不能忘乎情。惟不忘乎情，凡一言一事、一舉一動，無在而不用其情。此之謂情書」（花月癡人・紅樓幻夢・自序）。

《紅樓》以前無情書，《紅樓》以後無情書。曠視古今，《紅樓》其矯矯獨立矣（汪大可・淚珠緣書後）。

此風花雪月之情，可為知者道，難與俗人言。……意其初必有一人如甄寶玉者，與賈寶玉締交，其性情嗜好大抵相同，而其後為經濟文章所染，將本來面目一朝改盡，做出許多不可問不可耐之事，而世且豔之羨之。其為風花雪月者乃時時為人指摘，用為口實。賈寶玉傷之，特將真事隱去，借假語村言演出此書（涂瀛・紅樓夢論贊）。

惟聖人為能盡性，惟寶玉為能盡情。負情者多矣，微寶玉其誰與歸？（同上）。

「盡情」是與聖人之「窮理盡性」相對的，「風花雪月之情」又與「經濟文章」相對，「世人豔羨」則與「時人指摘」相對，高揭情教，以頡頏於禮教，故汪大可才會說它矯矯獨立千古。

不過，也有不少人認為《紅樓夢》這種態度也不是孤立的，乃是繼承著湯顯祖、馮夢龍等人而來。例如馮夢龍編有一部《情史》，又名《情天寶鑑》，其中分列二十四類，含情真、情豪、情癡、情幻、情俠、情靈、情感、情累、情疑、情報、情妖、情穢等。《紅樓夢》又名《風月寶鑑》，其中又有「情榜」，顯然跟馮夢龍有些關係。而《紅樓夢》與湯顯祖的淵源就更不用說了。湯顯祖馮夢龍代表著晚明反理學道學的行動，《紅樓夢》則是清朝反理學道學的典範。

三、信崇儒家的小說？

然而，且慢！《紅樓夢》又真地反儒非聖了嗎？

第一回，冷子與演說榮國府時，對賈寶玉頗致譏誚，賈雨村替寶玉辯護，說此類人不可錯認為淫魔色鬼，「若非多讀書識字，加以致知格物之功、悟道參玄之力者，不能知也」。則寶玉這種人物，豈不是還需要真具儒釋道工夫者印可嗎？雨村又說天地生人，大仁者應運而生，大惡者應劫而生。大仁者如堯舜禹湯文武周公孔孟董韓周程朱張等，大惡如蚩尤共工安祿山秦檜等。仁者修治天下，惡者擾亂天下。太平之世，清明靈秀之氣，溢而散為甘露和風；殘忍乖邪之氣，則凝結充塞於深溝大壑之中，偶爾逸出，與靈秀之氣相會，則又必賦予人，才能發洩散盡。情癡情種、逸人高士、奇優名娼都屬於這一類人。雨村這番話，是對寶玉這類情種人物的理論性說明。但依其說，適可見情種人物乃正邪相沖所致，其地位還不能與程伊川朱熹等仁者相比。

書中其他地方敘及孔孟程朱之處。也絕不輕慢，多是尊崇的。像第三回寶玉黛玉相見，寶玉引《古今人物通考》為黛玉取了「顰顰」的字，探春笑道：「只恐又是杜撰」，寶玉笑道：

「除了《四書》，杜撰的也太多了，偏是我杜撰不成？」第十九回，襲人批評寶玉：「凡讀書上進的人，你就起個外號兒，叫人家『祿蠹』。又說：『只除了什麼「明明德」外就沒書了，都是前人自己混編纂出來的』」。第二十八回，大夥兒喝酒，寶玉提議要行酒令，酒令要說悲、愁、喜、樂四字，還要注明原故。喝酒前要唱一曲，喝完要說一句，「或古詩舊對四書五經成語」。五十回，眾人做燈謎，李紈編了兩個四書的謎。這些地方，都充分顯示了賈寶玉對四書五經的崇敬。他瞧不起世途上奔競的讀書人，也不太看得上世上許多書，但這恰好與他尊重四經五書的態度相符。彷彿除了四書五經，其他的書都是混扯。

又第三十一回，〈因麒麟伏白首雙星〉主寫史湘雲。要描述湘雲的見識，並引出寶玉那隻金麒麟來，乃藉她與翠縷問答，讓她發揮了一大通議論。論什麼呢？論陰陽。陰陽順逆，千變萬化，這是關係到整個《紅樓夢》結構的大問題，且不說它，但這不就是演說《易》理嗎？同理，第五二回，寶釵說要起個社，作詩，每人四首詩、四闋詞。頭一個詩題，就是〈詠太極圖〉。雖然寶琴隨之反對，說作這樣的詩題，「不過顛來倒去，弄些《易經》上的話生填，究竟有何趣味？」但顯然作者是故意這樣寫的。畢竟，在大觀園這些女子的言談中，《易經》是經常會被討論、也被某些人喜愛的。

第五六回〈敏探春興利除宿弊，賢寶釵小惠全大體〉，又記寶釵與探春對談，寶釵舉出朱熹的〈不自棄文〉來。探春說它「不過勉人自勵，虛比浮詞，哪裡是真的有了？」寶釵則反駁道：「朱夫子都行了虛比浮詞了？那句句都是有的。妳才辦了二天事，就利慾薰心，把朱子都看虛浮了。妳再出去，見了那些利弊大事，越發連孔子也都看虛了呢！」探春聽了也不生氣，引了姬子書說許多人是「登利祿之場，處運籌之界者，窮堯舜之詞，背孔孟之道」。這段話正表現著《紅樓夢》對儒家之學的整個態度。由於世人多是登利祿之場就背了孔孟之道的，因此世上說孔孟、講經濟的，被此書看不起，覺得那只是祿蠹；儒書上的道理，也只成了勉人自勵的虛比浮詞，因為世人極少拿它當真。可是，從道理上看，或從社會運作的原理上看，孔子朱子所說，終究非虛，終究仍可資濟世持身之用，故寶釵說：「天下沒有不可用的東西，既可用，便值錢！難為你是個聰明人，這大節目正事竟沒經歷！」對儒者之說給予正面肯定。

也許讀者要說：出詠太極圖的詩題或宣講朱子學與孔孟之道的，都是寶釵。寶釵在書中本來就代表入世，屬於綱常名教的那一面，跟寶玉之所以為情種者適為冰炭之不相入，焉能舉以證明《紅樓夢》全書的思想傾向？讀《紅樓》的，本也有不少人採貶釵揚黛之見，這也不足為奇。但既然如此說，那我們就不妨來看看寶玉黛玉如何。

前文所舉第三、十九、廿八諸回寶玉的言語，都證明寶玉在觀念上對四書五經是極尊敬的。在實際誦讀經文方面，七十三回載寶玉平素不喜攻讀，故「肚子裡現可背誦的，不過只有《學》《庸》，二《論》還背得出來，《孟子》不甚熟，算起五經來。因近來常作詩，常把五經集些，雖不甚熟，還可塞責」。古文就不行了，「時文八股一道，因平素深惡，說這原非聖賢之制撰，焉能闡發聖賢之奧？不過後人餌名釣祿之階」。這個生熟的次第，其實也就是賈寶玉對它評價的高低。《學》《庸》最高，正符「除了『明明德』外就沒書了」的講法，《論》《孟》次之，五經又次之，古文再次之，八股則最差。他對科舉的嫌惡、對祿蠹的批評，大抵均針對八股而發。

八十二回記寶玉把《四書》翻開來看，「章程裡頭，似乎明白，細按起來，卻很不明白，看看小注，又看講章。鬧到起更以後了，自己想想：我在詩詞上覺得很容易，在這個上頭竟沒頭腦」。講的其實也是因科考的八股選士要在《四書章句》中出題，故而好好一部《四書》也令人讀得糊塗了。

這一回寶玉另有一段批評八股，說：「我最討厭這些道學話。更可笑的是八股文章。拿他誆功名、混飯吃也罷了，還說要代聖賢立言。好些的，不過拿些經書湊搭湊搭還罷了。更有一種可笑的，肚子裡原沒什麼，東拉西扯，弄得牛鬼蛇神，還自以為博奧。這哪裡是闡發聖賢的道理呢？」

特別的地方，在於這一次黛玉竟沒附和寶玉，反而替八股文說項，道：「小時候跟著你們雨村先生念書，也曾看過。內中也有近情近理的，也有清微淡遠的。那時候雖不太懂，也覺得好，不可一概抹倒」。寶玉乍聞此語，頗訝黛玉怎會持此論調。可是作者安排這一段，豈會無意？本回名為〈老學究講義警頑心，病瀟湘癡魂驚惡夢〉，是以賈代儒和黛玉為主的，回目二句分指兩人，但在此老學究講義警頑心之際，卻先說黛玉再說代儒，兩人都在「警」寶玉之頑心。

黛玉會有類似賈代儒的角色或想法的時候嗎？寶玉感到訝異，許多讀者也覺得納悶。可是黛玉其實是有這一面的，八十六回〈寄閑情淑女解琴書〉就是明證。這一回黛玉教寶玉學琴說：「琴者，禁也。古人制下，原以治身，涵養情性，抑其淫蕩，去其奢泰。若要撫琴，必擇靜室高齋……，再遇著那天地清和的時候，風清月朗，焚香靜坐。心不外想，血氣平和，才能與神合靈，與道合妙。……若必要撫琴，先須衣冠整齊，或鶴氅或深衣，要如古人的儀表，即才能稱聖人之器。……」，強調學琴者應「身心俱正」，因為琴者禁也。禁什麼？禁邪制放。是對情慾生命的克制，所以說古人用琴治身，抑其淫蕩。這番言論，顯示了黛玉並不只呈現為情，更不主張以情顛覆禮教聖學，反而她有時會擔任指導寶玉，讓寶玉不致太過放佚的角色。

由這些地方看，《紅樓》豈只不反儒，它對世路上儒生祿蠹的批評，恰恰表現了它對聖賢之道的信崇。所以它採取分裂認同的辦法，認同四書、聖人之道，而對假借聖人言論以弋祿利者深不謂然。

四、宗本佛道的小說？

佛道教的問題，也一樣複雜。《紅樓夢》固然「毀僧謗道」不遺餘力。但僧道在書中同時不乏扮演著神聖性的角色。最典型的，就是從大荒山無稽崖把石頭攜入紅塵的那一僧一道。

在一二〇回寶玉出家，同賈政拜別。隨一僧一道走後，賈政憶起舊事，說：「那和尚道士我也見了三次。頭一次。是那僧道來說玉的好處。第二次，便是寶玉病重。他來了，將那玉持誦了一番，寶玉便好了。第三次，送那玉來，坐在前廳，我一轉眼就不見了。我心裡便有些訝異，只道寶玉果真有些造化，高僧仙道來護佑他的。豈知寶玉是下凡歷劫的」。

這是對那一僧（茫茫大士）一道（渺渺真人）在書中作用的歸納。總計含賈政最後這次見到僧道，其實共有五次。在前一次，則還有僧道送寶玉入紅塵歷劫的事蹟；為賈政所不及知。在這幾次僧道出現的場合，或扮演石頭入世的導引者，或擔任他的護佑者，或為石頭悟道出世的點化者，或成了石頭遊歷歸真的接應者。地位至為重要。

這種神聖性角色，也使得這一僧一道不同於凡人。在第一回，石頭初見一僧一道時，二人生得骨格不凡，豐神迥異，故石頭誇他們：「仙形道體，定非凡品，必有補天濟世之才、利物濟人之德」。可是後來甄士隱見到他們時，卻是「僧則癩頭跣足，那道則跛足蓬頭，瘋瘋顛顛，揮霍談笑而至」。後來這個跛道士即度化了甄士隱而去。

道士作〈好了歌〉，甄士隱做解，對《紅樓夢》的「夢」，俱有點題的作用。僧道原先的骨格不凡，或後來的腌臢癩跛，都是「不凡」，都是用以刻畫他們所具有的神聖性。全書的宗旨，須由這類神聖性人物來點明；溷於塵俗的心靈，也要由他們來點化、啟蒙。故一一七回寶玉二遊太虛幻境醒來後，再見到這一僧一道的僧，見他滿頭癩瘡，混身腌臢破爛。便忖思：「自古說真人不露相，露相不真人。也不可當面錯過」。果然蒙他點悟了。

這一僧一道，並不專只點化寶玉。所以他們之前就先度化了甄士隱。其後第七回說寶釵自幼有病，「後來還虧了個禿頭和尚，專治無名病症」，製了一味冷香丸給她吃了才好。第十二回講賈瑞想偷鳳姐不成，反受了一番整治，染上重病老治不好。跛足道人來送了她一面「風月寶鑑」，囑他只可照背面，以治邪思妄動之症。不料賈瑞不受教，偏要照正面，結果遺精虛脫而死。六十六回說湘蓮夢見尤三姐，放聲大哭，不覺自夢中哭醒，似夢非夢，睜眼看時，竟是一座破廟，旁邊坐著一位跛道士在捕虱。道士度化了湘蓮，湘蓮拔劍削去頭髮隨道士去了。可見此僧道對每一個人都具有普遍意義的護佑者、啟蒙者之角色功能。

書中最先被度的是甄士隱，最後在急流津覺迷渡得度的是賈雨村。甄士隱賈雨村在書中的作用。是另一個型態的一僧一道。

這兩個是世俗人，非如那一僧一道本是神仙。甄士隱不久即得度化得道，以道士形象出現；賈雨村原先就寄居在葫蘆廟了中。後來授了應天府，遇到了人命官司，聽了原本也在葫蘆廟當小沙彌的門子建議，假設乩壇，徇情枉法，胡亂判了此案。這一回回目就叫「葫蘆僧判斷葫蘆案」。回目上明確點出賈雨村是僧。只不過這個僧此時尚迷而未悟，仍住在葫蘆中。其後俗世流轉，升沈起伏，一日正升了官，來到急流津，見一破廟，其間坐一老道，談起來，老道說：「葫蘆尚可安身，何必名山結舍？」並催他：「速登彼岸，見面有期。遲則風浪頓起」。這老道即是甄士隱，在此點化他。可惜雨村仍然未悟，故本回名為「昧真禪，雨村空遇舊」。待一二〇回，雨村遞籍為民後，再臨覺迷渡口，又逢甄士隱，才說起寶玉及一干女子之因果，歸結於「禍淫善福，古今定理」。因此這回名喚「賈雨村歸結紅樓夢」。

《紅樓夢》一書，起於〈甄士隱夢幻識通靈，賈雨村風塵懷閨秀〉，結於〈甄士隱詳說太虛情，賈雨村歸結紅樓夢〉。甄賈二人，乃是另一型態的一僧一道。在整個人情故事網絡中，擔任中介者或證明者的角色。甄者顯真，賈者從俗，流轉塵寰，綰合著許多與賈府的因緣。黛玉是他的學生，冷子興演說榮國府時，寶玉的來歷，也只有賈雨村曉得。可見賈雨村雖與俗浮沈，但做為中介者、證明者的角色，終是靈明不昧的。

在這神聖界的一僧一道和塵俗界的一僧一道之上，還有個警幻仙子。茫茫大士渺渺真人是奉警幻仙之命，帶石頭下凡歷劫的。寶玉第二次遊太虛幻境時，見一群女子都變形為鬼怪來追撲他，也是送玉來的和尚「奉元妃娘娘旨意，特來救你」，並告訴他：「世上的情緣，都是魔障」。等到寶玉出家後，一僧一道又返太虛幻境覆命，交割清楚，再把石頭送還原處。警幻居整個神聖性人物之最高位，是無可置疑的。警幻這個人物，「美人之良質兮，冰清玉潤」，彷彿是《莊子・逍遙遊》所描述的藐姑射山之神人。其居地，名曰太虛幻境，則用道教義。可是太虛幻境，又名真如福地，這又合乎佛教義理了。因此我們可以說警幻是個兼攝佛道的人物，為整個事件的推動者、主導者。是她讓石頭下凡歷劫，有此一番經歷，故才衍出這麼一部大書來的。

五、以情悟道

警幻用以警示寶玉的是什麼呢？

入了太虛幻境，即見一宮門，橫寫「孽海情天」四字，對聯曰：「厚地高天，堪嘆古今情不盡。癡男怨女，可憐風月債難酬」。其內則有癡情、結怨、薄命、朝啼、暮哭、春感、秋悲諸司。明說了孽海情天中即會有這啼哭悲怨諸事。其後警幻請寶玉喝了「千紅一窟」「萬豔同杯」的茶。千紅一哭、萬豔同悲，則是講好景不常、紅樓幻夢。接著，又為寶玉演示了悲金悼玉的紅樓夢十二曲。終身誤、枉凝眉、恨無常、分骨肉、樂中悲、世難容、喜冤家、虛花悟、聰明累、晚韶華、好事終、飛鳥各投林。每一曲，都在說榮華不久，情愛只是水中月鏡中花。

這虛幻、無常，都是佛道的義理。因此小說藉警幻仙子和一僧一道來宣說這番道理。小說另一些地方，則用另一些方法來講。例如第廿一回寶玉看《莊子．胠篋》「擢亂六律、鑠絕竽笙，塞瞽曠之耳，而天下始人含其聰矣。滅文章、散五采，膠離朱之目，而天下人始含其明矣」諸語，頗有領悟，續了一段，說：「戕寶釵之仙姿，灰黛玉之靈竅，喪滅情意，而閨閣之美惡始相類矣。…戕其仙姿，無戀愛之心矣。灰其靈竅，無才思之情矣。彼釵玉花麝者，皆張其羅而邃其穴，所以迷惑纏陷天下者也」。這一段話，便有絕情棄愛之意。

二十二回，為寶釵做生日，寶釵點了〈西遊記〉，後來又點了一齣〈魯智深醉鬧五台山〉。這兩齣有個共同點，即主角孫悟空魯智深都是桀傲不馴、充滿原始生命氣力的，具有顛動禮教成規世界的性質。但後來曲終奏雅，終得斂才就範，成佛證道。這其實就是暗指寶玉。

我們不要忘了，寶玉是石頭所化，與孫悟空由石頭裡迸出來如出一轍。《紅樓夢》甄賈兩寶玉的寫法，也類似《西遊記》裡的真假猴王。賈寶玉號稱「混世魔王」，跟「齊天大聖」的名義也很相仿。因此，書中描寫寶釵點這樣的戲，殊非偶然。寶釵尤其看重〈魯智深醉鬧五台山〉中的〈寄生草〉一曲，特意介紹給寶玉聽。曲曰：「漫搵英雄淚，相離處士家，謝慈悲，剃度在蓮台下。沒緣法，轉眼分離乍。赤條條，來去無牽掛。那裡討煙蓑雨笠捲單行？一任俺芒鞋破鉢隨緣化」。這一曲，則喚做〈聽曲文寶玉悟禪機〉。曲中同樣表達了離俗絕世，各種緣會皆當放下之感。

這一回中還提到寶玉原擬調停黛玉與湘雲，不料兩邊不討好，故想起《莊子》書中兩句話：

「巧者勞而智者憂。無能者無所求，飽食而遨遊，汎若不繫之舟」「山木自寇，源泉自盜」。山木自寇，是說山木長得高大，正好引來別人砍伐，亦如巧者智其實反多煩惱。倒不如無知無能者還能適性逍遙。這也是「伐寶釵之仙姿，灰黛玉之靈竅，喪滅情意，而閨閣之美惡始相類矣」之意。

這些地方，屢引《莊子》語。據一一八回說：「寶玉送了王夫人去後，正拿著〈秋水〉一篇在那裡細玩。寶釵從裡間走出，見他看得得意忘言」，可見《莊子》確是寶玉經常研讀的書，以致寶釵擔心：「他只顧把這些出世離群的話當作一件正經事，終久不妥」。

除《莊子》外，這一回還說寶玉另有「幾部向來最得意的」書，如《參同契》《元命苞》《五燈會元》之類。《參同契》是道教煉丹之書，《春秋元命苞》是講讖緯，《五燈會元》則是禪家的語錄，寶玉平日鑽研這些書，無非也是想由其中探道本、離塵俗。

不過，《紅樓夢》並不是這些書的箋注，所以這本那本，原不重要；重要的是那個塵緣幻夢，不可執著的道理。所以寶玉說：「內典語中無佛性，金丹法外有仙舟」（一一八回）。道理不是由書本上語句中就求得來的。知了這個理，書和語句就不須執取。而且，這個道埋，須由人親行實證才能真正獲得，光在書本子上求也求不到。

同理，甲戌本第一回中石頭和僧、道的一番對話，說那僧、道坐在石邊說到「紅塵中榮華富貴。此石聽了，不覺打動凡心，也要想到人間去享一享這榮華富貴」。於是石頭懇求僧、道「發一點慈心，攜帶弟子，得入紅塵，在那富貴場中、溫柔鄉裡，享受幾年」。

二仙師聽畢，齊憨笑道：「善哉！善哉！那紅塵中有卻有些樂事，但不能永遠依恃；況又有『美中不足，好事多魔』八箇字緊相連屬；瞬息間則又樂極生悲，人非物換；究竟是到頭一夢，萬境歸空。倒不如不去的好。」這石凡心已熾，那裡聽進這話。乃復苦求再四，二仙知不可強制，乃嘆道：「此亦靜極思動、無中生有之數。既如此，我們便攜你去受享受享，只是到不得意時，切莫後悔」。石道：「自然自然！」那僧又道：「若說你性靈，卻又如此質蠢，並更無奇貴之處。如此也只好踮腳而已。也罷，我如今大施佛法，助你一助，待劫終之日，復還本質，以了此案。你道好否？」石頭聽了，感謝不盡。

在「萬境歸空」旁有硃筆夾批說：「四句乃一部之總綱」。確實，但一僧一道雖然把這個道理明白講出了，也勸石頭不必再去紅塵（因為道理既已明白，何苦再去），石頭卻仍執意要下凡享用一番，以致被僧道譏為蠢物。必要他自己不到黃河心不死，親自經歷過這似夢浮華，才能徹悟「萬境歸空」之理，復還本質。先前僧道告知他萬境皆空時，只是理知；歷劫享受後知萬境歸空，才是親行實證之知，是具體的感受所達成的理性體會，知感受交融之知。警幻曾叮囑寶玉，要他「以情悟道，守理衷情」。入情愛世界中，在情感上確有所觸、有所受、有所執、有所取、而後體察到浮生一夢，萬境歸空，這豈不是「以情悟道」麼？由此具體感受所達成的理性之知，不又是守理衷情的麼？

塵緣若夢，萬境歸空，亦是甄士隱〈好了歌注〉的說法：

陋室空堂，當年笏滿床；衰草枯楊，曾為歌舞場。蛛絲兒結滿雕梁，綠紗今又在蓬窗上。說什麼脂正濃、粉正香！如何兩鬢又成霜？昨日黃土隴頭埋白骨，今宵紅綃帳底臥鴛鴦。金滿箱、銀滿箱，轉眼乞丐人皆謗。正歎他人命不長，那知自己歸來喪？訓有方，保不定日後作強梁；擇膏粱，誰承望流落在煙花巷！因嫌紗帽小，致使鎖枷扛。昨憐破襖寒，今嫌紫蟒長。亂烘烘，你方唱罷我登場，反認他鄉是故鄉。甚荒唐。到頭來，都只為他人作嫁衣裳！

甄士隱是頃刻聞道即悟了的，所以能作此透徹語。賈寶玉卻不然，須以情悟道。經歷榮華繁盛、情愛糾葛方能入道。據警幻說榮寧二公拜託她：「先以情慾聲色等事警其癡頑，或能使彼跳出迷人圈子，入於正路，便是吾兄弟之幸了」。所以警幻「發慈心，引彼至此。先以他家上中下三等女子之終身冊籍，令彼熟玩。尚未覺悟。故引彼再到此處，貪歷飲饌聲色之幻，或冀將來一悟，未可知也」。他們的做法，都是要寶玉以情悟道。

但情愛的世界太過迷人。貪歷飲饌聲色者，未必能即領悟它們均是幻境，溺情執愛，遂可能一往不返，不再能「返還本質」。二十五回描述寶玉被魘魔，指的就是：「那寶玉原是靈的，只因為聲色貨利所迷，故此不靈了」。所以要由那一僧一道再來輔導、協翊之。那和尚說：「粉漬脂痕汙寶光，房櫳日夜困鴛鴦。沈酣一夢終須醒，冤債償清好散場」，寶玉才漸漸清明了。

寶玉非尋常人，乃是有「性靈」的，為何竟也如此把持不住，險些被迷？一二〇回賈雨村也有此疑，道：「那寶玉既有如此的來歷，又何以情迷至此，復又豁悟如此，還要請教」，甄士隱解釋說：「兩番閱冊，原始要終之道，歷歷生平，如何不悟？仙草歸真，焉有『通靈』不復原之理呢？」又說：「貴族之女，俱從情天孽海而來，大凡古今女子，那淫字固不可犯，只這情字，也是沾染不得的……但凡思情纏綿，那結局就不可問了」。

人為情所染，即入魔障。寶玉亦不例外。其得以不迷本性，恢復靈明者，賴有外緣，即一僧一道之協助；但這只是暫時的輔翼，若真想豁悟歸真，仍須自悟。自悟的條件亦有二，一是人若能早知道未來的結局，自然不會在現今做無謂的事。槐安國、黃粱夢，醒來時一切功名利祿之想，無不爽然若失，那是因為已然見著了未來終歸是場空，所以現在就冷了心。甄士隱說寶玉兩番閱冊，已知平生，焉能不悟，指的就是這個道理。另一種人能自悟的條件，則是他本身就有靈性，所以「焉有通靈不復之理」。

人本身的靈性，用儒家的話來講就是心。護花主人、大某山民、太平閑人之評，都曾指出「此石自經煅煉之後，靈性已通，自去自來，可大可小」，是：「明明指出性字，隱隱演出心字」「石頭是人、是心、是性、是天、是明德，曰通靈，即虛靈不昧」。解庵居士〈石頭臆說〉則說：通靈寶玉即寶玉之心。直到一百十七卷中寶玉云：「我已經有了心了，要那玉何用，將本旨揭出」「神瑛侍者必居赤霞宮者，得毋謂其不失赤子之心乎？」石頭是不是人心的寓言，見仁見智。但無論石頭是否就是指人心，石頭要能以情悟道，「豁悟如此」，卻須因他本身就有通靈之性。

以佛教義理來說，人誤以外境為實有，而產生妄情，是「遍計所執」。明萬法無自性，皆因緣所生，其本性只是空，稱為「依他起」。知萬法皆依他（其他種種因緣）而起，破遍計執，則能轉俗諦假諦而得真諦。此一轉，稱為「轉識成智」，轉悟了，才能獲得圓成實性。這套講法，對於人何以能轉，亦即何以能覺悟，不同經典與教派有不同的講法，依《楞伽地論》之說，八識中阿賴耶識本身就是真常淨識，具覺悟的能力，可轉其他各識。依攝論宗之說，則是在第八識之外，另立一個第九識：阿摩羅識，以轉八識。《大乘起信論》說法又不同，是視阿賴耶識為「染淨同依」，迷染未覺時是阿賴耶，覺悟了就是清淨如來藏。由心生滅門轉入心真如門。

若據第一種說法，寶玉通靈之性，即相當於真常淨識，亦可稱為真常心。因具此心，故可轉迷情為覺悟。若依第二說，則寶玉之靈，不在他本身，而在另有一通靈寶玉。所以玉為聲色所迷，經僧道加持呵導後，才能轉識成智。如依第三說，則「什麼真？什麼假？要知道真即是假，假即是真」（一〇三回）。心生滅門與心如真門，非有二心，只是一心。迷時為阿賴耶，悟則為清淨如來藏。太虛幻境即真如福地，也同樣是這個理。太平閑人謂：「黛玉之玉，與寶玉之玉，是一不是二。得情之正為通靈，一涉人慾則受染而失通靈，為黛玉矣。以寶玉演明德，以黛玉演物染，一紅一黑，分合一心」。說寶玉黛玉關係，未必即是，但亦正是有見於這一心開二門之義。依其說，黛玉死，妄心息，真心乃現，寶玉才能豁悟出家。

六、警幻歸真

石頭歷劫的故事，又名《情僧錄》，就是記這番以情悟道的經過。因此，許多人均指出：

《紅樓夢》是一部「悟書」：

江怡順《讀紅樓夢雜記》云：「《紅樓夢》，小說也，正人君子所弗屑道。或以為好色不淫，得〈國風〉之旨，言情者宗之。明鏡主人曰：《紅樓夢》悟書也。其所遇之人皆閱歷之人，其所敘事皆閱歷之事，其所寫之情與景皆閱歷之情與景，正如白髮老人涕泣而談天寶，不知者徒豔其紛華靡麗，有心人視之皆縷縷血痕也。人生數十寒暑，雖聖哲上智不以升沈得失縈諸懷抱，而盛衰之境，離合之悰，亦所時有，豈能心如木石，漠然無所動哉？纏綿悱惻於始，涕泣悲歌於後。至無可奈何之時，安得不悟？謂之夢，即一切有為法作如是觀也。非悟而能解脫如是乎？」

夢癡學人〈夢癡說夢〉：「紅樓夢三字，世俗以閨閣紅顏薄命解之，非也，紅樓者，肉團心之別名；夢者，幻妄之謂。根塵積垢高厚，如樓無人，惟妄居者之不疑，如海市蜃樓，鳥雀認為真實，眾趨群赴，自投魔口，身遭妖噬，是謂紅樓夢。……《紅樓夢》有實難與世俗講論處，世俗只知看文人小說的一箇看法，不知看仙佛小說的看法。」

方玉潤《星烈日記》卷七十：「《紅樓夢》一書……大旨亦黃粱夢之義，特拈出一情字作主，遂別開出一情色世界，亦天地間自有之境。曰太虛幻境，曰孽海情天，以及癡情、結怨、朝啼、暮哭、春感、愁悲、薄命諸司，雖設創名，卻有真意。又天曰離恨，海曰數幻境也」。

灌愁，山曰放春，洞曰遣香，債曰眼淚，無不確有所見。蓋人生為一情字所纏，即涉無

訥山人〈增補紅樓夢序〉：「其書則反復開導，曲盡形容，為子弟輩作戒，誠忠厚悱惻，有關於世道人心者也。顧其旨深而詞微，具中下之資者，鮮能望見涯岸，不免墮入雲霧中，久而久之，直曰情書而已」。

明齋主人〈石頭記總評〉：「或指此書為導淫之書，吾以為戒淫之書。蓋食色天性，誰則無情？見夫釵、黛諸人，西眉南臉，連袂花前月底，殆是鶯儔燕侶，彼村婦巷女之憨情妖態，直可糞土視之，庶幾懺悔了竊玉偷香膽」。

太平閑人《紅樓夢評》曰：「是書無非隱演《四書》《五經》。以寶玉演『明德』，以黛玉演物染，一紅一黑，分合一心，天人性道，無不包舉，是演《四書》。政、王乃所自出，政字演《書》，王字演《易》，合政、王字演〈國風〉。若賈赦之赦，邢氏之邢，則演《春秋》之斧鉞也。至『毋不敬』三字，冠首《曲禮》。禮主春生。故東府之主曰敬，乃大有期望之意。奈其背敬叛禮，為造釁開端之罪首，遂至所出為珍，倫理澌滅矣。珍之轉音通烝，即禽獸行上下亂之名，不必指定以下烝上。總一亂《春秋》之大僇而已。必如此看法，是書本意，自然洞澈」。

他們都認為此書本旨在於戒淫導悟。祛迷歸真、警幻懲惡，與佛道儒家之宗趣相符。一一六回，寶玉被和尚拉著走到真如福地，見兩邊一幅對聯，上聯是：「假去真來真勝假」。假指的就是那榮華繁盛，情愛糾葛的生活。真則是洞悉萬法歸空，色即是空的悟境。

但萬法皆空，那個萬法皆空的理不空。是因確有因緣這個理，所以才能講萬法皆空，故曰：「因緣所生法，我說即是空」。萬法皆因緣所生，生無自性，是以名之為空。緣聚時，彷彿若實有其事；緣盡了，就飛鳥投林，散而成空。空，反而證明了那個理是真有的。

另一個真有的理，是寶玉瞧見上面那幅對聯後，轉過牌坊，看見一座宮門，門上橫著四個大字：「福善禍淫」。百二〇回又載：「雨村聽到這，不覺拈鬚長歎。因又問道：『請教老仙翁：那榮寧兩府，尚可如前否？』士隱道：『福善禍淫，古今定理。現今榮寧兩府，善者修緣，惡者悔禍，將來蘭桂齊芳，家道復初，也是自然的道理。』」福善禍淫，被視為古今定理，故警幻說：「塵世中多少富貴之家，那些綠窗風月、繡閣烟霞，皆被那些淫汙紈綺與那些流蕩女子悉皆玷辱。更可恨者，自古以來，多少輕薄浪子，皆以好色不淫為解。又以情而不淫作案，此皆飾非掩醜之語耳。好色即淫，知情更淫」、像賈寶玉就是比登徒子更淫的人，「天分中生成一段癡情，吾輩推之為意淫」。因此本書特以此人為例，說天道福善禍淫之理。書中凡涉淫行者，也都無好下場。頭一個就是秦可卿。

一一〇回說可卿是鍾情的首座，引領天下癡男怨女，歸入情司，後來才能看破凡情，超出情海。她對鴛鴦說：「世人都把那淫欲之事，當作情字，所以做出傷風敗化的事來，還自謂風月多情，無關緊要。不知情之一字，喜怒哀樂之事未發之時，便是個性。喜怒哀樂已發，便是情了。至於你我這個情，正是未發之情」。這裡把情分兩種，一是凡情俗情，喜怒哀樂及男癡女怨都屬於此。一種則是超越凡情之情，其實也就是喜怒哀樂未發之性。人應超越凡情，復返性天，用秦可卿的術語來說：「即是歸入情天」。

我們應記得康熙賜給白鹿洞書院的匾額，正是「直達性天」。《紅樓夢》這套區分凡情與超越之情的講法，亦即是朱熹哲學中的「性其情」之說。一為凡情、一為性情。凡情經過調整、轉化、超越而使其情如性。程朱教人，每令學者體會喜怒哀樂未發之氣象，就是此義。《紅樓夢》中教人知俗情之妄，而歸入性天者，則非程朱所示之主敬涵養工夫，而是要人知天道福善禍淫之理，知此天理，乃能幡然警醒。因此，福善禍淫之理，與「萬境歸空」那個理，在作用上是相通的，也相配合。知情緣皆空，人始可不執著於凡情，這是掃去之法。知天理福善禍淫，則既具戒惕作用，如凡情不可為；也可正面建立一個人生指向，使人戒淫導悟。

而萬法皆本因緣，故萬法歸空這個道理，又可關聯著「緣份」這個理。緣分，是佛教因緣觀傳到中國後跟中國天命定分定數觀結合後，形成的觀念。謂人生的因緣皆有定分。

《紅樓夢》中談到這個觀念的地方極多。第五回，警幻說榮寧二公感嘆道：「吾家自國朝定鼎以來，功名奕世，富貴流傳，已歷百年，奈運終數盡，不可挽回」，就表露了榮寧二府之衰，乃是天數使然，故彼等「子孫雖多，竟無可繼業者」。一一四回寶玉回想曾在太虛幻境見過的金陵十二金釵冊子，說：「這麼說來，人都有個定數的」，亦即金陵十二金釵的命運亦早有定數。前一回，紫鵑看寶玉黛玉的關係，也有體會道「如此看來，人生緣分，都有一定」。一一八回，王夫人看寶玉跟寶釵的事，也同樣說：「想人生在世，真有個定數」。寶釵自己看呢？亦是說：「夙世前因，自有一定，原無可怨天尤人」，並以此理勸慰了薛姨媽。而薛姨媽跟王夫人遂因此而聊起襲人的事，把襲人嫁了。一二〇回，襲人出嫁後，本欲尋死，待因猩紅汗巾而令襲人知道嫁的乃是蔣玉函，「始信姻緣前定」。

小說接著「不言襲人從此又是一番天地，且說那賈雨村」褫籍為民，到了覺迷渡口，逢甄士隱。甄士隱道：「富貴窮通，亦非偶然。今日復得相逢，也是一樁奇遇」。又說寶玉業已出家，「從此夙緣一了，形質歸一」。為什麼是夙緣呢？原來在第一回中，甄士隱正午睡時，夢見一僧一道同行，道人問僧攜石頭去哪兒，僧人云：「如今現有一段風流公案正該了結。……趁此機會，就將此物夾帶於中，使他去經歷經歷」，於是將相關因果敘明，以見石頭歷劫下世，乃是因緣有定的。此即所謂夙緣。

凡此等等，具見整部書的構成即本於夙緣定數，其中每個人的關係也以緣分來鉤合。另外隨處都會提到：「謀事在人，成事在天」（第六回，劉姥姥語），「死生有命，富貴在天」（四五回，林黛玉語）。

三十六回〈識分定情悟梨香院〉描寫寶玉在梨香院受齡官奚落，發現她只戀著賈薔。這才使他省悟「昨夜說你們的眼淚單葬我，這就錯了。我竟不得全得了。從此後只是各人各得眼淚罷了」。所謂「各人各得眼淚」，正是回目中所謂「情」有「定分」之意。寶玉在此刻是領悟了這個道理，可是多數的人並不能悟，整個《紅樓夢》中的人物，其實就多半處在情與分的矛盾衝突中。單面用情雖深，也未必能得到對方的正面回應。而且有情者不必有分，有分者又不必有情，無情者可能有分，而無分者又可能有情。作者在全書開卷時就借補天石、絳珠草、神瑛侍者、好了歌、太虛幻境的冊詞與曲子透露了各主角的定命和緣分，全書絕大部分寫的也是情義與分命不相協調的周折。要經歷過許多周折之後，才能證明天數命定不可違，本來就是如此。以此見人對抗天數定分只是徒然。一僧一道把頑石攜到紅塵中去經歷一番富貴溫柔時，知道了這些分命；後來一再出現，也只是象徵那分命的永遠糾纏、象徵天命定數不可逆。

為了強化天命定數的論述，小說中更是屢用算命來推展情節。最著名的是第五回金陵十二金釵正冊寫元春的詞：「三春怎及初春景，虎兕相逢大夢歸」。八六回周貴妃之死訛為賈妃時，寶釵說：「前幾年正月，外省薦了一個算命的，說是很準的。老太太叫人將元妃的八字夾在丫頭們八字裡頭，送出去叫他推算，他獨說：『這正月初一日生日的那位姑娘只怕時辰錯了；不然，真是位貴人，也不能在這府中』。老爺和眾人說：『不管他錯不錯，照八字算去』。那先生便說：『甲申年正月丙寅，這四個字，有「傷官敗財」。惟「申」字內有「正官祿馬」，這就是家裡養不住的，也不見什麼好。這日子是乙卯。初春木旺，雖是「比肩」，那裡知道愈比愈好，就像那個好木料，愈經斲削，纔成大器』。獨喜得時上什麼辛金為貴，什麼巳中『正官祿馬』獨旺：這叫做『飛天祿馬格』。又說什麼『日逢專祿，貴重得很。天月二德生命，貴受椒房之寵。這位姑娘，若是時辰準了，定是一位主子娘娘』。——這不是算準了嗎？我們還記得說：可惜榮華不久；只怕遇著寅年卯月，這就是比而又比，劫而又劫，譬如好木，太要做玲瓏剔透，本質就不堅了」。這一大段，就是對「三春怎及初春景，虎兕相逢大夢歸」的命數解釋。元春亦終去世，這是藉薛寶釵之口轉述了「前幾年」算命先生給元春算命，說了一大堆算命的術語，以說賈府「可惜榮華不久」。這是元春生辰八字決定的，亦是預示賈府這個富貴之家將「樹倒猢猻散」「食盡鳥投林」。

七、情悟雙行

但假如一切都是因緣夙定，一切都是命中已有定數了，那麼人間一切悲歡離合，豈非白忙一場？是的，所謂「萬境皆空」，就是這個意思。金陵十二金釵的命運，早已寫在冊子上，薛寶釵林黛玉等人無非照著劇本去演罷了。此所以塵世情愛皆為虛幻，釵黛鶯燕，蓋與土人木偶無異，冥冥之中，早有安排。

土人木偶，本身是無自主性主體意識的。但《紅樓夢》所記述的人物卻未必無主體意識，像賈寶玉摔玉，說你們講什麼「金玉良緣」，我偏說「木石姻緣」，就是個鮮明的例證。

在夙緣定數觀念底下，人物對夙緣定數只是「不知」。不知者談不上有沒有自主的主體意識，在他以為什麼都是由他自己做決定做判斷時，其實都早被夙緣所定，故其自以為是自主，恰好彰顯了它的不自主。佛家說因緣所生法「空無自性」，就是這個意思。

可是，不知者對他的行為既無自主性，自然也就沒有責任，此即所謂「不知者不罪」。在倫理上，他無須為自己的行為負責。假如這樣，則「福善禍淫」云云，便成了矛盾。因為淫亂者並非他自己的過惡，當然無須承擔背後道德的懲罰；行善者之善行，也一樣沒理由獲得獎酬。福善禍淫，豈非虛話？福善禍淫，既是虛話，要勸世人戒淫，又從何勸起？

有不少評論者認為《紅樓夢》有演「三教合一」之旨。這在表面上看，固然是對的；但三教既三，便有難以合一之處。夙緣前定，塵情俱幻之說，與福善禍淫之論，在理論上就會形成扞隔。同理，諸法本於因緣，空無自性，也與自主性主體意識的強調相矛盾。一二〇回，作者針對襲人嫁給蔣玉函的事，跳出來評論道：

看官聽說：雖然事有前定，無可奈何；但孽子孤臣，義夫節婦，這「不得已」三字也不是一概推諉的。此襲人所以在「又副冊」也。正是，前人過那桃花廟的詩上說道：「千古艱難惟一死，傷心豈獨息夫人！」

襲人嫁給蔣玉函是姻緣前定的。她明白了這個道理，所以沒有尋死。這在倫理上不是毫無可議嗎？可是，作者偏要於此下一轉語，說在事已前定，無可奈何之中，畢竟仍有人自己那個「我」在起作用，不可忽視。孽子孤臣、義夫節婦，並非命中注定了他要當孤臣孽子義夫節婦。而是命中注定了事已不可為，臣不可存國、子不可存家、婦無法有夫、夫無能舉事，這些臣子夫婦卻偏要以自己的方式來表達對命運不屈從的態度，對已被破亡或消失的家國朋友丈夫盡忠盡孝盡義。這種人，才是作者敬重的。那些在命運之前，以「不得已」三字為自己辯護，或隨順命運安排者，則被他放在較低的位置。他解釋襲人之所以列入「又副冊」，即本於這一觀點。

這樣的轉語、這樣的觀點，顯然就是強調自主意識的。在這種情況之下，也才有道德意識可說。第一一八回，寶玉與寶釵的論辯亦涉及這個問題：

寶釵道：「論起榮華富貴，原不過是過眼雲烟；但自古聖賢，以人品根柢為重」。寶玉微微笑道：「據你說，『人品根柢』又是什麼？『古聖賢』？你可知古聖賢說過『不失其赤子之心？』那赤子之心有什麼好處？不過是無知、無識、無貪、無忌。我們生來已陷溺在貪、嗔、癡、愛中，猶如汙泥一般，怎麼能跳出這般塵網？如今才曉得『聚散浮生』四字，古人說了，不曾提醒一個。既要講到人品根柢，誰是到那太初一步地位的？」寶釵道：「你既說『赤子之心』，古聖賢原以忠孝為赤子之心，並不是遁世離群、無關無係為赤子之心。堯、舜、禹、湯、周、孔，時刻以救民濟世為心。所謂赤子之心，原不過是『不忍』二字……」。

寶玉的講法，就是由聚散浮生、塵緣俱幻這方面說。人生只是陷溺，故重點應在如何跳脫塵網。而人之所以能跳脫，在於他有一個「無執」之心。寶玉對赤子之心的解釋，即在無執這一點，強調它的無知無識無貪無忌。寶釵則認為赤子之心不能僅從無執（無關無係）這方面說，應注意它也是不忍人之心。不忍人之心，是指他人之痛苦罪失，對我而言，是會形成道德感情及責任的。見孺子之乍入於井，能漠然無知無識無貪無忌嗎？自然會覺得救他出來是我的道德責任。若見死不救，則會內疚，形成道德上的負擔與虧欠感。

這種道德感，是人在面對倫理抉擇時的依憑。國破家亡了，人要漠然無知無識，視為聚散浮生，以跳出對家對國的愛癡；謂其為緣定、為劫數，以知命順命？還是要選擇做孤臣孽子？這就在於他有沒有這種道德感。沒有，則所謂「赤子之心」實是「空心」。是空無所執之心。

用寶釵的話說，就是以「無關無係為赤子之心」。有，則赤子之心則便是具主體性的惻隱之心、善惡之心、辭讓之心。所以寶釵用忠孝之心來概括。

具主體性的道德行為，才能進行道德判斷。若是空無所執，便跳出了塵世是非的道德判斷之外，不涉道德。善也罷、淫也罷，福也好、禍也好，都與之了不相干。寶玉看來是希望能夠如此的。但整部書中，寶玉採此立場之時間甚少，大多數情況反而是反對如此。摔玉哭鬧那一回最明顯。而整部書福善禍淫，凡犯淫者都被寫得不堪、其人亦不獲佑，更是顯而易見的。寶玉之執著於情，談不上道德意識，與寶釵所說的忠孝之心，若不相干，然其所表現之赤子之心，卻正是有惻隱、有羞惡、有辭讓、有不忍的，非空無所執之心。

像三十回寶玉在大觀園薔薇花架下瞧見一個女孩在地上畫薔字，心中便想：「這女孩一定有什麼說不出的大心事，才這個樣兒。外面她既是這個樣兒，心裡還不知怎麼煎熬呢！看她的模樣，這麼單薄，心裡哪還擱得住煎熬呢？可恨我不能替你分些過來！」忽一陣涼風過，飄下一陣雨來，寶玉道：「這是下雨了。她這身子，如何禁得驟雨一激？」不禁開口喊她不要寫了。這不就是孟子說的「他人有心，余忖度之」以及不忍人之心嗎？寶玉對人的體貼，都由這裡來，所以才顯得深於情、癡於情。

也就是，無知無識的心，是超世離情的，亦無善惡可言。不忍人之心，則開有情世界，在有癡有愛有貪有嗔中見是非善惡。《紅樓夢》既說萬境歸空、浮生聚散，也說福善禍淫，就使它整部書既談空又說有；既要超情悟道，又要深入情海。

《紅樓夢》的詮釋路向中兩大路線之爭，即肇於此。有些人認為它旨在警幻悟空。有些人則覺得悟的部分並不重要，其書之感人處不在悟而在情，故樂鈞《耳食祿》二編卷八說：「非非子曰：《紅樓夢》悟書也，非也，而實情書。其悟也，乃情之窮極而無所復之，至於死而猶不可已，無可奈何而姑託於悟，而愈見其情之真而至。故其言情，乃妙絕今古」。方玉潤更指：「寶玉遁入空門一段，文筆雖覺飄渺，而事屬荒唐。未免與全書筆墨不稱」。他們都認為悟只是門面話，是不得已的假託、習用的套語等，寫情之處才是假語盡去真事獨存。所以第五回警幻勸寶玉「留意於孔孟之間，置身於經濟之道」，戚蓼生本即有批語云：「說出此二句，警幻亦腐矣。然亦不得不然耳」。所謂不得不然，就是說寫小說的人要講一些門面話來做為保護色。

可是，《紅樓夢》不是簡單的小說，不是一真一假，讀者只須撥開它的假敘述就可見著真相的。它同時談空，又同時證有。頑石以情悟道，歷劫歸來，回首前塵，固然如夢如幻，但歷劫所經，卻是「親見親聞」，「其間離合悲歡，興衰際遇，俱是按跡循蹤」，毫不失真的。事是真，幻也是真。為了使人能悟萬法皆空，故它要說萬法皆本因緣，緣散則空；又要說天理福善禍淫，故人應戒除凡情，以歸入性天；更應明白人生自有夙緣、自有定分，不必強求。

但是，天理福善禍淫，人間的喜怒哀樂已發之情更有是非對錯可言，並不能說是虛幻的；人在此，亦須行善戒淫。這一方面批判了「皮膚濫淫」或「意淫」，另一方面則亦揭出了一種「得性情之正」的忠臣孝子義夫節婦，及以不忍心救世濟民的聖賢人格來。這情淫情正的有情世界，也一樣是實而不虛的。寶玉再遊太虛幻境時，見著牌坊上寫著「真知福地」四個大字，轉過來便見一座宮門，上書「福善禍淫」，就是這個道理。《紅樓夢》善於利用佛教義理和儒家學說中合而不盡合之處，開創了這種情悟雙行的格局，以情悟道，而不捨其情，遂開千古未有之奇，讀者須於此善加體會。

紅樓情史

一、紅樓誤曆

《紅樓夢》是本令人困惑的書。且說那林黛玉，隨賈雨村讀書時，「年方五歲」（第二回）。讀了一載有餘，便去了榮國府。則黛玉與寶玉相見時，實僅六歲多。她所見之寶玉，據第二回冷子興向賈雨村介紹，應是七、八歲。可是黛玉卻見到了「一位青年公子」（第三回），而且這位七八歲的小娃兒居然還能神遊太虛，與可卿雲雨繾綣以致洩精，然後又強拉襲人春風再度。

他怡紅院裡的丫頭小紅，「年方十四」（廿四回），不料遇上鳳姐問她：「你十幾了？」小紅竟道：「十七歲了」（廿七回）。

那鳳姐，第六回劉姥姥便向周瑞家的介紹說：「這位鳳姑娘，今年不過十八九歲罷了」，結果幾度春秋，做了幾番生日，到四九回時，竟然在大觀園中與迎春探春等十三人「敘起年庚，除李紈年紀最長，他十二人皆不過十五六七歲」。

至於薛寶釵，她比寶玉大兩歲，寶玉又大黛玉一歲，孰知第廿二回鳳姐竟「聽見薛大妹妹今年十五歲」。這年黛玉才曾說她「長了今年十五歲」，怎麼寶釵也十五歲？可見書中主要人物之年齡無一不誤，他們的生日也很錯亂。如黛玉的生日，據六二回說是二月十二，八五回則說是秋天；三六回薛姨媽生日在秋天，五七回卻又變成了春天。

對於這些矛盾舛錯現象，主張《紅樓夢》係曹雪芹或其家族中人之自敘傳者多半視若無睹，周汝昌《紅樓夢新證》甚至編了〈紅樓紀曆〉一章，云：「小說第十七回敘蓋造新園，寫到『又不知歷幾何時』，賈珍等人來向賈政報告園工告竣。『幾何時』句旁有脂批說：『年表如此寫，亦妙』，這說明照脂硯齋所知，《紅樓夢》的敘事年月，是大有條理的。舊日的批點家如大某山民（姚燮）就曾在小說的每一回後都批明：此回是某年某月事。……還有花溪漁隱的《痴人說夢》，開卷第一部分就是〈槐史編年〉……」❶。

依周汝昌之見，《紅樓夢》紀年月是大有條理的，八十回本首尾共紀了十五年間的事。可是為什麼同樣在第七年，林黛玉初入榮府，年僅六歲，而薛寶釵竟然已是十三歲？又為何待到第十三年，卻又「聽見薛大妹妹今年十五歲」（廿二回）？

對於此類乖刺處，周先生推說這都是「信筆泛敘」或「疑字有訛誤」所致。這在方法學上乃是講不通的，《紅樓夢》敘事究竟是「大有條理」「所敘日期節序、草木風物，無不吻合，粲若列眉」，還是「信筆泛敘」「不必以詞害義」「不得死看」？而我們又怎能選擇性地相信某些年月紀錄，又選擇性地排斥某些紀錄，然後說：「這樣一部大書，所寫歲時節序、年齡大小，竟然如此相合，井然不紊，實在令人不能不感到驚奇！」這樣的論斷，才真是叫人驚奇的。比黛玉僅大一歲的賈寶玉，七歲已通人事，能與襲人雲雨：「比寶玉大兩歲」（第六回）的襲人，本年居然又已「似為十二歲」（周氏語）。這是什麼考證？

第四五回黛玉說：「我長了今年十五」，可是據《新證》該年寶玉卻只有十三歲。劉夢溪先生認為這是因《紅樓夢》尚未完全整理好的緣故。他又解釋第四回寶玉僅七八歲，到第五回就能雲雨洩精，是因黛玉到榮府已住了兩年。證據是冷子興與賈雨村酒肆閑話時謂賈蓉十六歲；而第六回劉姥姥見到賈蓉時，賈蓉已是「一個十七八歲的少年」，所以中間應是已經過兩年。但劉姥姥所見的鳳姐，這時是二十歲；劉先生也依據這個數字，說本年恰好賈蓉十八、賈璉廿二、鳳姐廿❷。那麼，請問：為何過了五年，鳳姐倒小了五歲？如此考證，能做數嗎？

須知：《紅樓夢》裡的年月錯落，並非偶見一二例，而是很普遍的現象❸。清道光間涂瀛

---

❶ 周汝昌《紅樓夢新證》，一九七六，人民文學出版社，第六章。他認為姚燮、花溪漁隱等人的編年係以高鶚續書中所提及的干支為基準倒推回去，所以不準確。這點其實也很值得爭議，因為若後四十回並非續書，則整本書中年月歲時乖舛矛盾之處當更多。

❷ 見劉先生《紅樓夢新論》，一九八二，中國社會科學出版社，〈秦可卿之死與曹雪芹的著作權〉。

❸ 前引周氏書，謂年歲節曆「偶然也有二三處欠合的，皆非重要，從整個著作看，實在提不到話下」。劉先生則沒這麼樂觀，他說：「第十八至八十回，基本上是相合的，雖然不排除存在一定矛盾」，他認為十八回以前應加兩年。但如此一來，「〈紅樓紀曆〉謂原書前八十回自寶玉降生起，共寫了十五年的事情。經復按後，我認為大致不誤」，豈不大誤？依劉說，至少應該是前後寫了十七年；而且在周表第八年上若寶玉已十一歲，第十三年就必然與「僧道把寶玉於掌，說：『青埂峰一別，轉眼已過十三載矣』，明點歲數，一絲不錯」云云相矛盾。

《紅樓夢問答》便說過：「或問《紅樓夢》有病乎？曰：有。元春長寶玉二十六歲，乃言在家時曾訓詁寶玉，豈二十以後人尚能入選耶？其他惜春屢言小，巧姐初不肯長，後長得太快，李嬤嬤過於龍鍾，諸如此類，未可悉數」。這些，自傳派輒推諉為「字有訛誤」「後人妄改」「尚未整理完全」或視若無睹。索隱派則不然，他們認為這正是書中問題的線索，值得好好推敲。

例如李知其《紅樓夢謎》第六章第一回便說：「《紅樓夢》第一回聲言書中『朝代年紀失落無考』。可知朝代與年紀都有隱諱之筆。細心的讀者恐怕沒有幾個會對眾多角色的年紀不存疑問的。像第三回寶玉與黛玉初會時的年紀，無論如何假設都難得出一個合乎常理的解答。若要清楚地把那回襲人、晴雯、雪雁、元春、惜春、賈蘭等人的年歲一併排列出來，相信會比另寫一部小說還要勞神」。因為——

第六回的劉姥姥憶述二十年前：王夫人尚未嫁入賈府，故說二十年賈政的夫人仍是王家的二小姐。但何以第二回卻早已把她寫成已生了一子名賈珠，且「不到二十歲，就娶了妻生了子，一病就死了」？王夫人另還生了賈元春，又已長大作了皇妃呢？這位二十年前還未結婚的王家二小姐，竟能在這二十年中生子育孫，而孫子賈蘭在第四回已被形容為「今方五歲」。假定劉姥姥二十年前作別王家後的翌日，王二小姐立即出嫁賈府，最快也得過十個月纔養出賈珠來罷，如何十九年多些竟又養出這個五歲大的孫子呢？第六回的賈寶玉既已會得「初試雲雨情」，賈蘭也定然會跟著一樣成長，不會獨自停留在五歲階段的。那麼劉姥姥這回所見僅四十歲的王夫人會有一個十來歲的孫子嗎？……

現在市面上不少通行本，把元春說成大於寶玉十幾年。這麼一來，長兄賈珠的年紀就被推算得更大了，而王夫人未嫁而先產下賈珠及元春，豈不也成了「鐵證」？若說那是高鶚連同前八十回也曾加以「妄改」，換言之，應採取元春僅比寶玉大一歲之說。然則這個元春怎麼能以一個小女孩的身分作了貴妃呢？若說元春入宮時不是小女孩，而是一個年青女子，那比她僅小一歲的寶玉又何能被安排在第三回和黛玉一床兒睡到碧紗櫥裡去呢❹？……

趙同《紅樓猜夢》則不只談這些年齡上的乖謬，他更立了一章〈大觀園歲月顛倒史〉，說：「自有歷史以來，歲月總是好像順著過的，惟有大觀園裡的日子過起來老是顛顛倒倒」，所以八九月間有噴火蒸霞般的幾百枝杏花，比黛玉小的史湘雲倒喊黛玉為林妹妹……。其中較嚴重者，為元妃省親時，寶釵十三歲、黛玉十二歲，同年冬天，大夥卻都成了十五六七歲；又卅二回敘述史湘雲與襲人說話，襲人取笑她十年前講了不害臊的話，這時史湘雲十二歲，十年前才兩歲，能跟襲人說什麼❺？

對於這些矛盾，除了部分可能用修改增刪傳抄致誤來解釋外，索隱派是積極希望能解決此一困惑的。他們認為這些年齡與故事不配合的現象，正顯示了作者非紀實為其個人史與家族史，

❹見李知其《紅樓夢謎》二續，一九九〇，非賣品，第六章第一節。又續篇第五章第卅二節、七九節、一〇一節。

❺趙同，民國六九年，三三書坊，第二章第二節·丁。

而是另有曲筆隱意存乎其中，敘述上的矛盾，恰是讓人注意到它別有影射❻。因此趙同判斷作者並非曹雪芹，書中影射的則是雍正奪嫡之事。李知其主張黛玉正射董小宛、副射南明福王唐王，寶玉代表清順治皇帝。順治正是六歲即位、七歲入關的。

索隱派拆字、諧韻、陰陽互變、真假一體、雙關敘事、正射、旁射等解小說法，常搞得讀者昏頭轉向，不敢苟同。但在面對《紅樓夢》裡有關人物歲年的問題上，索隱派實在要比自傳派老實，且更有洞察力，也有解決問題的企圖心。

二、情書史事

以《紅樓》為情書者，很難解釋書中男女情癡情種們都太小的事實。那豈止像小娃兒們玩家家酒？如此稚童少年，非唯不能有書中那些言語舉動思維，亦併不可能經歷其中所敘之事。結詩社、雲雨、流產等等，均非少年世界之物，故凡欣賞「顰卿寶玉兩情痴，兒女閨房笑語私」的鍾情人士，都不能不技術性地忽略書中主人翁年齡太小之狀況，以免尷尬。也由於他們是整個地忘記書中人物的年齡，所以也就沒有年時乖舛的問題。謂《紅樓》為淫書者，當然也必須如此。因而年時錯亂等等，在其視域與論域中是不存在更不相干的，唏噓其事、纏綿其情即可。

自傳說便沒這麼幸運了。不管《紅樓夢》的作者是曹府何人，論者基本上認為小說是依作者生平經歷或家族事蹟來寫的。故輒以史書視《紅樓》，把小說中所敘之事和曹雪芹的家族歷史對照起來。例如胡適說：「《紅樓夢》是曹雪芹將真事隱去的自敘，故他不怕瑣碎，再三再四的描寫他家由富貴變成貧窮的情形。」所以胡先生說此書是自然主義的傑作（見〈紅樓夢考證〉）。後來那些說此書為暴露封建社會日趨腐敗之作者，其實皆衍胡先生之餘緒耳。如「在這部家譜式的小說裡，這樣深刻微細地描寫了君權時代貴族家庭興衰變化的歷史，讓讀者能明確地體會到《紅樓夢》是一篇史詩」「曹雪芹寫《紅樓夢》對現實的忠實，使我們可以把他所描寫的某些部分當社會史料來研究」……云云❼。都是由歷史的角度來掌握《紅樓夢》，因此或把紅學講成了曹學，或將《紅樓夢》視為社會現實主義之鉅著，甚至還是自然主義、是社會史料。

既是從歷史角度來掌握紅樓，年月歲時就不能再技術性地遺忘，置諸意識領域之外，必須將書中之歲月與外在世界的年時鉤綰起來。這方面最典型的例證，即是周汝昌《紅樓夢新證》的〈紅樓紀曆〉與〈史事稽年〉兩篇。其他論者雖未必將書中世界與書外之曹府扣合得如此緊密，但原則上是一樣的。因為小說既是史述，史之基本架構便是時間與空間，所以縱使不去談

---

❻ 見註❹引李知其書。另杜世傑《紅樓夢原理》也說：「《紅樓夢》之反面，即是反常地方。反常地方，就是問題所在」（第一篇〈看《風月寶鑑》概論〉）。可說這是索隱派的基本問題意識及解題之線索所在。按：早先《石頭記集評》卷下即載謝鴻中評語，云此書「於乳母說得龍鍾老朽，與賈璉、寶玉、黛玉年紀懸殊，是其第一短處。余按書中似此矛盾者正多，非必別無命意，不得謂是短處。如《水滸》中盧俊義生命年月日時故作舛錯，此書亦間用此法」，已開此類說法之漸。鄧狂言《紅樓夢釋真》，據太冷生《古今小說評林》載，即是主張：「其紕漏處均是絕大關鍵」的。

❼ 詳見岑佳卓《紅樓夢評論》第二章第三節貳，民國七十四年，作者自印本。

小說中事蹟是否即為曹府經歷之複寫，亦不能不就時間與空間來討論小說敘事所涉及的曹府史事。

這就是為什麼自傳論者常要無視於小說中年時歲節屢有舛錯的事實，硬口聲稱其敘述年時一絲不亂的緣故。他們必須相信書中紀曆大有條理，否則即無法認識這段歷史。

不幸的是，書中歲時確是大成問題的。早先清朝花溪漁隱《痴人說夢・鐫石訂疑》即列舉了小說中年月不合者十五處，王希廉〈紅樓夢總評〉裡補論了一處，姚燮〈讀紅樓夢綱領〉中又舉了十九處，話石主人則在〈紅樓夢精義〉中舉了「年誤」「月誤」「日誤」「時誤」十一處。戴不凡《紅學評議外篇》（北京文化藝術出版社，一九九二）中又有長達六二頁的〈時序錯亂篇〉指出前八十回的時序矛盾。這些舉證固不乏重複者，然總數實不在少，且多是關鍵。在這些地方年月模糊甚且錯漏矛盾了，整部書事實上便無法繫年，也無法與外部世界對照關聯起來。越要關聯對照，就越讓人糊塗。紅學自傳考證家論斷小說與曹府的關係，之所以眾說紛紜者，正由於此。

小和山樵〈紅樓夢序〉曾批評：「前書垂花門以內房屋不甚明晰，除大觀園外，使讀者不分方向。若垂花門以外，更不知廳房幾進、樓閣若干，名曰榮府而已。」

這是以歷史態度看待《紅樓夢》時的無奈，因為該書不只時間甚為錯亂，地點方位也很含混。〈紅樓夢精義〉曾舉糾其「地誤」，羅德湛則在〈曹雪芹的得失〉中列舉書中地名混殽不清之弊云：

賈、王、史、薛等四姓皆屬金陵世家，書中寫得明白，如第十三回賈蓉所寫的履歷：『江南應天府江寧縣……』就是一例（江寧即金陵，皆為今之南京）。至於紅樓夢故事發生的中心地是何處？當然應該是北京，因為這賈家的寧、榮兩個府第，是因昔日寧、榮二公功在國家，由皇帝恩准敕造的，而且書中也曾明白地指出賈政經常要至朝中「早朝」。再則元妃省親，自宮中至賈府也是當日往返，足見賈府是造在京城。清朝的京城，是設在北京的，所以賈府應在北京。可是我們看看作者在第二回又怎麼寫呢？作者在第二回中寫「冷子興演說榮國府」，賈雨村聽了冷子興的話後，曾說過這樣幾句話：「去歲我到金陵時，因欲遊覽六朝遺蹟，那日進了石頭城，從他們宅前經過，街東是寧國府，街西是榮國府，二宅相連，竟將大半條街佔了……」這不是明明指的南京嗎？可是作者在第三回中又怎樣寫呢？他寫賈雨村護送林黛玉至賈府：「一日到了京都，雨村先整了衣冠，帶著童僕，拿了宗侄名帖至榮府門上投了。」那麼這兒所指的「京都」又是所指何處呢？南京乎？北京乎？抑是長安？作者在第十五回中也曾寫得明白：老尼道：「阿彌陀佛，只因當日我在長安是善才庵出家的時候兒，有個施主姓張，是大財主，他的女孩兒小名金哥，那年往我庵裡來進香，不想遇見長安府太爺的小舅子李少爺。那李少爺一眼見金哥就愛上了，立即打發人來求親。不想金哥已受了原任長安守備金子的聘定，張家願待退親，又怕守備不依，因此說已有了人家了。誰知李少爺一定要娶。張家正在沒法兩處為難，不料守備家聽見此信，也不問青紅皂白，就來吵鬧說：『一個女孩兒，你許幾子人家兒！』偏不許退定禮，就打起官司來。女家急了只得著人上京找門路……」鳳姐……

將老尼之事說與來旺兒，旺兒心中俱已明白，急忙進城（當時他們正在城外為秦可卿治喪。）找著主文的相公，假託賈璉所囑，修書一封連夜往長安來，不過百里之遙，兩日工夫俱已妥協。……這京城既是距長安僅百里之遙，其京城所在地當然是長安府了！可是作者在第十二回又怎樣寫呢？他寫著：「誰知這年冬底，林如海因為身染重疾，寫書來接黛玉回去……賈璉同著黛玉辭別了眾人，帶領從僕登舟往揚州去了。」讀者請注意「登舟」二字，各位想想自長安至揚州如何『登舟』可達？筆者是到過長安的，長安固然有渭水通著黃河，黃河在山東陽穀縣境內並與運河相接。可是大家知道，黃河水險，全程並不能暢通舟船，即如渭水也難行船。所以說來說去，我們真弄不清楚曹雪芹所指的「京都」究是何處了❽。

地究竟在南京、北京、還是長安？紅學考證家或主張書中所寫是曹府在北京的情況，或認為是追憶曹家在南方的景象，又或謂此乃明寫金陵暗指長安。大觀園究竟在南抑或在北，也仍在爭辯中。這難道不是因書中地理位置不夠清晰以致方位難定嗎？

以《紅樓》為史之傳統甚早，高鶚本人即曾刻一小印，自號「紅樓外史」❾。甲戌本第三回脂評：「真有這樣標緻人物，出自鳳口，黛玉丰姿可知，直作史筆看」，以史喻之。戚蓼生序有正本時亦謂此書「如春秋之有微詞，史家之多曲筆」「其殆稗史中之盲左腐遷乎」。劉銓福〈脂硯齋重評石頭記跋〉則云：「《紅樓夢》雖小說，然曲而達、微而顯，頗得史家法」。諸聯《紅樓評夢》又說：「若賈母之姓史，則作者以野史自命也」。這些話或著眼於其筆法、或稱道其褒貶，但顯然其中亦頗有以小說為史著者，如弁山樵子便曾說過：「讀《紅樓夢》者，須知此書不當作小說觀，乃遜清歷史中之部分，謂之文苑傳固可，謂之人物志亦無不可」。雖然依他的看法，此書並非寫曹府之事，而是曹雪芹寫袁枚的事，所以：「讀《紅樓夢》者須將隨園一生事實及《小倉山房全集》兩兩對照合勘，方覺字字俱有著落，不為模糊影響之談」。可是，如此讀《紅樓》就不生困惑嗎？不，地名仍然是個大問題，弁山樵子終究不得不感嘆：「讀《紅樓夢》者，須知其地位之所在。明明金陵矣，而又借燕臺事作處處之點綴，是又炫惑閱者之故智也」（《紅樓夢發微．讀紅樓夢法》）。可見無論是否主張此書為曹雪芹自傳或曹府中人寫其家族史，以史書視《紅樓》，都會遭遇到年月及地點失焦模糊的困難，無從建構紅樓史事。

三、「情史」

視《紅樓夢》為情書者，因情乃「有生俱來，人皆有之」之物，所以是從永恆性、本質性的觀點去看這部書，謂其書「生於情、發於情、鍾於情、篤於情、深於情、戀於情、縱於情、

---

❽ 同註❼所引書，第五章第三節貳。

❾ 見惲珠《國朝閨秀正始集》卷二十、霞鈞《天咫偶聞》卷三等。

囿於情、癖於情、痴於情、樂於情、苦於情、失於情、斷於情，至極乎情，終不能忘乎情。惟不忘乎情，凡一言一事，一舉一動，無在而不用其情。此之謂情書」（花月痴人〈紅樓幻夢自序〉）。

重點既然在情而不在事，情又是永恆的，屬於人甚或更是天地之本質，則小說之敘事，只不過是藉一事例言此情夢世界而已，事本身不但不重要，更可能原本即是虛構幻設的。夢覺主人〈甲辰本紅樓夢序〉說得好：「其事則竊古假名，人情好惡，編者託詞譏諷，觀者徒娛耳目。今夫《紅樓夢》之書，立意以賈氏為主，甄姓為賓，明矣真少而假多也。假多即幻，幻即是夢。書之奚究其真假，惟取乎事之近理。說夢豈無荒誕？乃幻中有情，情中有幻是也」。事本是假，更何須問其年月址地？

這是「去歷史化」的辦法。書中所敘之事件乃是虛構幻設的，雖亦紀年載月指實地點方位，其實只如一符號，聊以便利作者藉事言情罷了。

此亦較能顯示為一文學觀點。正如陳蛻〈憶夢樓石頭記泛論〉所云：「各家評說，斤斤稽其年月，則矛盾舛錯處多矣。作者如天馬行空，不受羈紲，只能就其大概論之。……至編年紀事、史乘體例。此書處處以小說自居，偶然失檢處，皆當諒之」[10]。小說雖又名為稗官野史，但文學寫作本不同於歷史敘事，強調的是作者的創造力以及他所欲表達的內涵，事蹟是否真實無訛，殊非緊要。如此說法，不唯能把《紅樓夢》從史學的質疑中解脫出來，且提示了一種「文學比歷史更真實」的意味，就像二知道人所說：「太史公記三十世家，曹雪芹只記一世家。太史公之書高文典冊，曹雪芹之書假語村言，不逮古人遠矣。然雪芹記一世家，能包括百千世家，假語村言不啻暮鼓晨鐘」（〈紅樓夢說夢〉）。這一件事、一世家，乃是一個「典型」，非描寫某一特定的個別物事，所以它具有概括百千世家的性質，能讓人透見歷史的本質。

相對於這種去歷史化以見本質的思路，持自傳及紀事說者，視《紅樓夢》為史書，眼中但見事實不見其言情，不僅強調「書中一切排場，非身歷其境不能道隻字」（奉寬〈蘭墅文存與石頭記〉），「且見『然閨閣中歷歷有人』等語，又見『有俱是按跡循蹤』等句，便曰實有其人，事必寓為某某也」（夢痴學人〈夢痴說夢〉）。這些人與事，主要是曹雪芹自寫其個人與家族之遭際，並非虛構幻設。因此賈府之被抄，就是曹家被抄；賈府之榮華繁盛，就是曹家的江南織造局面；賈寶玉，即是曹雪芹；脂硯齋則是曹雪芹的叔叔或某位親戚……⓫。

這種歷史化的讀法，基本上不視該書為小說，故得縱肆其史事考證之方法；對小說本身之興趣，亦低於小說史事的鉤稽考索。罕有人問小說家如何汲取某些事實加以創造而成藝術，只曉得還原作者依憑的素材、經歷的事件，遂至拋開小說，逕去追究作者抄家歸旗後擔任何職、與何人交友、居住何處、是否另撰《廢藝齋集稿》……等等。

⓾ 陳蛻事實上仍無法不談書中的事實面。他認為此書非寫南京而是寫奉天，如：「亦有可以揣知者，如南京之必為寧古塔、賈氏之必為旗籍是也」「雨村不舉於鄉，而春闈高掇；以縣令罷職，而復官得應天府。作者故為此以自實其假語村言之比附。應天府決為奉天府，而此云金陵，益以見賈薛皆旗籍，南京即陪都也」「黛玉轎行，先見寧府，如為由東而西。書中所指南邊，多係東省，可定林如海亦宦於奉天也」。這是南京北京長安之外的另一說，可見持情書說者亦常不能免於考證事實，考證事實亦輒不能不猜測地點方位。詳下文。

⓫ 「他們把假的賈府跟真的曹氏併了家，把書中的主角和作者合為一人；這樣，賈氏的世系等於曹氏的家譜，而《石頭記》更等於雪芹的自傳了」（俞平伯〈讀紅樓夢隨筆〉，《紅樓夢研究專刊》，第一輯）。

事是發生於一人一時一地的，但我們已看得很清楚了，依據《紅樓夢》的年時址地根本無法建構一部合理歷史。所以，根據同一本《紅樓夢》，大家對曹雪芹之身世卻幾乎全無共識，曹家祖籍究竟在豐潤還是遼寧？雪芹究竟是曹寅的侄子還是孫子？是曹顒的遺腹子還是曹頫的兒子？生於何年？曹府為何遷回北京後又遭變故？雪芹有沒有在南京生活過？家庭再遭打擊後他如何謀生？後來是否曾返江南？是否曾入尹繼善之幕？究竟卒於一七六三年抑或次年？這些問題，曹學家們聚訟不休，誰也不能說服誰，彼此駁詰，互相矛盾，只讓人越看越糊塗。可見，將小說歷史化，不只遺忘了小說的文學性，也將面臨歷史自我瓦解的命運。建立在原本年月舛錯、地點模糊的基地上之紅樓史事，各人有各人的版本，互相詰質、互相駁難，證史求真，乃竟越來越如說夢談玄，不知所云。

獨重小說之言情，固然可避免這種荒謬的處境。可是小說之所以為小說，它便不是抒情詩歌。它基本上是種敘事的文學，必須敘事以言情。其事或藉資於某一個及多個具體事例而加以變造、或憑虛臆構，雖不一定，然其小說中之事終究是不能遠於事理的。夢覺主人〈甲辰紅樓夢本序〉說：「書之奚究其真假，惟取乎事之近理」，就是這個道理。依這個原則來看《紅樓夢》，該書便難免於悖理之譏。除非我們完全將之去歷史化，本質性地沉浸於永恆情天恨海中，感動得一塌糊塗，否則該書敘事之舛錯顛倒，終必使人不安。

索隱派在這一點上，無疑替人找到了一條可能的出路。因為這一派解釋法與自傳派一樣，都是有歷史向度的，但它又承認文學的創造性；許多索隱派也都兼含有言情與敘事的指謂。以王夢阮〈紅樓夢索隱提要〉為例，王氏說：

△《紅樓夢》一書，……大抵為紀事之作，非言情之作。特其事為時忌諱，作者有所忌不敢言，亦有所不忍言，不得已乃以變例出之。假設家庭，託言兒女，借言情以書其事，是純用借賓定主法也。……全書以紀事為主，以言情為賓……。

△開卷第一回中，即明言將真事隱去，用假語村言云云，可見鋪敘之語無非假語，隱含之事自是真事。兒女風流，閨帷瑣瑣，大都皆假語之類；情節構造，人物升沉，大都皆真事之類。不求其真，無以見是書包孕之大；不玩其假，無以見是書結構之精。

△作者雖意在書事，而筆下則重在言情。若不從情字看去，便無趣味。況無論為真為假，其事皆由一情字發生，故閱者又當以情為經，以事為緯。

△書中正寓夾寫，比賦兼行，大有手揮五絃、目送飛鴻之妙。不善讀者，不盡跡象，謂寶、黛實有其人，榮、寧實有其地，刻舟求劍，便不足與言《紅樓夢》。然全書行間字裡，亦自有其事其人，一味談玄，謂百二十回一切皆子虛烏有，亦甚非《紅樓》之真知己也。天下解人最難，如是如是。

小說之所以需要索隱，正因論者認為小說中存有兩重結構，一為表面語言，所謂筆下重在言情；一為文字內部含藏的一段史事，所謂意在書事。蔡元培云：「然使竟如陳（獨秀）之說，廢棄本事，專觀情跡，則又何解於本書開宗明義所謂故將真事隱去之言？是明明有真事在背後矣，後之讀者又何忍抹卻作者深心？」（壽鵬飛《紅樓夢本事辨證》序），亦是此意。這兩層結構又互為賓主：從寫作意圖上看，他覺得全書係以紀事為主、以言情為賓；從整體小說來看，卻是以情為經、以事為緯，因為所紀之事仍是一樁情史，即順治皇帝與董鄂妃之事也。《紅樓》因此而為言情之書，亦因此而「為史家之秘寶」。

王夢阮這個觀點實可謂兼攝二端，各得其所。真／假、實／幻、事／情、合／離、虛／實，併合為一，而又非一非二、不即不離，如：「偌大一部文章，處處傳事傳神，皆如親見親聞，無絲毫乖舛疏漏處，是妙在善用一實字。而其流露正文，將伸復縮，全如蜻蜓點水，不脫不黏，又妙在善用一虛字。書中字字有來歷，是妙在善用一合字。處處寫影寫神，不著一重筆，不下一實筆，是又妙在善用一離字。虛虛實實，離離合合，乃演出一部神奇不可測之《紅樓夢》」云云，從詮釋策略上看，殆遠勝於言情與考事兩派。也只有以這個方法看《紅樓夢》才能解脫年月舛錯的困惑，使情與事各安其所：

△全書百二十回之目錄，大半皆明指真事，而特於書中敷衍一篇假文章，說來偏詳詳密密，使人讀書忘目，不復措意及此，故至今不知何指。如第三十回目中忽言椿齡，三十一回目中忽言白首，皆有意露洩春光處。不然，求之本回書中，殆不可解，故閱者疑為舛誤，其然？豈其然乎？

△看《紅樓夢》須具兩副眼光，一眼看其所隱真事，一眼看所敘閒文，兩不相妨，方能有得，拘拘於年齒行輩時代名目，則失之遠矣。

讀《紅樓夢》者須具兩副眼光，是因小說本身便具有二重敘述結構，一言情、一敘事，一主虛、一主實。

索隱派對《紅樓夢》具體指涉何事，各索其隱，甚不相同，但詮釋方法及基本觀點是一致的，例如蔡元培《石頭記索隱》說：「書中本事在弔明之亡、揭清之失。……特於本事之上加以數層障幕。……最表面一層，談家政而斥風懷，尊婦德而薄文藝，其寫寶釵也，幾為完人，是學究所喜也。進一層，則純乎言情之作，為文士所喜。……再進一層，則言情之中善用曲筆」，所分三層，實仍是情與事兩重結構。同樣地，邱世亮《紅樓夢論・序》也說：「全書寫的是賈府的故事，而以寶玉黛玉寶釵的三角戀愛為中心。然實際上明修棧道暗渡陳倉，別有所指，託賈府的事來存下這一段真事」。言賈府之事者，小說之敘事言情也；藏雍正奪嫡之事者，表面言情而實存一代之史也。論析方法均與王夢阮不殊。至於鄧狂言《紅樓夢釋真》說：「石頭、金陵，有當從地名著想者，南京也。有不僅從地名著想者，頑石也」，則與王夢阮所謂「看《紅樓夢》須具兩副眼光」相似，同時用兩副眼光來看小說的兩重敘述結構，才能避免年月及地點舛錯的困擾。

索隱派是近數十年來受盡恥笑的一個小說詮釋系統，但從詮釋學的角度看，它其實比言情派及自傳派更豐富更有趣，也更合理。它之備受揶揄，主要是因為他們雖知小說為兩重結構，可是只索史事之隱，罕言寫情之趣，如蔡元培所謂：「左之札記，專以闡證本事，於所不知則闕之」。這是因為表面寫情一層，有目共睹，故論者專從字裡行間、舛漏疑竇處去鉤玄探隱。這種搜索，屬於對史事的猜測，他們自己也承認：「神龍固難見尾，而全豹實露一斑」（王夢阮語），並未能完全勾勒事象之真。但如此一來，便往往被誤以為他們只會在那兒比附史事、強作解人。而未注意到他們的解史工作，實有一套特殊的觀點與方法，亦不僅只於解史而已。

這套觀點與方法是因應《紅樓夢》特殊的敘述型態而發展出來的。謂該書敘事言情，而事有二事，一為榮寧府中之事，一為書外之事，虛實相生。且書中記述與書外史事之間，也不是直接的關聯，而是曲折、幽微、隱晦的影射或比喻，是用一種文學式的寄托、比興、寓言來進行歷史的敘述。

也就是說，索隱派的詮釋方法並不只是「情」「史」兩塊分列式的，一層言情、一層紀事，只在要紀敘的史事上面敷塗一層保護色式的愛情文學故事而已。它認為《紅樓夢》裡紀敘史事的方法本身就是文學性的，是以文學的象徵、明喻、暗喻、影射、分寫、合併等各種技巧，來紀敘作者所欲言之事，故其詮史亦如賞文。猶如其言史，輒以書中所紀之事即為情史也。

索隱派與自傳考證派的不同，實在於此。因為兩者都要考史，自傳派謂書中某人即為曹府中某人（如趙岡說賈政是曹寅，賈璉是曹頫，寶玉是曹雪芹，賈蘭是曹天佑，李煦是王子騰，王夫人是李煦之妹……之類），索隱派說書中某人是曹府以外世界之某人，有何不同？皆以小說所敘而進行歷史指涉也。其不同處，在於索隱派不但承認小說在講史之外尚有文學性的言情一層，更常說其所記之史就是一段情史；而其史考，也反對自傳派那種視小說與外在世界為相符應的一對一關係之看法，亦不認為小說之記事只能是直敘式的。它採取情事交攝、文史兼融的角度，把《紅樓夢》指涉外部史事的狀況講得複雜無比，賈寶玉即是順治、又是傳國玉璽、又指康熙所廢之太子胤礽，林黛玉既是董小宛、又是亡明帝統……。

詩有博通之趣，索隱派之索隱考證亦如說詩。因此這是文學層與史學層的交揉、言情層與史事層的互攝。在實證主義史學思潮迷漫的近代學術界，它不能獲得理解，亦不能得到尊重，乃是必然的。近代主張索隱派者，復多學院外人士，不善使用學術界的行規儀式術語，有系統地表述其方法論，遂更使這一派成為野狐外道。可是，索隱派雖然在具體史事考索上不盡令人滿意，但它有史考自傳派及文學言情派所不能及的優點。其詮釋路向與方法均較二派高明。《紅樓夢》既為稗史之妖，視為史書或情書，均不恰切，自宜目之為「情史」⓬。

這裡並不是故意替索隱派張目，而是想藉此看一個紅學研究的方法問題。——事實上，俞平伯在建立自傳說時，已清楚地感覺到自傳說有窒礙之處，因為在討論大觀園地點問題時，他即發現其中有南北混雜的嚴重矛盾現象，所以他指出《紅樓夢》中包含有回憶、理想與現實的成分。余英時先生後來亦由此闡發「紅樓夢的兩個世界」之說，謂該書存在一個現實世界之外的理想世界。而且余先生認為今後紅學研究的新典範，應是：「『自傳說』所處理的只是作者生活過、經歷過的現實世界或歷史世界，而新「典範」則要踏著這個世界而攀躋到作者所虛構的理想世界或藝術世界」。

《紅樓夢》中有兩個世界是不錯的，但指出該書有兩個世界者，實在新典範新紅學出現之前甚早。在自傳考證派發展了幾十年，逐漸走入困境而亟思突破之際，所謂「眼前無路想回頭」，我們才「發現」小說中其實存在著兩重結構。這樣的紅學發展史，殊堪浩嘆。而且面對這兩重

⓬　吳雲〈紅樓夢傳奇序〉：「《紅樓夢》一書，稗史之妖也」。本文所引用清人論《紅樓語》，多採自《紅樓夢卷》，一九六三，中華書局。

結構，新紅學擬由現實世界上攀入理想世界，不又仍是知二而只重其一嗎？這恐怕是從太黏著現實世界歷史世界的這一端，走到了另一端。何況，對這兩個世界的描述，只說一為現實的、一為理想的。此理想究竟是什麼呢？只是理想世界本身的「興起、發展及其最後的幻滅」⓭？

相較於余先生的說法，我所介紹的這種思路可能更有趣些，它同時求真玩假，同時閱其情又索其事，兼括兩重結構，不盡泥跡象，亦不一味談玄，值得我們進一步發揮。

⓭ 余英時〈近代紅學的發展與紅學革命——一個學術史的分析〉〈紅樓夢的兩個世界〉〈眼前無路想回頭〉，均收入《紅樓夢的兩個世界》，民國六七，聯經出版公司。

讀紅樓夢札記

一、紅樓話茶

《紅樓夢》中所述豪門大族飲饌事跡，從前曾被當成反面材料，用以證明中國封建社會大家族中的腐敗奢侈。現在則因時移世異、經濟起飛，一般民眾吃吃喝喝也糜費甚多，故不免想向《紅樓》學習學習，希望在大吃大喝之際也能有些「文化」。紅樓飲饌之學，漸成專門顯學，可謂其來有自。

目前紅學界有關紅樓飲食譜之類專著專論，已經出版了不少，揚州等地的餐館更推出了各色「紅樓宴」，供各方耳聞《紅樓》之名者大快朵頤，嚐嚐賈府當年吃過的菜肴。這種心情與道理，跟許多人願花大筆銀子去品嘗所謂「御膳」「滿漢全席」是一樣的。

但小說畢竟是小說，小說不是食譜，其中寫吃寫喝，都是有用意有道理的。姑以飲茶為例，略為言之。

《紅樓》中第一次喝茶的場面，是林黛玉到賈府來依親的時候，見面後「互相廝認，歸了坐位，丫鬟送上茶來，不過敘些黛玉之母如何得病、如何請醫服藥、如何送死發喪」。談了一陣，黛玉轉往榮國府，老嬤嬤把她引進去後，黛玉坐在椅子上，「本房的丫鬟忙捧上茶來。黛玉一面吃了，打量這些丫鬟們粧飾衣裙、舉止行動，果與別家不同」。

這便是有意味的喝茶了。黛玉初逢家庭變故，來依親戚，所以她喝茶時便不免小心謹慎地仔細觀察打量這個新環境，而榮寧二府之威儀規矩，也都要由黛玉的感受中表現出來。果然，接著下人又領她去賈母處晚飯，飯後，仍是以喝茶來說明此地如何「與別家不同」：

> 旁邊丫鬟執著拂塵、漱盂、巾帕。李紈、鳳姐立於案旁佈讓。外間伺候的媳婦丫鬟雖多，卻連一聲咳嗽不聞。飯畢，各各有丫鬟用小茶盤捧上茶來。當日林家教女以惜福養身，每飯後必過片時方吃茶，不傷脾胃。今黛玉見了這裡許多規矩不似家中，也只得隨和著些。接了茶，又有人捧過漱盂來，黛玉也漱了口。又盥手畢，然後又捧上茶來，這方是吃的茶。

吃飯時，李紈鳳姐只站著布菜，丫鬟們則咳都不敢咳，賈母在府中之地位與權威，僅此一件小事便表現出來了。飯後喝茶，規矩也與林黛玉家中不同。這種不同，不僅在於飯後立刻喝茶，而且茶分兩道，一只是漱口的，另一鍾才是喝的。這便可見賈府之講究，而這種講究，拿來和林家「惜福養身」相對比，那顯然就是批評賈府之風格過於糜費，不懂得惜福之道了。後文許多敘述，正以此為伏筆。故後來講的許許多多飲茶上的花樣與考究，其實都是批判性的。例如第二十五回寫寶玉燙了臉，黛玉到怡紅院去看他，李紈鳳姐寶釵都在，

> 黛玉笑道：「今兒齊全，誰下帖子請的？」鳳姐道：「我前日打發人送兩瓶茶葉與姑娘，可還好麼？」黛玉道：「我正忘了，多謝想著。」寶玉道：「我嚐了不好，不知別人嚐了怎麼樣。」寶釵道：「味倒好，只是沒顏色。」鳳姐道：「那是暹羅國進貢的。我嚐了也不覺怎麼好，還不如我們常喝的呢。」黛玉道：「我吃著卻好，不知你的脾胃是怎樣的。」寶玉道：「你說好，把我的都拿了吃去罷。」鳳姐道：「我那裡還多著呢。」黛玉道：「我叫丫頭取去。」

第三回借黛玉吃茶，看出賈家關於吃茶的規矩；此處依然借她喝茶，看出賈家對於吃茶的考究。前論形式，今談內容。暹邏國進貢的貢品，尚且比不上賈家平常喝的茶，則其奢貴可想而知。黛玉說：「我吃著卻好，不知你們脾胃是怎樣的」。批評的意思非常明顯。

《紅樓夢》在這些地方，態度甚為一貫。第四十一回，賈寶玉品茶櫳翠庵那一段，妙玉捧了茶來，賈母立刻說：「我不吃六安茶」。妙玉笑道：「知道，這是『老君眉』」。六安茶乃明清兩代的名茶，明人高濂《遵生八牋》中即有記載，陳霆的《雨山墨談》甚至舉為「天下第一」。不料在賈母眼中竟然如此不堪，特別聲明了不要喝這種茶。可見賈府平時所喝，即勝於

此。妙玉所奉的「老君眉」，研究紅學的人或認為即是君山毛尖或君山銀針。可是這兩種茶向無老君眉之稱。且二茶成名甚晚，君山茶成為貢品，遲在乾隆四十六年。洞庭君山茶見於〈隨園食單〉亦在乾隆四十八年。因此這個茶的名稱，恐怕根本就是杜撰的。杜撰出這麼一種茶名來，則無非是要說明妙玉及賈母等人對喝茶的考究，已經到了超乎皇宮的地步。因此暹邏國之貢品或六安貢茶，均已不入品藻，不想再喝了。

這裡面，黛玉較為特殊，一方面是因她乃外來者，與賈府的飲茶文化原本不甚相同，一方面也是由於她的身子弱。故第六十二回，史湘雲醉眠芍藥裀，黛玉等人都去看，襲人倒了一鍾茶給黛玉喝，黛玉便說：「你知道我這病，大夫不許多吃茶」。

黛玉不能多喝茶，喝時又不如其他人講究，所以第二十六回講瀟湘館春睏發幽情，黛玉正跟寶玉說話，紫鵑進來，寶玉便叫：「紫鵑，把你們的好茶沏碗我喝」，紫鵑道：「我們那有好的？要好的，只好等襲人來」。

由紫鵑的答話，便知黛玉處的茶是不及寶玉那兒了。但寶玉所品題之瀟湘館，卻是籠罩在茶煙裡的。第十七回，大觀園試才題對額，賈寶玉題「有鳳來儀」的對聯就是：

寶鼎茶閑煙尚綠，幽窗棋罷指猶涼。

其後元妃省親，改題有鳳來儀，賜名瀟湘館。瀟湘館的茶煙之所以是綠色的，正是由於綠竹寒碧，襯得茶煙也綠了起來。應是寶玉甚愛此意境，故所題如此。這與第廿四回描寫寶玉嫌煙字不好，把他自己的小廝「茗煙」改為「焙茗」，正好成了一種對照。

寶玉的小廝，有引泉、掃花、掃紅、鋤藥、挑雲、伴鶴等，茗煙之名，跟他們不類，改成焙茗，自然較妥。但小說中刻意如此寫，卻有其用意。因「這茗煙乃是寶玉第一個得用的且又年輕不諳事的」，第九回大鬧書房就是他。先名茗煙再改焙茗，適足以提醒讀者注意，且亦足以顯示寶玉對茶的重視。

《紅樓》書中往往有此種寫法，故寶玉嫌茗煙之煙不妥，卻喜愛瀟湘館的茶煙；特別要把茶給林黛玉喝，而旁人喝了他便生氣。如第八回，寶玉寫了「絳芸軒」三個字，黛玉來看，談了話後，寶玉因與晴雯說話，未留意黛玉已走，

> 說著茜雪捧上茶來。寶玉還讓：「林妹妹喝茶。」眾人笑道：「林姑娘早走了，還讓呢。」寶玉吃了半盞，忽又想起早晨的茶來，因問茜雪道：「早起沏了一碗楓露茶，我說過那茶是三四次後纔出色，這會子怎麼又斟上這個茶來？」茜雪道：「我原是留著的，那會子李奶奶來了，喝了去了。」寶玉聽了，將手中茶杯順了手往地下一摔，豁琅一聲，打了個粉碎，潑了茜雪一裙子。又跳起來問著茜雪道：「她是妳那一門子的奶奶，妳們這樣孝敬？她不過是我小時兒吃過她幾日奶罷了，如今慣的比祖宗還大！攆了出去，大家乾淨！」說著，立刻便要去回賈母。

這便是個更強烈的對比。寶玉心中只惦著要讓黛玉喝茶，大概那楓露茶也是準備弄了來讓黛玉

喝的。正因為剛才要請黛玉喝茶而黛玉已走，這會兒又因楓露茶已被奶媽喝去，所以忽地暴怒起來。由他讓誰喝茶，又不讓誰喝這件事上，就分出了人物的親疏遠近來。同理，第二四回，寶玉去北靜王府裡回來後，幾個丫頭恰好都出房幹活去了，

只剩了寶玉在房內。偏偏的寶玉要喝茶，一連叫了兩三聲，方見兩三個老婆子走進來。寶玉見了，連忙搖手說：「罷！罷！不用了。」老婆子們只得退出。

寶玉要喝茶，但只要丫頭們倒，不想讓老婆子倒。以致最後，「寶玉見沒丫頭們，只得自己下來拿了碗，向茶壺去倒茶」，讓誰倒茶和不讓誰倒，即足以徵見寶玉之心態。他向來是喜歡少女，而對已婚女子並無好感的。老婆子來倒茶，恐怕他會像妙玉把茶給劉姥姥喝了以後那樣，感到一陣噁心，不是把茶給潑了，就是把茶杯給砸了。所以第四十一回，妙玉請大家喝了茶以後的心理狀態，只有寶玉能懂：

寶玉留神看她是怎麼行事。只見妙玉親自捧了一個海棠花式雕漆填金雲龍獻壽的小茶盤，裡面放一個成窯五彩小蓋鍾，捧與賈母。……賈母便吃了半盞，笑著遞與劉姥姥，說：「你嚐嚐這個茶。」劉姥姥便一口吃盡，笑道：「好是好，就是淡些；再熬濃些更好了。」賈母眾人都笑起來。……只見道婆收了上面茶盞來。妙玉忙命：「將那成窯的茶杯別收了，擱在外頭去罷。」寶玉會意，知為劉姥姥吃了，她嫌腌臢，不要了。……

寶玉和妙玉陪笑說道：「那茶杯雖然腌臢了，白撂了豈不可惜？依我說，不如就給了那貧婆子罷，她賣了也可以度日。妳說使得麼？」妙玉聽了，想了一想，點頭說道：「這也罷了。幸而那杯子是我沒吃過的；若是我吃過的，我就砸碎了也不能給她。」

論茶道，只有寶玉是妙玉的知音，黛玉就不行了，所以妙玉嘲笑她：「你這麼個人，竟是大俗人，連水也嚐不出來！這是五年前我在元墓蟠香寺住著收的梅花上的雪，統共得了那一鬼臉青的花甕一甕，總捨不得吃，埋在地下，今年夏天纔開了。我只吃過一回。這是第二回了。你怎麼嚐不出來？隔年蠲的雨水，那有這樣清醇？如何吃得？」喝茶的講究，前文已說過，黛玉原本是不及妙玉及賈府這一批人的。因寶玉對此甚為講究，所以妙玉瀹茗的手段，就只能通過寶玉眼中看。

但寶玉與妙玉相同處，不只在於對飲茶的考究，更在於他們的心態。所以妙玉一喊道婆把那盞成窯的杯子擱在外頭時，他就懂得妙玉的想法了。要知道，成化窯五彩小蓋鍾乃茶具中之上品，在明末一隻已需萬錢，僅僅因被劉姥姥喝了一口，就準備砸掉，實不近情理。而小說刻意如此描寫，一以表現妙玉之潔癖已經癖近於怪，一則與寶玉寧願自己倒茶也不讓老婆子倒一樣，藉飲茶來表現人物之間的親疏愛憎。

此等技巧，在晴雯將死那一段，用得尤其明顯，第七七回：

當下晴雯又因著了風，又受了哥嫂的歹話，病上加病，嗽了一日，纔朦朧睡了。忽聞有人喚他，強展雙眸，一見是寶玉，又驚又喜、又悲又痛，一把死抓住他的手，哽咽了半日，方說道：「我只道不得見你了！」接著便嗽個不住。寶玉也只有哽咽之分。晴雯道：「阿彌陀佛！你來得好，且把那茶倒半碗我喝。渴了半日，叫半個人也叫不著。」寶玉聽說，忙拭淚，問：「茶在那裡？」晴雯道：「在爐台上。」寶玉看時，雖有個黑煤烏嘴的吊子，也不像個茶壺。只得桌上去拿一個碗，未到手內，先聞得油羶之氣。寶玉只得拿了來，先拿些水洗了兩次，復用自己的絹子拭了，聞了聞，還有些氣味。沒奈何，提起壺來斟了半碗，看時，絳紅的也不大像茶。晴雯扶枕道：「快給我喝一口罷！這就是茶了。那裡比得咱們的茶呢！」寶玉聽說，先自己嚐了一嚐，並無茶味，鹹澀不堪，只得遞給晴雯。只見晴雯如得了甘露一般，一氣都灌下去了。寶玉看著，眼中淚直流下來，連自己的身子都不知為何物了。

晴雯將死，寶玉去探望，是何等重要之段落，而僅寫喝茶。兩人之間，一切都可從這杯茶上看出。且晴雯是寶玉所極愛重的，何況又是受寶玉之牽連而被逐出致死，寶玉此時便不再是讓丫鬟倒茶，而是自己倒茶來給這位丫頭喝了。所喝之茶又竟是毫無茶味、鹹澀不堪、不太像茶的茶，以此來跟平時在賈府所喝的茶相對照，益發顯得情境可哀，而兩人情意堪憐。

這就是「反襯」。平時喝起茶來，考究得不得了，什麼成化窯的彩鍾、什麼點犀𥑮、什麼「九曲十環，一百二十節蟠虬整雕竹根的一個大𥖲」，現在卻是洗了兩次還洗不掉油羶氣的普通茶碗。平時是「一杯為品，二杯即是解渴的蠢物，三杯便是驢飲」，現下卻喝著那毫無茶味的茶，喝一口便如得了甘露。平時由丫頭伏侍，現今則來伺候丫頭喝一口茶。種種對比、種種反襯，既以顯平居之奢華，又以見彼此之情分，更從這樣的對比中讓人生出若干感慨。

其他一些段落，雖未必如此深婉，未必令人如此感慨，藉倒茶喝茶來見出人物間的情分，卻是相類似的。如第十五回，寫秦鐘喜歡女尼智能：

秦鐘、寶玉二人正在殿上玩耍，因見智能兒過來，寶玉笑道：「能兒來了。」秦鐘說：「理那東西作什麼？」寶玉笑道：「你別弄鬼兒！那一日在老太太房裡，一個人沒有，你摟著她作什麼呢？這會子還哄我！」秦鐘笑道：「這可是沒有的話！」寶玉道：「有沒有也不管你，你只叫住她倒碗茶來我喝，我就丟開手。」秦鐘笑道：「這又奇了！你叫她倒去，還怕她不倒？何必要我說呢？」寶玉道：「我叫她倒的是無情意的，不及你叫她倒的是有情意的。」秦鐘沒法，只得說道：「能兒，倒碗茶來。」那能兒自幼在榮府走動，無人不識，常與寶玉、秦鐘玩笑。如今長大了，漸知風月，便看上了秦鐘人物風流。那秦鐘也愛他妍媚。二人雖未上手，卻已情投意合了。智能走去倒了茶來。秦鐘笑說：「給我。」寶玉又叫：「給我。」智能兒抿著嘴兒笑道：「一碗茶也爭，難道我手上有蜜？」

這是寶玉在逗秦鐘，但他說由倒茶中可看出情意來，卻是實情。果然，到了夜裡，智能正在洗茶碗，秦鐘溜了進來，兩人便成了好事。而寶玉和秦鐘的私情，也藉此而顯。爭茶一段，既是開玩笑，也是爭風吃「茶」。《紅樓》敘事，往往類此。喝茶這樣的細微末節，常成了理解人物關係的重要關鍵。善讀書者，當於此等處細細體會之。

二、誘惑者日記

存在主義的女性觀到底是什麼樣的呢？

據齊克果說，女人是取之不竭的思索資料，也是供觀察的永恆資源。他對女人是極有研究的。可是，依他的研究所得，發現女人其實不存在。因此你若問存在主義的女性觀是什麼，那就是：女人不存在。

女人怎麼會不存在呢？女性之美，顯示在她眼神、情致、體態、眉髮、步履、動作、表情等一切徵象上。齊克果也曾對這千變萬化的女性美注視再注視、思索再思索。微笑過、感嘆過、阿諛過、威脅過、渴望過、大笑過、痛哭過、懼怕過。怎麼能說她不存在？

齊克果的思路很曲折。他彷彿在說：上帝創造夏娃之際，為什麼讓亞當深睡？因為女人是男人的夢。女人是為了他人而存在的。猶如整個大自然是為一個「他」而存在。這個他，其實是一種精神或心靈。為他而存在之物，就像一個謎、一件祕密，隱藏著迷人之美。它是為了讓人對這個謎這個祕密感到好奇、神祕而生出的，其存在就為了生出這種心理或精神狀態。

而女人也是如此。女人的美，能使男人生出愛。所以女人不是由她自己而生出，乃是由男人。這裡的女人不是生物意義的「女性」，而是「女人」。亦即非女孩非老嫗，只是女性在某一段時刻中，散發出其美感，對男人而言，承認她是個女人的那種女人。

這樣的女人，只是一個時刻的存在物。在此之前，稱不上是女人。故女人只是誕生，不是成長。在此之後，結了婚生了小孩，也不叫女人。女人只在那一刻。

在那一刻，她把自己顯現給他人。在把自己顯露給他人時，她才真正顯露了自己。因此，在存在的屬性上，她有幾個特點：一、為他人而存在之物，其生存形式，就以為它自己之生存而言，它只是個抽象物。在這種狀況下，女人的特徵就在於它隱而不現，不像男人彰顯他自己。而且她絕對的貞潔、絕對的奉獻，為他人而存在。二、女人與大自然同一範疇，只有在與男人的關係裡她才變得自由。也就是說，像花一樣，只有在美感意義上說，她才是自由的。

這是什麼理論呀？如此糾繚，且宣稱女人要貞潔、奉獻、為他人而存在，她本身只是抽象物，想必要令現在看著書的你深感不以為然了。

但，且慢，這個想法其實非常有意思。辜鴻銘《春秋大義》裡稱揚中國婦女為他人而存在之美德，固然得此可獲哲學上的印詮或理論深化。即使《紅樓夢》中賈寶玉的女性觀也不妨與之合觀併論。

齊克果在《誘惑者日記》中描述一位誘惑者，他欣賞女人、誘惑女人、吸引女人、讓女人愛他、他也愛她，但並不從肉慾上佔有她。他讓她們從內在產生了變化，而非將身體獻給他。

此非賈寶玉之「意淫」乎？寶玉對女人極為敏感，讓每個女人都獲得適如其分的滋養，他同時愛著許多女孩，因為他對每個女孩的愛都不相同。齊克果所描述的他亦正是如此。他是個登徒子、一個調情者，懂得愛、信仰愛、享受著被愛。把自己詩化，融入女孩的生命中。最終，又把自己詩化，從女孩的生命中剔出，一如寶玉最後斬斷情緣，逕自出了家。

依寶玉看，女人也是絕對的純潔、絕對的美，亦應孤立於世界。且一旦出嫁結婚生子，便再也不足以做為審美的對象了。

是的，寶玉和齊克果如此看待女人，採取的正是一種審美態度。《誘惑者日記》全篇都強調「看」。他愛上了可蒂利亞，是的，但那是「以美感意義而言」。他鑽研女人，是的，他說：「一個沒有熱忱去研究女人的男人，絕不是個嗜美者。美學的光榮與神聖，就在於它只跟美的事物有關：本質上它只關乎幻想及女人。」

這本小說，或者更確切地說，這本美學著作，又顯示了美的耽溺。在審美情境中，追求或進入的，乃是一個現實生活世界之外的另一個世界。輕盈、縹緲，如太虛幻境一般。這個世界，與倫理是不相容的，「在美感的天空下，一切都是輕盈的、優美的、一瞬即逝的。但倫理一旦出現，就都變得粗陋、堅硬、令人厭煩欲死」。太虛幻境、大觀園，不也是現實世界之外，不准祿蠹及世俗倫理駐足之處所嗎？

審美者欣賞女人、歌頌女人、憐惜女人、觀看女人、體貼女人。然而，在他們看來，女人卻是抽象之物，為他人而存在之物。這是關於女人的美學與形上學。你，參得透嗎？

八八、十二、十四，中國時報

三、體驗愛與美

被稱為丹麥瘋子的齊克果，事實上是當代存在主義之父。他的思想影響深遠，而他自己則受以下四件事的影響最大：

一是他父親自述曾在小時候於野外牧羊而飢寒交迫中詛咒了神，齊克果認為這是極大的罪過，加上父親未與母親結婚便因同居而生下他，更讓他有罪惡感。

二是他後來碰到的一位敏斯特主教，此公地位崇高，齊克果卻不屑與之為伍。以致因父親的關係，已經在他心中形成了對基督教矛盾感情更加激化。終於使齊克果站出來公開批評丹麥國家教會，也導致齊克果對「神」、「無限」及基督教義做了極多思考，展轉證辯。企圖說服的，既是別人，也是自己。

第三樁影響他的是一位刊物《海盜雜誌》的主編。此君不太瞧得起齊克果，起碼齊克果如此認為。故由對這位擁有社會及群眾位勢者的批評，亦形成了他與群眾決裂的態度，強調存在的個體。

而影響他最大的，則是與他之寫作最有關係之事件：他二十八歲時，與十七歲的蕾貞娜·奧爾遜（Regine Olsen）因相戀而訂婚，但是一年又一個月之後，卻以心靈難以溝通之故，解除了婚約。齊克果遠走柏林，心靈上的創痛永難平復。後來他自己形容：是蕾貞娜使他變成了一位真正的詩人。

凡是讀哲學或喜歡哲學的朋友，無不知曉古代另有一女子造就了一位偉大的哲學家，那就是蘇格拉底的老婆。齊克果的遭遇，與彼當有異曲同工之妙。

不過蘇格拉底和齊克果畢竟是不同時代的哲人，其哲學對應於不同的時代，自亦有彼此不同的重點。何況，哲人與一位詩人哲學家也是不一樣的。

蘇格拉底所開啟或代表的，是一個「主智的傳統」，謂哲學為愛智之學，強調思辨與對話。在這種路向中，人只愛智，而實不甚關心愛。柏拉圖〈大希庇阿斯篇〉更藉蘇格拉底與希庇阿斯的辯論，反對去談生活中飲食男女之美，說：「若我們說味和香不僅愉快而且美，人人都會拿我們當笑柄。至於男女情慾，雖人人皆承認它能產生極大快感，但都以為它是醜的。所以滿足它的人都瞞著人去做，不肯公開。」在這種情況下，蘇格拉底並不主張對男女愛慾及其審美問題多所申論。

這個主智的傳統，幾經發展，十八世紀以後，逐漸成為西方文明的主幹或代表。知識、邏輯、科學、理性，成了整個社會的共同認知及心理基礎。也由此建立了我們的教育體制和社會組織，以致許多人宣稱一切文化哲學、「一切知識原型都應在數理科學中尋找」，「數學對於文學具有不可爭辯的意義」。

齊克果所身處的十九世紀中葉，正是這個知識理性科學典範縱橫宇內的時代。一直延伸綿亙至二十世紀初，邏輯實證論仍然認為哲學不應討論善與美，美善是否合一之類問題乃是「無意義」的。在這個時代中，數學、計量、精確、本質、客觀，更是與民主、科學、法治、工業，以及世俗化精神相結合的，構成了新的社會生活與倫理要求。

齊克果的碩士論文研究「諷刺」，就是參考蘇格拉底而作。但他走了一條不同的路，主要不是談愛智之學，而是討論愛。

他批評「當今的世界，正……想削平一切，壓制一切。……人人都只成了一個數，或一種複本」，「不求認識溝通者，只求認知溝通物，亦即是僅求認知客觀的事物」。又說：「群眾是虛妄的」，抨擊黑格爾哲學不知怎麼去生活，只曉得怎麼說明生活。

這些言論，顯示齊克果重視的是「具體的個人」，而非「抽象的人類」。他不從人類普遍的理性、良知、本質等古來哲學家喜歡談論不休的這些問題去探討人是什麼，而是要就人具體存在於生活境遇中所形成的生命，來剖析人生。因此他不認為人有先驗的本質，認為存在先於本質；他不談絕對精神與客觀真理，只說具體個人主觀的真理；不再強調理性，反而指出激情的重要，希望人能成為一個能行動的存在者。

哲學若以探討人之具體存在為職志，男女感情問題自然就會成為它的重心。齊克果本人身處的愛情事件，尤其使他對於人生這個具體的存在問題有了深刻的存在體證。所以在失戀後即寫了《誘惑者日記》和《婚姻的美好出路》，討論愛與婚姻。

戀愛與婚姻當然是兩回事。但齊克果把解決婚姻困境的方法仍歸給愛，認為若能不斷保存或復甦初戀時的感覺，婚姻即不致成為男女相處的墳墓。這似乎是用愛來總攝婚姻問題了。

它其實並不能真正解決婚姻的問題，可是由此也即可明白齊克果對愛有多麼看重。

男女之愛，在齊克果看，非本於性慾望的衝動或種族綿延的需求，而是生於審美之態度。起碼從男性的角度來說，他認為即是如此。故他抱怨他那個時代太過持重，不懂得從審美的角度討論少女還是少婦誰更漂亮，他說：「女人一向是取之不盡的思考材料、用之不竭的觀察對象。我擔心男人倘若喪失了研究女人的衝動，則他……絕不能成為一種人——審美者。美學所涉及者只有美，美在本質上只涉及幻想與女性。」「道德在哲學中，就如在生活裡一樣使人厭倦。換個角度，事物就會呈現截然不同的色彩。在審美的氛圍中，事物顯得輕盈、可愛，宛若曇花一現。而道德一現身，這一切隨即變得粗糙、生硬、使人苦悶欲絕。」

由此顯見齊克果不是由道德、理性等角度去認知生活，而是以審美的方式去生活。在審美活動中，女人呈現美，而男人審美。

每一個女人都有她獨特的美。男人對女人的愛，就是去欣賞認識每一位女子的美，故「你可以同時鍾情於許多少女，因為你對每個少女都有獨特的愛。……盡力去愛，把一切愛的力量都藏在自己靈魂深處，從而使每個少女都能各得其所，同時在意識中則擁有她全體。」

這與「濫情」或「不負責任」完全不同。前面已說過，這不是一種道德的倫理行為，而是一種審美的態度。而所謂審美態度，與實用的、倫理的活動，最大不同之處，就在於它不占有不涉入。以看一株樹來說，科學家認知樹種、樹性、樹齡，那是理性的知識態度；社會人士討論樹的功用、植樹與伐木孰優孰劣、如何選擇樹材以製作器物，是道德的倫理實用態度；若根本不想享用這棵樹，不討論它能做什麼用，也不必明白樹的學名及相關知識，只單純賞其婆娑清陰、枝枒嵯峨，就是審美的態度了。

齊克果所要做的，就是審女子之姿態、體女子之性情，以此獲得審美的理解，而讓自己在審美之中達到靈魂的提升。並不是想藉此擄獲女子，以遂己慾。《誘惑者日記》描述一男子如何在這種審美活動中與女子產生了愛的互動，卻又不跟她結婚，離開了她，正是為了說明審美者應停留在審美性質中而不應轉入倫理行為。對於訂婚與結婚，均有他的批判。

這有關美與愛的處理，固然只是齊克果哲學中一小部分，不足以盡其底蘊。但這個部分，在理性化、工具化的時代，倒確實是個響亮的異聲，喚醒了許多久已麻痺的心靈，讓人重新回到生活中去體驗愛與美，開啟了存在主義以降之新思潮。

那個被勾引誘惑，一步步啟蒙其愛的感覺能力的女主角可蒂利亞，事實上也就代表了歐洲的靈魂。齊克果這部《誘惑者日記》則是他誘惑它從蘇格拉底懷抱中掙脫出來的紀錄。

八九、五，《誘惑者日記》導讀

四、神女

希臘女神，各有屬性，也各有名字。這些神名，常被西方女性所沿用，例如舉世皆知的英國黛安娜王妃，黛安娜就是女神之名。

中國的女神仙，也不乏芳名可考者，如李商隱詩：「萼綠華來無定所，杜蘭香去未移時」，萼綠華、杜蘭香，就是兩位六朝著名的女神。

但中國並不時興直接挪用女神之名來為女子命名，多半只逕稱為仙。以清末王韜《淞隱漫錄》考之，女郎名之為仙者，至少有吳瓊仙、何蕙仙、鄭芷仙、徐慧仙、尹瑤仙、陳霞仙、劉月仙等等，足徵其多。在我們社會上，這種例子，也俯拾即是。

不過，古人雖亦常以仙為名，畢竟這種現象普遍盛行，還是近代的事，揆其原因，或許與《紅樓夢》也有點關聯。

《紅樓夢》中所載女子，頗多仙質。不只警幻仙子是仙，林黛玉亦是天上絳珠仙草轉化之仙，故一百回說，寶玉云黛玉：「必是哪裡的仙子臨凡，又想起那一年唱戲做嫦娥，飄飄輕輕，何等風致！」黛玉既是仙女臨凡，金陵十二金釵便也是仙，更不用說那被警幻派給寶玉初嚐雲雨情的秦可卿，本來也就是太虛幻境的仙女了。

賈寶玉又稱為絳洞花主。這是把女子喻為花。而《鏡花緣》便直接以諸女子為花，講說此百花降臨人世之因緣。本此論述，將女子看成是天上仙女下凡，或根本就是花神，在清朝中葉以後，乃越來越為流行。

仍以王韜那本《淞隱漫錄》為例來看。其中便有〈二十四花史〉、〈十二花神〉等篇。其〈二十四花史〉、〈橋北十七名花譜〉，均未逕稱諸女為仙，但內中評吳新卿曰「華嚴遍識諸天女，合十端應禮此仙」，論李湘蘭「卻扇詩成儂願慰，感甄不賦洛妃神」，或說嚴月琴「學得神仙內視方」，感嘆李巧玲「不轉瞬間，散花天女竟作鳩槃陀狀」，都以神仙意象來形容。〈十二花神〉則以絳桃瑤池仙子、素馨冰庵詞仙、酴醾香夢樓主人、冰仙寒香亭仙子……等譬況群芳，託言在芙蓉城得窺蕊榜，夢入涵碧宮獲觀花冊，「於是群仙名字，遂傳人間」。

換言之，諸女皆是仙女臨凡。這些仙女，有些是李商隱詩所謂「上清淪謫得歸遲」的，沉淪於煙花之中。如王韜所記，謂某生得晤杜蘭香、韻蘭仙子、聞瑤華娘子正商訂花譜，不日申江又有十二花神名，定北里之甲乙。這十二花神，就都是上海的妓女。但也另有許多並非妓女而名為仙或其人為仙者，如〈鶴媒〉一篇，云某生眷一女，女即仙也，故有詩云：「記在蕊珠宮裡見，霓裳霞袂立風前。」

把女人視為神仙，或以仙為名，在中國，意義跟西方並不一樣。在西方，由於各女神各有其屬性，有的代表智慧，有的代表美麗，有的掌理詩歌，有些顯示榮耀，因此採用某位女神之名來自稱或替女兒命名，主要是希望能獲得或擁有那種性質。

中國則女神不甚析分，泛稱為女仙，不再管她是媽祖還是麻姑、何仙姑。女仙也者，只在表示一種超塵脫俗的氣質。這種氣質，是男性社會對女人優雅體貌及性情之嚮往，所以才會如此期望女人就是仙。莊子說藐姑射山上住著的神人，肌膚若冰雪，神情若處女，吸風飲露，不食人間煙火。這大約也就是我們對仙女的基本想像。

在這種想像與期待中，當然蘊含著濃厚的女性崇拜態度。神仙為什麼會像處女呢？因為我們感覺女性比較純、比較真、比較美、才德也較好，所以男人如賈寶玉所說，乃是俗物、濁物，女子則清麗脫俗。這種脫俗出塵的超越性，使得女與仙有同一性，女是仙，仙也是女。

而神仙較諸凡人，它又在神聖性之外兼有神祕性。女人對男人來說是神祕的，難以理解，無從捉摸。可是她又具有能摧毀男人意志、左右男人感情的巨大力量。此種神祕性，與神給人的感覺，也是同一的。由這個角度看，女人更像是神。

神聖性、超越性令人敬，神祕性令人畏。仰望女仙，若觀凌波仙子的男人，便如此拜伏在女仙裙下嗎？不然，神聖性與汙穢性又是同一的。神聖的女人，同時又是汙穢卑下的。因此女人又是不潔的。仙女，在唐人〈遊仙窟〉中，指的就是妓女，在王韜的敘述中也往往如是。一般人稱妓女為「神女」，亦復如是。

女人名為仙的命名學，乃因此可以是文化人類學。天上絳珠仙草轉生的那一位林黛玉，在大觀園賈府中經歷一番，還償了淚債之後，後來又轉生成了一位上海名妓。神聖性與卑賤身分，亦在此統合無間，難以判定她究竟是超俗抑或塵俗了。

五、審美

把女人形容為花，或把對女性的品頭論足稱為賞花品花，都是很常見的事。但清朝一本小說，名叫《品花寶鑑》所品之花卻非女郎而是男子。

年代與《紅樓夢》相近的這本小說，跟《紅樓夢》恰是一種對比。《紅樓夢》所列情榜、所錄金陵十二金釵正副冊，所品題者均為女子。賈寶玉在大觀園中欣賞女子、憐惜女子，恣其多情；賈府所畜伶人，也都是女伶。《品花寶鑑》則不然。所品之花剛好是賈寶玉所說的蠢然男子，且為男伶。賈寶玉以「意淫」著稱，小說賺人清淚之處，多在其用情之深婉肫摯，而不在乎慾肉淫濫。《品花寶鑑》則因講的是一種同性戀的關係，所以論者較少從情的角度去欣賞，也很少人把它看成是像《紅樓夢》那樣的「情書」。

這樣的對比，最有趣的地方，恐怕更在於它們的審美觀。也就是兩者都憐香惜玉，都護花賞花評花，而一欣賞女子，而一則欣賞男子。從《紅樓夢》的看法說，男人是泥巴做的，女孩兒卻是水做的，水靈水秀水噹噹，成為審美的對象。十二金釵乃至大觀園諸女子乃是作者對這些美的典型所做的刻畫，是美人圖、是溫柔鄉記事。從《品花寶鑑》這個面向去看，審美對象卻不在女而在男了。

品花者不品女而品男，看來好像很怪，但也不乏其例。光緒年間嗚晦廬主人《聞歌述憶》就說：「余稟習於色者也，幼喜弄泥孩，見冠帶美髮髯者尤珍之，購置年以千計，弗吝也。……顧不喜塑女子者，間得一二具，亦以墨塗輔頰間作丈夫。……最愛文文山之像，以為世之美人無過是者。」

賈寶玉說男人是泥做的，他們則偏喜歡泥男孩，而不欣賞女人。認為真正的美，應是鬚眉男子。

有類似想法的人其實還不少。先說「品花」。清乾嘉道咸之間，如播花居士《燕臺集豔》模仿司空圖《二十四詩品》，分為靈、仙、素、高、逸、生、能、清、殊、靜、精、幽、新、樂、佳、異、選、華、畫、寒、奇、妙、名、情諸品。蜃橋逸客等《燕臺花史》也用此法，品花為溫婉、穠麗、嬌癡、嫻雅等二十四類。麝月樓主《增補菊部群英》則分為上品、逸品、麗品、能品、妙品。沅浦癡漁《擷華小錄》又分為逸品、麗品、能品。而其所月旦品題者，全都是男伶。

《紅樓夢》有情榜、有十二金釵正副冊，他們也另有花榜，另編有《情天外史》正副冊之類，以男子為審美對象。

更好玩的，是《長安看花記》、《丁年玉筍記》、《丁酉癸甲錄》這一類書，把《紅樓夢》對女人的品評，移來做為他們對男伶的讚美。說春波似藕官、陸玉仙似芳官、湯鴻玉似齡官、秋芙似王熙鳳、德林似小紅、黃小蟾似尤三姐、錢眉仙似邢岫煙，小桐似薛寶釵、陳鳳翎似探春……等等。仿擬而改易指涉，特具諧趣，啟人深思。

深思什麼？我們都知道：在動物中，雄性通常都較漂亮，會有鮮豔的花羽、鬃毛、冠飾、尾翎之類；可是在人類社會，卻常只將女人視為審美對象，好像美麗是女人專屬的形容詞。此一現象，到底是怎麼形成的呢？

在我國先秦時代，尚無這種偏畸的狀況。所以《詩經》魏風〈汾沮洳〉形容男子之美：「彼其之子，美無度、美無度」；「彼其之子，美如英、美如英」；「彼其之子，美如玉、美如玉」。美無度，用白話文來說，就是漂亮得不得了。〈澤陂〉也說：「有美一人，碩大且儼」。這種美人觀，不但男女都可稱美，而且顯然把男人那種碩大且儼的標準拿來評價女人，形容女人之美也常說她們是「碩人」。

可是，不曉得在什麼時候，又在什麼原因之下，美竟成了女人的專利。

女人專擅此美麗的權利，垂二千年，至清朝中葉才有這一大批品花紀錄，起而反抗，也可說是異軍突起，撥亂反正了。《品花寶鑑》之外，如《眾香國》說：「占得春光如許豔，花王畢竟是男兒」，幾乎可以說是先秦美人觀的回歸。蜀西樵也《燕臺花事錄·序》說得更直接：「人間真色，要不當於巾幗中求之。否則遍歷青樓，只得贗物耳。」男人才是真正的尤物，女人反而是贗品，這種論斷，不是與《紅樓夢》截然異趣嗎？

從這個方向看，《紅樓》的審美觀反而顯得保守了。《品花寶鑑》倒才具有激進的顛覆性質。它所顛覆的，不是社會上對同性戀的禁忌，而是女性壟斷了的美的權利。對女性霸權的挑戰，比什麼革命都更困難。就這一點說，我們實在應對這本書及其同時代的品花者致敬。

八九、二、一，中國時報

六、紅樓夢影

男不讀《水滸》，女不讀《紅樓》，古有明訓。以《水滸》誨盜、《紅樓》誨淫故也。於今視之，《紅樓夢》究竟如何誨淫，不易考論。但對於操淫業者，或與娼妓淫業文化有關的事物來說，《紅樓夢》確實是誨彼良多。可惜舉世紛紛說紅學，對此卻少有抉發，不知是何緣故。其實這個題目是可以寫成幾部博士論文的。

例如清末上海妓寮，卑者稱「長三」，較高級的稱「書寓」。書寓這個詞，係由彈詞說書的書場一詞衍來，女子在此作場，色藝兼行，故曰書寓。而這妓女，便稱為「先生」。據陳無我《老上海三十年見聞錄》考證，即濫觴於《紅樓夢》中稱女彈詞者為「女先兒」。

妓女鬻色，又不免另起花名。此類藝名，也常取自《紅樓》。例如當時有四大名妓，號稱四大金剛，其中第一人就叫林黛玉。李伯元辦《游戲報》時，大開花榜，徵聲選色，其副榜二甲傳臚則名薛寶釵。嫖客之中，更不乏自命為怡紅館主者。

當時花國中另有一大事，負責人就是林黛玉。原來，《紅樓夢》中曾記載了黛玉葬花的事，賺人清淚不少，所謂「儂今葬花人笑癡，他日葬儂知是誰」。這便令人想到這些妓女們：芳名藉甚時，固然纏頭無數；但一旦年華老去，玉殞香消，往往連替他們經營墳葬、挂錢焚紙的人都沒有。因此當時即有人倡議發動妓女們找她們的恩客勸募、集資在上海靜安寺附近買了一塊地，闢為公墓，題名「群芳義塚」，以便將來存瘞無主名花。負責推動這件事，當然仍應由瀟湘妃子林黛玉出面。

此事經報章鼓吹，以及妓女們群策群力，竟募集到了大洋四百二十八元，闢建花冢，為葬花之續篇。李伯元曾為此廣徵詩文題詠，編為《玉鉤集》，又有龐君撰作《玉鉤痕傳奇》。但這個續篇的精采處，並不在於憐花惜情，而在於它把葬花化成一樁公共事務，超越了個人對生命的傷懷，成為對同一類人的死亡殯葬問題寄予關切。而且集資勸募的經驗，對妓界來說也是頭一遭。從倡議、宣傳、組織、選址、刻碑、分派捐冊、資金管理，到收支公告，都要一一學習。這時，妓家乃寖寖然有一近代工會的雛形了。

後來花塚告成，妓家則亦停止此類合作，終未能發展出真正的工會。可能也是因為《紅樓夢》等傳統中並未提供這類資糧，以致花國群芳未能於此獲得啟發。

當時讓她們或他們獲得更多啟發的，是十二金釵正副冊。

金陵十二金釵，是把紅樓諸女子編入圖冊，為之品題。諸嫖客既久飫風月，不妨也仿而月旦名花。王韜《淞隱漫錄》卷十所載花影詞人〈二十四花史〉，就是這一類東西。二十四花史，分為上下，各十二首，脫胎於十二金釵正副冊之痕跡，甚為明顯。同時另有淞北玉鮁生，傳有蕊榜十二花神名，亦為同類的東西。

這些品題，在晚清民初，數量頗豐。揆其性質，殆與《水滸傳》中將各英雄歸入三十六天罡七十二地煞相同，運用一個組織架構來位置英雄與美人。這類組織，各矜奇巧，或擬如花神，或喻為鴛鴦。如靉靆軒主即曾作有《三十三天花雨》，分為上中下三界，上界天女、中界仙女、下界神女，每界十二人，所以又名《三十六鴛鴦譜》。這仍然看得出有十二金釵正副冊的影子。

當然，此等品題亦可能佚離十二的架構，改用其他的組織形式來評藻群芳。像李伯元所開花榜，就採取科舉考試放榜的樣式。凡分三甲。一甲三人、二甲三十人。一甲即狀元、榜眼、探花。嗜奇生則建議除此之外，尚應再開恩貢、拔貢、副貢、歲貢、優貢諸榜。此固生面別開，然溯源以觀，仍不妨視為金釵譜之族裔。

妓家生涯，與《紅樓》之相彷彿者，更在於它們有著共同的意識精神狀態。怎麼說呢？此類淫窟，本是人肉市場，性慾與金錢，為其基本內涵。但經《紅樓夢》的浸潤，它卻成為一個虛擬但保存了最多文人情愛理想的處所。意識上自我認同為寶玉後身的慧業文人、落拓名士，自以為「情之所鍾，端在我輩」，自願顛倒於情天恨海之中。這一腔熱情，向哪裡發洩呢？只有這些書寓裡的女先生們，才能跟他們搊搊唱唱，吟詩作對。如《紅樓夢》中那些女孩們結詩社、行酒令那樣，過一種恍若大觀園裡偎紅倚翠的生活。抱著花名為林黛玉、薛寶釵的妓女，自己也愈發像寶哥哥了。

因此在這個時候，妓館之中並不只有性交易。瀰漫在那裡面的，反而是詩詞、是紅樓之情癡情種意識。我們現在看這些花也憐儂、花歡喜齋主人、夢雲館主、浙東銅琵鐵板漢、綺春居士、茗雪散人……一味癡心作賈寶玉狀，當然會覺得酸腐可厭，甚或覺得有點滑稽。但一旦紅樓夢盡，這個意識及傳統在娼寮中消失了之後，娼妓文化中就會像現在一樣，大約僅剩下金錢、暴力和慾望了。

八八、十一、九，中國時報

憐花意識：文人才子的心態與詩學

舊曾撰〈品花記事〉一文，討論清代中葉文人對優伶的態度，謂其本於審美。後又從才性角度，探討了我國才子文人的形象與思維狀態。這些文章，都涉及我國文人階層的一些面相，相互有關，但都不夠周延。因此補論本文。

本文主要想談的，是從晚明文人發展下來的一個脈絡。那是由晚明慧業文人、多情才子、山人處士型態，經才子佳人小說戲曲、清初淫艷詩詞、《紅樓夢》、袁枚，一直到晚清才情小說、狎邪文學等等的發展。公子多情，才藻艷發，然後直入情天，遍歷花叢，以品花為事、以憐花為志、以護花為業。這樣一種娘娘腔且樂於與女人廝混、以多情自喜的才子文人心態與形象，事實上，直到民國，仍可在一些所謂「舊式文人」身上看到。

具體的分析，是透過袁枚這個人、這個例子來看的。袁枚是這個脈絡與傳統中的關鍵人物，可惜過去對他的研究與認識頗為不足。已有一些討論其詩學及生平之論著，其實並未搔著癢處，更不能從整個文化語境上去理解袁枚的言行。此所以本文論才子文人而由袁枚袁子才談起也。

一、毀譽難明的詩人

論袁枚（一七一六～一七九八）及其《隨園詩話》者甚多，但很少人注意到他喜歡談詩韻、講經學之特色。從來沒有一本詩話，像它一樣好談聲韻學與經學❶。

同樣地，也從沒有一部詩話像它那麼喜歡談女人：收錄女性的作品最多、講女人的身世事跡最多、論詩誌人時涉及女性也最多。

可是討論袁枚的人，從不以為他是位經學家、聲韻學家，只認為他是位好色之徒。譽之者尊為風流教主，詆之者貶為名教罪人❷。

袁枚喜歡收女弟子，更是落人口實。但袁枚女弟子其實並不甚多，《詩話》補遺卷十自謂僅二十餘人，符合他《隨園女弟子詩選》的狀況。而當時收女弟子的，也不只袁枚一人而已。袁枚之所以為某些人所切齒，在於袁枚以此自喜、以此標榜，故攻者亦集矢於此。

同理，袁枚之好色，其實也無特殊之處，他並不是一個大色狼。其好色行徑，乃當日士大夫行為之常態，雖未必人人如是，起碼是非常常見的。袁枚之所以能在當時廣獲士女崇拜，交遊遍及公卿，正因其行為模式具有諧俗的性質。反倒是批判他的人，志在矯俗勸世，反而屬於少數。而這些人，當然又不會管他談經學聲韻學的部分。因為這一部分並無諧俗應世之性質，且與批判者若相同盟，攻擊者自然要將之置於不論不議之列，好集中氣力去批評其得罪名教。稱譽或喜歡袁枚的人，則恰好不是喜歡他講經學談聲韻，而是喜歡他高談飲食男女、以風雅自命的調調兒。胡眉峰贈袁枚詩云：「青山供養忘機客，紅粉消磨用世才」（補遺・卷八引），雖未知其忘機正是用機，然適足以見時人所羨慕於袁枚者，厥在其有紅袖添香也❸。

也就是說，袁枚其實是個複雜的人。好之者、惡之者，多不能知其實。

二、喜談風月的詩話

方今學界論袁氏《詩話》者，大抵只是鉤稽一些詩論來評述一番而已。不知其《詩話》與沈德潛、葉燮等人所作不同，旨不在「論」而在「事」。他自謂：「詩話必先有話而後有詩」（續卷五）。殆如時人編《宋詩紀事》等書，旨在記事，故因事以存詩，非為選詩而作，亦不以

❶ 據吳宏一先生考證，《詩話》成於袁枚七十至七十三歲間，《補遺》成於袁枚七十五至八十二歲間（〈袁枚隨園詩話考辨〉，收入《清代文學批評論集》，一九九八，聯經，頁二五六～二九四）。故為晚年定論，以下分析均以此書為準。

❷ 林昌彝《海天琴思錄》云：「袁簡齋《隨園詩話》，譏孔穎達《五經疏》為鄭康成之應聲蟲，簡齋於是乎失言。簡齋喜詞章，不喜經學，故作此囈語。……簡齋不識經學，頗以詩文自負」。按，此方為囈語。袁枚喜談經學，也有特殊洞見，惜不為世所知耳，詳見我〈乾嘉年間的文人經說〉一文。

❸ 袁枚被批評，主要有兩方面，一是好色，一是好名。前者以章學誠為代表，說他扇淫，敗壞風俗。後者則如《批本隨園詩話》卷九：「傅文忠不識字，何由知詩？子才詩話中之與鄂文端、傅文忠論文，皆借以嚇騙江浙酸丁寒士，以自重聲氣耳。鄭板橋、趙雲松作文賤之」，卷十一：「此等詩話，直是富貴人家作犬馬耳。……畢太夫人詩既不佳，事無可記，選之何為？所以鄭板橋、趙雲松斥袁子才為斯文走狗，作記罵之，不謬也」。

此發揮詩論也❹。其撰詩話，亦以話為主。因有可資閑談、關掌故者，故記其詩。據其談話、考其記述，固然也可以知道他的詩學主張，可以明白他的評騭旨趣，但《詩話》非為此而作。論既不精密周詳❺，詩亦僅供談資而已，未必佳妙，以致詆之者輒云：「欲看惡詩，須讀《隨園詩話》」❻。然豈隨園專錄惡詩哉？讀之者不善觀隨園著作之旨趣罷了！

以《詩話》卷六載一事為例：

> 康熙間，蘇州名妓張憶娘，色藝冠時，蔣繡谷先生為寫「簪花圖小照」。乾隆庚午，余在蘇州，繡谷之孫漪園，以圖索題。見憶娘戴烏紗髻，箸天青羅裙，眉目秀媚，以左手簪花而笑，為當時楊子鶴筆也。題者皆國初名士，萊陽姜垓云：「十年前遇傾城色，猶是雲英未嫁身；今日相逢重問姓，尊前愁殺白頭人！」蘇州尤侗云：「當場一曲浣溪紗，可是陳宮張麗華？恰勝狀元新及第，瓊林宴裡去簪花」。沈歸愚云：「曾遇當年冰雪姿，輕塵短夢悵何之？卷中此日重相見，猶認春風舞柘枝」「繡谷留春春可憐！傾城名士總寒烟。老夫莫怪襟懷惡，觸撥閒情五十年」。余題數絕，有「國初諸老鍾情甚，袖角裙邊半姓名」之句，人皆莞然。案萊陽兩姜先生，以孤忠直節，名震海內，而詩之風情如此。聞憶娘與先生本舊相識，一別十年，樽前問姓，故詩中不覺情深一往云。

以詩論，姜垓等人之作皆甚普通。以論論，則根本無甚詩的理論可說。但諸君為了一位妓女，低迴舊情，這件事卻是個好話題，故袁枚津津樂道，錄入《詩話》。

值得注意的是：姜垓曾與這位名妓舊識，蔣纁谷、楊子鶴、尤侗、沈德潛、袁枚等名公大臣都為圖詠。此在今日，必為名教所訶，在當時卻是佳話。連沈德潛這樣主張詩教、強調應發乎情止乎禮義的人，玩其詩意，當年也曾偶賦閒情，遇此尤物。則其為一時風氣可知矣。前文曾說：袁枚的行徑，乃是那時士大夫行為之常態，此即可證。袁枚的毛病，是把這些飲食男女之事，拿出來大話特話。故譽之者賞其真率，厭其者惡其近褻。而袁枚則覺得某些人平時也是詩酒風流的，可是一談詩論學，就主持風教起來，擺出一付端人正士的樣子，一口道學先生的口吻，豈非假道學乎？為了反對這些假道學，他就偏要更大談特談士女風月不可。甚且更要強調耽風月、訴柔情者仍可以是像姜垓那樣的孤忠直節之士。

許多人都知道袁枚喜歡女色，但不曉得他是位雙性戀者，他喜歡女人，也狎男童❼。卷一

---

❹《說元室述聞》謂：「《隨園詩話》……所載佚事遺聞，多關係乾隆時朝章國故者」。其實關係的並非朝章國故，而多是大夫的詩酒徵逐與尋花問柳之風。

❺吳宏一先生即說《隨園詩話》「旁採故實，體兼說部，採用筆記小說的方式，稍嫌沒有系統」（同注❶引）。

❻《批本隨園詩話》補遺卷四批云：「一部詩話……皇皇巨帙，可擇而存者，十不及一」。補遺卷七批：「一部詩話，將福康安、孫士毅、和琳、惠齡諸人，說來說去，多至十次八次，真可謂俗、真可謂頻」。這本詩話收的詩，一向評價不高。

❼蔣敦復《隨園軼事》載：「或問先生孌童始于何時，先生曰：『《周禮》有不男之訟，蓋即此也』。其人曰：『《周禮》注謂「天閹不能御女」者，殆即孌童之謂？』先生曰：『自古及今，未有以不能御女訟者。經文簡質，注者穿鑿，實則指此事而言，無足疑也。〈商書〉比頑童一語，出梅賾偽古文，不足為據。《逸周書》稱美男破老』。先生平生好男色，故其人舉以相詰」。袁枚好男色，是千真萬確的事，但論者大多沒注意到，如《批本隨園詩話》卷九有批語謂：「板橋時文新奇，畫並不佳，詩卻在子才之上。惟好男風，是其劣跡」。不知袁枚比鄭板橋還要好男風。

即載其娶妻時同僚裘叔度贈詩戲之云：「從今厭看閒花草，新種湖頭並蒂蓮」。袁枚一看就懂了：「蓋調余狎許郎也」。

此為袁枚之癖。故見少年多涎其美色，言之不已。如卷七：「蔡孝廉有青衣許翠齡，貌如美女而夭」，卷二：「唐人詩話，山甫貌美，晨起方理髮，雲鬢委地，膚理玉映。友某自外相訪，驚不敢進。俄而山甫出，友謝曰：『頃者誤入看內』。山甫曰：『理髮者，即我也』。相與一笑。余弟子劉霞裳有仲容之姣。每遊山，必載與俱」❽，卷三：「高明府繼充，有蘇州薛筠郎，貌美藝嫻。……隨主人入都，卒於保陽，高刻其遺集，囑為題句。余書三絕，有云：「絕好齊梁詩弟子，不教來事沈尚書」，卷八：「丙辰冬，余遊土地廟，見美少年，揖而與語。……丙戌二月，余遊寒山，一少年甚閑雅，問之。……乙酉三月，尹文端公駕墜馬，余往問疾，在軍門外遇一美少年，眉目如畫，未敢問其姓名，悵悵還家」，卷十一：「楊雨崖少宰，幼有美人之稱」……等都是。這也未必就是想立刻跟人家狎暱或發生性關係，但性喜親近美少年的心情甚為顯然。

袁枚弟子中，劉霞裳、楊蓉裳都是美貌且與袁枚極親近的。袁枚另一物色對象則是漂亮的伶人童子。

乾隆間乾旦已盛，這些男童修飾起來，比女人還要明艷，故袁枚曾感嘆：「詩寫雛姬情態易，寫雛伶情態難」（補遺・卷四）。對於他們之扮成女粧，他也有考證道：「今人稱伶人女妝者為花旦，誤也。黃雪槎《青樓集》曰：凡妓以墨點面者號花旦。蓋是女妓之名，今之伶人也。《鹽鐵論》有胡虫奇妲之語，方密之以奇妲為小旦。余按：《漢書・郊祀志》，樂人有飾女妓者，此乃今之小旦。花旦奇妲二字，亦未必作小旦解」（卷十五），此語，現今各本戲曲史皆未及徵引。雖未必即為確論，然已可見袁枚對伶人行為的關心。

要知道，袁枚不懂音樂，也不看戲。卷二自稱：「余性不飲酒，又不喜唱曲。自慚窶人子，故音律一途，幼而失學」，卷五又云：「杭州宴會，俗尚盲女彈詞，余雅不喜」。友人蔣心餘，與他交情那麼深，而蔣的戲他竟都不看。卷十五載：「余不解曲，蔣心餘強余觀所撰曲本，且曰：『先生只算小病一場，寵賜被覽』。余不得已，為覽數闋」。這樣的人，會去看戲、會去關心伶人，當然是醉翁之意不在酒。亦猶「金賢村太守性倜儻，通音律，有四姬人，俱善飲。常偕至隨園，度曲吹簫，太守親為按板」（補遺・卷七）。這時，聽曲就不再是苦差事，而他也就非常喜歡聽曲啦。卷四記他去看戲，其實是去釣戲子：

> 乾隆己未，京師伶人許雲亭，名冠一時，群翰林慕之，糾金演劇。余雖年少，而敝車羸馬，無足動許者。許流目送笑，若將暱焉。余心疑之，未敢問也。次日侵晨，竟叩門而至，情款綢繆。余喜過望，贈詩云：……。

---

❽ 王昶《湖海詩傳、蒲褐山房詩話》：「子才……取英俊少年，著錄為弟子，授以《才調》等集，挾之遊東諸侯，更招士女之能詩畫共十二人，繪為授詩圖，燕釵蟬鬢，傍花隨柳，問業於前。而子才白鬢紅舄，流盼旁觀，悠然自得」。袁枚攜美（少年、少女）出遊，乃當時一景，故為時人所側目。

自喜自負之情溢於言表。同卷另載伶人李桂官與畢秋帆交好。受李之支持，畢獲得狀元後，傳為佳話。當時人稱李為「狀元夫人」。袁枚曾在金陵見過他，謂其風韻猶存，贈序要他勸畢沅練好字。又載翰林李玉洲跟伶人魏三交好，「余丙辰入都，在先生處見魏，則已老矣。……先生在吳門，與朱約岑〈送采官北上〉云：『莫惜當筵舞鬢斜，多情曾為損才華。……』，朱和之，有『春燈紅照一枝花』之句……」。此外，書中談起士大夫與伶人的交誼，也多艷羨之語，評價俠伶，則語多稱揚。袁枚之情可見，一時士大夫狎戲子娶龍陽之風亦可以見矣❾。

這些癖好及行為，不但與《詩話》之錄詩有關，也與其詩學有關。怎麼說呢？請看底下這兩則：卷四記：「春江公子，戊午孝廉，貌如美婦人，而性倜儻，與妻不睦，好與少俊遊，或同臥起，不知烏之雌雄。嘗賦詩云：『人各有性情，樹各有枝葉，與為無鹽婦，寧作子都妾』。……嘗觀劇於天祿居，有參領某誤作伶人而調之，公子笑而避之。人為不平，公子曰：『夫狎我者，愛我也。予獨不見《晏子春秋．諫誅圉人章》乎？惜彼非吾偶耳』」。卷七記：「同年葉書山太史，掌教鍾山，生平專心經學，而尤長於《春秋》，自稱啖助、趙匡，不足多也。注《毛詩．佻兮達兮》一章，為兩男子相悅之詩。人多笑之。然作詩頗有性情」。

兩則都談同性戀事，而均以性情為說。我們若記得「詩本性情」正是袁枚論詩的主張，就能明瞭他講這些故事的意義。「人各有性情」，既可用來為同性戀辯護，也同樣是袁枚論詩的口頭禪。袁枚徵錄他們的詩、談他們的事跡，就間接地表達了他自己的詩觀。話、詩、詩觀是一體的，我們不能僅注意其詩或詩論，而不注重它的話。

三、憐香惜玉的詩觀

「詩本性情」乃是古說。詩人感物，故與物有情。於人，則生於君臣父子兄弟夫婦朋友之間，存乎死生禍福憂樂之際。詩人作詩、論詩，誰能說詩不本於性情？只不過詩人特別注重什麼情，是會有極大不同的。袁枚似乎就格外重視「飲食男女」中的男女之情。君父宗邦社稷蒼生之情，可能對杜甫、陸放翁、辛棄疾很重要；兄弟朋友之情，可能對李白、蘇東坡很重要；出處進退死生憂樂之情，可能對陶潛、柳宗元很重要，但那都不是袁枚關情之處。袁枚對以上種種情，均不關心。

袁枚詩與詩話，宛轉關情之處，又不在飲食，而在男女。《隨園食單》名震天下，袁枚好吃也會吃，更無疑問。然而飲饌之道或對飲食的情好嗜欲，跟他的詩與詩話無關。《詩話》十六卷，補遺十卷，談吃僅一則，云：「余園中種芭蕉三十餘株。每早採花百朵，吸其露，甘鮮可愛……。以一盤飛送香亭，渠謝詩云……」（補遺・卷六）。以飲食喻詩，也僅卷六兩處。和他喜談男女、喜以女美色論詩，不可同日而語❿。

❾ 邱煒萲《五百石洞天揮麈》為袁枚辯護，云：「本朝陳檢討之紫雲、冒公子之楊枝，先生皆無聞焉」。不知同性戀在當時亦非大惡，許多人都有此癖，袁枚尤其不免。

❿ 時人對袁枚之好色頗有批評，如錢泳《履園談詩》：「（袁枚）著作如山，名滿天下。而於『好色』二字，不免少累其德」。可是就袁枚自己看，卻是頗自得的。《牘外餘言》卷一曾說：「見美色而不贊，食美味而不甘，所謂無是非之心，非人也」。《隨園軼事》則載：「或問先生：『色可好乎？』曰：『可好。』或請其說，先

然此所謂男女，一非夫婦，二不只是男與女，三也不必涉及性慾。

非夫婦。是說它與儒家所說的夫婦倫常不同。夫婦有穩定的倫常關係，有因名分而來的宗族、社會地位及責任。故夫婦之情中有明確且沈重的倫理擔負。男女則不然。無此名分，亦無倫理上的負擔和義務。只是情志相感，遂有邂逅，遂有故事，並遂有詩⓫。

非男與女。是說此種情志相感，並不僅發生在男人與女人之間。像同性戀者，男男女女，只要有一方把另一方看成是愛戀的異性者，就可以發生這種感情，佻兮達兮，慕此姣童。

不必涉性慾。是說這種情志相感與慕戀，是性（別）的吸引，而未必需有慾之滿足。一群男人歡聚時，若有女性參加，男人通常會興致更高昂，彼此聊天唱歌，歡然而散，未必非要性交不可才能滿足，就是這個道理。袁枚老先生，收來一批女弟子，或幾個俊俏少年門生，也並不是一定要跟他（她）們發生性關係。平時聊聊談談，添香助興，出遊時載與同車；分袂後，小致存想。性的吸引，不也就是令他陶然的原因嗎？

我們看袁枚詩與詩話，他對國政大事之無興趣、無見解，適符其山居退隱之身分。可是他對父母戚族夫妻子女之情也並不深。對兄弟，談得較多，但特點在於對妹妹的感情遠深於對弟弟。《詩話》卷十曾記他三妹、四妹、堂妹事蹟及相關詩作外，另又為她們三位刊刻合稿。其祭三妹之〈祭妹文〉沈摯深情，亦久獲傳誦。這在古今詩人中都是極罕見的現象。

同樣，他《詩話》中甄錄「伉儷能詩」時，重點亦不在夫而在婦，甚且多單獨記某某夫人能詩而不及其夫者。或強調女婚不偶，女有詩才，夫則椎魯不文，以此大申感慨。而此類記載之多，也是古今所獨的。

《詩話補遺》卷四自云：「從來閨秀及方外詩之佳者，最易流傳。余編《隨園詩話》閨秀多而方外少」。方外詩少，自應是他詩話的特色之一。袁枚不信佛道，交往方外人士亦少，選詩當然不多。而且好色之人，焉能領會僧道之枯淡生涯？不錄僧道詩作，頗有道不同不相為謀之意。但袁枚此語亦不確。因為從來選詩論詩者都把方外和閨秀放在附末地位，閨秀又常在方外之後。只有袁枚倒過來。閨秀不唯遠多於方外，更屬主要部分。

論當時名媛之詩多以外，記錄古代才女麗人也多，時人顏希源作「百美新詠圖」、邵無恙作「歷代宮闈雜詠圖」等，凡作此類題目，都會來找他寫序。而《詩話》所載各地竹枝詞，寫來寫去，也都在女郎情事上打轉，可均視為廣義的閨情詩。這部分記錄之多，同樣甚堪矚目。

閨秀詩中，女弟子自成一隊，記載甚夥，不在男徒弟之下⑫。而且袁枚與女弟子之間來往

生曰：『惜玉憐香而不動心者，聖也；惜玉憐香而心動者，人也。不知玉不知香者，禽獸也。人非聖人，安有見色而不動心者？其所知惜玉者而憐香者，人之異于獸也。世之講理學者，動以好色為戒；則講理學者，豈即能為聖人耶？偽飾而作欺人語，殆自媿于禽獸耳！世無柳下惠，誰是坐懷不亂？然柳下惠但曰『不亂』也，非曰『不好』也。男女相悅，大欲所存；天地生物之心，本來如是。盧杞家無妾媵，卒為小人；謝安挾妓東山，卒為君子。好色不關人品，何必故自諱言哉？』」

⑪ 妻子不是好色的對象，袁枚說得很清楚：「至若窮秀才抱著家中黃臉婆兒，自稱好色；則又未知孟子慕少艾、慕妻子之兩有分際者矣」。（《隨園佚事引》）

⑫ 王英志《袁枚及性靈派詩傳》把袁枚、趙翼、張問陶列為三位代表人物，另有袁枚弟子孫原湘、何士顯及舒位為骨幹，合成主力軍，以劉霞裳等人為士卒。偏師加盟兩軍，一為袁氏家族詩人，一為隨園女弟子，依其所考，達四十餘人（二〇〇〇年，吉林人民出版社）。這是把袁枚詩派擴大解釋，拉人成派的辦法。隨園友人趙翼是否可併入謂為性靈詩派，便可商榷。隨園女弟子，數目也有爭議。《隨園詩話》只說有二十餘人。吳宏一先生則認為僅十三人。

親密，《補遺》卷四云：「余今歲約女弟子駱綺蘭同遊西湖」，卷十云：「今年二月，余小住真州，京江女弟子駱佩香遲余不至，寄詩云……」，蹤跡之密可見。而這駱綺蘭與駱佩香，在袁門尚非最親近者。《補遺》卷十說：「得一知己，死可無恨。余女弟子雖二十餘人，而如嚴蕊珠之博雅、金纖纖之領解、席佩蘭之推尊本朝第一，皆閨中之三大知己也」⑬，則親近者不僅在形跡，更在心靈距離。古來詩人，如此者罕矣。

為什麼託知己於女郎而非男弟子呢？固然這三位可能真的非常優秀，但更可能是男女特殊的關係，令袁枚對她們之明慧，特感溫馨親切；她們的美貌也能生發移情的作用。這裡有個故事可為佐證：

西泠詩會，有女弟子某，國色也。（張）香巖必欲見之。著家奴衣，隨余轎步往。值其病，廢然而返。後信來，招我談詩。香巖喜，仍易服跟轎，冒大雨走五里許。值其家座上有識香巖者。香巖望見大驚，奔還，衣服盡濕，身陷坎井。乃賦詩自嘲云：「……襄王那有陽臺夢，空惹巫山雨一身」（補遺・卷五）。

同卷說：「端陽水戲，姑蘇最盛，千舟鱗列，歌吹喧闐。然嬉遊者意不在龍舟也」。這裡也類似：老師收了美女學生，師弟以詩相談，而老師意別有在；老師的朋友也想一親芳澤。於是兩人商量，張香巖效法唐伯虎，演出了這場鬧劇，「紅粉得知應笑我，青衣著盡不如人」。

以上所講的男女弟子、妹妹、賢媛閨秀，大抵是只可觀談而未必能夠褻玩的。袁枚的飲食男女初不限於此，他還有確涉性欲求、性接觸的部分。

前文所談男寵龍陽即為其中一類、第二類是姬妾與娼妓。袁枚姬妾甚多⓮。當時人多如是，不足為奇。《補遺》卷十說張松園九姬，袁枚也不遑多讓。《詩話》卷六：「余屢娶姬人」，卷七：「余三十年前選妾姑蘇，所需花封甚輕。今動至數金」。卷十一：「乾隆戊辰，李君宗典，權知甘泉，書來，道：女子王姓者，有事在官，可作小星之贈。余買舟揚州，見此女於觀音庵。……欲娶之，而以膚色稍次故中止。及解纜到蘇州，重遣人相訪，則已為江東小吏所得」，卷十四：「金姬小妹鳳齡，幼鬻吳門作婢，余為贖歸，年十四矣。明眸巧笑。其姐勸留為簉室，鳳齡意亦欣然。余自傷年老，不欲為枯楊之稊」。此即所謂屢娶姬以及屢謀娶姬。

可是袁枚對這些姬妾並不滿意，因為她們都不會作詩。《補遺》卷七說：「余少時自負能古文，而苦無題目。娶簉室多不愜意，故集中有句云：論文頗似昇平將，娶妾常如下第人」，《詩話》卷六說：「余屢娶姬人，無能詩者，唯蘇州陶姬有二首云……」，均可見一斑。

娶妾既不如意，訪妓又如何呢？

袁枚對妓史很有興趣，也有研究。卷十五辨勾欄云：「今人動稱勾欄為教坊，〈甘澤謠〉

⓭ 袁枚逝世之年，八二歲，作〈後知己詩〉，所列知己，自福又裏至金纖纖，共十一人。

⓮ 方濬師所編《隨園年譜》，僅載乾隆甲戌納姬陶氏。戊寅，陸姬生男。壬辰，方姬卒，戊戌，鍾姬生子。壬子，金姬卒而已。其實隨園姬侍，遠多於此。除《詩話》可供考據外，《隨園佚事》選艷妙語條也說：「先生置妾，苛於選艷，四十歲時，姬侍已十餘人，猶是到處尋春，思得佳麗」。數量之多，可以概見。但據《說元室述聞》云：「諸姬僅中人姿，且語言亦粗俗」。

辨云：漢有顧成廟，設勾欄以扶老人，非教坊也。……自李義山〈倡家詩〉有『簾輕幕重金勾欄』之詞，而勾欄遂混入妓家」，卷十二考證云：「廣東稱妓為老舉，人不知其義，問土人亦無知者。偶閱唐人《北里志》，方知唐人以老妓為都知，分管諸姬，使召見諸客，一席四鐶，燭上加倍，新郎君更加倍焉。……廣東至今有老舉之名，殆從此始」，卷六考妓女之始云：「人問妓女始於何時，余云：『……春秋時，衛使婦人飲南宮萬以酒，醉而縛之。此婦人當是妓女之濫觴。不然，焉有良家女而肯陪人飲酒乎？……』」此類文字均可以看出他對妓女這一行很留心研究。他對於晚明柳如是等俠妓，也頗致推許。對於同時人與妓女交往的韻事，更是不嫌辭費，屢屢言之。

袁枚自己也有些與妓交往之美好經驗，但親身實證，多半不如懸想旖旎之足致消魂。卷七云：「廣東珠娘，皆惡劣無一可者。余偶同龍文弟上其船，意致索然。問何姓名，龍文笑曰：『皆名春色』。余問何以有此美名？曰：『春色惱人眠不得！』」，卷十六又批評：「久聞廣東珠娘之麗，余至廣州，諸戚友招飲花船。所見絕無佳者，故有『青唇吹火拖鞋出，難近多如鬼手馨』之句，相傳潮州六篷船，人物殊勝，猶未信也」。並非廣東妓女獨差，山東也不佳，故《補遺》卷云：「山東道上，妓女最多，佳者絕少。過客題詩壁上者，亦多，佳者亦少」。為什麼會如此？他自謂：「余中年以後，遇妓席無歡。人疑遁入理學，而不知看花當意之難也。……摩登伽自無神咒，不是阿難定力多」（同上）⑮。

雖然如此，他對妓女依然是喜愛的。卷十一載：「皇甫古尊在金陵市上得金扇一柄，乃前朝名妓徐翩翩所書。扇尾署名曰：『金陵蕩子婦某』。古尊喜甚，求題於厲太鴻先生，得〈賣花聲〉一闋云……。余讀之，不覺魂消，亦以揮扇士女圖索題」，可見其一斑。對於妓女情事，他有一種特殊的感會，讀其詩、追味其事，摩娑想像之，不覺魂消。雖手接目見多不符綺想，依然無損他憐花之情⑯。

所以他才會對「宋蓉塘《詩話》，譏白太傅在杭州憶妓詩多於憶民詩」，表示不滿，謂為腐論。又刻一私印，叫做「錢塘蘇小是鄉親」（均見卷一）。讓自己跟名花牽上關係為榮，偎紅倚翠之心，表徵無遺。

把這些現象綜合起來看，便可知袁枚所謂詩本性情也者，主要在於男女之情。而這種情，不是情人戀愛之情。袁枚對這種情很淡。他不會對一具體對象繫戀纏綿，焚燒自己去愛慕對方，而只是對於女人有一種本質性的喜愛。喜歡親近女人、跟女人廝混，本質性地認為偎紅倚翠為美事。縱或現實社會中所接觸的女人未必能讓他感到愉悅，仍能透過想像，重新鞏固自己的這種信仰。

信仰。對了。袁枚不信佛不信道，對孔孟經典也無真正的信仰。他的信仰，其實就是女人

---

⑮《隨園佚事》載：「先生六十初度，適在吳門，學康對山自壽，集名妓百人，唱〈百年歌〉。好事者從而附益之，雖不滿其數，亦已得其強半焉。惟是庸脂俗粉，當意無多，加之平康習氣太深，則亦如俗僧劣道之不足為伍耳」。

⑯袁枚有另一段自我解釋之語，謂：「吾目中所見，絕無當意者；心中懸一格以相待，而卻未能得其人。目中無妓，非真無妓也；無吾心中所願見之妓也。吾心中願見之妓，非如施、嬙不可，殆久不生于天壤矣」（見隨園佚事）。

（以及女性化的、女性性角色的少男）。他的人生觀，就是要愛花、護花、憐香惜玉。故卷九說：「余嘗為人題畫冊云：他生願作司香尉，十萬金鈴護落花」！

四、薰香掬艷的詩風

憐花、愛花、看花，又自居護花使者的袁枚，既以女人為其主要繫情對象，則其人生觀當然也就形塑著他的詩觀。

他少年科第，但登科時發生過一點周折。原來，朝考題目是「因風想玉珂」。這是古人詩句，試帖詩借此為題，測驗考生之詩工。袁枚卻有「聲疑來禁院，人似隔天河」之句。無怪乎考官們認為不莊重，準備要黜落他了。幸而尹文端力薦，才得考上（見卷一）。此事，袁枚引為韻事，對尹文瑞也一直十分感激。但平情而論，此詩分明是說聽見玉佩聲就想像有位宮女，令我心旌搖盪，很想與她幽會。試帖詩如此涉想、如此落筆，當然不莊重也不妥適。可是，袁枚這個人的心思所在及其癖性，卻由此表露無遺。他滿腦子想的就多是這類事。因此他論詩，主言情，卷六云：

凡作詩，寫景易，言情難。何也？景從外來，目之所觸，留心便得。情從心出，非有一種芬芳悱惻之懷，便不能哀感頑艷。

卷二，曾引「詩言志」之語，說：「詩必本乎性情」。這其實是個套語，許多人也如此說，如與袁枚詩論完全不同的翁方綱，一樣會說：「詩者，性情之事也」（漁洋詩髓論）。因此我們不能只看這一句話。更該注意：有的人說詩本性情時，所重在性不在情，有的人則看重父母兄弟之情等等。袁枚如此說，與他人不同，所重者只在情而不在性⓱。且情又特指一種芬芳悱惻之懷，故風格亦以哀感頑艷為目標。這是他持論的第一個特點。

另一個特點，在於他論情不論景。宋代以來，談詩者多喜說情景交融之問題，清初自船山以下，論此亦極多。他則只說情，故形成的乃是一種主觀的、抒情的詩風與詩學。《補遺》卷一載：「阮亭好以禪悟比詩，人奉為至論。余駁之曰：『毛詩三百篇，豈非絕調？不知爾時禪在何處？佛在何方？』人不能答，因告之曰：『詩者，人之性情也，近取諸身而足矣！』」近取諸身，正是我所謂「主觀抒情」的註腳。

據此論點而談《詩經》，所取便不在雅頌而只在風。風又被解釋為「勞人思婦，率意言情之什」。甚至，擴大解成整部《詩經》均是如此。卷一批評格律說，謂：「格律不在性情外，《三百篇》半是勞人思婦率意言情之事。誰為之格？誰為之律？……況皋陶之歌不同乎《三百篇》。國風之格，不同乎雅頌。格豈有一定哉？」主觀抒情的詩學，強調內在於己的情，而不重格律法度景物題材，此論甚為明顯。而他倚為談證者，便是《詩經》。但他論《詩經》，實又只取國風，撇開雅頌，只說那勞人思婦言情的一半。

⓱ 吳宏一先生即以為「袁枚終生持性以論詩」（同注❶所引書）。殊不知袁枚論詩主情不主性也。

如此言詩，所得當然也就在男想女、女想男這一方面。時人對於袁枚所講的性靈說，即有此看法，故潘德輿《養一齋詩話》卷十說：「荒淫狎媟之語，皆以入詩，非獨不引為恥，且曰此吾言情之什，古之所不禁也」，這講的就是袁枚。袁枚詩學如此，當然就有人認為其說只適合寫男女之情，無法處理較莊重的題目。《補遺》卷二載某巨公送詩給袁評選，袁以為不佳。「或曰：『其題皆莊語故耳』，余曰：『不然，筆性靈，則寫忠孝節義，俱有生氣。筆性笨，雖寫閨房兒女，亦少風情』」。袁枚的反駁，固然言之成理，因為性靈云者，還有才的問題，不只是「情」，而是「才情」。有才情者，寫什麼題目，當然都能寫得好。但什麼才是它最適合表現的呢？不仍是男女之類「不莊」的東西嗎？袁枚自謂：「《玉臺新詠》溫李西崑，得力於風者也。李杜排奡，得力於雅者也。韓孟奇崛，得力於頌者也」（卷五）「《玉臺新詠》實國風之正宗」（卷九）。他以〈關雎〉〈卷耳〉為依據，發展來的詩風詩論，同樣也就無李杜之排奡、無韓孟之奇崛，而近於溫李西崑及《玉臺新詠》。不僅風格上接近，溫李與《玉臺》所詠，不也多男女言情之什，且語或不莊嗎？

《小倉山房文集》續編卷三十又有〈答蕺園論詩書〉云：

來諭諄諄教刪集內緣情之作，云「以君之才之學，何必以白傅、樊川自累」。……人之才性，各有所近。假如聖門四科，必使盡歸德行，雖宣尼有所不能。君子修身，先立其大，則其小者毋庸矯飾。……使僕集中無緣情之作，尚思借編一二以自污。幸而半生小過，情在于斯，何忍過時抹摋。吾誰欺？自欺乎？且夫詩者由情生者也。有必不可解之情，而後有必不可朽之詩。情所最先，莫如男女。古之人，屈平以美人比君，蘇、李以夫妻喻友，由來尚矣。……緣情之作，縱有非是，亦不過《三百篇》中「有女同車」「伊其相謔」之類，僕心已安矣。聖人復生，必不取其已安之心而掉罄之也。宋儒責白傅杭州詩憶妓者多，憶民者少。然則文王「寤寐求之」，至於「展轉反側」，何以不憶王季、太王而憶淑女耶？孔子厄于陳、蔡，何以不思魯君而思及門弟子耶？沈朗又云：「〈關雎〉言后妃，不可為《三百篇》之首」。故別撰堯、舜詩二章。然則《易》始乾坤，亦陰陽夫婦之義，朗又將去乾、坤而變置何卦耶？

袁枚自云：「今我素非端士，先存好色之心」（小倉山房尺牘．卷六．辭妓席札），乃竟有人期許他成為聖賢，刪去集中不莊之作，無怪他要大聲抗辯了。此文明揭好色之義，說半生用情，先於男女。又再引《詩經》以為談證，亦足以證明其說詩主緣情之情，乃是男女。至於說時人比為杜牧之，蓋以杜牧曾「贏得青樓薄倖名」之故；比為白居易，則以白畜姬妾、憶妓女，且詩格淺易之故。時人常以白居易楊誠齋來擬況袁枚，可是袁與白楊兩人，除了詩語淺易近似之外，其實並不很像，時人以此喻擬，未為知言。反而是袁氏所揭櫫的「哀感頑艷」宗旨，以及善寫男女之情，是較接近溫李西崑和《玉臺新詠》的。李調元《雨村詩話》：「袁大令枚詩，有失之艷者。然如『春花不紅不如草，少年不美不如老』，亦殊有齊梁間歌曲遺意」云云，方是能明其底蘊之言。

詩近溫李，除了面臨戢園一類從德行上做的批評之外，風格上也會遭到質疑。因為從元遺山〈論詩絕句〉以來，此類詩便常因其兒女情長而被譏為娘娘腔、為「女郎詩」。《綠天香雪簃詩話》載：「錢塘張子虞太史預有絕句〈贈諸樸齋可寶〉云：『隨園流派女郎詩，學畫眉痕總入時。試誦退之山石句，與君挾筆鬥嵚崎』」，即以女郎詩譏誚隨園。但若從袁枚的角度看，毋寧是以此自喜的，《詩話》卷五已自有辯解謂：

> 元遺山譏秦少游云：「有情芍藥含春淚，無力薔薇臥晚枝。拈出昌黎山石句，方知渠是女郎詩」。此論大謬。芍藥薔薇，原近女郎，不近山石，二者不可相提而並論。詩題各有境界，各有宜稱。杜少陵詩光焰萬丈，然而「香霧雲鬟濕，清輝玉臂寒」；「分飛蛺蝶元相逐，並蒂芙蓉本是雙」。韓退之詩，橫空盤硬語，然「銀燭未銷窗送曙，金釵半碎坐添春」，又何嘗不是女郎詩耶？

這看起來只是消極的答辯，以「詩題各有境界」，詩中不廢此一格自解。但底下一條立刻說「抱韓杜以凌人，而粗腳笨手者，謂之托足權門」。可知此君真正的態度所在。

再說，依袁枚看，什麼「女郎詩」？詩本來就是女郎：

> 余以為詩文之作意用筆，如美人之髮膚巧笑，先天也。詩文之徵文用典，如美人之衣裳首飾，後天也。至於腔調塗澤，則又是美人之裹足穿耳，其功更後矣（補遺‧卷六）。
>
> 詩者……其言動心，其色奪目，其味適口，其音悅耳，便是佳詩（同上，卷一）。

或問：「宋荔裳有『絕代消魂王阮亭』之說，其果然否？」余應之曰：「……阮亭之色，亦並非天仙化人，使人心驚者也。不過一良家女，五官端正，吐屬清雅，又能加宮中之膏沐、薰海外之名香，傾動一時，原不為過」（卷三）。

余常謂：美人之光，可以養目。詩人之詩，可以養心（卷十六）。

俗稱女子不宜為詩，陋哉言乎！聖人以〈關雎〉〈卷耳〉〈葛覃〉冠《三百篇》，皆女子之詩（補遺·卷一）。

余好詩如好色，得人佳句，心不能忘（同上，卷三）。

詩如女郎、詩是女郎、《詩經》皆女子所作。袁枚既持此見解，誚其為女郎詩者，袁枚見之，或許要許為知音了。因此，袁枚評詩，甚少談李杜。同時稍早的漁洋一派，喜說王孟；朱彝尊以下之浙派，喜說宋詩，袁枚則均所不喜。除一再批評宋人，說蘇、黃、荊公的不好外，所反覆推崇者，乃一般人甚少論及的王次回。

王次回詩，沈德潛是不選的。但他大暢香奩，追蹤六期宮體及溫李西崑，薰香掬艷之風，卻大得袁枚之青睞，卷一云：

本朝王次回《疑雨集》，香奩絕調，惜其僅成此一家數耳。沈歸愚尚書選本朝詩，擯而不錄。所見何其狹也？嘗作書難之曰：「〈關雎〉為國風之首，即言男女之情。孔子刪詩，亦存鄭衛。公何獨不選次回詩？」

一般人只說袁枚與沈德潛的對立，是性靈與格律的不同，其實不是的。沈氏宗旨，非格律一語可賅，格律云云，亦非袁枚真正在意之處。真正的衝突，在於袁謂詩主於情，而情莫先於男女，故艷詩在袁氏體系中有崇高的地位；沈則謂：「詩本六籍之一，王者以之觀民風、考得失，非為艷情發也」（唐詩別裁，凡例）。一主艷情，一反艷情，二者自然勢成水火。王次回則是衝突的具體焦點。《詩話》卷十四又說：「王次回詩，往往入人心脾。……余評女，以膚如凝脂為主，王次回亦有句云：從來國色玉光寒，晝視常疑月下看」，《補遺》卷三再推崇道：「香奩詩，至本朝王次回，可稱絕調」。這些言論，都不只是理性的評騭，更是主觀感性的認同與喜愛⓲。

總之，不莊之人，全力發展其不莊之論，緣情好色，乃其特點。世之討論袁氏性靈說者，未能掌握這個關鍵，故所論多不中窾。

五、詩酒風流的時代

性靈云者，當然不只是緣情好色而已。前面說過，它還涉及天才的問題。

其理論結構是這樣的：袁枚以天生之才性論性，這就是他反對宋明理學以超越普遍的性理說性，且區分「義理之性」與「氣質之性」的緣故。其所謂性，乃告子所謂「飲食男女，人之性也」的性。所以，才性即表現於飲食男女之間。袁枚的緣情好色，正生於此⓳。而才性本之於天，天生便不相等。才靈者，在飲食男女等處，無不顯得風流雅趣；才蠢者，則俗濫下流、粗手笨腳而已。

卷一說：「從來天分低拙之人，好談格調而不解風趣。何也？格調是空架子，有腔口易描。風趣專寫性靈，非天才不辦」。卷四說：「子貢曰：『夫子焉不學，而亦何常師之有？』此作詩之要也。陶篁村曰：『先生之言固然，然亦視其人之天分耳！與詩近者，雖中年以後，可以名家。與詩遠者，雖童而習之，無益也。磨鐵可以成針，磨磚不可以成針』」，卷五說：「吳門名醫薛一瓢……曰：我之醫，即君之詩，純以神行。所謂人居屋中，我來天外是也」，卷六說：「王介甫曾子固偶作小歌詞，讀者笑倒，亦天性少情之故」，卷九說：「詩有音節清脆，如雪竹冰絲，非人間凡響，皆由天性使然，非關學問」，卷十四說：「詩文之道，全關天分。聰穎之人，一指便悟」，卷十五說：「詩文自須學力，然用筆構思，全憑天分，往往古今人持論，不謀而合。李太白懷素草書歌云：『古來萬事實天生，何必公孫大娘渾脫舞』，趙雲松論詩云：『到老始知非力取，三分人事七分天』」「孔子曰：『剛毅木訥近仁』，余謂人可以木，詩不可以木。……潘稼堂詩不如黃唐堂，一以木而一以靈也」……等，都可以充分說明袁枚是天生才性論者，且以才為作詩之必要條件。格律、學力等均僅為充分條件。有才方能再加之以學，若無才，則一切都免談了。靈不靈，乃就其是否有才華說。無才分者，就只是笨。

⑱ 袁枚為王次回爭地位，先是乾隆二六年至三四年寫的〈再與沈大宗伯書〉，不但以「〈關雎〉即艷詩也」為次回辯護，更說：「次回才藻艷絕，阮亭集中，時時竊之。先生最尊阮亭，不容都不考也」。晚年編《詩話》時，這個理由卻不再說了。

⑲ 才與情是一體的，故袁枚又說：「才者情之發，才盛則情深」（李元亭詩），「無情不是才」（偶作五絕句）。

袁枚本人，在當時正以才華著稱。鄭板橋贈詩謂：「室藏美婦鄰誇艷，君有奇才我不貧」，趙翼〈偶閱小倉山房詩再題〉，云：「不拘格律破空行，絕世奇才語必驚」，孫星衍〈隨園隨筆序〉云：「以才名傾動當路」……等均可證。直到《清史・文苑傳》還說他「天才，不可方物」。故上述論詩文主天才之說，實亦為他對自我才性的理論說明。正如笨人多半主張勉力為學，才子則以才自矜，認為人若笨了再努力也沒啥子用。

可是，袁枚這些論調，跟他那緣情好色的言論一樣，都不能僅視為他個人性格及行事風格的理論化辯護。一個才子，以才華自矜，而肆意言情，動不動就流露出一付品花、憐花、護花、愛花、寧為花下死的態度。那個時代，難道僅一位袁子才如此嗎？尋花問柳，眠香臥雲，放浪於姬侍娼妓孌童之間，謂為詩酒風流者，難道又僅袁枚一人？動不動就作溫柔鄉語，無題、香奩、宮體、竹枝，寫艷題紅於酒闌燈灺之頃者，同樣不能說只袁氏一人如是。

當時詩壇，沈德潛云格律，主溫柔敦厚。另一勢力則為浙派，主宋詩，為學人之詩。袁枚反格律反書卷典實，正針對這兩種勢力而說。但這兩派人詩學主張固然與袁枚不同，其行為模式其實無甚差異。沈德潛曾賦閑情，鍾情於憶娘，前已述及。浙派巨子厲鶚一樣擅長寫此風流情事。《詩話》卷十一載皇甫古尊得到金陵蕩婦徐翩翩的扇子，就是去請厲鶚題詞。厲鶚所題，袁枚說他「讀之不覺魂消」。亦以揮扇士女圖索題」，則二人於此可謂同好同調。浙派另一宗師朱彝尊遊秦淮之詩，所謂：「桃根桃葉無消息，腸斷東風日暮寒」，也被收錄在《續板橋雜記》中。

其他袁枚所記，如蔣戟門「家多姬侍。……每買妾，先以線量其身，線長四尺八寸」。胡書巢以「不娶處子」自負。張香嚴假扮傭僕去偷看袁枚女弟子。某人托袁枚訪美，而強調腳務必要小。……亦都可以看出一時風會。

袁枚喜作溫柔鄉語、喜錄女郎詩，一樣不是特例。《詩話》所載，不下數百例，《補遺》卷五更提到汪秀峰「少即與吾鄉杭、厲諸公交往，晚刻本朝閨秀詩一百卷」。

再把視野擴大來看。袁枚因友人託其訪美而斤斤於腳之大小，乃對婦人纏足問題做了番考證。《香艷叢書》輯為〈纏足談〉。但同時稍早，余懷就已有〈婦人鞋襪考〉了。袁枚對妓史妓事有興趣有考述，余懷也另有專記妓家的《板橋雜記》⑳。此後如《青泥蓮花記》《續板橋雜記》《水天餘話》《石城詠花錄》《秦淮花略》《青溪笑》《青溪贅筆》《揚州畫舫錄》《秦淮畫舫錄》《潮嘉風月記》……等，刻畫青樓珠箔，遂成洋洋大觀。汪秀峰所輯國朝閨秀詩之外，也同樣有《香咳集》等一大批甄錄女郎詩之著作。至於《板橋雜記》有尤侗題詞。尤侗曾題憶娘簪花小照圖，已如前述，尤侗另有〈美人判〉一文，重審古今美人。此外，尚有袁枚所推重的前輩趙執信，於康熙間即作《海鷗小譜》「風流放曠，盡態極妍，所繫詩詞，旖旎纏綿，出入《香奩》《疑雨》兩集」（楊復吉跋）。

另據趙氏《談龍錄》載：「詩之為道也，非徒以風流相尚而已，記曰：『溫柔敦厚，詩之

⑳ 余懷生於萬曆末年，《板橋雜記》所載，即是萬曆到康熙年間名士與名姬之來往事蹟，包括康熙朝名士王漁洋等人。入瓊逸客說：「此記當用冷金箋，畫烏絲欄，寫洛神賦小楷，裝以雲鸞縹帶，貯之蛟龍筐中，薰以沈水迷迭，於風清月白紅豆花開間看之可也」，可見時人之推重。

教也』，馮先生恆以規人。小序曰：『發乎情，止乎禮義』，余謂斯言也，真今日之針砭矣夫！」可見從馮班到趙執信的時代，詩人多以風流相尚，故趙氏才提倡詩教以矯之。沈德潛之主張詩教，理論跟趙氏此處所說一模一樣，所以應當也是意在矯俗的。推其所言，便知一時風氣。更可見康熙乾隆朝，歲月承年，士大夫名士風流，蔚為風氣，其行為模式、心理狀態，甚或表現於文辭著作者，往往相似。只不過，當時名士或另有事功著作可述，此等文句及蹤跡便不甚顯，袁枚則少年即歸退山林，以名士風流為平生事業，故特別醒目罷了。另一方面，也是因一般人論文學史，只看幾部詩論文集，沒能考察整個文人階層的文化環境，以致談及趙執信，只知其《談龍錄》《聲調譜》，而不知其《海鷗小譜》；論沈德潛，只知其《說詩晬語》《唐詩別裁》等，而不知其曾題簪花小照圖㉑。論袁枚，亦只知袁枚之得罪名教，而不知一時士大夫正以此為風雅也。

捧花生《畫舫餘談》特別記載：「凡有特客或他省之來吾郡者，必招遊畫舫以將敬」。說明了乾隆嘉慶間官員士大夫是以秦淮舟妓之處為招待賓客之所的。因此妓家門匾廳聯亦均為名公士大夫所書，一時名家，如孫星衍、伊秉綬、吳山尊、方子固……等皆有此類作品。其風氣為何，不難想見。

亦正因為如此，袁枚在那個時代，反而更具代表性。他退隱山林，看起來是遠離於塵囂，可是他的行為卻是諧俗的。不但士女從遊著眾，詩文也廣獲歡迎。是當時最受歡迎、最暢銷的作家。其行為與言論，都最能得到社會的認同。

袁枚的社會形象及其議論，也即是社會上對一位風流才子、慧業文人的認識。今人看見袁枚公然倡言好色，批判宋儒，便譽其有勇於反抗儒家詩教禮教之勇氣，不知袁枚正符合社會對文人才子的期待，有社會群體的支持。他非抗拒主流的英雄，乃是代表時代主流的文人。

六、才子多情的傳統

這樣的文人、才子形象，是從明末逐漸發展來的。

從萬曆以降，湯顯祖、馮夢龍之論情教；衛泳編《悅容編》說：「情之一字，可以生而死，可以死而生，故凡忠臣、孝子、義士、節婦，莫非大有情人」；譚友夏說：「古今多少才子佳人，被愚癡父母扳住，不能成對，齎情而死。乃悟文君奔相如，是上上妙策」等等，歌頌才子佳人，強調情的議論，不勝枚舉。接著就是才子佳人小說及戲曲的大流行。「公子慕色，佳人愛才」遂成通套。而佳人之條件，又必定是會詩的。所謂才子，則一不是道學先生、二不是博學鴻儒，乃是擅長吟詩作對，且能憐香惜玉、愛花護花的有情人。

才子佳人小說及戲曲，流行於明末清初，至《紅樓夢》而更上一層樓。《紅樓》批判「才

㉑ 簪花圖故事，在風月傳統中頗為著名，《吳門畫舫錄》記：「吳中繡谷園蔣氏，故有楊子鶴所繪張憶娘簪花圖。國初諸者，題詠幾遍。袁簡齋詩所謂：『袖角裙邊半姓名』是也。春瑤倩周君雲巖仿其意，作後簪花圖，江左能文之士咸為賦詩」。

子佳人等書，則又開口文君、滿篇子建，千部一腔，千人一面，且終不能不涉淫濫」，它自己是要更深刻地寫情，更生動地刻畫才子佳人的面貌心思。之前的才子佳人小說戲曲，仍不脫「才子及第，奉旨成婚」的格套，《紅樓》則反對科舉，才子佳人也不奉旨成婚，開創了一個新的格局。而由《紅樓》強大的影響來看，賈寶玉亦已成功地繼「風流才子唐伯虎」之後，成為新的才子代表。新的情種典範㉒。

賈寶玉情種的形象、鍾情的態度、珍愛女性的心理、反道學禮教的姿式，若具形於現實社會，不就是袁枚這樣的人物嗎？我們不要忘了：袁枚的隨園，頗有人以為那就是《紅樓夢》中的大觀園㉓；而袁枚本人，更曾被認為就是賈寶玉：

八、讀《紅樓夢》者，須知此書不當作小說觀，乃遜清歷史中之一部分，謂之文苑傳固可，謂之人物志亦無不可。

九、讀《紅樓夢》者，須知隨園為主人翁（其說具言於下），其他人物此例親切者居其大半，其間示參差者，無非故作疑陣之布也。

十、讀《紅樓夢》者，須知此書為部小《春秋》。有褒、有貶、有貶中之褒、有褒中之貶，謹嚴微顯，絕妙史筆。

十一、讀《紅樓夢》者，須將隨園一生事實及《小倉山房全集》兩兩對照合看，方覺字字俱有著落，不為模糊影響之談。

十二、讀《紅樓夢》者，須知乾隆一代人物（嘉慶初亦概在內）之事實。作者彰幽闡微，具有深心，非泛泛作人物志者可比。

十三、讀《紅樓夢》者，須知此書以隨園為主人翁，其餘附麗之人物，或以一人切合，或以二人三人切合，令人疑是疑非，是作者之弄筆狡獪處。

十四、讀《紅樓夢》者，須知作者既當乾隆太平極盛時代，人才輩出，雍容揄揚，相率以無用之詩文為互相誇耀之具，是猶女子抹脂傅粉、詠絮簪花，媚人從人，乃不二之目的，一則無補於國，一則有害於家。作者特揭出之，以為保泰持盈之戒。（弁山樵子《紅樓夢發微，續紅樓夢注》，載一九一六年，香艷雜誌，第十一、二期）

索隱派紅學當然未必猜中了答案，但之所以會令人把袁枚跟賈寶玉聯想在一塊兒，是因兩者確實頗有相似之處。賈寶玉，是書本子上創造的一位情種典型。袁枚，是現實世界存在的風流教主，兩者當然可能被聯想在一起㉔。朱庭珍《筱園詩話》指責「袁既以淫女妓童之性靈為宗……，

㉒ 個中生編《吳門畫舫續錄外編》曾記妓女高玉英喜讀《紅樓夢》，聽說作者也熟此書，便來請教。作老自誇對此書精熟二十年，高便約他將來再來時一齊討論。這類例子可以說明《紅樓夢》與風月傳統的關係，不容忽視。

㉓ 明義《綠煙瑣窗集》中有〈題紅樓夢〉二十首詩，注云：「曹雪芹出所撰《紅樓夢》一部，備記風月繁華之盛，蓋其先人為江寧織府，其所謂大觀園者，即今隨園故址」。《隨園詩話》卷二曾引明義二十首中一首，這個典故不應不知。他的行為，或許即因此受到暗示，潛意識或有意地去學賈寶玉。

㉔ 西溪山人《吳門畫舫錄》載：「馬如蘭，少鑒賞於隨園老人，名藉甚」，又載「馬姬少未有名，隨園老人過吳門，名之曰如蘭。老人詩所謂『如蘭二字付卿卿』是也。瀕行與姬約，返吳當作兩月聚。至梁溪盛稱姬於嵇公

諧謔游戲為聰明，粗惡頹放為雄豪，輕薄卑靡為天真，穢淫浪蕩為艷情，倡魔道妖言」，恰跟賈寶玉「混世魔王」的綽號相似。

可是，無論賈寶玉或袁枚，都只是一個代表。整個萬曆、啟、禎、康熙、雍正、乾隆所形成的士人人格典型之一，就是一種類似賈寶玉或袁枚的人。此類人，才情所寄，都在女人身上。憐花、護花、品花，以關心美人身世自矜自喜。袁枚之前，如張潮之《幽夢影》《補花底拾遺》即屬此類。《補》書序云：「嶺南黎美周先生著《花底拾遺》百五十餘則，約束芬芳，平章佳麗，現美人身而說法，入名花隊以藏身，真令人艷動心魂，香生齒頰。竊效顰於西子，庶避世之東方」，大概也是這類人士常有的口吻。強調：「以愛花之心愛美人，則領略定饒逸趣。以愛美人之心愛花，則護惜別有深情」（看花述異記，張潮跋）。

袁枚之後，名士如龔定庵寫〈尊情〉〈宥情〉，高吟：「落紅不是無情物，化作春泥更護花」。小說如《花月痕》《品花寶鑑》等等，也仍不脫此類聲腔與心態。《海陬冶遊錄》的序，作者口稱是嶺南護落花人。《白門衰柳記》玉棟生跋也以「無金鈴十萬，以護名花」慨世。在袁枚同時而直到清末，更可以看到一大批針對歌郎明僮的品花述艷之作。這些，都證明了這種士人人格典型，一直延申發展至清末，仍是強而有力的[25]。

對於此等憐花護花意識，我曾在〈品花記事〉一文中，藉士大夫品評優伶的文獻，略做說明。現不擬贅述，只想補充幾點：

一是憐花品花護花意識，其實就是好色。花之惹人憐愛，在其顏色。若已色衰，便非憐惜之對象。此所以賈寶玉說女人一旦出嫁或老去就無法成為審美對象了。眾芳蕪穢，美人遲暮，只能做為憑弔或感傷的材料。至於醜女，興不起憐好之情，徒令人懊惱「春色惱人眠不得」而已。袁枚批評各地醜妓之言，前文已略引錄。《小倉山房尺牘》卷六《辭妓席札》更云：「來書道不赴妓席，疑僕晚年染道學習氣，則大不然。僕之不來，正慮逼我走入道學故也。何也？……今我素非莊士，先存好色之心，欣欣然而來。不料一登妓席，被其惡狀阻興，使頃刻間意不得不誠，心不得不正。終席間，如對嚴師。如是則苦矣。近日秦淮畫舫之游，樂少苦多，以故稱貞縮屋，實非本懷。不特此也，……若方且唾之棄之厭之之不暇，而勉強揮霍，應酬主人之情，粉飾家僮之耳目，勢必先吝後悔，胸中作數日惡。……於是像做枯窘題一般，無中生有：面目醜則誇其身段，肌理惡則譽其風神。費一片苦心，造幾句浮譽。仔細思量，轉不如仍作州縣官，巧言令色，奉承上官矣」。對醜女之態度如此，其憐花護花之情又何在？

二是「好色」並非「不二色」，而是「好好色」。只要是美色都喜歡。「情種」並不只對

---

25 子集虛。……」袁枚事蹟，被這些風月記事廣為傳述，此僅一例耳。捧花生《畫舫餘談》另記嘉慶年間：「隨園，依小倉山麓、臺榭之勝，名聞中外。主人蘭村以名父之子，……凡值花月之辰，必折簡招吾輩聯吟載酒，禊集園中。一時典斟諸姬，如秋影、小卿、艷雪、綺琴、小燕、月上，均緣得伺酒船」，亦可見隨園在風月傳統中的地位。袁枚逝後，其地仍是後輩詩酒風流之勝地。該書第一條即說：「秦淮佳麗，代興有人，而魯殿靈光，巍然獨峙者，唯秋影校書。校書向見賞於隨園太史。乙亥三月二日，為太史百歲冥辰」，秋影邀了許多名士和妓女同來，「懸像軒中，焚香祭拜，各紀一詩，盡歡而散。……太史之流風未沫」，講這個意思更清楚。

明施紹華《瑤臺片甲種補錄》曾提出「佞花」之說。謂其作本名歌花，後來想想覺得佞花較為貼切。時人如陳眉公等，則稱贊他佞花至此，「萬種情痴，煙花主盟，豈容多讓」。他又每年邀友人、攜歌妓去祝花祭花。佞花意識，內涵與我此處所謂憐花意識其實一樣。

一人鍾情，乃是「多情種子」，要深入情天，遍歷花叢。其護花是要「安得廣廈千萬間，大庇天下寒士盡歡顏」的，情不僅繫著在一個女人身上。袁枚說他「他生願做司香尉，十萬金鈴護落花」，就是這個意思。從這點看，「多情卻總是薄情」，並不專情，且博愛而有濫情之嫌㉖。論者每訾才子佳人小說「露骨地贊美一夫多妻制」為封建意識。其實非封建意識，乃護花意識使然。

三是以美人喻為花，凡類比之物恆不相等，故花並不等於美人。護花憐花之好色，是審美的，護美人愛美人憐美人，卻不純為審美態度。觀賞花，並不會興起占有欲及性欲，觀美人卻有可能生起此類欲望，欲一親芳澤，狎玩褻用之。此所以袁枚所謂的友人託某「訪美」，即是選妾，不是只找美女來看看的。某些美女，格於彼此的身分，無法得遂其占有欲與性欲，才只好以模擬式的滿足來替代。

例如收為女弟子（今人則喜歡收為乾女兒），即為可能的形式之一。這並不是說男老師和女學生之間即必然存在著這樣的關係，而是在袁枚這類憐花好色意識中，師弟關係往往會成為占有欲和性欲的替代滿足關係。《雨村詩話》曾說：「先生於女弟子之嫻雅者，必拊循而噢咻之」，可見時人頗以為其中不乏曖昧。他與美貌男弟子劉霞裳同臥起、共出游，更啟人疑竇，故邱煒萲《五百石洞天揮麈》云：「劉霞裳一事，談者多微詞，存詩亦誠不檢」。

袁枚《小倉山房尺牘》卷九〈答朱石君尚書〉力辯兩人無性關係。我們當然可以相信袁枚與弟子們之間的清白。但縱或如是，亦不能不說袁枚收此等美男美女為徒，無替代滿足其性欲和占有欲之態度。否則其相處模式即不會如此，亦不致啟人疑㉗。

四是憐花好色，既可能涉及占有欲及性欲，又不專情於一二人。則才子佳人的故事，便會轉向為與姬妾娼妓。早期談情，如〈牡丹亭〉〈還魂記〉，是男女相戀，生死以之，之死靡它。其後的才子佳人小說，是以婚配為歸宿，以婚姻為愛情的完成。至《紅樓》則婚姻不僅未成就愛情，更傷破了愛情，以致情天有恨，女媧亦難補天。婚姻已成了負面的東西。在袁枚這兒，婚姻的價值與意義就又進一步消解了。

他曾引王龍溪語云：「窮秀才抱著家中黃臉婆兒，自稱好色，豈不羞死」，以譏不尋花問柳者（見《尺牘》卷七），可見他認為好色之徒必須在老婆之外廣求美色，故大畜姬侍、尋花問柳㉘。自此以後，才子佳人小說事實上也就走入了狹邪小說，以才子跟孌童妓女的故事為敘述內容。所以說袁枚是個轉捩。

綜合這些來看，我們又可以從袁枚身上觀察到一個文人階層發展的脈絡。晚明文人作淺易詩、發聰明語、號為山人而「飛來飛去宰相家」的傳統，至清乃具現於袁枚這類人身上。晚明

㉖ 王英志《袁枚及性靈派詩傳》說性靈派中少數男詩人，基於「性為不淫能好色」的人生態度，寫了很多艷詩，是嫖客情、婚外情，或對美女的艷羨，「但公正地說，這類詩並不很多」（頁六二）。說得一點也不公正。這類詩不僅多，也很重要。

㉗ 錢謙益《列朝詩集・閏集》已收香奩百餘人，中多吳越女子，故錢氏曰：「諸伯姑姐，後先娣姒，靡不屏刀尺而事篇章，棄組紃而工子墨，松陵之上，汾湖之濱，閨房之秀代興」。女作家那麼多，當然須要許多人去教她們。教者有男有女，故男老師女學生乃一常態。可是袁枚收女弟子卻最惹爭議，這其中並非毫無原因。

㉘ 大陸許多論者，一味贊美袁枚有進步的女性觀（如丁放，金元明清詩詞理論史，二〇〇〇年，安徽大學出版社，頁二三四），甚為可笑。

文人高談兒女之情，自誇慧業才情，至清而才子佳人小說蔚為時尚。文人的新時代人格典型之一，就是那有才慧、能作詩，且憐花多情的才子。這等才子，逞才肆情，動不動就作溫柔鄉語，不僅詩近女郎、詩寫女郎，人也具有女性氣質，喜歡與女人來往。經《紅樓夢》及袁枚詩文之推波助瀾，這類人格典型，更成為乾隆嘉慶年間文人效法的對象。道光咸豐年間，風氣不改，故《綠天香雪簃詩話》說：「隨園……嘉道之間崇奉者太過」。

品花狎妓之相關著作，也形成了一個傳統，往下延申到晚清消閑遊戲報、狹邪小說、滑稽詩文，乃至民初之南社詩文，哀情、奇情、艷情小說，鴛鴦蝴蝶派文學等等。這個傳統，論者迄今尚未摸清它的脈絡，而且也不注意。可是如果我們注意到像古龍小說中居然塑造了一位奇俠，名字就叫「王憐花」；金庸《書劍江山》又大談袁枚等人在西湖開花榜選美；而臥龍生小說中也充斥著一男數女的模式，就可知道文人的憐花意識，迄今仍是不可忽視的了㉙。

二〇〇一・一・十六，香港，元明清詩詞歌賦文學與文化國際學術研討會，主題演講

㉙ 本文所引《隨園詩話》，採用一九七八年長安出版社版本。此乃袁枚晚年定論，故以本書為主，有需要，才以袁枚其他論著來補充。

香豔叢書裡的紅樓夢

《香豔叢書》薰香掬豔，為風流之淵藪。內中甄錄與《紅樓夢》相關之文字甚多，而歷來治紅學者皆罕所取資，我以為是很可惜的事，故略為輯錄，以供考案。

這批資料，大略可分為三組：王雪香《石頭記評》為一大組，但原先被分輯在十四集卷二、十九集卷三、十九集卷四中。而且沈鍠的〈序〉、劍舞山人的〈題詞〉，重覆收錄了兩次。可見原編《香豔叢書》時只是隨到隨收，並無計畫。

十九集，在收錄沈氏與劍舞山人文章後，又插入〈紅樓夢問答〉〈石頭記論贊〉等文，且未予署名，也會令人以為那也都屬於王雪香評本的一部分，因為接著就是王氏的「總評」與「分評」。而其實那些均與王氏書無關，乃是涂瀛的作品。涂氏《紅樓夢論贊》有道光二十二年養餘精舍刊本，〈問答〉即附於其後。《香豔叢書》收錄時不著撰人，且予以刪併，又只是摘錄，並非全帙。

至於王雪香的《石頭記評》，它採用的乃是張春陔的抄本。王雪香即王希廉，號雪薌。其批本有道光十二年雙清仙館刊刻，亦有光緒以後王希廉、姚燮、張新之三家合刻本。此抄本則皆與之不同，殆是摘抄，然亦可持與諸刻本勘校。

周綺〈紅樓夢題詞〉也可歸入這一組。這十首詩，一般都錄自錢泳《辛壬集》之附刻。但此處所收，題目略與該刻不同，後面又附了蔣伯生與王希廉的評語，因此可以與王評本歸為同一組。學界運用最廣的中華書局《紅樓夢卷》所收周綺此文，自序無自署「古吳女史綠君」字樣，亦未說明所題為「案頭適有雪香夫子所評紅樓夢書」。

另一組是沈謙的〈紅樓夢賦〉，前有何鏞〈序〉、沈氏道光壬午〈自序〉。《紅樓夢卷》曾收沈氏此賦，但無以上二序，各賦亦無評語。願為明鏡室主人《續紅樓夢雜記》也可併入這一組。願為明鏡室主人乃江順怡，書為同治八年刊本，曾收入《紅樓夢卷》。但須看此處所錄，才知內中「明鏡主人」字號的情況。

還有一組是盧先駱〈紅樓夢竹枝詞〉、潘孚美〈紅樓百美詩〉、德清鬘華室女史〈紅樓葉戲譜〉、無名氏〈大觀園圖說〉等。後兩種為《紅樓夢卷》所未收。

也就是說，《香豔叢書》所收的這批涉及《紅樓夢》之資料，雖非刻意蒐緝，版本亦不甚考究，但總體來看，仍有些特色，可以供讀《紅樓夢》甚或王希廉評本者參考。

但倘若僅是如此，其價值並不算太高，我輯出這些材料，還希望可藉此談一些問題。什麼問題呢？在《香豔叢書》中收了個中生所編著的《吳門畫舫錄外編》。裡面記載一位妓女高玉英喜讀《紅樓夢》的故事，說此姝：「舊籍秦淮，今寓上塘道林庵前，面呈玉鏡、髮疊油雲、貌似素月，而俊逸過之，有『玉屏風』之目。余於篠玉席中邂逅一面，隔座聞余談《紅樓夢》，執壺面前曰：『亦喜此書耶？』余醉中漫應曰：『熟讀之二十年矣』。姬引一殤，進曰：『亦數年從事於此書，真假二字終不甚了了。君暇日枉顧，當為解之』，余諾之。惜行期已迫，不及走訪」。這位妓女收了個徒弟，命其學琴於木石山人、學書於双樹生、學詩於碧城外史，可見是個有文化的妓女。平時喜讀《紅樓夢》，聞人談此書則色然而喜，邀人討論。亦可想見其風雅。這樣的例子，在青樓中多不多呢？我想是頗不罕見的。清末上海聲伎輒以《紅樓夢》中的女子命名，可以證明娼界對這本書的熟習。

《香豔叢書》所謂「香豔」，當然不只指娼家妓事，而是指與女性有關的事。這個女性，是男女有別的，足以顯示女性特質及其性屬的女性，所以用「香」用「豔」來指明。收錄的資料，大抵就都是有助於建立這樣一個女性傳統的東西。香匲玉台，粧鏡脂痕，計侍兒之小名，考弓襪之淵源，美人林下，素娥金屋，相關之典籍、掌故、詞藻、詩文，均屬這類東西，娼妓家事，也是其中之一。放在這個脈絡中看，《香豔叢書》把以上這批《紅樓夢》資料收入其中，顯然就是認為它們有助於強化這個傳統。或者說，這些《紅樓》資料本來就屬於這個傳統。

大家都知道：《紅樓夢》對女子格外欣賞、格外同情，說男人污濁、女孩子則是水做的。因此該書對強化女性傳統有益是無疑的。但讀《紅樓夢》的人並不見得都會從這個角度去看，起碼紅學的主流就不如此。

紅學的主流，一是透過書中所述，去考索作者為誰，其家世又為何；二是追索書中所述情節之影射或寓意為何；三是論小說的寫作技巧及主題意識。這些讀法，都不會以憐香惜玉的態度對書中女人之身世遭際咨嗟讚嘆；也不會對女人之美（姿貌、服飾、性情、活動）做太多的討論。換言之，紅學專家們或大部分讀者，對這個女性傳統是沒興趣的。他們只想找出寫出這些女子故事的人是誰、猜這些女子各自影射了誰、爭辯這十二金釵故事有何含意等等，還有些人則努力在討論這個故事是否具有社會批判功能。

這些讀法，都是剛性的，且指向女子以外的世界。《香豔叢書》恰好相反，它所要談的，是女人本身那個粧閣閨幃的世界，香柔艷膩，自成一格。

因此它所收錄的《紅樓》資料就非常特別。王希廉原本號雪薌，但其評本，在這兒都被稱為「王雪香」之書。沈鍠〈序〉則說：「《石頭記》一書，味美於回，秀真在骨。自成一子，陋搜神志怪之奇；不仿秘辛，軼飛燕太真之傳。其曰可讀，久而聞其香。……耳食者方諸南柯之記，目論者訾為北里之編」。這樣的序，不但說《石頭記》本身香，也說張春陔抄這本批本，是因他「愛香成癖」。這本書且被他比擬為《雜事秘辛》《飛燕外傳》。不但如此，本文還批判說《紅樓》可讓人體悟浮生若夢者是「耳食」，認為許多讀者看過這本書都會覺得它像《北里志》。這樣的序，跟劍舞山人的題詞說《紅樓》「砭頑如見悼紅情，不是齊諧專志怪，吁嗟乎，金陵自昔多金釵，而今花月荒秦淮」，都明顯地是把《紅樓》關聯到那個女性傳統去，讓人對該書有香豔的想像。而經過這樣處理後，王希廉的評本，意義也就不同了。

王希廉本來即有一個號，叫護花主人。其評本相較大某山人姚燮、太平閑人張新之，當然更適合被它們這樣轉化運用。這種情況，正如王評本後來被人跟姚本、張本合併成為三家合評，在那種合評的架構中，占主導的，其實是張新之的觀點，因為他的評以雙行小字方式列在原字句下，各回後總評，也是先列張評，且不必署名，其次才是王希廉的評語。王評既被納在這樣架構中，其意義自然也就不易顯示出他「護花」的態度了。與王評本被收入《香豔叢書》裡的狀況全然不同。

周綺〈紅樓夢題詞〉也和沈鍠序相似。她說：「余偶沾微恙，寂坐小樓，竟無消遣計。適案頭有雪香夫子所評《紅樓夢》書。試翻數卷，不覺失笑，蓋將人情世態，寓於粉跡脂痕，較諸《水滸》《西廂》尤為痛快。使雪芹有知，當亦引為同心也」，談的是王希廉的評本。可是她對王本並不盡滿意，所以「戲擬十律，再廣其意」。作完後，「聞桂香入幕、梧葉飄風，樓頭澹月，撩人眉黛」，刻意突顯她自己的女性特質。而其詩，蔣伯生評說：「以香豔纏綿之筆，作銷魂動魄之言」，也強調了它的香豔性質。這樣的詩，不也具有轉化運用王希廉評本的意義嗎？

《紅樓夢卷》所收周綺此文，文字不同，作「適案頭有《紅樓夢》小說，展卷數翻，為之失笑。是將人情事態寓於粉跡脂痕，較之耐庵《水滸》尤為痛快」云云，既無涉於王評本，又未道及《西廂記》，這與它刪去「古吳女史綠君」一樣，整個意義都與《香豔叢書》本不同了。

同理，沈謙〈紅樓夢賦〉，自序及伊鏞序，《紅樓夢卷》均未收。但此二序其實亦頗可玩味。自序曰：

> 子夜魂銷，丁簾影寂。舞館歌台之地，日月一瓢；脂匳粉碓之場，烟塵十斛。……於焉沁愁入紙，擇雅拈題，鄉寫溫柔，文成遊戲。仿冬郎之體，伸秋士之悲。顰效西施，記同北里。

何序則稱贊沈氏這二十首賦「繪閨閣之閑情」「比宋玉之寓言，話別閨遊。寫韓憑之變相，花魂葬送」。宋玉之寓言，是巫山雲雨、登徒子好色；冬郎之詩體，是香匳無題。春女悲，秋士怨，韓憑賦愛情之變，北里載倡妓之篇。這些辭彙與典故，在講什麼？沈氏所賦，均為紅樓情事，如滴翠亭賞撲蝶、海棠結社、櫳翠庵品茶、蘆雪亭賞雪等，這些事，以及他自己所寫的賦，他是自覺地把它納入這個閨閣粧匳傳統中去位置之的。

這廿首賦，各首又均有批語。此亦《紅樓夢卷》所不載。然其批也非常有趣地強化了作者的意圖。例如，〈海棠結社賦〉徐稚蘭批：「女秀才女博士，眾篇並作，采麗益新。洵極一時園亭之勝，而清思健筆，寫得逼真」；〈雪裡折紅梅賦〉周文泉批：「冷香冷韻，繪聲繪影。覺人面桃花之句，未免多買胭脂」；〈病補孔雀裘賦〉熊芋香批：「美人細意熨貼平，裁縫滅盡針線跡」；〈怡紅院開夜宴賦〉陸晴廉批：「柳嚲、花欹、鶯嬌、燕懶，是一幅醉楊妃圖」。這些批語，既把作者直接視為《紅樓》中人，又認為他能寫出「當日」情景，還把其所寫，與古代人描摹佳人的傳統關聯起來。

再來看〈紅樓夢竹枝詞〉。它基本上是咏紅樓夢情事，但非只是一般地讀書有感，而是把所體會者納入〈子夜歌〉〈懊儂曲〉的傳統中去。像「蜂腰橋畔柳如烟，編個花籃郎枕邊。妾貌如花眉是柳，教郎當似伴儂眠」「為郎扮作小漁婆，儂著青篷郎著簑。郎自撐篙儂把舵，與郎照影到恆河」、「綉簾風細裊晴絲，綵筆分填柳絮詞。妾願如絲郎似柳，便隨風去莫相離」「絲絲鬢髮膩於油，一線紅潮枕畔收。匿笑回身向郎抱，碧紗窗下共梳頭」。這一類詩，與清代許多竹枝詞已轉型成為雜事詩、記事記風俗詩相比，顯得古意盎然，直紹〈子夜〉〈懊儂〉

及劉禹錫的〈竹枝〉風調，以言情為主，而且是以「妾」，亦即女子的角度說話。

這是男人揣摩女人，站在女性角度發聲。一如沈謙賦晴雯補裘、熊芋香批：「美人細意熨貼平」。這個美人，既指晴雯，也指作這篇賦的沈謙。沈氏雖是男人，在這裡卻是融進整個女性閨閣傳統中去了的，盧先駱作竹枝時也是如此。

另一些則根本就是女人所作，如前面談到的周綺〈紅樓夢題詞〉。德清鬘華室女史所製〈紅樓葉戲譜〉亦屬此類。此戲全部以「情」配牌，分情之淑、貞、義、幽、胎、庸、慧、傲、妬、移等。女史名徐曼仙。據皞皞子說此乃「閨中遊戲，生面別開」，故也可說是女人玩的遊戲。

如此寫女人、談女人、揣摩想像女人、或由女人自己談女人，而且是以一種寶貝女人、愛惜女人、欣賞女人、歌頌女人、傷嘆女人的角度來談，可說是這些文件最大的特色。《香豔叢書》本身的性質亦正是如此。它選用這些材料，一方面要藉紅樓金釵的花跡情事，來點染這個閨閣世界；一方面也在將這些文獻納入自己這個框架脈絡中時，修飾改造了它們，讓它們更能為這個傳統說話。

這樣建立起來的傳統，當然不始於《香豔叢書》。明末清初以降，那些描繪秦淮吳中妓家事跡的筆記小說，早已優為之。清朝乾隆嘉慶以下，一部分伶人的品花紀錄，也很可觀。那裡面，已不乏對《紅樓》的題詠、摹仿、擬效，以及高玉英那樣的閱讀記載。例如《此中人語》載〈瘦鶴詞人〉條說：

鄒君翰飛，瘦鶴詞人其別號也。宏才博學，態度風流，最愛讀《石頭記》，而於林顰卿又鄭重視之。其相逢於夢裏者，不知凡幾。以此又號「瀟湘館侍者」。每作詩，多香匳綺語，令人愛不忍釋。著有《澆愁集》一書，久已膾炙人口。其他如七古五言及長短句等，稿如山積，然非知己者不能睹也。余僅于《申報》中酌錄其〈無題〉二首云：「應為心同恨亦同。柔情宛轉暗相逢。有心釀與雲先滯。無那題詩計已窮。願作鴛鴦緣恐淺。話為蝴蝶夢成空。憐儂消瘦如黃鶴。料得芳卿鑒寸衷。」「無端餘緒一絲絲。悵觸停吟罷讀詩，才女孽緣偏遇妬。書生幻想易成痴。淚多恐惹啼鵑笑。事隱難教飛蝶知。偏欲忘卿忘不得。當窗紅豆又相思。」

這位林黛玉迷，態度不就極像盧先駱、潘孚美、熊芋香這批人嗎？《紅樓夢》在清朝流傳廣遠，主要的讀者態度大概也是如此。他們所作的香匳詩詞與《紅樓夢》恰好構成一種「互文」的關係，彼此說明，相與唱和，卿既憐我我憐卿。那些竹枝詞、葉戲譜亦是如此。《鋤經書舍零墨》載一妓女、一文士各以《紅樓夢》中諸人名配綴《西廂記》曲一句，編組成文，就與德清鬘華室女史的葉戲譜有異曲同工之妙：

《桐陰清話》載某校書便面上，臚列《紅樓夢》諸人名，下綴《西廂》曲一句，品評諦當，已覺有目共賞矣。近見禾中鄭鰻卿（瑞昌）所作，錦心繡口，無一語拾其牙慧。上更冠以花名，亦極工穩切帖，亟全錄之：（情翠）鐘情，是個捏塑僧伽像。（心花）引愁，五百年風流孽緣。（鏡花）度曲，是離恨天。（夢花）痴夢，裴航不作游仙夢。（散花天女）警幻，散相思的五瘟使。（絳花洞主）賈寶玉，宋玉般情，潘安貌，子建般才。（絳珠仙草）林黛玉，看妳個離魂倩女。（萬壽菊）史太君，有福之人。（臘梅）邢夫人，銀樣蠟槍頭。（瓊花）王夫人，平生正直無偏向。（牡丹）元春，一個仕女班頭。（迎春）迎春自然幽雅。（玫瑰）探春，大人家舉止端詳。（荼蘼）惜春，全不見半點輕狂。（松花）尤氏，夢兒相逢。（素心蘭）李紈，不近喧譁。（金銀花）王熙鳳，任憑人說短論長。（紫薇）薛寶釵，節操懍冰霜。（水仙）秦可卿，相見語偏多。（芍藥）史湘雲，玉精神花模樣。（芙蕖）邢岫烟，可憐我為人在客。（西府海棠）李紋，撲刺刺把比目魚分破。（垂絲海棠）李綺，郎才女貌年相仿。（紅梅）薛寶琴，嬌滴滴越顯紅白。（美人蕉）傅秋芳，難道是燕侶鶯儔。（蘐艸）佩鸞，不識憂不識愁。（滿天星）喜鸞，打扮著特來晃。（牽牛）巧姐，臥看牽牛織女星。（丹桂）夏金桂，急攘攘情懷。（虞美人）尤三姐，斬釘截鐵。（波羅）妙玉，聞你個混俗和光。（紫荊）嬌杏，不費半絲紅線，已定一世前程。（秋海棠）尤二姐，遊絲牽燕桃花片。（夾竹桃）嫣紅，玉容深鎖綉幃中。（西府桃）翠雲，羅幃數重。（剪春羅）偕鸞，誰教你迤逗他胡行亂走。（剪秋羅）平兒，做夫人便做得過。（梧桐）秋桐，那管人把妾身咒誦。（楊花）襲人，沒來由把我摧殘。（鐵梗海棠）香菱，端詳可憎好煞人無乾淨。（山茶）寶蟾，猜我紅娘做的牽頭。（玉簪）鴛鴦，女孩兒有志氣。（芙蓉）金釧，夫人行把人葬送。（荳蔻）玉釧，惡搶白不曾記懷。（木筆）晴雯，虛名兒誤賺我。（凌霄）司棋，人約黃昏後。（薔薇）侍書，冷句兒將人廝浸。（木香）入畫，濕透凌波襪。（杜鵑）紫鵑，好教我左右做人難。（藤蘿）翠縷，和小姐閒窮究。（罌粟）鶯兒，莫不枉喚做鶯鶯。（石竹）彩雲，比舊時肥瘦出落得精神別樣風流。（珠蘭）瑞珠，鐵石人也。（石榴）寶珠，算崔家後代兒孫。（丁香）鸚鵡，教你疊被鋪床。（夜來香）秋紋，幾乎險被先生饌。（茉莉）麝月，對菱花樓上晚妝罷。（蝴蝶）碧痕，枕邊兒濕透非嬌汗。（月季）綺霞，可喜龐兒淺淡粧。（蘆花）雪雁，做了個縫了口兒撮合山。（書帶草）翠墨，鐵硯呵磨穿。（山丹）小螺，數著他腳步兒行。（梔子）素雲，無夜無明併女工。（雁來紅）小紅，啟朱唇語言的當。（荷包牡丹）琥珀，玉人兒歸去得疾。（梨花）春燕，管甚麼拘束親娘。（郁李）柳五兒，乖兒何必有情不遂皆如此。（蕙蘭）四兒，既然漏洩怎干休。（綉球）豐兒，服侍得勤。（木僅）彩明，他不怕惦金播兩。（李花）珍珠，不曾轉動。（碧桃）霞彩，常言女大不中留。（文杏）文杏，料應難離側。（矮腳）墜兒，圖謀你東西來到此。（千年紅）春纖，芳心自警。（瑞香）茜雪，權時落後。（紫藤）綉橘，送暖偷寒。（金花）傻大姐，小孩兒口沒遮攔。（桃花）萬兒，一霎良辰美景。（稻花）劉老老，積世老婆婆。（菜花）村大姐，路柳墻花。（扁豆）青兒，瑞的太平車，敢有十餘載。（天竹）智能，佛囉成就了幽期密約。（玉蝶梅）文官，做多少好人家風範。（十姊妹）寶官，小生正恭儉溫良。（白蘋）藥官，嬌鸞雛鳳失雌雄。（茶花）豆官，巧語花言。（槐花）艾官，貌堂堂聲朗朗。（葵花）葵官，女孩兒恁響喉嚨。（枳殼）藕官，小生薄命。（水木樨）藥官，志成種。（鬧楊）齡官，隔花人遠天涯近。（夜合）芳官，如音者芳心自同。（雞冠）玉官，憂愁訴與誰。（金錢）茄官，酒闌人散。（野薇）晴雯嫂，癢。（鳳仙）多姑娘，儘人調戲。（水萁）鮑二妻，花落水流紅。（百合）雲兒，桃李春風牆外枝。緩卿以名諸生，隱闤闠間，持籌握算之餘，不廢吟詠，蓋亦負才而不遇者歟！

《桐陰清話》《閒情小錄》都載有集《西廂記》的酒籌。這裡說的，卻是花、人、西廂、紅樓合在一塊兒看，用以品評《紅樓》人物。文人與娼妓不約而同做著同樣的書，正可讓我們明白這個香匳閨情「傳統」的意義。

《香豔叢書》是這個傳統在清末的一次大整理，大體綜合了幾百年的發展結果。因此由這部書，我們更容易看清這個香匳的傳統與面貌。《紅樓夢》與這個傳統的關係，或它在其中的作用，也不難由此得窺。我輯出這些材料來，主要就想介紹這一點，以對當前紅學的進展做些改造。

紅樓葉戲譜　　德清鶯華室女史戲促

凡作此戲者。四人入座。一人坐醒。三人免醒。兩人亦可對看。莊家十二張。散家十一張。每副三張。各從其類。如情胎歸情胎。情淑歸情淑。名字不得重複。遇重者打去。或另配一副。寶玉茫茫渺渺作百子用。如情胎祗有兩張。用寶玉或茫茫或渺渺一張。便可配成一副。惟金釵情淑中。茫渺不得配入。寶玉處處可配。而三傾袖亦不得配。配成四副。即算和成。和成之家。照牌內註明副數核算。用百子配成者減半。不和之家。如有成副者。亦許算抵。惟各花色如四字三同等和家方算。九情淑一情鍾如已全者。手內雖有餘牌。亦算和成。至於十二金釵十二侍女。更無須配副數也。

牌式 每樣兩張共計八十四張

茫茫大士

渺渺真人

情鍾 神 穿花蛺蝶 寶玉

情淑 貴 淑妃領袖 元春 金釵 三十二副
情淑 英 嬌憨宜家 探春 金釵 三十二副
情淑 富 嬌憨宜家 寶釵 金釵 三十二副
情淑 豪 紅樓絕豔 湘雲 金釵 三十二副
情淑 芳蘂落蕾 李綺 三十二副
情貞 節 婦德宜家 李紈 金釵 三十二副
情貞 烈 青衣領袖 鴛鴦 侍女 三十二副
情義 忠 鬈簾三豔 紫鵑 侍女 三十二副
情義 間 陸階芍藥 平兒 侍女 三十二副
情憐 芳蘂落蕾 巧姐 金釵 三十二副
情憐 媚 冷韻幽芳 妙玉 三十二副
情幽 雅 芳蘂落蕾 惜春 金釵 三十二副

情淑 柔 巫雲夢冷 迎春 金釵 三十二副
情淑 仙 金釵領袖 黛玉 金釵 三十二副
情淑 豔 紅樓絕豔 寶琴 三十二副
情淑 冷韻幽芳 李紋 三十二副
情貞 俠 紅樓絕豔 尤三姐 金釵 三十二副
情義 孝 陸階芍藥 寶珠 侍女 三十二副
情憐 風 陸階芍藥 香菱 侍女 三十二副
情幽 幽 冷韻幽芳 岫烟 三十二副

情幽 巫雲夢冷 秋紋 三十二副
情胎 賢 櫻木分陰 王夫人 三十二副
情胎 冠帔承恩 史太君 三十二副
情庸 冠帔承恩 尤氏 十六副
情庸 櫻木分陰 周姨娘 十六副
情慧 甜 鬈簾三豔 鶯兒 侍女 十六副
情慧 暗水浮香 小紅 侍女 十六副
情傲 暗水浮香 金釧 侍女 十六副
情傲 暗水浮香 司棋 侍女 十六副
情妬 鼓舌如簧 金桂 八副
情妬 鼓舌如簧 趙姨娘 八副
情移 冶 游絲別引 尤二姐 八副

情胎 櫻木分陰 薛姨媽 三十二副
情庸 冠帔承恩 邢夫人 十六副
情慧 鼓舌如簧 芳官 侍女 十六副
情傲 嬌 鬈簾三豔 晴雯 侍女 十六副
情妬 騷 游絲別引 王熙鳳 金釵 八副
情移 游絲別引 襲人 侍女 八副

情移 麗 巫雲夢冷 可卿 金釵 八副

四字 每副加二百五十六副

富貴神仙　忠孝節烈　幽閒豔雅

英賢豪俠　嬌柔甜媚　冶麗風騷

三同 每副加六十四副

櫻木分陰　冠帔承恩　紅樓絕豔

婦德宜家　芳蘂落蕾　冷韻幽芳

陸階芍藥　鬈簾三豔　暗水浮香

巫雲夢冷　游絲別引　鼓舌如簧

三傾袖

凡四字三同祗將手中成副者合看有無此種花色不必另配如下三李三尤等類則須以牌配成也

各種花色

三李	李紈 李紋 李綺	
三尤	尤氏 尤二姐 尤三姐	
三春	元春 迎春 探春	
三凰	寶玉 渺渺 茫茫	
三仙	寶玉 黛玉 寶釵	以上每副合作一百二十八副
四春	元春 迎春 探春 惜春	作二百五十六副 補一張
四喜	寶玉 茫茫 渺渺 寶釵 如無寶釵黛玉亦可	同上
五花	寶玉 寶釵 茫茫 渺渺 黛玉	作五百十二副 補兩張
六合	兩寶玉 兩茫茫 兩渺渺	作七百六十八副 補三張
六德	兩寶玉 兩寶釵 兩黛玉	同上
七巧	四春 三仙	作副同上 補四張
八聚	兩寶玉 兩茫茫 兩渺渺 兩寶釵 如無寶釵兩黛玉亦可	作一千零二十四副 補五張

九聯	三春 三尤 三李	作七百五十六副 不補
十全	兩寶玉 兩黛玉 兩茫茫 兩渺渺 兩寶釵	作一千零二十四副 補七張
十二金釵	每名一張不得重複	同上
十二侍女	同上	同上
九情淑一情鍾	同上	作二千零二十四副 補同上

此爲我鄉徐曼仙女史所創閨中游戲生面別開近日麻雀盛行以此較之一俗一雅判若天淵女史工詩詞有驚華室稿行世卽此小道亦足見其慧心之獨運矣庚戌三月韡韡子識

紅樓百美詩

潘容卿孚美著

百美新詠創格之後繼者林立潘容卿孚銘著有紅樓百美詩一帙裁對工整言簡事賅洵佳製也詩云

椒殿恩榮渥。元妃萱閨福祚昌。賈母宜家嫻靜好。王夫人警世演荒唐。幻仙姑金玉前緣誤。寶釵蘋蘩內則詳。尤氏承愉鬪舌巧。鳳姐矢志鵠音傷。李紈私語銷銀燭。四兒新盟訂海棠。探春瓊葩開並蒂。李文綺彩筆紀千行。彩明悽惻芙蓉誄。晴雯娉婷茉莉妝。平兒艮姻希附鳳。傳秋芳雅謔笑擒蝗。劉老老兇醫徵仙品。薛寶釵鵑啼悼增鄉。迎春魂離招露井。金釧夢竟覓蘭房。秦可卿懸鏡層層障。妙玉禪燈藹藹光。惜春旅愁淹淑女。邢岫烟躡倩誑癡郎。紫鵑介壽聯雙美。喜鸞四姐兒稱名應七襄。巧姐贈硝懷舊侶。藥官門草擾離腸。豆官秋月詩人榻。香菱春風仲子牆。司棋醉顏眠芍藥。史湘雲清淚灑瀟湘。黛玉忿積拌爭柳。春燕情移慣畫薔。齡官倩容欣一顧。嬌杏嘉禮侍三商。晉風舞趁秋韆索。

佩鳳偕鸞書傳傀儡場。葵官伶官寒食節。藕官梵宇合歡牀。鶴仙沁香鼠竊糢糊遺。墜兒鶯交邂逅臧。萬兒跋踏銜主命。小螺嫵媚炫戎裝。佚爐將軍簣拭蘭湯膩。碧痕衣沾桂蕊香。秋紋添粧脂粉具。素雲倚立佩環鏘。繡鳳繡鸞彩鳳賞雨浮灘鷲。寶官玉官牽絲引鳳凰。雛鳳偕行旋白璧。靑兒留盼羨紅裳。紅衣女曲度秋宵豔。文花神游雪徑涼。若玉陳詞樓啟鑰。壽兒宜合座飛觴。鶯兒杯茗看爭斟。智能廚肴瞯秘藏。蓮花投箋來欵欵。翠墨問扇去皇皇。靚兒楓露空遺憾。青霞茶霜不諱贓。彩雲隔垣聽隱約。小鵲觀海詠蒼茫。眞眞國女飲恨金無迹。尤二姐全貞劍有鋩。尤三姐風箏飄蛺蝶。嫣紅冰椀殉鴛鴦。張金哥菊獻花盤麗。碧月梅編綵線長。鶯兒珠期還合浦。彩霞雲早試巫陽。襲人笑雜疏櫺外。寶蟾羞含短榻旁。柳五兒知交曉賦鴟。可人往事鑒亡羊。良兒繾綣縈綃帕。小紅愁凝鎖繡囊。傻大姐藏珍兄陷妹。入畫感義女悲娘。寶水月涵眞性。芳荼靡殿衆芳。麝月夭桃偏減色。茄瓞棘更生芒。秋桐妙諦頤能解。翠訛傳口未防。侍書飛蚨憑留賜。佳蕙綵鳳向誰償。繡橘盡饒聊分檢。翡翠玻璃線居鎮自忙。二

丫頭歌喉流綺席。雲兒忠節吊迴廊。瑞珠花階嬌慵畫。綺霞蓮藕宴共嘗。玉釧霜鳌滋戲謔。琥珀脂虎逞彊梁。夏金桂演劇鬢眉古。艾官撩人意態狂。多姑娘撫菽膠幸續。胡氏舒帨影徐颺。豐兒搆訟夫貽戚。周瑞女嘗歸母待將。檀雲佳音潛問訊。小霞囈夢細論量。彩屏薦枕情何迫。貴兒媳婦操戈氣易揚。善姐買糕通絮語。小螺潑醋惹餘殃。鮑二家的姐殿奠羈蕭寺。鵲鵲鸚哥追隨過別廂。銀蝶解棠煩飭戒。珍珠覽勝偶徜徉。翠雲蝶使憐纖弱。文杏黛傳歎逝亡。藥官乞錢呼較便。鳳姐送券任堪富。笑兒身擬彰文繡。小吉祥名同衍吉祥。同喜貴趨蹌陪御輦。抱琴等鼓吹奏華堂。文官等

（完）

石頭記評花

警幻仙姑 凌霄　我是散相思的五瘟使
寶玉 紫薇　倚東君與鶯花作主
黛玉 靈芝　多愁多病身
寶釵 玉蘭　全不見半點輕狂
秦可卿 海棠　夢兒相逢
元春 牡丹　一箇仕女班頭
迎春 女兒花　體態是溫柔性格是沈
探春 荷花　忒聰明忒煞思
惜春 曼陀羅　證三寶
史湘雲 芍藥　夢不離柳影花陰
薛寶琴 梅花　嬌滴滴越顯紅白
邢岫煙 野薇　可憐我爲人在客

妙玉 水仙　眞假
李紈 梨花　穿一套縞素衣裳
李紋 李花　好人家風範
李綺 蘭花　德言貌工
熙鳳 妒婦花　酸醋當歸浸
尤氏 含笑花　俏聲兒窺覷
尤二姐 桃花　游絲牽惹桃花片
尤三姐 虞美人　斬釘截鐵
夏金桂 水木樨　似這般單相思好教撒呑
傅秋芳 瓊花　只許心兒空想
巧姐 牽牛花　織女星
嬌杏 杏花　做夫人便做得過
佩鳳 鳳仙　鳳友

偕鸞 青鸞花　鸞交
香菱 菱花　早掩過翠裙三四摺
平兒 夾竹桃　好教我左右做人難
鴛鴦 女貞　鳳隻鸞孤
襲人 刺蘼　只待覓別人破綻
晴雯 曇花　虛名兒誤賺我
紫鵑 杜鵑　早醫可九分不快
鶯兒 罌桃　小名兒眞不枉喚做鶯鶯
翠縷 翠梅　和小姐閑窮究
金釧 金絲桃　將我侍妾來逼逡
玉釧 玉竹　禁不起甜話兒熱趲
彩雲 金絲荷葉　非奸做盜拏
彩霞 向日葵　他不睬人待怎生

司棋 夜合花　人約黃昏後
侍書 玫瑰　冷句兒將人廝侵
入畫 淡竹葉　濕透淩波襪
雪雁 雁頭花　北雁南飛
麝月 茉莉　清風月朗夜深時
秋紋 蓼花　盈盈秋水
碧痕 碧桃　溢起藍橋水
柳五兒 夜來香　遮遮掩掩穿芳徑
小紅 月季　檀口點櫻桃
春燕 燕尾草　管什麼拘束親娘
四兒 結香　有心待擧案齊眉
寶蟾 楊花　用心兒撥雨撩雲
傻大姐 萱菜　不識憂不識愁

萬兒 萬壽菊　閙中取靜
文官 丁香　啟朱唇語言的當
齡官 鉄兒選　隔花人遠天涯近
芳官 薔薇　芳心自警
藕官 蝴蝶花　小生薄命
蕊官 玉簪　小孩兒口沒遮攔
藥官 白藥　嬌鸞離鳳失雌雄
葵官 蜀葵　女孩兒恁呴喉嚨
艾官 艾花　是玉人帽側烏紗
豆官 紅豆　將言詞說上
劉老老 醉仙桃　眞是積世老婆婆

讀紅樓夢雜記

願爲明鏡室主人撰

紅樓夢、小說也。正人君子所弗屑道。或以爲好色不淫。得國風之旨。言情者宗之。明鏡主人曰。紅樓夢悟書也。其所遇之人。皆閱歷之人。其所敍之事。皆閱歷之事。其所寫之情與景。皆閱歷之情與景。正如白髮宮人。涕泣而談天寶。不知者徒豔其紛華靡麗。有心人見之。皆縷縷血痕也。人生數十寒暑。雖聖哲上智。不以升沉得失縈諸懷抱。而盛衰之境。離合之悰。亦所時有。豈能心如木石漠然無所動哉。纏綿悱惻於始。涕泣悲歌於後。至無可奈何之時。安得不悟。謂之夢。即一切有爲法。作如是觀也。非悟而能解脫如是乎。眞假二字。幻出甄賈二姓。已落痕迹。又必說一甄寶玉以形賈寶玉。一而二。二而一。互相發明。人執不解。比較處尤落小說家俗套。風塵碌碌一事無成。已往所賴之天恩祖德。錦衣紈袴之時。飫甘饜肥之日。背父母教育之恩。負師友規訓之德。以致半生潦倒。罪不可逭。此數語古往今來人人蹈之而悔不可追者。孰能作爲文章。勸戒世而贖前愆乎。同病相憐。余讀紅樓尤三復焉而涕淚從之。

滿紙荒唐言。一把辛酸淚。都云作者癡。誰解其中味。此緣起詩也。言中有淚。何至荒唐。含淚而言。但覺辛酸矣。作者癡。讀者與之俱癡。讀者未嘗不解其中味也。辛酸之外。別無他味。我亦解人。

西游記託名元人。而書中有明代官爵。今紅樓夢書中有蘭台寺大夫及九省統制節度使等官。又雜出本朝各官。殊嫌蕪雜。

王雪香紅樓問答云。寶玉似武陵源百姓。黛玉似賈長沙。寶釵似漢高祖。湘雲似虬髯公。探春似太原公子。寶琴似藐姑仙子。平兒似國大夫。紫鵑似李令伯。妙玉似阮始平。晴雯似楊德祖。劉老老似馮驩。鳳姐似曹瞞。襲人似呂雉。明鏡主人曰。寶玉似唐明皇。黛玉似李廣。又似唐衡。寶釵似王莽。湘雲似李太白。探春似漢文帝。寶琴似張緒。平兒似陳平。紫鵑似豫讓。妙玉似倪雲林。晴雯似禰衡。劉老老似柳敬亭。鳳姐似嚴嵩。襲人似甄藻德。

又論劉老老云家運衰落平日之愛子嬌妻美婢歌童以及親朋族黨幕賓門客豪奴健僕無不雲散風流惟賸此老嫗收拾殘棋敗局讀至此不獨孟嘗平原徒誇食客凡豪門勢宦皆可爲之痛哭矣

又賈蘭賈云乳臭未脫卽以八股爲務是於下下乘覓立足地仕宦中多一熱人性靈中少一韻人明鏡主人曰賈蘭之才正以見寶玉之不才在作書者原以半生自誤不能爲賈蘭而爲寶玉願天下後世之人皆勿爲寶玉而爲賈蘭然而吾讀紅樓仍欲爲寶玉而不爲賈蘭吾之甘爲不才也天下後世之讀紅樓者于意云何耶

古來輕薄皆以好色不淫爲解又以情而不淫爲案此皆飾非掩醜之語好色卽淫知情更淫明鏡主人曰如此論情如此論淫藉口國風者吾知其僞矣今之爲香奩者欲飾其非而非不免欲掩其醜而醜彌彰所謂無伊尹之志則篡也若寓言八九祇可依託香草不能附會好逑作者其知之

馬婆魘魅衅起彩霞賈環搬舌禍由金釧寶玉之瀕死皆趙姨所致昔人謂尹

吉甫一代賢者伯奇有履霜之操不知婦人女子之毒實出人情之外政老品學迴出流俗乃見欺於不寵之妾驪姬申生之事何代無之不必爲吉甫辯也賴大是賈家總管其子竟臌捐而選知縣承平之世流品已如此亦必當時實有其人故詳細書之以寓諷亦國法所不容者

李紈探春代鳳姐管事理所應當衆請寶釵實出情理之外

紅樓人物以寶玉爲第一作者現宰官身而有微詞襲人之不死則明斥其非曰孤臣孽子義夫節婦不得已三字不是一概推諉得的寶玉之不死則以不知誰何之人示以倫常至重而不可死非眞有人示之也實欲死時之轉念耳古今忠臣孝子義夫烈婦其慷慨捐身則祇有初念而并無轉念失此一時抱恨千秋作者非不知也

小說淫辭正人所不屑道紅樓夢李十兒騙賈政一節君子仁人孰不願爲賈政孰不爲李十兒所騙試取此書細讀之倘亦知家人舞弊而絕其信任之心乎然而知之者伊誰

尤三姐云除了寶玉天下就沒有好男人此背面言之也寶玉因畫薔而見齡官之嬌賈薔之癡深悟各人眼淚還各人償此等覺悟眞能放下一切若小紅因見妬而另識賈芸則逼之使然未爲達也

尤三姐惜寶玉之多情可謂寶玉知已然意不在寶玉而在湘蓮豈湘蓮果勝於寶玉不知寶玉愛博而情不專及至黛玉死而寶玉不死三姐死而湘蓮立斷塵緣始信三姐之知人設而不死其專於一人必不同於寶玉惜乎三姐知寶玉寶玉不知三姐以一言啟湘蓮之疑死者死而遁者遁非寶玉之咎乎

柳湘蓮以雄劍斷萬根煩惱非出家也亦自刎耳

水月菴翻風月案非寫女尼女道士之淫實寫芳官之潔

多多少少穿靴帶帽的强盜來了翻箱倒籠拿東西强盜而竟穿靴帶帽奇文雖穿靴帶帽而拿東西實凶於强盜文外微旨

或謂紅樓夢爲明珠相國作寶玉對明珠而言卽容若也竊案飲水一集其才十倍寶玉苟以寶玉代明珠是以子代父矣况飲水詞中歡語少而愁語多與

寶玉性情不類蓋紅樓夢所紀之事皆作者自道其生平非有所指如金瓶等書意在報仇洩憤也數十年之閱歷悔過不暇自怨自艾自懺自悔而暇及人乎哉所謂寶玉者卽頑石耳

又有滿洲巨公謂紅樓夢爲毀謗旗人之書亟欲焚其版余不覺啞然失笑無論所紀非違律犯法之事傷風敗俗之行卽以獲罪論亦祇以賄釀人命爲最大然實出於婦人女子之手較當代諸公身膺疆寄賄賂公行苞苴不禁寃死斃民無告者不知幾人設有人筆之於書則又奈何且筆之於書以儆將來視已犯法而明正典刑者又何如也紅樓所紀皆閨房兒女子語所謂有甚於畫眉者何所謂毀何所謂謗紅樓之金閨碩彥皆出乎情而守乎禮卽蕩檢踰閑如司棋等亦矢志不移其淫蕩無恥者皆不足數之人惟襲人可恨然亦天下常有之事而已貶之不遺餘力屢告閱者以申明之苟非襲人使金谷園中皆從綠珠墜樓乎

紅樓以言情爲宗自以寶玉黛玉作主餘皆陪襯物而論紀事則鳳姐又若龍

之珠獅之球何也古今奸邪柄政如盧杞嚴嵩皆受參劾於生前獨鳳姐擅權雖其夫亦受節制至巳敗國亡家而太夫人猶不悔非秦之趙高乎況太夫人並非二世庸碌之主能道其奸者惟一趙姨娘而鳳姐卒受冥誅似亦爲警世起見

世祿之家鮮克由禮紅樓所記獨一奢侈之罪然已受抄撿之辱單台之苦其警戒爲何如今之搢紳閥閱之家豈僅奢侈一端而已哉不僅此奢侈一端其幸逃法網曷若紅樓之堪爲殷鑒耶

紅樓所載閨房瑣屑兒女私情然才之屈伸可通於國家用人之理如黛玉之孤僻汲黯之戇直也骨鯁之臣見棄於聖明彼圓通世故者不啻以爲相度乎英明之主且以此爲腹心何況昏庸長沙弔屈吾讀紅樓爲古今人才痛哭而不能已

仁和吳蘋香女史藻有金縷曲一闋云欲補天何用倩銷魂紅樓深處翠圍香擁駭女癡兒愁不醒日日苦將情種問誰箇是眞情種頑石有靈仙有恨祇蠶

絲蠟淚三生共勾卻了太虛夢喁喁話向蒼苔空似依依玉釵頭上桐花小鳳黃土茜紗成讖消得美人心痛何處埋香故塚花落花開人不見哭春風有淚和花慟花不語淚如湧明鏡生和一闋云悔入迷香洞祇癡情纏緜一縷死生斷送打破繁華歸大覺醒到紅樓好夢始信道聰明誤用往事淒涼都憶著怎招魂苦了悲秋宋難補滿情天空漫言緣是前生種便神仙壓寰墮落任人搬弄駭女癡兒如許事織出天衣無縫嫌千古才人一慟無可奈何花落去成句悟空明鏡影偏珍重人宛在香花供

紅樓夢竹枝詞

合肥盧先駱半溪著

媧皇不補奈何天放下瑤臺女謫仙不合大荒山下過好姻緣是惡姻緣

朱門富貴好繁華處處樓臺面面花底把濃愁河畔水一齊都付與兒家

湘館淒涼夜正孤茜紗窗下月模糊拚將兩眼相思淚酬得郎恩一半無

風飄何人似可卿前身疑是許飛瓊無端偷試陽臺夢唐突人前喚小名

底事蛾眉不解顰情天孽海渺無垠黃金不打藏嬌館妬煞衡蕪院裏人

數郎莫灌漏壺水數郎莫看自行船水自東流船自去相親相近總無緣

撥斷冰絃淚欲傾無人得見此時情生憎窗外千竿竹不是風聲即雨聲

姊妹何人數獨先花家娘子自禪僊近來新得夫人寵不共傍人領月錢

瓊瑤池館玉樓臺月殿雲宮四面開鼓樂忽驚紅袖亂門前齊報鳳輿來

新詩儘許獻風流紅葉何時出御溝怡殺麝香珠一串承恩偏是寶丫頭

人日纔過日幾天明宵又是月團圓上房傳說花燈節預備靑錢賞戲錢

滿堂簫鼓月當頭一齣新聲演醉樓漏盡銅壺歸不得太君眞個解風流

斑衣學舞戲紅羅謔浪無心惹趣多一笑座間齊拍手可人終讓鳳哥哥

慵整花鈿對鏡臺宮花一朵鬢邊開煙聲齊帶朝雲色知是高唐夢裏來

卸下重帷會所私炕屏那惜借玻璃癡兒若解儂情意便是低頭一笑時

無多恩愛便情深宮粉新分白玉簪妾自有夫郎有婦與郎暗裏結同心

燕籠倦倚兩情依金玉良緣是也非一語醋人禁不得看他獃雁一雙飛

香肩並倚坐銷牀軟語嬌羞喚玉郎任是麝蘭薰透骨怎如林子洞中香

笑煞檀郎沒事忙朝朝尋豔復尋香叮嚀莫似顛狂蝶又逐東風過別牆

三尺紅綃寄恨書小詩讀罷淚如珠可憐秋水蒲桃眼多恐鮫人泣不如

小楷臨摹點畫工綠窗費盡許多功行間眞假知誰是畢竟心同手亦同

毒手誰防暗箭多無端簧舌起風波祇因孽海情覺重休怪龍鍾馬道婆

嬌嗔如絲強自持郎心祇許妾心知神仙那有相思藥枉煞行時王太醫

巾箱寵愛日無多三寸桐棺掩面過不獨傷心尤二姐本來娘子是閻羅

銀壺濁酒夜三更。爲訪襄王犯露行。立盡蒼苔冰透骨。辦耶底事太無情。
連天爆竹響迷離。金字牌銜列繡旗。一路珮環聲不了。香車齊會祭宗祠。
美景良辰二月天。相邀姊妹斂金錢。明朝正是花朝節。傳說堂前擺壽筵。
芳草青青水蔚藍。一鞭游騎出城南。問郎繫馬誰家好。莫是燒香水月庵。
鎮日蟾宮鎖不開。紫雲何自降瑤臺。金釵斜拔書薔字。惹得巫山暮雨來。
阿姨丰度自翩翩。不在梅邊在柳邊。值得堂前拚一死。風流幾箇似湘蓮。
蓼汀一帶碧波流。燈影衣香水面浮。簫鼓聲聲人不見。龍船剗過紫菱州。
花家門巷夜尋歡。綿繡成團玉作圍。一騎連錢驄馬去。許多紅袖捲簾看。
梨香院宇結芳鄰。一樹花光白似銀。麥飯紙錢寒食節。箇中亦有斷腸人。
晝永閑廷繡幔開。殘棋一局小徘徊。回頭錯落枰心子。笑問郎從何處來。
雨水雨兒霜降霜。費儂辛苦幾年藏。郎心但解冷香好。那識溫柔別有香。
冰麝無心更檢挑。鉛華不御自妖嬈。祇揉茉莉纖纖粉。添上薔薇薄薄硝。
口滴櫻桃一點工。避人調笑唾殘絨。教郎細向唇邊看。新買臙脂紅不紅。

松花衫子綠鸚哥。綵線盤金繡不多。病體卻嫌蟬翼重。阿婆還有軟煙羅。
攏翠庵前樹似霞。爲郎偷贈一枝花。含情笑脫袈裟道。可吃千紅一窟茶。
活火金爐獸炭銷。繡衾不暖坐深宵。北風一夜瓊瑤雪。齊脫湘裙換紫貂。
猩紅笠子太憨生。雪裏梅花一朵輕。不是郎心偏愛惜。薛家姊妹本多情。
翠縷條條手自抽。與郎細補雀金裘。花針若箇饒人巧。偏是燒香總斷頭。
淹淹扶喘別朱門。寃枉何人爲剖分。同住紅樓雲雨地。偏無好夢到晴雯。
一面匆匆死別時。紅綾襖上淚如絲。傷心爲製芙蓉誄。訴向花前知不知。
翠被憐香事已非。年年空憶夢魂歸。殘宵落盡棠梨雨。忍學飄零扇子飛。
偶向花前踐宿盟。太湖石畔訂三生。無心失落香囊袋。驚醒巫山夢不成。
雪羅衫子趁身裁。朵朵梨花月下開。雲板一聲車馬亂。饅頭菴裏送靈來。
繡衾留戀夢溫存。曉日臨窗未啟門。昨夜不知春雨過。杏花紅遍稻香村。
綴錦樓前草似茵。小鬟傳信踏青春。教郎莫到葬花處。滿地殘花愁煞人。
六幅湘裙汙石榴。爲尋芳草鬬風流。儂家贏得夫妻蕙。姊妹何人是並頭。

冰梅小几饌陳初。爲賞良辰樂自如。傳到太君親赴宴。齊來花下撲肩輿。
酒兵隊裏女將軍。跌宕風騷總不群。除卻尤家三妹子。更無人敵史湘雲。
芍藥陰中晝正長。避人扶醉赴高唐。落花不管春狼籍。飛上羅裙格外香。
鬭鵪螺杯鏤絳霞。融酥茶點樣新花。熊蹯雞跖當廚遍。添上冰盤哈密瓜。
村醪撩人亦雅馴。笥蔬風味自天眞。千金難買娥眉笑。老老原來是解人。
會芳園裏暫相親。路入桃源認不眞。一枕相思憔悴死。可憐風月鏡中人。
秦家小子太憨生。絕世溫柔玉性情。不是同車恩義重。也應分愛到鯨卿。
倚紅良媒亦自憐。淡妝素服一嬋娟。綺羅隊裏神仙客。誰是風流邢岫煙。
蓮花巧舌讓人多。艾艾何心自舛訛。試問眼前諸姊妹。阿誰曾不愛哥哥。
嬌癡小婢絕聰明。解把陰陽細品評。拾得麒麟私撮合。兒家亦是有風情。
瑤林貝闕篆分明。凸碧堂西雨乍晴。最好風光是三月。暖香塢裏放風箏。
滴翠臙脂拂絹初。亭亭新寫大觀圖。多情一管描花筆。祇恐蛾眉畫不如。
藕榭菱洲一帶疏。曉妝妬煞木芙蕖。癡郎貪看池中影。故倚闌干學釣魚。

太平鼓子響鄰鄰。文鳳求凰一曲新。筵上忽飛紅雨過。傳花剛到太夫人。
寶鏡玲瓏映碧紗。枝枝照見滿頭花。携蝗一覺渾無事。醉眼朦朧拜親家。
飛蓋流觴小令工。濃歌豔曲滿筵紅。阿儂看過西廂記。編出牙牌便不同。
蜂腰橋畔柳如烟。編箇花籃耶枕邊。妾貌如花眉是柳。教耶常似伴儂眠。
私語無端入耳聽。惹人情竇太零星。卻嫌蝴蝶眞多事。勾引儂來滴翠亭。
玲瓏新樣小荷湯。捧向櫻唇勸共嘗。小語問耶滋味好。可知還有口脂香。
絲絲冰綫綰通靈。聯卻梅花絡子輕。試向枕邊親問訊。小名眞不媿鶯鶯。
雲箋半幅手親裁。小楷蠅頭寫麝煤。忙煞一秋詩興好。海棠開後菊花開。
桂花作艇玉爲堂。新打闌橈七尺長。一陣香風花裏過。無人知是駕船娘。
爲耶扮作小漁婆。儂着青蓬耶着簑。耶自撐篙儂把舵。與耶照影到恒河。
窗下無人私語時。對耶調戲笑耶癡。近來學作參禪訣。究竟何如總不知。
東風昨夜夢天涯。曉起憑欄數落花。儂命也同花命薄。飄零一樣是無家。
繡簾風細裊晴絲。綵筆分填柳絮詞。妾願如絲耶似柳。便隨風去莫相離。

綠陰庭院鎖青苔。紅樓前年燕子來。春色不關人意緒。斷腸莫問李宮裁。
絲絲鬢髮膩於油。一線紅潮枕畔收。匿笑回身向郎抱。碧紗窗下共梳頭。
銷金繡幔紫檀床。錦被濃薰百合香。多謝穿衣三尺鏡。燈前夜夜照鴛鴦。
冰雪聰明慧性存，絳珠仙草本靈根。外婆若問阿誰好。絕妙詞原是外孫。
瓣香新祝女先生。一卷唐詩口授成。好把社中添一座。甄家娘子亦風情。
凹晶館外桂初芬。紫蟹肥時酒半醺。不敢持螯郎會否。妾心亦似卓文君。
金塘水滿睡初酣。風雨無端折畫欄。驚散鴛鴦無好夢。何人不怨趙堂官。
香車百輛別鄉關。碧海歸帆有夢還。回首可憐歌舞地。一天風雪望家山。
一朶鮮花色有香。縱然多刺亦何妨。不因摒擋抒才幹。誰信雞巢出鳳凰。
寄語檀郎莫更癡。從今了卻舊相思。洞房昨夜新人笑。正是顰兒死別時。
瑤臺悵望返雲車。愁聽鸚哥喚倒茶。何處朝雲何處雨。絳珠宮裏是奴家。
高情枉自夢梨花。赦老風情也不差。三尺紅綃人斷送。阿爺眞箇誤兒家。
雛鳳誰憐鎩羽翎。十三學織便零丁。聘錢十萬無人借。憔悴河邊織女星。

緇衣初換道家妝。薄命眞成枉斷腸。歲歲春花與秋月。可憐愁煞惜姑娘。
轉眼驚花委逝川。藍田燕盡玉成煙。傷心林下人歸去。庭院無人泣紫鵑。
掌花人去淚空彈，花氣猶含淚未乾。不是茜紗羅一幅。肯教便忝蔣琪官。
夢入怡紅往事空。伯勞飛燕各西東。金簪落井無尋處。更把何人換小紅。
絕可人憐是五兒。病中細與訴相思。海棠萎盡垂絲樹。賸有章臺柳一枝。
明珠已碎鏡埋塵。碧瓦成堆曲沼湮。一夜西風花落盡。傷心豈獨賈迎春。
訪舊休招棠女魂。不堪重問大觀園。沁芳橋下桃花水。盡是情蟲血淚痕。
誰人辛苦未分明。翠被憐香夜夜情。便益風流傻大姐。一雙獃眼看妖精。
悼玉悲金也是疑。傷紅惜翠總情癡。榮甯兩府人多少。占得淸名是石猊。
詩成亦自笑余癡。鏤血探腸苦費思。誰把江郎傳恨筆。爲儂傳遍竹枝詞。
紅牙拍碎暗傷神。過眼鶯花莫認眞。推醒紅樓酣睡客。回頭便是急流津，

紅樓夢題詞

余偶沾微恙寂坐小樓竟無消遣計適案頭有雪香夫子所評紅樓夢書試翻數卷不禁失笑蓋將人情世態寓於粉跡脂痕較諸水滸西廂尤爲痛快使雪芹有知當亦引爲同心也然箇中情事淋漓盡致者固多而未盡然者亦復不少戲擬十律再廣其意雖畫蛇添足而亦未嘗以假失眞詩甫脫稿神倦腸枯假寐間見一古衣冠者揖余而言曰子一閨秀也弄月吟風已乖婦教而況更作紅樓夢詩乎豈不懼吾輩貽譏哉卽應之曰君之言誠是然樂而不淫哀而不傷爲國風之始如必以此詩爲瓜李之嫌較之言具彬彬而行仍昧昧奚啻相懸天壤耶言未竟人忽不見吾夢亦醒但聞桂香入幕梧葉飄風樓頭瀉月撩人眉黛而已古吳女史綠君周綺自序

黛玉焚詩

不辨啼痕與墨痕無情火斷有情根香消果應燈花讖往日空憐蜀鳥魂慧業已隨人逝世癡饕休爲竹開門鴨鑪熨遍寒如水剩得心頭一縷溫

香菱學咏

花前月下自凝眸寸寸柔腸寸寸搜耆竊窗中誠足惜感身如此不關愁眠餐好在吟成後啼笑都從夢裏頭知否苦辛天報汝芳名非仗可兒留

湘雲醉眠芍藥

席翻脂粉醉飛觴酒力難支近夕陽無限春風困春睡不勝紅雨覆紅妝倘非玉骨還宜暖幸是冰肌未礙涼一種嬌憨又嬌怯畫工要費費平章

晴雯死領芙蓉

一現優曇命太輕臨題那得不憐卿便塡癡誄難償恨眞做花神始稱名素願何嘗形色笑平生轉爲悞聰明從來此事銷魂最已斷塵緣未斷情

靑女素娥李紈悲黛玉

月中霜裏擬翩翩姊妹班頭掌翰仙定爲淸才遭白眼豈宜紅粉逝靑年情雖有爲情應篤病到無辜病最憐竹自迎人人寂寂噫吁獨我淚潸然

水寒雪冷慧婢恨怡紅

妬花風雨猝花姿義憤偏鍾小侍兒果易分明仍一夢信難憑准是相思怡紅意氣能無恨湘館情懷爲甚癡幾許傷心何處訴頻教重立不多時

苦尤娘遭賺墮計

花是牢姿月是神東君應不負終身傷心漫怨庸醫藥委曲難通妬婦津未必無情歸幻境定然有恨隔凡塵紅顏大抵都如此腸斷千秋命薄人

俏平兒被打含情

究未呼天剖素胸淚紛紛咽屈重重好花風總憑空妬鬧草春多不意逢薄責原非長恨事無言確是有情鍾羨卿心底分明甚要學夫人卻易容

妙玉聽琴警悟

機微領略不言中一曲絲桐忍聽終好夢未醒長恨客美人已定可憐蟲從前枉受情癡累此後都歸色相空無限傷心成獨想餘音任付月溟濛

鴛鴦殉主全貞

芳心遲早固難勝待得人歸付幅綾爲日之多豈所願此身以外更何憑休憐

碎玉銷香恨應愧沾名釣譽稱竟可夢中先醒夢金釵十二有誰能

以香艷纏綿之筆作銷魂動魄之言別開生面喚醒人情士林中皆當斂手況出之閨閣中耶想紅樓仕女定亦相顧驚奇 蔣伯生評

以紅樓夢之實事作詩中之三昧故能胸中了了筆下超超讀此詩而人情可悟讀此詩而私慾潛消 雪香

紅樓夢賦敘

除是蟲魚。不解相思紅豆。倘非木石。都知寫恨烏絲。誦王建之宮詞。未必終爲情死。效徐陵之豔體。何嘗遽作洊遊。李學士之清狂。豬詠名花傾國。屈大夫之孤憤。亦云香草美人。而况假假眞眞。喚醒紅樓噩夢。空空色色。幻成碧落奇緣。何妨借題以發揮。藉吐才人之塊壘。於是揣來仙境。比宋玉之寓言。話到閑遊。寫韓憑之變相。花魂葬送。紅雨春歸。詩社聯吟。白棠秋老。品從鹿女。陸鴻漸之茶經。嘯到猿公。張若虛之詞格。賞雪則佳人割肉。獸炭雲烘。乞梅則公子多情。雀裘霞映。侍兒妙手。滅針迹於無痕。貧女孤身。痛衣香之已盡。眠酣藉綠。襯合羣芳壽上怡紅。邀來衆豔。生憐薄命。懶故國以顰眉。事欲翻新。洗人間之俗耳。鬭尖叉之險韻。鶴瘦寒塘。繪閨閣之閒情。魚肥秋澈。丹維白博。天上月共證紫心。翠剛紅韜。鏡中緣只餘灰刦。無花不幻。空歸環珮之魂。有子能詩。聊繼緗緗之業。几此駢四儷六。妝成七寶之樓。是眞寒二少雙。種得三珠之樹。而乃人口之膾炙未徧。賦紙之蟠灼旋來。簡汗方枯。不見標題之跡。璧完猶在。亦關文字之緣。爰付手民。重爲壽世。凡諸心賞。莫笑癡人。

光緒二年太歲在柔兆困敦清和上澣山陰何鏞桂笙氏書於申江旅次

紅樓夢賦二十首。嘉慶己巳年作。時則孩兒綳倒。綱官貢歸。退鷁不飛。縮龍誰撥。破彩如葉。枯管無花。馮驩之歌。彈有三疊。莫父之布。墜欲再登。遂乃依硯爲田。遷書就榻。屋梁落月。山頂望雲。感友朋之萍逢。負妾子之鶴望。鍾儀君子。豬操土音。莊舄鄙人。不忘鄉語。荒涼徒倚。塊獨寡儔。悄結彌深。鬱伊未釋。爰假紅樓夢閱之以消長日。夫其鶯花叢裏。螺黛天邊。星晚露初。晴朝雨夕。平章茗約。小院棋談。披家慶之圖。紅褌錦髻。赴仙庭之會。檀板雲璈。蓮葉譜來。好添食譜。鸚哥喚起。都雜詩聲。不料駒隙易過。螢光如炯。殘花頻落。傀柳難扶。子夜魂銷。丁簾影寂。舞館歌臺之地。日月一瓢。脂匳粉碓之場。煙靡十斛。此又盛衰之理。古今同慨矣。於焉沁愁入紙。擇雅圖題。摛寫溫柔。文成游戲。仿冬郎之體。伸秋士之悲。聲效西施。記同北里。渾忘綺懺。聊慰蘧樓。未嘗不坦然自怡。悠然自解也。顧或謂琵琶曲苦。托恨事於趙家。蝴蝶夢酣。契寓言於莊叟。自來稗官小說。半皆佛門泡電。海市樓臺。必欲鋪藻摛文。尋聲察影。毋乃作膠柱之鼓。契船之求也乎。况復側豔不莊。牢愁益固。仲宣體弱。元子聲雌。既唐突之可嫌。亦輕俗之見誚。竊恐侍郎試罷。未必降階。僧父成時。適以覆瓿耳。然而枯魚窮鳥。寓旨遙深。翠羽明璫。選詞綺麗。借神仙眷屬。結文字因緣。氣愧凌雲。原不期乎楊意。門迎倒屣。敢相賞於李谿。弄到偏枝。擢餘慚筆。因風屈體。難堪竹葉笑人。破夢吹香。郤被梅花惱我。

道光壬午中秋前十日青士沈謙自敘于京寓之留香書塾 改名錫庚

紅樓夢賦

蕭山青士沈謙著

賈寶玉夢遊太虛境賦

有緣皆幻無色不空風愁月恨都是夢中恨不照秦皇之鏡然溫嶠之犀早離海苦莫問津迷何須春怨秋怨朝啼夜啼淚彈珠落眉鎖山低則有警幻仙姑身寄清都職司姻籙薄命誰憐鍾情必錄國號衆香峰依翠玉會飲瓊漿界分金粟登碧落兮千重傍紅牆兮一曲笑此地情天孽海豈有神仙願世間才子佳人都成眷屬遂令雲母屏前水晶枕上殼破蟬飛香迷蝶放境黑仍酣雲青無障炯引雙光靈開十相瓊花瑤草翻添嫵媚之容綠樹紅亭別構玲瓏之樣於是手披舊冊目注新圖細摹詩讖歷勘仙姝玉容慘澹蠹蹟模糊石竟頑而不轉花未老而先癯慧劍憑揮好破城中煩惱呆燈空對終疑霧裏葫蘆爾乃烹羊脯剖麟脂調赤薤劈斑螭酒釀羣芳萬艷同杯之勝茶煎宿露千紅一窟之奇固宜觴飛鸚鵡卮獻玻璃神移玉闕心醉珠帷況復飛瓊鼓瑟弄玉吹笙

江妃拊石毛女彈箏絳節盼竿頭之舞霓裳流花底之聲靈香王妙想雅奏董雙成朝雲暮雨之期行來一度紅粉靑娥之局話了三生無何仙界難留錦屏易曉眼前好景俱空梁上餘香猶繞人生行樂只如此十二金釵都杳渺不想紅樓命名意誤煞少年又多少

吹大法螺擊大法鼓然大法炬如來說法眞要喚醒一切救度一切 余霞軒

滴翠亭撲蝶賦

楊柳陰中春色稀餞春今日送春歸惟有癡情蝶不知雙雙猶傍花間飛昔之韓憑夫婦謝逸詩篇滕峽一枝之翠雲峰五色之煙輕盈善舞縹渺俱仙牆高粉落簾細鬟穿莫不羅扇暗拂綵衣頻牽甌爾前生鶴子花頭之葉添誰好樣宮人鬢上之鈿爰有淑女小名寶釵香閨舊件有約忘懷欲訪不果相思無涯尋春玉檻轉步苔階飛絮和煙光欲活落花與雪影俱埋靑描蝶子黛綠觀鳳頭鞋則見栩栩玉腰翩翩粉翅顧影自憐側身偏媚飽咂額紅斜撩眉翠窄香徑而仍回拂錦茵而若墜君何輕薄夢迷莊叟之癡偎也顚狂會結唐宮之戲

遂乃繞雕甍穿繡閣捲珠簾披晶箔袖短羅香鬢鬆雲薄勢怯驚捎魂防燕掠徑雖仄而草肥心未慵而腕弱路轉峰迴之處架掩荼蘼水流花謝之時欄遮芍藥雁齒橋橫魚鱗浪隔香汗淋淋春波脈脈杏子衫輕桃花扇窄綠樹陰濃蒼苔路僻空盼仙衣徒敲粉拍步不穩兮難支臉不羞兮亦赤相逢遺帕之人遁去竊香之客歌曰南園草綠任飛回定在山隈與水隈空闖胸襟偎本色夢魂不唱祝英臺又曰滴翠亭邊四望空花枝冉冉隱牆東春風無意透消息驚煞推窗林小紅

翩旋軒虛飄曳粉拂索紙剪來未必有此栩栩欲活 周文泉

葬花賦

春雨淒風夢醒樓中憑闌小立滿地殘紅莫不芳心若醉癡想俱空依徊亭榭惆悵簾櫳顰卿乃翻花譜曳花裾隨花擔荷花鋤薔薇露下楊柳風初愁誰似我恨卻闌渠柔情脈脈孤影遙遙紅雨春歸之後綠陰午倦之餘與其影落芳塵聲隨流水幻類萍蹤香粘屐齒高飛滴翠亭邊低逐怡紅院裏何如貯以金

囊桑爲玉壘黃土雲封白楊煙起美人句妙都諳鸚鵡之啼公子情癡定撰芙蓉之誄艷骨長埋愁腸空繞墓拜王嬙墳鄰蘇小鴛鴦塚成酴醾事了眼迷階畔之苔聲斷枝頭之鳥倩徐生而寫影紅瘦綠肥仿屈子以招魂風殘月曉徒令梅兄失侶菊婢垂頭蝶媒抱恨蜂使含愁荒涼三徑冷落一坏草雖生而不宿葉先病而如秋落月杜鵑長啼血淚空梁燕子徒弔蠹樓吁嗟乎柳絮墳詞之日海棠結社之年生涯詩酒風致神仙而乃灑相思之淚完太虛之緣波皆有恨月不常圓芳情繚繞苦味纏綿花容判爾花骨埋烟茜臉露冷湘館雲眠人生到此能不淒然詩曰膩粉零香亦可憐茭巾難補有情天不知三尺孤墳影瑟得姑蘇何處邊

紅顏一春樹流年一擲梭如聞藍采和踏歌 陳石卿

海棠結社賦

我聞衛士避燕燒錢嘬鴉王子評鏡尊公鬪茶陶令招飲白傅放衙粉檻路古桑柘陰斜晚風楊葉清月蓮花翠洛下之衣冠圖留僧舍題雪溪之名字歌起

漁家則有劉家小妹行列第三荔枝雖側杏花太憨寄閒情於筆墨窮眞趣於
林嵐檻下低徊清光夜惜齋中寂寞爽氣秋含留八月之餘春屋富金貯送一
囪之小啓詞擬珠談會有香山之勝酒有玉井之酣奪錦裁詩掃花擁帚斜掩
晴簾洞開妝閣韻隨鉢成心爲褰嘔覺風雅之淋漓喜精神之抖擻酣驚入夢
之香妙借生春之手莫呼姊妹贈別號於詩翁慣慕神仙拾餘芳於名友渺渺
秋光開偏海棠種分西府植向南牆宜和梨酒好聘梅妝淡抹半簾之月寒期
五夜之霜結一巢而堪臥入三徑而非荒此日題詞擬借書生之柱當年灑淚
空迴思婦之腸倩繡閣之佳人作騷壇之盟主逸同竹林名聯蘭譜勝攬芳園
旬傳樂府花有價而能評繭無絲而不吐遂令楊柳平隄鴛鴦別浦銷夏深潯
藏春小塢莫不十樣箋題一枝筆補憑分甲乙之公詎惜推敲之苦律兼收平
疊韻雙聲期不爽乎五風十雨所以時逢落帽節屆湔裙華筵酒半小憩睡餘
柳絮新填之日桃花再建之初賦江梅於梵院吟籬菊於吾廬縱教春卉秋蒲
別開結構爲數黃心綠葉實記權輿

女秀才女博士衆篇並作采麗益新洵極一時園亭之勝而清思健筆寫得
逼眞 徐樨蘭

櫳翠庵品茶賦

問前身於寶珞尋覺路於金繩魚山梵唄鹿女禪燈三空竟闢萬應俱澄座則
蓮花朵朵塔則螺影層層細草長松早結眞如之諦晨鐘暮鼓咸參最上之乘
當其相近莊嚴城開煩惱經倩馬馱鉢和雲抱錫飛則虎豹皆馴塵斷則煙霞
同老龕非鏡而都空徑有花而不掃固已緣分香火慧證菩提何妨渴解旗鎗
癖呼甘草爾迺金罏細撥石鼎新煎銀絲縷縷玉液涓涓添總順乎活火汲不
賴乎深泉聽來松下之濤清風入韻收得梅梢之雪凡骨都仙經分十二門陸
羽則採傳舊譜文有五千卷盧仝則謝賦新牋骨癡鳳團根蟠龍脊小峴雨酣
春池雷坼鶴嶺膏流鳩阬翠積入餅紫塵一甌霞液雲腳偏紅乳頭俱碧姓則
封以甘侯名則頌以森伯莫不味辨六班風生兩腋烹來北苑之香供罷西園
之客人如菊淡氣似蘭馨塵想胥滌醉魂漸醒箇傾巖白盌配瓷青項灌髭鬍

合撫仙人之掌香焚嬌蕊疑偷大士之瓶笑已類於拈花眞堪療渴頑總同於
點石不藉談經況復漆盤烟護花覆雲消靈犀堪點斑竹誰雕漱紅螺兮九曲
懸綠玉兮一瓢篆紋題蘇子之名形分斛斗秘府重王郎之玩實勝瓊瑤何必
背欹銅鶴葉捲金蕉盌奪琉璃之彩盃爭鸚鵡之嬌歌曰危坐金身六六前修
行何處脫塵緣幾聲唖後煎來熟參透觀音水月禪

陸漸漸茶經毛文勝茶譜蔡襄試茶錄周昉烹茶圖一時並集腕下 鐵小瑚

余性嗜茶丙子南歸讀書航塢山寺嘗擔一爐一鐺採日鑄雪芽汲山泉烹
之清馥雋永雖建溪顧渚不過也今讀此作益令我綆短銜渴 施鶴浦

秋夜製風雨詞賦

僕嘗驚秋夢擁秋衾悲秋笛感秋砧對秋燈之黯黯數秋點之沈沈即令秋河
微曉秋月滿林秋高入畫秋爽披襟猶然動我以秋怨攄我以秋唫況復細雨
斜風秋聲四起溼落簷花寒逼隱紙旅館蕭條彌嗟客子衣無人寄故鄉雲樹
之間被有誰溫小榻壘烟之裏獨坐聽之情焉能已何怪乎金閨淑媛繡閣名

姝花憐骨瘦月弔身孤寄還類燕啼竟如烏愁從筆訴病倩人扶讀江令之別
離情牽團露笑潘郎之吟詠興掃催租當其寂寂昏黃倦倚牙牀楊柳凝翠梧
桐送涼石細苔潤林搖竹香窗破燕展徑寒菊荒猿啼晴峽鶴唳橫塘蛩吟也
苦葉落如狂燈不挑兮蘂短夢不穩兮漏長留乃墨染金花硯調青石銀管毫
抽錦箋手劈何餘緒之纏綿寫離情之睽隔張衡之怨難消宋玉之悲莫釋淒
涼團扇姬人漢殿之歌彷彿春江學士陳宮之格多情公子風致翩翩擱燈相
訪笠雨蓑煙斜憑玉几小坐花氈當亦數行淚下一脈愁牽對此不堪卒讀之
句歸於無可奈何之天破夫桃花春雨柳絮春風影飄檻外香滿簾中固宜詞
傷頭白塚泣顏紅傳情命薄寄恨途窮者矣乃知人影蕭疏天光黯默霧鎖烟
迷紅愁綠慘三更寂寥四壁澄淡蓴羹鱸膾每縈旅客之情斷雁淫雲尤饒騷
人之感

多管是閑着筆兒未寫先流淚 施瘦琴

昨宵秋雨滴階孤燈如豆同青士坐西窗下共語旅況寒蛩落葉棖觸愁懷

因謂君宜賦秋窗風雨夜矣次日卽手攜此賦出示讀之幽香冷豔眞教我一想一淚零 己巳九月二日棠園朱襄附錄

檢初稾得故人之評跋數語奈十年來一領靑衫而燈影蟲聲猶是天涯作客棠園已於甲戌捐館歸瘞西湖之濱矣重撫手跡倍覺黯然 己卯七月九日自記

蘆雪亭賞雪賦

大地斂昏羣山含凍撿日韶霞綠蕓冒棟峰頭之吟榻高眠江面之釣船斜送火則翡翠一爐酒則葡萄半甕影隨柳絮春風謝女之魂寒到梅花明月逋仙之夢花帚分攜來掃舊蹊重重玉戲顆顆珠啼魚鱗屋厚雁齒橋低鶴何爲而守樹鴻何事而印泥遂乃縫開玳瑁隱展玻璃一簾垂地四壁環溪碧峰石隱銀浦波迷烟埋葭岸水濕蓼隄喚晴無鵲辟寒有犀路自藏乎曲折天不辨乎東西則見杯浮大白火擁層紅覆非蕉葉薦有瓠犀籠胎還勝兎掌亦如熊毛眞羶聚炭類雲烘分玉署之三牲仙家上品剖金刀之一臠名士高風況復春粉

銜箋松烟潑墨爐好同圍燭何須刻天運慘澹之容字費推敲之力寒香則秋水閒吟佳句則灞橋獨得添詩債罰依金谷之條助我春情供借銅瓶之色公子乃扶筇獨往着屐頻探蘼蕪幽徑薜荔小庵影欲竹外香逗枝南深山霞落老樹烟含一痕春盎半面酒酣疎夢到羅浮之界夙緣登彌勒之龕笑無檐而不索禪有璧而同參臘醞重澆北風瓢薦聲催銅鉢炭護銀貂詩眞香沁圖豈寒消壺貯冰而了了山纍玉而迢迢數闋歌來妝想美人之淡一枝贈後情憐驛使之遙賡白雪之新腔莫翻下里譜紅羅之豔曲絕勝南朝

倖色揣稱抽秘騁妍可奪梁園一席 何拙齋先生

雪裏折紅梅賦

紅粉修來香國坐靑鸞擁向玉山行五出梅花六出雪美人林下立無聲方其聯盟入社下筆驚人天公戲玉世界成銀裘因貂暖園類鬼馴株株屋繞步步簷巡柳有絮而皆軟松無皮而不皴白羽飛時貝闕瓊樓之地紅霞落處空山流水之春則見錦被風裁根從雲託影瘦枝疏妝慵粉薄分種蒲龕開花蘭若

非孤嶼之黃香異仙家之綠萼鉢常咒而生蓮門自關而守鶴灌須甘露傾大士之銀瓶沁借寒香學道人之鐵脚來追禪步迷茫無路積霰未融斜風如故圖披九九之寒徑覓三三之趣磴不掃兮全封山雖藏兮半露吟成東閣之詩分得西岡之樹類牆頭之紅杏拖出一枝同天上之碧桃竊來三度竹影交加籠水籠沙寒壓眉月暈蒸臉霞枝高手冷步緩腰斜小橋樹隔老屋煙遮橫琴何處烹茗誰家鬭歌於皓齒靑娥亭邊顧曲索笑於竹牀紙帳座下拈花點額則壽陽妝罷舉盃則羅浮夢醒閒依石檻小立苔垣句留屋角躑躅籬根玉皆換骨花欲銷魂瓷畫三面胭脂一痕鐵笛與銅瓶俱抱翠裘隨縞袂同溫淡雲晚日之餘誰誇白戰疎影暗香之裏又到黃昏歌曰姊妹江東大小喬憐卿丰韻十分饒前生夫婿林和靖合住段家湖上橋

冷香冷韻繪影繪聲覺人面桃花之句未免多買胭脂 周文泉

病補孔雀裘賦

斯羅之國闍賓之路有文禽焉曰孔都護尾張錦輪屏依紅樹彎翠角而高騫

服纖衣而先妒壓以金線編以彩翬集而爲裘適合腰圍雉頭失色鶴氅爭輝刷翎則翠落振翼則鸞飛劫奈成灰抱此難完之璧巧誰乞樣補來無縫之衣縱令訪天孫於河源尋龍女於洛水蘇若蘭之慧心薛靈芸之神技鍼借辟塵絲穿連理紗難價重千金春生十指類佳人之茅屋工費牽蘿同太守之布被儉能糊紙然而添香小婢煎茶侍兒靈機獨運病骨難支鶯驚嬾後蝴蝶慵時眉何事而不黛鬢何爲而如絲詎作嬌羞學夫人之舉動好將熨貼消公子之狂凝斜倚錦枕小啟香奩珠毛暗剔翠縷輕拈聲搖玉釧絨唾晶簾眼昏鍼細燈晃毫尖細來新月之弓半鉤忽滿送出春風之剪一線頻添是經是緯或橫或縱雲霞烟烟錦繡重重黑貂靑鳳之名徒誇焜耀翠尾金花之樣絕妙彌縫豈不疲而樂此卻無取乎憐儂寂寂寒宵銀燈嬾挑蓮漏音急茗爐篆消粧慵案粉鬢暈紅潮影比梅而更瘦聲如燕而尤嬌能不悄然心醉黯然魂銷枕以玉骨囫以金貂他年委懷琴書怡情筆硯小窗捲風幽徑積霰見此故物曷勝眷戀霜高露冷神傷翡翠之裘玉瘞香埋腸斷芙蓉之面

美人細意熨貼平裁縫滅盡針線迹 熊芋香先生

邢岫烟典衣賦

僕之窮猿長嘯怖鴿難安蕭條家巷落拓征鞍骨向誰傲眉徒自攢錐無地而
可卓劍有鋏而常彈葛帔相逢要廣劉郎之論綈袍莫贈徒憐范叔之寒亦嘗
偶覓裳箱頻傾竹笥裳解芙蓉裘抛翡翠豪類阮孚斂同蘇季愛雖割而難忘
贏已操而多累取中府而藏外府負他一領青衫感去年以待來年消此數行
綠字愁添酒債代滿瓜期寒催雁陣贖少羊皮歎有室中之婦號有牀上之兒
猶復計同補網形似奕棋任涂抹於東西拙嫌鬼笑費周章於昏暮潰畏人知
如此生涯寒儒故態不意金閨亦同感慨當其失路依人居貧寄食生有仙姿
容無靚飾釵金帶玉甘遊綾綺之場裙布釵荊別具煙霞之色身如萍跡移本
無根心與蓮同劈誰見慧啟篋兮塵尚封挑燈兮淚徒拭爾乃暈綠蒸黃圖紅
穿素鏤金貫珠裁雲織霧纖髾並垂單複咸具莫不解忘貂寒藏免竈蠹菊耐
霜欺蘭遺風妒鳥篆蟲書之迹字問元亭阜衫角帶之彩人司留庫適逢小姑

談及心曲羞帶顏紅冷侵鬢綠情切葭莩利權蝸蠋薜寒無恙還伊合浦之珠
抱璞來歸完爾荆山之玉自然持券以償應藉傾囊而贖吁嗟乎鶉鶉寒骨驚
繞愁腸未譜歷線莫賦催妝無處得送窮之筆何人傳療貧之方舊恨孰還乎
阿姊餘情堪寄乎小郎爾時碧玉投來深感佳人之贈他日紅綾遺去難禁老
嫗之狂

借別人酒盃澆胸中壘塊讀竟我又當浮一大白 俞霞軒

醉眠芍藥茵賦

簇簇金線重重絳綃花市合煙舞苔階帶露颯十二闌干紅香圃錯鬖垂楊廿
四橋彼之相卜廣陵佛供東武玉帶類拖含囊如纈紛紫登盤鵝黃曳組白爛
蓮塘紅搖柳浦婪尾春歸平頭香聚本牽織之爭抽亦繡纈之可擷仙顏醉倒
李學士見而呼名寶相迷來劉舍人因而訂譜爾乃繞薇軒披蕙閣浥葉調
杏酪蓮子新杯蘭花故幕薤簟風疏蓉屏煙薄酒濃律嚴觴累籌錯量何如窄
不勝太白之浮情有所鍾翻受小紅之謔璆然佩環頹然笑顏眼迷秋水眉暈

春山粉融棠頰綠顫青鬟釵斜影嚲袖溼痕斑凝立花下巧離席間路繞樹迷
廊倩風擋欄迴鳥驚徑僻苔老石磴蒼涼春色更好夢隨鶴而俱酣眠何雲而
不抱捧出玉盤之樣葉認琉璃裹來羅帊之香枕同瑪瑙燕妬鶯慙珠圍翠疊
莊或引蜂慵眞化蝶醒合遺鈿羞如暈靨非關血染輕飄杏子之衫絕似香埋
半露桐皮之箋黑正甜而愈濃紅竟軟而難捨似此風流千古獨絕昔有二美
比卿最切詩曰鬢亂釵橫倚玉牀侍兒扶起理殘妝沈香亭畔承恩日夜夜春
風醉海棠又曰小臥曾前夢不成暗香疏影向人迎壽陽公主梅花額修到今
生定幾生

余友梁花農有金陵十二釵詞最愛其詠湘雲閣云是佳人是名士才調如
卿洗盡鉛華氣讀此作乃覺一時瑜亮 周文泉

草藉花眠紅鬆翠偏牡丹亭是夢境此乃眞境 蔡笛椽

怡紅院開夜宴賦

金屋人閒晶簾日暮落花開筵啼鳥宿樹令懸詩牌籌錯酒數漏滴將殘曲終

誰驅陽春召我同太白之夜遊梟覺授予適靈均之初度香浮銀甕錦簇珠盤
猿眞獸果鶴不分饗梨正開而早釀桃非竊而如蟠春觴勸祝倚榻盤桓無須
白鳳青鸞王母長生之藥元霜絳雪麻姑不老之丹則見春草嬌婢朝雲小鬟
歌喉珠貫舞袖弓彎帳因霧鎖門倩風關銀屏燭冷翠幕鉤閒深情若揭俗例
都刪碧籠鸚鵡紅褪鳳環香淋額角黛掃眉間酒泛鵝兒色曲吟雉子斑遂乃
珠圍翠合雲亘星聯籤籌一握骰彩三宜桃垂溪畔杏倚日邊送春花了繞瑞
枝連紅瘦綠肥錦障鎖佳人之夢影疎香暗孤山留處士之天邵宜春館笙歌
羨他富貴最好秋江風露修到神仙彼夫器陳握槊物取藏彄鶴形箭飾豹尾
壺投格五致險象六誰優呼梟得梟彩非雉犢打馬刻馬圖有騂騮洵閨房之
遊戲爲飲博之風流何如拋紅豆之玲瓏相思入骨誦碧雲之清麗不盡飛觴
乃有梨園舞女名列煎茶簫吹碧玉板拍紅牙攢眉偃月暈臉蒸霞夜深則海
棠欲睡風高則燕子先斜瑪瑙枕邊夢斷合歡之榻芙蓉帳裏香飄並蒂之花

柳觶花欹鶯嬌燕嬾是一幅醉楊妃圖 陸晴康

見土物思鄉賦

客有自吳門來者遺以石梟之筆金花之箋硯則雪浪墨則松煙粉有龍涎之美黛有螺子之鮮傀儡則捧以黃土胭脂則和以丹鉛感姊妹之多情頻勞投贈傷耶娘之永訣莫訴迍邅嘗其寄食母家棲身旅境鄉關路遙孤館日永聽翠竹兮聲清望白雲兮氣冷雖曰我之自出脈脈關心其如鍔無所歸煢煢弔影愁緒亂兮秋漏長客夢醒兮春院靜獨憶夫鑑鄉風透鶴淵雲棲寒山鐘斷樂圃花迷橋邊虹臥臺上鵑啼夕陽烏巷芳草白堤墩飛彩鳳陂杳仙雞點頭石古響屧廊低一帶玉山桐樹護仲瑛之宅半彎香水蓮花通西子之溪似此風光不堪睽隔放眼兮山斷煙橫舉頭兮天空月白有三千雲外之程無十二風前之翮路迢迢兮界彌寬魂恍恍兮心倍窄倫令客中遇舊情益相親卽教夢裏還家愁獨莫釋況復故鄉珍物彌深愴懷荔同貢蜀橘類踰淮能不愴然腸斷潸然淚揩心比蓮而尤苦境非蔗而何佳愁惟眠而可對悶無酒而堪排儂有誰憐煩侍兒之慰藉命如斯薄勞公子之詼諧儂亦騷人自傷征軼捧他

千佛之經遺我三春之榜名塲則魚竟曝腮生涯則蛛聊補網計拙兮客難歸家貧兮親誰養所冀塞鴻江鯉憑傳尺素之書何當鱸膾蓴羹殊結秋風之想

一萬聲長吁短歎五千遍搗枕槌牀心事俱活活寫出 何掘齋先生

中秋夜品笛桂花陰賦

木落秋高天空夕朗星浮客棧露裊仙掌四壁蟲聲萬戶砧響寒影月來孤情雲上梯非石而貫繩橋如銀而擲杖玉樓徧倚遂成騷客之名金粟斜飄殊結蟾宮之想維時仙友聯盟蘅林競秀花開成速子落如豆青放粽颺路分露鷺大公依劉五枝贈寶四出瓣圓重臺香透莫不越層巖登遠岫採瓊英探璇宿攀喜天高培鷲山瘦白好盈簪碧還唾袖桂魄團欒萱堂縱歡篆裊香爐風搖燭殘杏子衫薄蓮花漏乾關山欲曉星斗自寒紅牙未按銀甲休彈恍登黃鶴之樓江城如舊宜奏紫雲之曲世界都寬折柳成腔落梅應拍流水飛鴻穿雲裂石紫玉聲偷綠珠影隔魚龍跳噴霄漢軒闢蟬冷兎寒煙空露白猿嘯峰青鳥啼樹碧三更潮反攜來玳瑁之枝十斛香飛驚落嫦娥之魄猷疑東海奏叶

西涼鈿裁江左籍取衡陽韻皆合管昔猶繞梁隔深林兮縹緲穿曲徑兮悠揚逢被謫之仙人響遏月斧感同遊之道士調製霓裳郭超吹而流涕阮咸聞而斷腸急管淒愴幽情悲咽彌深舊懷莫翻新闋故園無金谷之遊客子有玉關之別鵲鵑啼後霜露俱晞烏鵲飛來風煙頓絕夜涼兮酒醒夢斷兮愁結不獨李生鏡水湖中之匯影平分老父君山江上之嵐光盡裂

迴隔斷紅塵荏苒直寫出瑤臺情艷 熊芋香先生

凹晶館月夜聯句賦

橫天河漢近水樓臺一角青峰半弓綠苔風生木末月滿池隈浪翻紋起簾捲影來花濃香聚石細路洞身皆仙骨秋是愁媒夢如雲懶詩不雨催西園侍宴銅景辛酸迢迢夜永落落形單山不高而色淨樹不老而聲寒桐何爲而蕭碧桂何事而流丹露橫水冷雲斂天寬彩分貝闕圓捧晶盤遂乃綬蹴鳳鞋輕攜雀扇羅袖拖紅練裙皺茜步展弓弓波開面面風約萍根雪堆荻片鶴不驚飛喉疑鶯囀囊提骨董有句同探鼎返消磨無丹不鍊玉臂雲鬟之飾香霧迷來

紅吟綠賦之聲石欄數遍絳仙稚調白蠟新詞泥同落燕珠必探驪才逢鮑妹慧勝班姬剗憐燭短催怕鐘遲思抽來而乙乙語貫去而纍纍敵遇勍而顯捷韻因險而生奇秋色平分明月三更之夢偏師難破長城五字之詩維時韻繞枝頭猿啼峽裏筆點花魂香噴石髓雲氣鋪青嵐光聳紫槎貫如期鏡磨無滓笛聲嫋嫋遠颺秋樹之陰鶴影珊珊橫渡寒塘之水南樓則逸興遄飛北院則狂歌驚起既而蘭若同遊松龕並坐硯匣開隨釵鬟斜擇綠茗一甌青蓮千朶項依薝蔔之香燈撥琉璃之火苦海不乏慈航迷津豈無法舸詩夢醒兮草生禪關冷兮煙鎖直欲剪紅刻翠頻敲銅缽之音何妨扣寂探機共證蒲團之果

晴斜盼手背抄繞徑尋詩蓮步小笠翁樂府可謂描摹盡態矣聯青儷黃洵堪配偶 徐稚蘭

四美釣魚賦

紅飛岸蓼綠捲汀蘋水清石露浪小珠勻鴛鴦浴浦翡翠投綸鏡有痕而皆曉奩無玉面不春何須蓮葉溪邊放來短艇卻好桃花潭上寄此閒身閨中仙隊

翠繞珠圍勾留石磴拂拭苔磯雨平水滿秋老魚肥遠岸鷗宿芳田鷺飛草香蓋袖嵐氣侵衣照面盈盈豔比浣紗之女凌波冉冉嬌同解佩之妃爾乃斜放芒鈎輕拋瓊粒眼徹波澄心隨流急雲彌鏡而鬢寒浪潑花而腮溼聯蟬嚾合聲疑楊柳之藏獨繭絲垂影許蜻蜓之立不羨乎海上督留江千蓑笠綠渚煙橫碧瀾風盪香沫徐噴錦鱗直上鵝鴿驚飛蒹葭激響飽啞萍根潛通藕蕩穴向丙探頭如丁仰織斷綢籬挈三乘兩腰折神疲睛迴目晃喃喃吶吶流花下之嬌音策策堂堂結濛間之遐想怡紅公子緣溪前行身藏路僻步展衣輕擕來片石銜破澄泓空山鶴嘯老樹猿驚相與臨曲澗坐疎林投翠竹鍛黃金直本如繩借得美人之綫沉原有羽敲殘稚子之鍼宜收萬匠之箕鷗鷺港淺漫引百囊之網蘆荻洲深用以參珞珠之書究波羅之術探景純之囊入君平之室李虛中空演支干桑道茂徒推月日瓦雖擊而無靈棋果排而莫悉不必蓍蓍龜久細課虛元便教餌重緡隆預徵安吉

皮襲美云吟陸魯望詩江風海雨摵摵生齒牙間此則如拔王齊翰垂綸圖

潭月溪烟令人臨淵起羨 俞霞軒

瀟湘館聽琴賦

梅花三疊月滿闌干幽徑聲寂小牕影單新愁誰訴古調獨彈落落塵世知音最難維時竹下美人橫琴小坐葉葉淚斑枝枝烟娑影倩魂移香和夢鎖碧檻縈紆湘帷潭沱卓爾郭公之磚爐撥謝仙之火感花前之姊妹社結當年拔篋裏之篇章愁深似我爾乃細按玉徽輕調珠柱白傅音清丹維製古絃拂鸞鷟語傳鸚鵡桐尾先焦蓮心最苦索來妙句淒風冷雨之情翻入新腔流水高山之譜則有洛陽阿潘路歸蘭若同公子之纏綿得仙人之瀟灑引我津迷問誰心寫賞音怪石之間擊節高梧之下或斷或續若仰若揚曲填鳳噦聲繞鶯腸鶴歸露冷猿嘯雲荒雉飛秋隴蟬咽寒塘石上松老谷口蘭香調翻積雪操寄履霜韻帶愁而倍窄絲牽恨而彌長宜其流泉皺碧曉岫含青鳬鴿迭奏魚龍暗聽幽思嫋嫋逸韻冷冷鸞膠欲續花夢都醒吁嗟蒲柳望秋忽零絃絕先知慧似中郎之女曲終不見愛同帝子之靈美人有言知己者少顧曲不逢因心

自了曷若對草木之芬芳感禽魚之縹緲懷風月之淹滯觸雲烟之繚繞移情指間結想塵表何期逍遙大覺嗟歎餘音頓消俗慮別悟禪心他年玉碎與珠沉箇裏仙機漸漸深秋漢開雲歸去也一聲清磬滿叢林

歸家且覓千斛水洗淨從前箏笛耳爲之誦大蘇詩不置 蔡苗棣

焚稿斷癡情賦

嗚呼海溢情波穴纏鬼市居在膏肓攻非腠理醫誰換心方無續髓宜其藥竈空支妝臺懶起翠剛靈根紅稻瘦藕水自清而萍枯香不改而蘭死蒼鷁語滑倍添春女之悲扁鵲經殘莫試秋夫之技況復根代桃僵味嘗荼苦理鏡有臺伐柯無斧漠漠愁雲紛紛覆雨影怯蛇杯名鎗鴛譜聲斷啼鵑燈成讖虎海可寃塡天須恨補何必詩播吟箋句傳樂府手縛麒麟舌鬪鸚鵡抱來白璧飛作青媒珠璣十斛錦繡一堆燒瘢滿地火篆乩雷奏燔煙捲楚炬風催看紅燭之已炧適青囊之被災收爨下之琴材尾聲應律鼎爐中之香炷心字成灰爾乃桃紋炭熾蓮朵燈昏香羅誰贈枯墨猶存劈采牋於學士裂玉璽於天孫多少

相思都藏韻句纏綿此恨請驗啼痕點點則湘妃灑淚亭亭則謝女離魂時則階靜月移牕虛風顫斑竹數竿曇花一現綠齒春暮梁歸秋燕慘結幽房歡牕隔院人間之色相俱空天上之炎涼已變無多離別傷心聽萬里之歌如脫塵凡攜手赴蓬山之宴斷粉零脂之迹枉泣紅顏香蘭醉草之章誰題黃絹偎本情深郎何緣薄鏡破團圞扇悲零落迎或乘鸞去還化鶴金不貯嬌鐵能鑄錯渺渺兮莫慰愁懷忽忽乎未知生樂憶昔時壇麼唱會編一卷光陰從今仙界分離休問五雲樓閣

畫就了這一幅慘慘悽悽絕代佳人絕命圖 孟砥齋

砥齋孝廉余舊居停也三千小令四十大曲無不成誦在胸初見時即向余索觀賦稿此篇其所最擊節者今孝廉已歸道山而六轉貨郎兒便成讖語鍾期千古當爲之破絕琴絃 辛已七月五日自記

月夜感幽魂賦

昔聞崔博陵之女子眷戀荒墳買秋壑之侍兒褒衰故宅江陵傷紅袖之歌古

館記青楓之迹魂依沙內李郁埋骨之人寃訴渠中洛浦彈琴之客茲皆鬼籙名登莫信夜臺路隔況夫寂寞園亭景物飄零雲影封路風聲掃庭芙蓉花冷蘅蕪草腥荼蘼欹架芍藥鎖麝犀文捲簾猩色收屏簾不垂而字綠屐不到而苔青爲訪小姑來尋暝途心同鴿怖身似蝶臘錦里將返愛河已枯富頭幾見失脚誰扶海清鏡滿天闊輪孤則見光射闌干彩分霄漢千竿竹疎萬里煙斷枝枝鵲飛點點螢亂蛩鳴菊籬霜落楓岸佛龕閉而燈寒湘館啼而夢散燭何須乘閒行白石之間依倚誰添小立紅牆之畔轉步山椒玉人遠邀芳蹤寂寂孤影飄飄媚同柳嬋輕類松搖玲瓏寶佩綽約仙標非孫娘而亦笑比盧女而尤嬌豈徒半面之緣似曾相識忽憶九泉之路益復無聊將疑將信若夢若癡柔情欲斷病骨難支紅暈桃花之臉綠攢桂葉之眉心虛乃覺命薄如斯寒逼三更環珮歸魂之夜醒持半偈醍醐灌頂之時流果急而難退石雖轉而已遲嗟乎巾幗英雄爲才所累錢則權蝍蝸之飛虎則觸胭脂之忌妒傳臨濟津欲生波悍似延平鬼偏作祟縱令雲翻雨覆徒驚夜慕之聲可憐月悴花憔同灑

秋風之淚

裂帶留題解囊贈別情之所鍾死猶不泯安得千手千眼菩薩普度九幽世界耶 周文泉

稻香邨課子賦

緊藏春之芳圃同負郭之農家半畝蒲葉一棚豆花掛禾架滿亞樹帘斜貫繩小戽護藥新芭圓排穩擔尖壓苗叉掃徑則元卿趣逸歸田則太傅情賒錦屏繡幄之中別開天地茅舍竹籬之外閒話桑麻則有巴婦懷情梁媛守寂彤管成編素帷掛壁燕子絲纏鮫人淚滴填石銜冤倚楹生慼歎有離鸞服宜纖翟傷破鏡之孤分傍殘燈而獨績望夫則首類飛蓬訓子則書傳畫荻膝下嬌兒風神可愛毬能使浮蝶何須佩巧聯鸜鵒之詩新製楊梅之對昔呱呱於枕畔頻傷背面之啼今朗朗於懷中猶作牽裾之態蟲妙琴清秋悅寒更甲夜乙夜長縈短縈金題列軸縹帶分名萬籤四部擁勝百城檢書有鶴學語如鶯弗紹吾種最佳此聲若問頭銜點去毛君之筆尚存手澤鑿來晏子之楹時則漠漠

平田翠光接天麥收黑穭稻插紅蓮守戶尨吠隔溪驚眠秧馬分種水輪引泉一犁雨漲十耜雲連小檻淡月芳陌晴烟芸牕晝永花幔春牽猶復慈薑竟折秘簡同傳紗幔垂授藜牀坐穿欲對古人香披黃卷好呼小婢寒展青氈秀骨則亭亭玉立嬌喉則顆顆珠圓所以踏遍槐花折來桂子耀竟依蟾門還登鯉雖鶚薦秋鳥鵲占喜摅奪錦之仙才振鳴珂之戚里回憶碧牕伴讀十年挑風雨之燈尤宜紫誥分榮五色煥鳳鸞之紙

一部紅樓夢幾於曲終人杳卒讀此作乃覺溪壑爲我回春姿 俞霞

香豔叢書　十九集卷三

石頭記序　崇川沈鍠笠湖

蘭亭妙墨。永欣梁上之珍。鴻寶奇編。淮王枕中之祕。吾友張春陔侍御。鈔弆石頭記評讚一帙。洞庭王雪香先生之所作也。石頭記一書。味美於回。秀眞在骨。自成一子。陋搜神志怪之奇。不仿祕辛飛燕太眞之傳。其曰可讀。久而聞其香。惟目亦然。無不知其佼。耳食者方諸南柯之記。目論者譬爲北里之編。僎矣。然而齊紈蜀錦。非纂組無以絢其華。癸鼎辛彝。非摩挲無以發其澤。嶽珍川靈之蘊。經探幽者捫苔剔蘚。而奧竅乃宣。含蘊孕萼之英。得好麗者振芬揚葩而蕤蕤畢達。是記也。苟無雕龍之鴻藻。繡虎之碩才。爲之刪繁刊量。句櫛字比。恐食蛤蜊者不知許事。噉橄欖者未見可甘。幾同嚼蠟。遂至唐突西施。誰爲畫眉。安得鑿開混沌。雪香孝廉。刳肝鏤腎。殫精竭思。鬱玉耶斫地之才。運媧皇補天之手。千灌百辟。莫耶歛芒。五鑿六鑿。韓非說難。萬言脫草。經營乎匠心。一笑拈

花。領略乎妙諦。浮白可呼知己。殺青遂作功臣。斯眞蘇棠文人。靈運當先成佛。前身金粟。太白定是謫僊矣。春陔侍御。嗜古如胸。愛香成癖。索從燕市。訖爲未見之書。購乏齊金。願下阿難之拜。珠探九曲。如入武夷。洞庭石註三生。合是瑱環秘笈。固宜金鑄賈島。絲繡平原。盛以碧玉之函。襲以紅羅之錦。書成寶紙。仿衛夫人之簪花。字拓蠶眠。裝虞世南之行篋。僕京華舊雨。廿載重逢。白下秋風。一尊命酌。酒闌燈灺。時出斯帙見示。命綴言於卷首。參軍得無小異。願借一箸。長公自是奇才。難參三昧。愧豹窺乎寸管。聊貂續以片言。宜付手民。鑄姊妹芸華之字。休爲皮相。毋蹈荒唐雲雨之詞。

題詞

春陔侍御。以手錄洞庭王雪香先生石頭記評贊見示。題詞一首。

丹山有鳳鳴朝陽。羽儀璀璨聲鏘鏘。一朝諫草盡焚棄。撫拾稗史非荒唐。眼前傀儡若蠢賊。經傳緒餘稍剽竊。蹠心蹠行路人知。猶敢覥顏附賢哲。曹家公子眞風流。紅樓夢比逍遙游。豎儒咋舌不願讀。翻以理障興戈矛。洞庭王郎好才調。異書到眼勤讎校。奇緣參透死生關。妙悟鑿開混沌竅。同心喜得京兆張。言歸楚澤搴蘭茝。簪花格寫粲花舌。流傳不吝陽春腔。藝林從此添清話。詞人類首才人拜。砭頑如見悼紅情。不是齊諧專誌怪。吁嗟乎。金陵自昔多金釵。而今花月荒秦淮。豎儒發難那可聽。相與作偈聯朋儕。攜君此卷泛煙水。勿令酸風射眸子。太虛境與太極同。是眞解人能解此。劍舞山中人稿

大觀園圖說

園在兩府之中。東盡會芳園地。西就榮府舊園。及下人所住餘房。歸併而改建之。計周圍三里半。正門五間。上面銅瓦泥鰍脊。門欄窗槅。俱細雕時新花樣。並無朱粉塗飾。一色水磨磚墻。下鋪白石苔階。鑿成西番花樣。左右雪白粉牆。其下虎皮石。隨意亂砌。自成紋理。進門一帶翠嶂擋住。望去白石崚嶒。或如鬼怪。如猛獸。縱橫拱立。其上苔蘚斑駁。藤蘿掩映。中間微露羊腸小徑。從此徑迤邐進口。上有鏡面石一塊題曰曲徑通幽入石洞。佳木葱籠。奇花爛灼。一道清流。從花木深處瀉於石隙之下。再進數武。漸次向北。平坦寬廠。兩旁雕甍繡檻。皆隱於山坳樹杪間。俯視則清溪瀉玉。石磴穿雲。白石欄杆。環抱沼沚。石梁跨港。爲沁芳橋。橋有亭。爲沁芳亭。聯有繞堤柳借三篙翠隔岸花分一脈香之句近怡紅院。爲園中出入所必經諸處總路也。寶玉與黛玉於此花下看會眞記赴探春招於此接賈芸信自蘆雪亭回怡紅院於此見探春從秋爽齋來一同出園同寶釵寶琴自薛姨處回於此遇襲人香菱等看魚訪黛玉於此見晉屋傾鴛子送菱藕受紫鵑氣於此發獃遇岫煙於此商寫答妙玉帖又小紅往蘅蕪院問鶯兒取傘於此遇李媽又黛玉找寶玉於此看各色水禽遇傻大姐於此言明娶寶釵事又香菱以詠月詩送黛玉

看於此遇李紈等又史太君還湘雲席於此小坐亭後有桃花山子石。山後黛玉葬花處。橋之西南。曰議事廳。卽省親時太監所起坐者也。後熙鳳病。李紈等於此理事。額曰體仁沐德再西爲梨香院。近榮府之東南角。爲榮公養靜之所。前廳後舍。另有門戶通街。院之西南。有角門通王夫人正房。薛蟠母子初至居此。後入大觀園。爲敎演女伶之所。出沁芳亭過橋。一帶粉垣。數楹修舍。有千百竿翠竹。掩映門內。回廊曲折。嬰武喚茶。階下石子漫成甬道。上面小小三間房舍。兩明一暗。窗映茜紅。裏間房內又有一門。外種大梨花幷芭蕉。小退步二間。爲後院。牆下開溝尺許。引泉一脈。灌入牆內。繞階緣屋。至前院。盤旋竹下而出。是卽瀟湘館也。聯曰寶鼎茶閒烟尚綠幽窗棋罷指猶涼句館側有橋曰翠烟。由此達怡紅院。小紅往黛玉處借噴壺經此橋畔有亭曰滴翠。傍池而築。四面游廊曲檻。雕鏤槅子。四月二十六日餞花會寶釵撲蝶至此聞小紅墜兒說遺帕事出瀟湘館而左。爲秋爽齋。中曰曉翠堂。聯云烟霞閒骨格泉石野生涯探春結社於此同黛玉等賦海棠詩賈母還史湘雲席於此擺飯又名秋掩書齋院後種梧桐。此處從園之東角進。向北過沁芳橋。亦便近秋爽齋者曰荇葉渚。又名柳葉亦作杏葉賈母於此登舟過花漵至蘅蕪院鶯兒同蕊官至瀟湘館於此

折柳條編花籃小坐由瀟湘館前行。靑山斜阻。轉過山徑中。隱隱露出一帶黃泥牆。牆上皆稻莖掩護。春日杏花百株。如蒸霞噴火。裏面數楹茅屋。屋外以桑柘楡槿各色樹之新條。隨其曲折。編就兩溜靑籬。籬外土井一。旁置桔槔轆轤。分畦列畝。佳蔬菜花。一望無際。有石題曰杏帘在望。稍進則竹竿挑一酒幌子於樹梢。樹旁設養鷄鵝鴨之類。步入茅堂。紙窗木榻。富貴氣象。一洗而盡。是爲稻香村。聯云新漲綠添浣葛處好雲香護采芹人出村過山坡。穿花度柳。撫石依泉。過荼蘼架。入木香棚。越牡丹亭。經芍藥圃。內有小廠廳三間卽紅香圃寶玉平兒岫煙寶琴同日生辰探春諸人及鴛鴦紫鵑等於此擺酒祝壽外卽湘雲醉眠處也。由芍藥圃入薔薇院。至芭蕉塢。盤旋曲折。忽聞水聲潺潺。出於石洞。上則蘿薜倒垂。下則落花浮蕩。元妃賜名花漵。至此分水陸兩路。由秋爽齋側至紫菱洲。賈母還湘雲席從瀟湘館來於此登舟至秋爽齋此陸路稍近自紫菱洲而左曰暖香塢。東西兩邊。皆是過街門。門樓上裏外都嵌石匾。西曰度月。東曰穿雲。中有蓼風軒。此地近秋爽齋。亦云與稻香村鄰近。意稻香圃畦本廣。周繞而達此耳。否則已隔暖香秋爽荇葉諸處矣。何以復近乎。賈母從蘆雪亭到此看惜春畫大觀園圖寶玉

訪惜春見與妙玉下棋過暖香塢。穿入一條夾道。通藕香榭。榭蓋池中。遙對綴錦閣。四面有窗臨水。左右有回廊。跨水接峯。後面係曲折橋。編竹爲之。行則有聲。熙鳳所謂隔支隔支者也。聯云芙蓉影破歸蘭槳菱藕香深瀉竹橋賈母等吃蟹於此賞桂賦詩賈母還席亦於此先命女優在此吹彈從竹橋過去。穿蘆度葦。過一徑。傍山臨水。河灘之上。一帶幾間竹房茅屋。土壁槿籬。竹牖推窗。便可垂釣。四面皆是蘆荻掩護。是爲蘆雪亭。李紈於此開社同寶玉寶釵等雪中聯句並賦紅梅詩熙鳳賈母先去至惜春處看圖此從花漵所分之水路也。陸路從山上盤道。攀藤撫樹。第見水波落蕩。曲折紆迴。池邊兩行垂柳。雜以桃杏。遮天蔽日。柳陰中露一朱欄板橋。過橋諸路可通。有一所清涼瓦舍。一色水磨磚牆。清瓦花堵。大主山所分之脈。皆穿牆而過。門內迎面突出插天大玲瓏山石來。四面繞旋各色石塊。將所有房屋悉皆遮住。無一株花。惟種異草。牽藤引蔓。或垂山巔。或穿石脚。或垂簷繞柱。或縈砌繁階。或翠帶飄搖。或金繩盤屈。或實若丹砂。或花如金桂。稱名不一。散見諸書。其房兩旁皆抄手游廊。上面五間清厦。連着捲棚。四面回廊。綠窗油壁。清雅比他處不同。曰蘅蕪院。聯有吟成荳蔻詩猶艷睡足荼

瓣夢香句 亦院側橋曰蜂腰。以板爲之。通怡紅院。小紅取笑於此遇賈芸寶玉於此遇李紈請熙鳳之人
出院不多遠。則見崇閣巍峨。層樓高起。面面琳宮合抱。迢迢複道縈紆。青松拂
簷。玉闌繞砌。金輝獸面。彩煥螭頭。已是正殿。聯曰天地啟宏慈赤子蒼生同感戴古今垂曠典九州萬
國被恩榮省親前元妃先御正殿賈政等男戚於月臺下排班行禮史太君等於月臺上排班行禮省親後於正殿中開宴 東面
飛樓曰綴錦閣。閣上藏圍屏桌椅船篷篙燈花燈之類閣下史太君還湘雲席三宣牙牌令 西面有樓曰含芳
閣。殿外玉石牌坊。龍蟠螭護。玲瓏鑿就。題曰省親別墅。後面正樓曰大觀樓。縱
過西邊至大主山。山峯脊上爲凸碧山莊。莊有廳。廳前有平臺。以備賞月地。中秋
夜賈母領賈赦賈政及諸男婦王夫人等於此賞月聞笛 山坡下爲凹晶館。從凸碧山莊下坡灣曲一
轉。卽是。蓄在池邊。與凸碧一上一下。一明一暗。一山一水。遙相對直。通藕香榭
路徑。中秋夜黛玉湘雲妙玉於此聯句同至櫳翠菴過此至一大橋。水如晶簾奔入。此橋通外河之
閘。引泉而入者。乃沁芳之正源。一路行來。或清堂。或茅舍。或堆石爲垣。或編花
爲門。或山下得優尼佛寺。或林中藏女道丹房。其四面植紅梅者。曰櫳翠菴。爲
妙玉焚修地。小沙彌所居之鐘靡菴。女道士所住之玉皇廟。俱在此。或長廊曲

洞。或方廈圓亭。不一而足。忽見前面又現出一所院落來。一徑引入。繞着碧桃
花。穿過竹籬花障。編就月洞門。俄見粉垣環護。綠柳遮堂。進門兩邊游廊相接。
院中點綴幾塊山石。一邊種幾本芭蕉。一邊種一株西府海棠。其勢若蓋。絲垂
金縷。葩吐丹砂。上面小小五間抱廈。曰怡紅院。其中收拾與別處不同。分不出
間槅。四面皆雕空玲瓏木板。或流雲百蝠。或歲寒三友。或山水人物。或翎毛花
卉。或集錦仿古。或萬福萬壽。各種花樣。皆經名手雕鏤。銷金嵌玉。每一槅中或
貯書。或設鼎。或安置筆硯。或供設瓶花。或安放盆景。其槅之式樣。或圓或方。或
葵花蕉葉。或連環半璧。眞是花團錦簇。玲瓏剔透。條爾五色紗糊。竟是小窗。條
爾綵綾輕覆。竟如幽戶。且滿牆皆是隨依古董玩器之形。摳成槽子。如琴劍瓶
盂之類。俱懸於壁。而都與壁相平。地上磚面。皆碧綠鑿花。轉過一架玻璃鏡後。
此鏡有機括可以開闔拖過鏡子內有門兩層紗櫥。櫥後爲寶玉臥房 便是後院。院中滿架薔薇。過花
障。又見清溪前阻。此溪有八尺寬廣石頭砌岸上有白石一塊橫架爲梁再去爲月洞門爲花障劉老老於此誤入 此
溪從閘起。流至洞口。從東北山坳。引至村莊。又開一道岔口。引至西南。總共至

此。再南則仍合一處。從牆下出去。溪邊大山阻路。由山脚下一轉。便是平坦大
路。忽然大門現於前矣。此從花溆來之陸路也。外爲楡蔭堂。平兒生日於此答席 嘉蔭
堂。賈母八旬於此擺茶請各王妃及諸誥命又中秋夜賈母於此焚香陳瓜果 俱在園中。未及細考。處所則惟
備列之耳。又大門之旁。尚有聚錦門。在西南角上。史湘雲病時管事與大娘於此領大夫進園
東角門在東南角。後門五間。諸姊妹住園中以此爲內廚房派柳嫂子管理專司園中食用 以上俱係元
妃省親時改建修造。一切經劃布置。出老名工胡山子野手居多。此大觀園之
大略也。其詳不得而考也。

謹就十七回中所載錄出。間有增益。俱參全書而貫串之。但頭緒紛如。頁多
挂漏。閱者諒焉。

紅樓夢問答

或問紅樓夢伊誰之作曰卽我作之何以言之曰語語自我心中爬剔而出

或問子能作寶玉乎曰能何以痛詆襲人也笑曰我止不能作襲人之寶玉

或問寶釵似在所無譏矣子時有微詞何也曰寶釵深心人也人貴坦適而故深之此所不許也

或問寶釵深心於何見之曰在交歡襲人

或問寶釵與襲人交豈有意耶曰古來奸人進身未有不納交左右者以此窺之吾不謂寶釵何心也

或問寶釵與黛玉襲人與晴雯優劣曰釵襲善柔黛雯善剛釵襲用屈黛雯用直釵襲徇情黛雯任性釵襲做面子黛雯絕塵埃釵襲收人心黛雯信天命不知其他

或問紅樓寫寶釵如此寫襲人亦如此寫黛玉如彼寫晴雯亦如彼則何也曰襲人寶釵之影子也寫襲人卽所以寫寶釵晴雯黛玉之影子也寫晴雯卽

所以寫黛玉

或問寶玉與黛玉有影子乎曰有鳳姐地藏菴拆散之姻緣則遠影也賈薔之於齡官則近影也潘又安之於司棋則有情影也柳湘蓮之於尤三姐則無情影也

或問王夫人逐晴雯芳官等乃家法應爾子何痛詆之深也曰紅樓夢只可言情不可言法若言法則紅樓夢可不作也卽以法論寶玉不置之書房而置之花園法乎否耶不付之阿保而付之丫鬟法乎否耶不近之師友而近之姊妹法乎否耶卽謂一誤不堪再誤而用襲人則非其人逐晴雯則非其罪徒使僉人倖進方正流亡顚顚倒倒畫出千古庸流之禍作書者有危心也貶之不亦宜乎

或問黛玉之死鳳姐似乎利之則何也曰不獨鳳姐利之卽老太太亦利之何言乎利之也林黛玉葬父來歸數百萬家資盡歸賈氏鳳實領之脫爲賈氏婦則鳳姐應算還也至爲他姓婦則賈氏應算還也而得不死之耶然則黛

玉之死死於其才亦死於其財也

或問黛玉數百萬家資盡歸賈氏有明徵與曰有當賈璉發急時自言何處再發二三百萬銀子財一再字知之

或問林黛玉聰明絕世何以如許家資而乃一無所知也曰此其所以爲名貴也此其所以爲寶玉之知心也若常將數百萬家資橫據胸中便全身烟火氣矣尚得爲黛玉哉然使在寶釵必有以處此

紅樓夢存疑

紅樓夢結構細密。變換錯綜。固是盡善盡美。然詳細翻閱。間有脫漏紕繆。及未愜人意處。予所批書爲坊肆翻板。是否作者原本。抑係鈔刻謬誤。無從考正。姑就所見摘出數條。以質高明。非敢雌黃先輩。亦執經問難之意爾。

一回云。生元春後次年。卽生銜玉公子。後復云元春長寶玉二十歲。又言在家時曾訓詁寶玉。豈三十以後人。尚能入選耶。情春屢言小巧姐不肯長。嗣後又長得太快。李嬤嬤曾乳寶玉。復謂李嬤嬤過於龍鍾。此等處似欠妥。

第二回冷子興口述賈赦有二子。次子賈璉。其長子何名。是否早故。並未敍明。似屬漏筆。

十二回內說是年冬底。林如海病重。寫書接黛玉。賈母命賈璉送去。至十四回中。又說賈璉遣昭兒回來報信。林如海於九月初三日病故。二爺同林姑娘送靈到蘇州。年底趕回。要大毛衣服等語。若林如海於九月身故。則接黛玉應在七八月間。不應遲至冬底。況賈璉冬底自京起身。大毛衣服應當時帶去。何必

又着人來取再年底纔自京起程。到揚又送靈至蘇。年底亦豈能趕回。先後所說。似有矛盾。

史湘雲同列十二釵中。後來又久住大觀園。結社聯吟。其豪邁爽直。別有一種風調。則初到榮寧二府時。亦當敍明來歷態度。乃十二回以前並未提及。至十三回秦氏喪中。敍忠靖侯史鼎夫人來弔。忽有史湘雲出迎。突如其來。未免無根。或翻刻之誤。非原本耶。

十八回。元妃見山環佛寺。卽進寺焚香拜佛。自然卽是櫳翠菴。時妙玉何以不出迎。抑係尚未進菴。或暫時迴避。似宜敍明。

三十四回。襲人赴寶釵處借書。等至二更。寶釵方回來。曾否借書。一字不提。似有漏句。

三十六回。襲人替寶玉繡兜肚。寶釵走來。愛其生活新鮮。於襲人出去時。無意中代繡兩三花瓣。文情固嫵媚有致。但女工刺繡。大者上棚。小者手刺。均須繡完配裏。方不露反面針脚。今兜肚是白綾紅裏。則正裏兩面已經做成。斷無連

裏刺繡之理。似於女紅欠體貼。

三十五回。寶玉聽見黛玉在院內說話。忙叫快請。究竟曾否去請。抑黛玉已經回去。與三十六回情事不接。似有脫漏。

五十三回。賈母慶賞元宵。將上年囑做燈謎一節。竟未提起。似欠照應。

五十八回。將梨園女子分派各房。畫薔之齡官。是死是生。作何着落。並未提及。似漏。

六十三回。平兒還席。尤氏帶佩鳳偕鸞同來。正在園中打鞦韆時。忽報賈敬暴亡。尤氏卽忙坐車帶領升一千老家人媳婦出城。鳳鸞並未先遣回家。似覺疏漏。

尤三姐自刎。尤老娘送葬後。並未回家。自應仍與尤二姐同住。乃六十八回鳳姐到尤二姐處。並未見尤老娘。尤二姐進園時。母女亦未一見。殊屬疏漏。

六十九回。尤二姐吞金。既云人不知鬼不覺。何以知其死於吞金。不於賈璉見屍時。將吞金痕迹敍明一筆。亦欠密。

七十七回。晴雯被逐。寶玉私自探望。晴雯贈寶玉指甲。及換着小襖。是夜寶玉回園。臨睡時。襲人斷無不見紅襖之理。寶玉必向說明。囑令收藏。乃竟未敍明。於情似不合。

一百十二回。賈母所留送終銀兩。尚在上房收存。以致被盜。則鴛鴦生前豈有不知。乃一百十一回中。鴛鴦反問鳳姐銀子曾否發出。此處似不甚鬥筍。

一百十九回。寶玉不見。次日薛姨媽薛蝌史湘雲寶琴李嬸娘等俱來慰問。惟李綺邢岫烟二人未到。李綺或是已經出閣。岫烟與寶釵爲一家姑嫂。且寶釵素日待之甚厚。獨未見來。終覺欠細。

黛玉雖是仙草降凡。但心窄情癡。以致自促其年。卽返眞還元。應仍爲仙草。與寶玉之石頭無異。纔是本來面目。其生前情欲。不應卽超凡入聖。遂爲上界神女。至瀟湘妃子。不過因其所居之館。又誓悲哭借作詩社別號。且妃子二字。亦與閨媛不稱。何必坐實其事。寶玉神遊太虛幻境。似宜同尤三姐等恍恍惚惚。似見非見。引至仙草處。仙女說出因緣。便可了結。末後絳殿請回侍者一段轉

覺畫蛇添足。應否刪節。請質高明。

石頭記論贊

賈寶玉贊

寶玉之情人情也。為天地古今男女共有之情。為天地古今男女所不能盡之情。而適見寶玉為黛玉心中目中意中念中談笑中哭泣中幽思夢魂中生生死死中悱惻纏綿固結莫解之情。此為天地古今男女之至情。惟聖人為能盡性。惟寶玉為能盡情。負情者多矣。微寶玉其誰與歸。孟子曰。伯夷聖之清者也。伊尹聖之任者也。柳下惠聖之和者也。讀花人曰。寶玉聖之情者也。

林黛玉贊

人而不為時輩所推。其人可知矣。黛玉人品才情。為紅樓夢最。物色有在矣。乃不得於姊妹。不得於舅母。並不得於外祖母。所謂曲高和寡者。是耶非耶。語云。木秀於林。風必摧之。堆出於岸。流必湍之。行高於人。衆必非之。其勢然也。於是乎黛玉死矣。

薛寶釵贊

觀人者必於其微。寶釵靜慎安詳。從容大雅。望之如春。以熙鳳之黠。黛玉之慧。湘雲之豪邁。襲人之柔姦。皆在所容。其所蓄未可量也。然斬寶玉之癡。形忘器。促雪兒之配。情斷故人。熱面冷心。殆春行秋令者歟。至若規夫而甫聽讀書。謀侍而旋闖潑醋。所為大方家者。竟何如也。寶玉觀其微矣。

賈母贊

人情所不能已者。聖人弗禁。況在所溺愛哉。寶玉於黛玉。其生死之情。見之數矣。賈母即不為黛玉計。獨不為寶玉計乎。而乃掩耳盜鈴。為目前苟且之安。是殺黛玉者。賈母也。非襲人也。促寶玉出家者。賈母也。非黛玉也。嗚呼。我雖不殺伯仁。伯仁由我而死。是誰之過歟。

賈政贊

賈政迂疎膚闊。直逼宋襄。是殆中書毒者。然題園偶興。搜索枯腸。髭幾斷矣。曾無一字之得。何其乾也。儻亦食古不化者歟。訓子雖嚴。亦未得其道焉。

王夫人贊

人不可以有才有才而自恃其才則殺人必多尤不可以無才無才而妄用其才則殺人愈多王夫人是也夫人情偏性執信讒任姦一怒而死金釧再怒而死晴雯死司棋出芳官等於家爲稽其罪姦浮於鳳焉是殺人多矣顧安得有後哉蘭兒之興李紈之福非夫人之福也

賈赦邢夫人贊

賈赦似剛非剛乃剛愎之剛邢夫人似柔非柔乃柔邪之柔剛愎之剛非理之剛也故有小泥鰍之禍柔邪之柔非理之柔也故有金鴛鴦之變竊謂賈赦之剛有似乎楚子玉邢夫人之柔殊類乎魯哀姜

賈敬贊

天下豈有神仙然但能盡我性怡我情傀儡塲中何莫非洞天福地也故有富貴之神仙有忠孝之神仙有詩酒花月之神仙有托鉢叫化之神仙而乘雲跨鶴者不與焉彼煉丹燒汞導引胎息者直自討苦喫耳然伊古以來輕萬乘而

速禍敗者史不絕書豎儒何知焉

賈珍贊

十惡之條一曰內亂犯此者在家必喪在國必亡賈珍席祖父餘業恣其下流聚麀之誚列屋柔靡亦何不可乃爲不鮮不殄之求作大蛇小蛇之弄西府中無完人矣借非獅子介石之堅其能免乎然吾聞方山子賢者生平得獅子力居多賈珍胡不幸焉

尤氏贊

人之美者曰尤然不曰美人而曰尤物其爲不祥可知尤氏見於書已在徐娘半老之會然風情固不薄也設雞皮未皺更復何如氏之曰尤蓋比於夏姬也

賈璉贊

賈璉燒琴煮鶴大煞風景何樓市中物也以配鳳姐且在所辱況平兒哉然賈判一節頗能自降拔其幟而樹娘子幟亦腹負將軍解風雅者也收入色界中謂風流壇外作金剛尊者

王熙鳳贊

鳳姐治世之能臣亂世之奸雄也向使賈母不老必能駕馭其才如高祖之於韓彭安知不爲賈氏福無如王夫人李紈昏柔庸懦有如漢獻適以啟奸人窺伺之心英雄之不貞亦時勢使然也騎虎難下豈欺人語哉然亦太自喜矣

平兒贊

求全人於紅樓夢其惟平兒乎平兒者有色有才而又有德者也然以色與才德而處於鳳姐下豈不危哉乃人見其美鳳姐忘其美人見其能鳳姐忘其能人見其恩且惠鳳姐忘其恩且惠夫鳳姐固以色市以才市而不欲人以德市者也而相忘若是鳳姐之忘平兒歟抑平兒之能使鳳姐忘也嗚呼可以處忌主矣

尤二姐贊

尤二姐容貌性情兩無所惡置身大觀園中在在爲花柳生色而顧不齒於羣芳者徒以爲路柳牆花耳嗚呼一失足爲千古恨再回頭百年已身若是乎解

之無可解也然揚雄服事新莽荀彧輔弼曹瞞其所失與二姐未識如何使一旦望漢來歸其蹂躪踐踏之形正復何如也嗚呼失身而不爲長樂老人其悔豈可及哉

賈元春贊 政出

元春品貌才情在公等碌碌之間宜其多厚福也然猶不永所壽似庸才亦遭折者說者謂其歛於壽全於福矣使天假之年歷見母家不祥之事傷心孰甚焉天不欲傷其心庸之也越於史氏多矣

迎春贊 赦庶出

才者造物之所忌也則德尚矣然女子無才謂之有德若迎春者非其人耶何所遇之慘也說者以爲非賈赦遺孽不至此由是言之婚姻之故雖曰天命非人事哉

探春贊 政庶出

可愛者不必可敬可畏者不復可親非致之難兼之實難也探春品界林薛之

間才在鳳平之後欲以出人頭地難矣然秋實春華既温且肅玉節金和能潤而堅殆端莊雜以流麗剛健含以婀娜者也其光之吉歟其氣之淑歟吾愛之旋復敬之畏之亦復親之

惜春贊 敬出

人不奇則不清不僻則不淨以知清淨法門皆奇僻性人也惜春雅負此情與妙玉交最厚出塵之想端自隗始矣然玉不去則志終不決恐投鼠者傷器也非大有根器而能爲若是乎彼夫柳怒而花嗔鶯讒而燕妒者眞塵且俗耳奇僻何負於人哉或云妙玉之去惜春與知之

李紈贊

李紈幽閒貞靜和雍肅穆德有餘矣而不足於才然正惟無才故能闇淡以終雖無奇功亦無厚禍淵淵宰相風度也可與共太平矣

賈蘭贊

賈蘭習於寶玉而不溺其志習於賈環而不亂其行可謂出汙泥而不染矣然

乳臭未脫卽諂諂然以八股爲務是於下下乘中覓立足地也其陷溺似比甄寶玉猶深嗣是而仕途中多一熱人矣嗣是而性靈中少一韻人矣可以救庸而不可以醫俗惜哉然而李紈有子矣

賈環贊

賈環純秉母氣鼠目而豺聲忍人也獨赦老賞鑒之氣味有在矣然政老御之亦卒較恕於寶玉豈以公子州吁固嬖人之子也耶賢如賈政尙莫知其子之惡又何怪乎衞莊哉

賈巧姐贊

鳳姐一生權力適足爲後人斂怨媒孽之報人嫌其後矣而卒之臨危有救豈以毒攻毒以火攻火法有靈歟抑敬老憐貧善足以敵之也乃明珠欲墮援來陌路之人白璧無傷謀作田家之婦倫所謂絢爛歸於平淡者有如是耶爲之詠曰聽罷笙歌樵唱好看完花卉稻芒香何悲乎巧姐

賈蓉贊

賈蓉絕好皮囊而性情嗜好每每與寶玉相反寶玉憐香賈蓉專能蹂香寶玉惜玉賈蓉專能碎玉花柳之蟊賊也鳳姐錯識人矣然小意動人頗能忘恨故鳳姐終愛之啜茗傳神良有以也

秦可卿贊

可卿香國之桃花也以柔媚勝愛牡丹者愛之愛蓮者愛之愛菊者愛之然賦命穠芳爲至薄女子忌之故談星相者以命帶桃花面似桃花爲病可卿獲于人而不獲於天命帶之乎亦面似之也愛可卿者並怨桃花

薛姨媽贊

優柔寡斷足以貽數世之憂家與國無二理也薛姨媽進旅退旅有李東陽伴食之風顧黛玉終身業已心及之矣而卒未聞一言之薦豈非姑待之說中之與卒之黛玉死矣寶玉出家而寶釵亦因之以寡伊戚之貽誰之咎也孟子曰是亦羿有罪焉

史湘雲贊

處林薛之間而能以才品見長可謂難矣湘雲出而顰兒失其辨寶姐失其奸非韻勝人氣爽人也惟是遭際早厄與黛玉共不辰之憾宜乎同病相憐矣而乃佐襲人詆寶玉經濟酸論厥人聽聞不免墮於窠臼然青絲拖於枕畔白臂撂於牀沿夢態蕭散豪睡可人至燒鹿大嚼裀藥酣眠尤有千仭振衣萬里濯足之概更覺豪之豪也不可以千古歟

尤三姐贊

士爲知己者死尤三姐之死死於不知己矣不知己而何以死然而三姐則固以湘蓮爲知己也湘蓮知己而適不知己仍不失爲知己則舍知己而適不知己仍不失爲知己之湘蓮天下斷無有不知己而能知己如湘蓮者天下而無不知己而能知己如湘蓮矣而竟有知己而適不知己仍不失爲知己之湘蓮是知己而適不知己仍不失爲知己者乃眞知己也而竟不知己則安得而不死哉然而湘蓮去矣是知己而適不知己仍不失爲知己而竟不知己者究未嘗不知己也三姐何嘗死哉

薛寶琴贊

薛寶琴爲色相之花可供可嗅可畫可簪而卒不可得而種以人間無此種也何物小子梅得而享諸雖然蘆雪亭之雪非即薛寶琴之雪乎櫳翠菴之梅非即梅翰林之小子梅乎則白雪紅梅天然配偶矣惜乎閨中姊妹修不到此也爰醒其意曰玉京仙子本無瑕總爲塵緣一念差姊妹是誰修得到生來只許嫁梅花

邢岫烟贊

斂才就範抑氣歸神此皆非十年讀書十年養氣不到也邢岫烟在親較寶釵近在遇比黛玉難然厚寶釵如彼薄黛玉如此人情概可知矣秋水菱花能無顧影自憐耶乃漠然其遇淡然其衷不忮不求與人世毫無爭患則超超元箸也謂非學養兼到之作歟攬其風度如對矜平躁釋之佳構

香菱贊

香菱以一憨直造到無眼耳鼻舌心意無色聲香味觸法故所處無不可意之

境無不可意之事無不可意之人嬉嬉然蓮花世界也其殆寶兒後身乎何遇之奇也然一爲煬帝妃一爲霸王妾帝之與王其號雖殊其名實一也且安知今之王不即古之帝歟噫

李紋李綺贊

李紋李綺行事無所見其大致只於一二詩句彷彿之倘亦南康公主所謂我見猶憐者也想其丰韻在明月梅花之間良欲得爲友焉

妙玉贊

妙玉之刼也其去也去而何以言刼混也何混乎爾所以卸當事之責而重刼盜之罪也何言乎卸當事之責而重刼盜之罪也妙玉壁立萬仭有天子不臣諸侯不友之概而爲包勇所竊辱矣其去也有恨之不早者矣而適芸林當權刼盜鬧事之日以情論失物爲輕失人爲重以案論刼財爲重刼人爲輕相與就輕而避重則莫若混諸刼此賈芸林之孝妝點成文而記事者故作疑陣也不然其師神於數者豈有勸之在京以待強盜爲結果乎且云以爲死矣而幻

境重游獨不得見一面抑又何也然則其去也非刼也讀花人曰殆易所謂見幾而作不俟終日者歟其來也吾占諸鳳其去也吾象諸龍

鴛鴦贊

司馬子長有言死或重於泰山或輕於鴻毛若是乎死之必得其所也鴛鴦一婢耳當赦老垂涎之日已懷一致死之心設使竟死何莫非眞氣節然古今來以此自裁卒湮沒而不彰者何可勝道彼鴛鴦何以稱焉則泰山鴻毛之辨也死而有知不當偕母入賈氏之祠乎他年赦老來歸將何以爲情也

晴雯贊

有過人之節而不能以自藏此自禍之媒也晴雯人品心術都無可議惟性情卞急語言犀利爲稍薄耳使能自藏當不致遂死然紅顏絕世易啟青蠅公子多情竟能白璧是又女子不字十年乃字者也非自愛而能若是乎

紫鵑贊

忠臣之事君也不以羈旅引嫌孝子之事親也不以螟蛉自外紫鵑於黛玉在

臣爲羈旅在子爲螟蛉似乎宜與安樂不與患難矣乃痛心疾首直與三閭七子同其隱憂其事可傷其心可悲也至新交情重不忍效襲人之生故主深恩不敢作鴛鴦之死尤爲仁至義盡焉嗚乎其可及哉

侍書贊

以詞令見長者除熙鳳俚俗外如黛玉之新穎湘雲之豪爽探春之壯麗平兒之端詳類皆一時選然總不若侍書對黃善保家數語尤爲珠圓玉潤味腴韻辣使人受不得辭不得竊謂黛玉近於騷湘雲近於策探春平兒近於史若侍書寢食於盲左者乎可與康成婢抗衡矣

秋紋贊

國士衆人之說可以施之常人不可施之君父以臣子但知感恩戴德不知其他也秋紋丫鬟中衆人耳借他人之餘光爲自己之福澤亦可悲矣而乃感恩戴德言不足而長言長言不足而反覆言任他人譏笑訕罵已惟頌德謳仁何其誠也使易處襲人之位其晚節必有可觀誰爲遏抑者而竟以衆人終也悲

夫。

繡橘贊

巳無才而能用人之才。不失其爲才也。巳無智而能用人之智。不失其爲智也。惟不能自用。又不能用人。斯眞無用耳。繡橘才智以輔探春則不足。以相迎春則有餘。莫謂秦無人也。乃教歌者不能教喉嚨。教哭者不能教眼淚。此郤正所以屢窘於安樂公。木從繩則正。其如朽者何。迎春有二木頭之稱故云

琥珀贊

古來孤臣孽子。往往以遭際迍邅。遂成不朽之事業。從知盤根錯節。乃以別利器也。琥珀言談舉動。皆鴛鴦。然烈烈者如彼。庸庸者如此。豈才有不逮歟。亦遇之無奇也。則所謂士窮見節義。世亂識忠臣。非不窮不亂。無節義忠臣也。特不見不識耳。由是言之。鴛鴦之不幸。乃其幸。琥珀之幸。乃其不幸也夫。

玉釧贊

玉釧於寶玉。有不反兵之義。徒以主僕之故。敢怒而不敢言。然眉睫間餘憾未

平也。胡穎顏公子。又欲寶癡憨作梟夫人之蠱哉。則使心機費盡。强博一笑。於紅顏而詞色不親。終帶三分之白眼。於義有足多焉。

麝月贊

小人甘爲小人。又定不樂人爲君子。故必多方束縛之。挾持之。其不從者必掘之使去。其從者則暫借爲黨援。事成之後。亦必掘之盡去。如襲人之於麝月是也。麝月有爲善之資。不自振拔。往往爲所制伏。至不敢以眞面目對寶玉。此亦少年銳進。苟且以就功名之誤也。豈知事尚未成。而秋宵件讀。已不獲與差遣。其後悔何及哉。然寶玉出家。猶及見襲人抱琵琶上別船去。或亦忠厚之報歟。

柳五兒贊

繼晴雯而興者。有柳五兒。然巳在平王東遷。康王南渡之後矣。雖曰英雄。其如無用武地何。況臥榻之側。眈眈者巳有人也。吁嗟乎。當年渡口桃花。作意引來。此日門中人面。不知何處。五兒得毋有撫景神傷者乎。爰有眼淚別灑旃。

鶯兒贊

鶯兒憨態。直欲登香菱之堂。而嚌其胾。亦臥榻之側。所不容竚足者也。而襲人首薦之。毋亦以寶釵之故。然而鄭鑪之鼎。巳無異味矣。雖欲染指。何可得哉。其後與秋紋麝月。不知所終。以意度之。大約比襲人修潔。

翠縷贊

翠縷陰陽究論。如村童覆書。愈詰愈亂。如巫嫗說鬼。愈出愈奇。然其妙妙在通而不通。若使騷壇言之。便老生常談矣。安得爲詩瘋子婢哉。

小鵲贊

鵲報喜者也。然鵲之小者。自忘其爲鵲。人亦共忘其爲鵲。不特忘之也。或且疑爲鴉。已亦自疑爲鴉。由是杯弓蛇影。總屬眞情。鶴唳風聲。盡成實相。無以爲計。只得將大千世界。佛脚歷歷抱偈。而佛菩薩乃在極樂國中。吃吃笑不休。眞堪絕倒也。然究之所爲。不失爲喜也。謂之爲鵲。誰曰不宜。

小紅贊

杯弓蛇影之疑。有致死不悟者。起禍者不知也。受禍者不知也。卽嫁禍者亦不

知也。然而禍自此始矣。則莫如小紅失帕。寶釵聞之。而故爲覓黛玉一事。夫以黛玉之招忌也。有無端而譏讒者矣。況中其心病哉。則異日衆人之前。未有不力爲排擠者。黛玉厄而寶釵亨矣。若小紅者。其應刲之冤歟。秦漢間發難之陳涉也。

入畫贊

小題大做。在作文則見才思。在科罪則爲深文。入畫之事。若以之命題。則私下傳送四字。可以大發議論。包舉全史。若以之科罪。直應輕律薄責之而巳矣。而何遽逐之也。良禽擇木。良臣擇主。有以也夫。

蕙香贊

同生爲夫婦之語。不聞諸奶奶經也。度亦小兒胡謅。聊以相戲云爾。而擋實乃直以爲莫須有證據。池魚之殃。未見無辜如此者。而卒不聞一語自辯。豈以寶玉雞肋。固巳食之無味。棄之良得耶。蕙香眞晦氣也。

傻大姐贊

案大姐無知無識。蠢然一物而實爲紅樓夢一大關鍵。大觀園中落之故。實始於此。其宋之逐狗者與。楚之獻罹者歟。抑周之賣檿弧箕服者也。人耶。妖耶。吾不得而知之。則以爲傻大姐而已矣。

金釧贊

金釧金簪落井之對。與漢高祖對楚霸王。龍駒龍馭之喻相仿佛。顧霸王不殺高祖。而王夫人已殺金釧。是喑噁叱咤之雄。尚慈於持齋念佛之婦也。於是乎殺機動矣。大觀園之禍亟矣。讀紅樓夢者。且不暇爲金釧惜也。

彩雲贊

人各有一知己。不得謂君子是而小人非。特慮其不終耳。彩雲之於賈環。其相與可無究。至甘心爲此作賊。亦何淫且賤也。然平兒詰盜。慨然挺身。寶玉認贓。豪無輸色。落落乎石乞子風也。而不可以對賈環耶。然而環且貳矣。古今來陷身於賊而卒爲所疑者。豈少人哉。君子是以知小人之必無知己也。

雪雁贊

春秋責備賢者。然當君父之際。亦不容以庸愚之故。稍寬悖逆之責。者良以臣子所許在心耳。雪雁與黛玉。有更相爲命之形。所謂生死而肉骨者也。卽萬不容已。甯不可以死辭。而乃靦然人面。舍溺危之故主。伴他人作姑娘。豈復有人心哉。人將不食其餘矣。速作之配。絕之也。

芳官贊

芳官品貌似寶玉。豪爽似湘雲。刁鑽似晴雯。穎異似黛玉。而其一往直前。悍然不顧之槪。則又似鴛鴦。似尤三姐。合衆美而爲人。是絕人而爲美也。人間那得有此。然不有鷹鸇之王夫人。其墮落亦未可究竟。夫人之狂暴。夫人之慈悲也。不識佛如來其母能容否。

藕官贊

以眞爲戲。無往而非戲也。以戲爲眞。無往而非眞也。惟在有情與無情耳。藕官多情。故以戲情爲眞情。因是由戲入眞。由眞入魔。由魔入惡。而患且不測。非遇多情公子。其能已於禍耶。夫人不幸而多情。又不幸不獲多情相與。言情則實

無情而已矣。然豈我輩之所爲情哉。

蕊官荳官葵官贊

兔死狐悲。物傷其類。此義氣也。然末俗偸濟。往往有覩沈溺不救。又從而下石者。未嘗不在讀書談道之儒。此無他。利害分明之過也。蕊官等惟不知利害。故不避死生。一時義氣激發。直與顏佩韋楊念如馬杰沈揚周文元同其梗槪。以小喻大。不難執干戈以衛社稷也。禮失而守在夷。典亡而求諸野。蕊官諸人。顧可少乎哉。

劉老老贊

劉老老深觀世務。歷練人情。一切揣摩求合。思之至深。出其餘技。作游戲法。如登傀儡場。忽而星娥月姊。忽而牛鬼蛇神。忽而痴人說夢。忽而老吏斷獄。喜笑怒罵。無不動中窾會。如人意。因發諸金帛以歸。視鳳姐輩眞兒戲也。而卒能脫巧姐於難。是又非無眞肝膽眞血氣眞性情者。殆黠而俠者。其諸彈鋏之傑者歟。

板兒贊

蝶。吾知其戀花也。蜂。吾知其采花也。非蜂非蝶。不知戀。亦不知采。而能與花爲緣者。其花之虱乎。板兒何竟似此。然而蝶有怨矣。蜂有嗔矣。惟虱飽飲花露。倦臥花心。不識不知。眞花花世界也。蜂蝶羨虱。吾羨板兒矣。幾生修得到此。

李嬤嬤贊

李嬤嬤龍鍾潦倒。度其年紀在賈母之上。不足爲寶玉乳也。至其老而不死。尤當叩脛者耳。然襲人一生隱惡。從無發其覆者。獨此老借題發揮。一洩無餘。比陳琳討操檄。尤爲淋漓痛快。亦愈頭風之良劑也。昔蘇子美讀漢文至博浪沙一椎。擊節叫快。浮一大白。當以此賞之。

黃善保家贊

段秀實之擊朱泚也。吾聞其聲矣。若拊朽然。其雋不足稱也。淮南王之擊辟陽侯也。吾聞其聲矣。若槃腐然。其快不足稱也。若夫積之愈厚。煆之愈堅。礮焉而不能攻。鑽焉而莫可入。有佛菩薩焉。運五指之峰。作巨靈之擘。香風。蓋去春雷。

與新筍齊生翠袖翻來鴻爪共烏泥並現嘻此何聲也其殆博浪椎之嗣響乎
贊曰探春之掌是贗是鑿老嫗之喙惟膈惟脆蛾眉吐氣為大白浮者三老魅
煞風為舞劍起者再

焦大贊

賈家法於乳母頗厚重於酬庸矣然而人盡母也惟其乳而已焦大以身捍患似什伯乎乳之勞即祔賈廟以血食非倖也而乃混於輿臺儕於隸僕致僕婦奴子皆得牛馬走之宜其無限塊壘借杯酒以澆之也然而馬糞之塡未始非努力勸加餐之意不可謂不厚者特恐醉漢飽不知德耳

焙茗贊

寶玉栽培脂粉作養蛾眉為花國之靖臣作香林之戒行宜其深仁厚澤罔不淪肌浹髓矣乃除黛玉外別無一知己至能如人意不盡如人意莊也而出之以諧踏也而規之以正順其性而利導之如大禹之治水適行其所無事而卒也無不行之言嗚乎其為焙茗乎東方曼倩之儔也

賈薔贊

賈薔市井小人耳烏足以言風雅然其於齡官意柔柔而斐亹情款欵而紆縈似非不知道者意衣鉢眞傳必有所自祖也其寶玉大弟子乎可與言情矣

齡官贊

齡官憂思焦勞抑鬱憤懣直於林黛玉脫其影形所少者眼淚一副耳然烏知非貲之過卑而負之過深乎是安得有放來生債者預借一副眼淚為今日揮灑地也但世之灑淚者亦多假矣賈薔何修而得此

潘又安贊

人當無可如何之際計無所出惟以一死自絕此以死塞責者耳非以為樂也若夫當死之時無感慨無憤激無張皇卻顧心平氣和意靜神恬其死也賦哉其歸也眞登山所謂從容就義者潘又安其知道乎有死以來未有暇豫如斯者也

司棋贊

從古以過而賴為奇節者君子悲其志未嘗不諒其人司棋失身潘又安過已乃竟一其心相待以死繼之非節非烈何莫非節非烈也蓋其志已定於搜贓時矣觀過知仁諒哉

蔣玉函贊

寶玉動謂男子為濁物度一面目黧黑于思于思者耳使溫潤如好女未嘗不以脂粉蓄之然未有纏綿如蔣玉函者豈從來寃家大抵由歡喜結來耶巾之持贈也玉實主之矣襲人之嫁玉函之娶或無憾焉

襲人贊

蘇老泉辨王安石姦全在不近人情嗟乎姦而不近人情此不難辨也所難辨者近人情耳襲人姦之近人情者也以近人情者制人人忘其制以近人情者讒人人忘其讒約計平生死黛玉死晴雯逐芳官蕙香間秋紋麝月其虐肆矣而王夫人且視之為顧命寶釵倚之為元臣向非寶玉出家或及身先寶玉死豈不以賢名相終始哉惜乎天之後其死也詠史詩曰周公恐懼流言日王莽

謙恭下士時若使當年身便死一生眞僞有誰知襲人有焉

柳湘蓮贊

湘蓮一風流蕩子耳尤三姐遽引為知己豈曰知人然紈褲中無雅人文墨中無確人道學中無達人仕宦中無骨人則與其為俗子狂生腐儒鯫囊之婦也毋寧風流浪子不然三姐死矣幾見紈褲之儔文墨之儔道學仕宦之儔能與道人俱去者哉湘蓮遠矣

賈瑞贊

賈瑞雅負癡情不以菅茅自廢願觀光於上國亦有志之士也特未免不自量耳鳳姐遽置之死無乃過甚雖然溺糞何物也而敢以持贈是欲以曾經妙處之餘相餉也可不謂多情哉獨不識所贈物果鳳姐親遺否

秦鍾贊

秦鍾者情鍾也為種情於人之種耶為人鍾情之鍾耶為鍾情於人之鍾斯為風流種為人鍾情之種則為下流種然為鍾情於人固不得不為人鍾情之人

則合風流下流二種而爲種。斯爲眞情眞種。其於智能也莫爲之前。雖美弗彰。其於寶玉也莫爲之後。雖盛不傳。然顧前不顧後。其象爲夭。故不永所壽云。

薛蟠贊

薛蟠粗枝大葉。風流自喜。而實花柳之門外漢。風月之假斯文。眞堪絕倒也。然天眞爛熳。純任自然。倫類中復時時有可歌可泣處。血性中人也。或亦世之所希者歟。晉其爵曰王。假之威曰霸。美以諡曰獃。譏之乎予之也。

北靜王贊

北靜王表表高標。有天際眞人之概。嫦娥思嫁之矣。何論乎談文章說經濟者也。而林黛玉直以臭男人薔之。嗟乎王也而乃臭乎哉。是天下更無不臭者矣。天下而更無不臭者也。舍寶玉其誰與哉。死矣。

甄寶玉贊

太上忘情。其次多情。其次任情。其下矯情。矯情不可問矣。甄寶玉不能爲太上之忘情。不失爲其次之多情也。自經濟文章之說中之。而情矯矣。則甄寶玉者

世俗之偉人。而實賈寶玉之罪人也。罪人則黜之而已矣。故終之以甄寶玉云。

石頭記總評

紅樓夢一百二十回。分作二十一段。看方知結構層次。第一回爲一段。說作書之緣起。如制藝之起講。傳奇之楔子。第二回爲二段。敘寧榮二府家世。及林甄王史各親戚。如制藝點清題字。方可發揮意義。三四回爲三段。敘黛玉寶釵與寶玉聚會之由。五回爲四段。是一部紅樓夢之綱領。六回至十六回爲五段。結秦氏誨淫喪身之公案。王熙鳳作威造孽之開端。按第六回劉老老一進榮國府。後應即敘榮府情事。乃轉詳於寧者。緣賈氏之敗。釁開端。實起於寧。秦氏爲寧府淫亂之魁。熙鳳雖在榮府而弄權則始於寧。將來榮府之獲罪。皆其所致。所以首先細敘。十七回至二十四回爲六段。敘元妃沐恩省親。寶玉姊妹等移住大觀園。爲榮府正盛之時。二十五回至三十二回爲七段。是寶玉第一次受魘幾死。雖遇雙眞持誦通靈。而色孽情迷。惹出無限是非。三十三回至三十八回爲八段。是寶玉第二次受責幾死。雖有嚴父痛責。而癡情益甚。又値賈政出差。更無拘束。三十九回至四十四回爲九段。敘劉老老。王鳳姐得賈母歡心。

四十五回至五十二回爲十段。於詩酒賞心時。忽敘秋窗風雨。積雪冰寒。又於情深情濃中。忽寫無情絕情。變幻不測。隱寓泰極必否。盛極必衰之意。五十三回至五十六回爲十一段。敘寧榮祭祠家宴。探春整頓大觀園。氣象一新。是極盛之時。五十七回至六十三上半回爲十二段。寫園中人多。又生出許多唇舌事件。所謂興一利即有一弊也。六十三下半回至六十九回爲十三段。敘賈敬物故。賈璉縱慾。鳳姐陰毒。了結尤二姐尤三姐公案。七十回至七十八回爲十四段。敘大觀園中風波疊起。賈氏宗祠先靈悲歎。寧榮二府將衰之兆。七十九回至八十五回爲十五段。敘薛蟠悔娶。迎春誤嫁。一娶一嫁。均受其殃。及寶玉再入家塾。賈環又結仇怨。伏後文中舉串賣等事。八十六回至九十三回爲十六段。寫薛家悍婦。賈府匪人。俱召敗家之禍。九十四回至九十八回爲十七段。寫花妖異兆。通靈走失。元妃薨逝。黛玉夭亡。爲榮府氣運將終之象。九十九回至一百三回爲十八段。敘大觀園離散一空。賈存周官箴敗壞。並了結夏金桂公案。一百四回至一百十二回爲十九段。寫寧榮二府一敗塗地。不可收拾。及

妙玉結局。一百十三回至一百十九回。爲二十段。了結鳳姐寶玉惜春巧姐諸人。及甯榮二府事。一百二十回。爲二十一段。總結紅樓因緣始末。此一部書中之大段落也。至於各大段中。尙有小段落。或夾敘別事。或補敘舊事。或埋伏後文。或照應前文。禍福倚伏。吉凶互兆。錯綜變化。如線穿珠。如珠走盤。不板不亂。總評中不能臚列。均於各回中逐細批明。

石頭記分評

第一回

開卷第一回是一段。而一段之中。又分三小段。自第一句起。至提醒閱者之意句止。爲第一段。說親見盛衰。因而作書之意。自看官你道句起。至看官請聽句止。爲第二段。是代石頭說一生親歷境界。實敘其事。並非揑造。以見空卽是色。色卽是空之意。故借空空道人抄寫得來。自按那石上書云句起。至末爲第三段。提出眞假二字。以甄士隱之夢境出家。引起寶玉。以英蓮引起十二金釵。以賈雨村引起全部敘述。

情僧者。情生也。情僧緣者。因情生緣也。風月寶鑑者。卽因色悟空也。金陵十二釵。情緣所由生也。

石頭記者。緣甯榮二府。在石頭城內也。悼紅軒似卽怡紅院故址。當是曹雪芹先生。昔年目擊怡紅院之繁華。乃十年之後。重游舊地。風景宛然。而物換星移。園非故主。院亦改觀。不禁有滿目河山之感。故書其軒曰悼紅。以見鳥啼花落。無在不悼。此一把酸辛淚。不由人不落也。

賈雨村口吟玉在櫝中一聯。伏黛玉寶釵二人。

跛足道人歌及甄士隱注解。是一部紅樓夢影子。

甄士隱向跛足道人說走罷。卽不同家。直伏一百十九回寶玉之一走。

第二回

嬌杏者。儌幸也。賈雨村之罷官得館。因館而復官。如嬌杏之由婢而妾。由妾而正。皆儌幸也。

智通寺者。言惟智者能通此書之義也。

冷子興者。喻榮甯二府極熱鬧後必歸冷落也。

甯榮二府頭緒紛繁。若於後文補敘。家世竟不知該於何時補敘。勢必冗雜。若不分晰敘明。東西兩府。又牽混不淸。妙在借冷子興在村肆中閒談敘及。且將林甄王史各親戚。參差點出。既有根蔕。又毫無痕迹。眞善於點題者。邪正二氣。夾雜而生。所論最有意思。

情癡情種是寶玉黛玉品題

第二回一段之中應分兩小段。自起句起至不曾上學句止爲一段。敘賈雨村得官娶嬌杏及罷官處館。是補敘前事。引出林黛玉。自雨村閒居無聊句起。至末爲二段。敘甯榮家世。寶玉性情。趁勢逗出甄寶玉。

第三回

賈雨村至京。得缺到任。幾句撇開。即細敘黛玉正文。得隨起隨落之法。

黛玉開口說病。說癩和尚說。不要見哭聲。說不要見外親等語。已逗明一生因緣結果。

王熙鳳出來。另用一幅筆墨。細細描畫其風流能幹。權詐陰薄氣象。已活跳紙上。眞是寫生妙手。

王夫人對黛玉說寶玉嬌養瘋傻樣子。已將日後同黛玉情況。隱隱伏出。

黛玉初見寶玉。便吃一驚。想着像那裏見過。寶玉亦如此說。宿緣已見。鋪敘寶玉裝束面貌。更覺動人。卻是心中想道。不知是怎樣憊賴人物。反挑一句。文筆

曲折生動。

西江月一詞。罵紈絝公子。

描寫黛玉形容。可憐可愛的是癡情人。

寶玉一見黛玉。便摔玉哭泣。黛玉亦因摔玉。夜間淌淚。此時之兩淚。是一生眼淚根源。且伏後來寶玉失玉情事。

第三回專寫黛玉形貌神情。是此回之主。中間帶寫王熙鳳迎春探春惜春。因主及賓。故亦寫及裝束儀容。又帶出王夫人邢夫人李紈。及甯榮二府房屋家人小使丫鬟。即點出襲人嬰哥王嬷李嬷等人。末後帶起薛寶釵家。看他不慌不忙。出落次序。有極力描寫者。有淡描本色者。有略言大段者。有賓有主。有賓中之主。賓中之賓。筆墨籠罩全部。

第四回

寶玉黛玉寶釵。是一部之主。寶黛已經聚會。此回必當敘及寶釵。但一住應天。一住都中。如何合併一處。因借人命一案。牽合相聚。即將英蓮帶出。以爲引線。

後來許多事件。俱於此回埋根。且將賈王史薛四家親戚。均即帶敘。省卻後文許多補筆。眞是匠心獨苦。亦是天衣無縫。

蓮花命名大概用青香翠玉等字。今取英字。與人獨異。英者落英也。蓮落則變生矣。

葫蘆菴沙彌斷案。說盡什路趨炎情態。

沙彌勸結冤案。自已仍被雨村充發。不但報應不爽。可爲小人炯戒。且了結沙彌省後來閒筆。

梨花如雪。梨香院正好住薛寶釵。

王子騰若不出京。薛蟠一家自應相依王宅。不便即住梨香院。如此安頓。是文章善渡法。

寶釵是主。英蓮是賓。卻先敘英蓮。後敘寶釵。是因賓及主法。

篇中說寶釵舉止品度。又是一樣。已隱隱中賈母之選。且爲衆人欽服。

三四回一大段中。又分四小段。三回首句起。至不在話下止。爲一段。敘賈雨村

送黛玉進京。復得官到任。且說黛玉句起。至三回末。爲一段。敘黛玉進榮府。與諸人相見。及初見寶玉情事。四回首句起。至充發小沙彌止。爲一段。了結薛蟠命案。自且說買了英蓮句起。至四回末。爲一段。敘寶釵同母兄往賈府梨香院緣由。

第五回

一回至四回。已將賈母史薛親戚家世。大略敘明。黛玉寶釵。已與寶玉合並一處。入後可細敘居恒情事。然十二金釵。尚未點明。若逐人另敘文章便平蕪瑣碎。故以畫册歌曲。將各人一生因果。逐一暗暗點出。後來便都有根蒂。但又不便如賈氏宗支。可借冷子興口中細說。所以撰出一夢。在虛無縹緲之境。夢是幻仙。筆亦幻仙。

甯府賞梅。爲入夢之由。梅者媒也。蓉者容也。秦者情也。命名取氏。俱有深意。

寶玉先到上房內間。一見畫對。即不肯安歇。描出一不願讀書孩子。然後秦氏引入自己臥房。是由淺入深法。

叔叔不應在姪媳婦房裡睡。略借嬷嬷口中說一句。秦氏即順口掃開。用筆有深意、又引起秦鐘。

秦氏房中畫聯陳設。俱着意描寫其人。可知非專侈華麗也。

秦氏說神仙也可以住得。引起警幻仙來。

衆奶姆散去。襲人等四丫鬟。秦氏吩咐在簷下看貓兒。此時秦氏理應出去陪侍賈母及邢王夫人。書中並不敘及者。正是深筆。不是漏筆

警幻仙一賦。不亞於巫女洛神。

又副册第一幅是晴雯金釧等二幅是襲人。

副册第一幅是香菱。即英蓮

正册一幅是黛玉寶釵。　二幅是元春。

三幅是探春。　四幅是湘雲。

五幅是妙玉。　六幅是迎春。

七幅是惜春。　八幅是熙鳳。

九幅。是巧姐。　十幅。是李紈。

十一幅。秦氏。當其替身也。

十二金釵正册。畫止十一幅。黛玉是寶玉意中人。寶釵是寶玉鏡中人。故同爲一幅。文法亦不板。

寶玉入夢。因在秦氏房中。然無端入夢。便覺無因。故託甯榮二公。囑警幻仙點化之說。既爲後半埋根。夢亦有因而起。

茶名千紅一窟。酒名萬艷同杯。言目前雖有千紅萬艷。日後總歸抔土一穴。同是點化語。不是實仙家茶酒。

紅樓夢第一曲。是總領。

第二曲終身誤。指薛寶釵。

第三曲枉凝眉。指林黛玉。

第四曲恨無常。指元春。

第五曲分骨肉。指賈探春。

第六曲樂中悲。指湘雲。

第七曲世難容。指妙玉。

第八曲喜冤家。指迎春。

第九曲虛花悟。指惜春。

第十曲聰明累。指熙鳳。

十一曲留餘慶。指巧姐。

十二曲晚韶華。指李紈。

十三曲好事終。指秦氏。

十四曲飛鳥各投林。是總結。

金釵十二人。畫止十一幅。曲則十四拍。亦是變動法。意淫二字甚新。

迷津難渡。只有心如槁木死灰。方免沉溺。

第五回自爲一段。是寶玉初次幻夢。將正册十二金釵及副册又副册二三妾婢點明。既全部情事。俱已籠罩在內。而寶玉之情竇。亦從此而開。是一部書之

大綱領。

第六回

文章有暗寫。有明寫。不便明寫者。當暗寫。寶玉於秦氏房中。夢教雲雨是也。不必暗寫者。即明寫。寶玉與襲人初試雲雨是也。

秦氏房中。如果夢中云云。寶玉何必含羞。又何必央求別告訴人。寶玉說一言難盡。又細說與襲人。其情其事。躍然紙上。

秦氏房中。是寶玉初試雲雨。與襲人偷試。卻是重演。讀者勿被瞞過。

按着秦氏房中之夢。便寫與襲人試演。可見寶玉一生淫亂。皆從秦氏房中一睡而起。

頭緒萬端。眞是無從說起。借劉老老敘入。不但文情閒逸。且爲巧姐結果伏線。

寫劉老老在家商量。及到門上問話。周瑞家引進榮府。看見服飾陳設。見王熙鳳說話。活畫出一鄉裏老嫗到富貴人家光景。眞是寫生之筆。

賈蓉借玻璃炕屏。何必寫眉眼身材衣服冠帶。作者自有深意。鳳姐先假不允。

賈蓉屈膝跪求。始允借給。賈蓉出去。又喚轉來。鳳姐出神半日。笑說罷了。晚飯後你來再說。這會子有人等語。神情閃爍。飄蕩。慧眼人必當看破。

第七回

寶釵冷香丸。經歷春夏秋冬雨露霜雪。臨服用黃栢煎湯。備嘗盛衰滋味。終於一苦。俱以十二為數。眞是香固香到十二分。冷亦冷到十二分也。又埋在梨花樹下。不免於先合終離矣。

迎春探春在一處。惜春獨同小姑子頑笑。戲說剃頭。伏後來出家根苗。且為十五回鳳姐弄權。秦鍾得趣伏筆。

鳳姐夫婦。白晝宣淫。其不端可知。

宮花小物、黛玉亦有妬意。器量眞褊淺。

周家女兒為壻求情。周瑞家全不在意。鳳姐平日之弄權。於斯可見。

鳳姐宮花。分送秦氏。明日秦氏婆媳。又單請鳳姐。其中藏筆甚多。須以意會。

熙鳳帶寶玉同赴甯府。引出秦鍾。惹起焦大。卽借焦大醉罵。露出諸醜。讀者勿

以醉後胡罵。視為無關緊要。

秦鍾與寶玉。一見便彼此胡思亂想。冶容富貴。俱易動人。如此紈袴公子。愼之思之。

第七回。專寫鳳姐與甯府往來親熱。為後來治喪埋根。中間帶出秦鍾寶玉相聚。而先寫鳳姐夫婦白晝宣淫。以作陪襯。又埋伏惜春出家。寶釵結局。香菱可傷等事。至於焦大醉罵。黛玉妒花。皆文人深筆。

第八回

王鳳姐贏來戲席。賈母王夫人先回。鳳姐然後盡歡至晚。此半日中有許多事情。在筆墨之外。

寶玉繞路至梨香院。偏遇見淸客家人。兩番問安索字。固是文章曲折。亦寫盡趨奉公子情態。

第八回。專敘金玉配合之緣。故將寶釵面貌衣飾。及寶玉之裝束。又極力描寫一番。

寶玉之玉。是寶釵要看。寶玉遞送。寶釵之金鎖。却從丫頭鶯兒口中露出。大方得體。不着痕迹。

黛玉驀地走來。妙極、若黛玉不來。寶玉與寶釵兩人說話。一時便難截住。

黛玉開口尖酸。寶釵落落大方。便使黛玉不得不遁辭解說。

黛玉借手鑪。隱刺寶玉半日不聽他勸。好吃冷酒。今日寶釵一說便聽。妙在寶玉心中曉得。寶釵也曉不曉。薛姨媽眞是不懂。四人各有不同。黛玉又遁辭掩飾。靈變含蓄。文如鬼工。

寶釵說黛玉一張嘴。叫人恨又不是。喜歡又不是。眞是一箇極靈極妬的女孩。活現紙上。

寫黛玉替寶玉戴斗笠。實是痛愛寶玉。若是寶釵如此。又不知惹出黛玉多少話來。今默無一語。眞是大方女子。兩相形容。文章細活。

晴雯貼字。寶玉握手。兩情從此而起。

寶玉摔杯、是專惱李嬤。乃寫及襲人粧睡。聞氣起動。含餬答應。賈母捨己。攔住

寶玉。覺有一箇侍愛靈婢、跳躍紙上。

秦鍾入塾。伊父望其學成名立。是跌後反文。秦氏來歷。於此回補出。

第九回

賈政申飭李貴。嘱說寶玉。是反襯後文大鬧。又為李貴調停之伏筆。

寶玉於女色。自幼親近。且自秦氏房中一睡。襲人演試一番。已深知之。而於男色。尚未沈溺。又有秦鍾同學。從此皆迷入骨髓矣。

學堂大鬧。言聚徒為塾。魚龍混雜。其弊有不可勝言者。

第九回。專寫寶玉與秦鍾相厚是主。其餘俱是賓。寶玉兩途色障。皆由秦起。此秦氏為罪魁也。

第十回

金榮大鬧書房一節。若竟不再提。則第九回書直可刪却半回。若從賈璜之妻告訴。發覺便難於收拾。今借秦氏病中。秦鍾訴知。秦氏氣惱。轉從尤氏口中告知金氏。令金氏不敢聲言。隨卽掃開。眞是指揮如意。張友士細說病源。莫只作

病看。須知是描寫出一幅色慾虛怯情狀。

第十回。將完結秦氏公案。故細說病源。以見是不起之症。又帶出賈敬生日。引起下回。

十一回

第十一回。專寫秦氏病重。賈瑞心邪。是正文。賈敬生日。是借作引線。若非慶壽。寶玉何由再至秦氏房中。鳳姐何由同秦氏細談衷曲。賈瑞何由撞見鳳姐。

寶玉看見聾聯。觸起前夢。一聞秦氏絮語。不覺淚下。回環照應。妙手深筆。

單寫寶玉淚下。秦氏默無一言。因賈蓉鳳姐在坐也。讀者思之。

衷曲話必須低低說。藏著入妙。

賈瑞見色蔑倫。因邪喪命。亦從甯府而起。可見一切皆由甯府。謂之首罪。誰曰不宜。

尤氏笑說。你娘兒兩箇見面總捨不得。你明日搬來和他同住罷。雖是戲言。作

者卻有深意。

鳳姐哄誘賈瑞。以致殞命。只算替秦鍾報仇。

十二回

第十二回。寫賈瑞之癡邪。鳳姐之險詐。眞有張璪雙管畫松。一爲生枏。一爲枯枝之妙。

賈瑞固屬邪淫。然使鳳姐初時。一聞邪言。卽正色呵斥。亦何至心迷神惑。至於殞命。乃熙鳳不但不正言拒斥。反以情話挑引。且兩次踐約。毒施凌辱。竟是誘人犯法。置之死地而後已。不惟極寫鳳姐之刁險。且以描其平日鍾情之處。亦必如是引盜入室。

第二次賈瑞說死也要來。說出一箇死字。是讖語。又是伏筆。

鳳姐點兵派將。不叫別人。獨叫賈蓉賈薔。此何等事。而合此二人做圈套。是作者深文刻筆。

蠟燭忽來。紙筆現成。又引至院外。想見熙鳳設謀定計時光景。

跛足道人。忽然而來。取給風月寶鑑。回照第一回內所敍書名。賈瑞因此喪生。好色者當發深省。

背面是骷髏。正面是鳳姐。美人卽骷髏。骷髏卽美人。所謂色卽是空。空卽是色。也使賈瑞悟得道人指示。病自可愈。

借賈瑞停柩。逗出鐵檻寺。伏筆自然。

賈瑞死於淫。秦氏亦死於淫。賈瑞是賓。秦氏是主。所以下回卽寫秦氏病故。

十三回

秦氏托夢。籠罩全部盛衰。且見一衰便難再盛。須早爲後日活計。是作者借以規勸賈府。

寶玉一聞秦氏凶信。便心如刀戳。吐出血來。夢中雲雨。如此迷人。其然豈其然乎。

秦氏一死。合族俱到。男女姻親。亦皆齊集。固見秦氏平日頗得人心。亦見賈珍素日愛憐其媳之至。

秦氏死後。不寫賈蓉悼亾。單寫賈珍痛媳。又必覓好棺木。必欲封誥。僧道薦懺。開弔送柩。盛無以加。皆是作者深文。

鳳姐協理喪事。既見其才。又見其權。若非尤氏患病。賈珍亦難相請。脫卸處不露痕迹。

鳳姐協理秦氏之喪。固顯其有才有權。然幸是盛時。呼應俱靈。反照一百十回賈母喪事。

十四回

第十四回。極寫鳳姐之勤能。喪儀之華麗。及弔祭之熱鬧。皆係反襯後來賈母之喪。潦草雜亂。

鳳姐靈前哭。是眞哭。不是假哭。秦氏靈動聰明。是鳳姐知心。其性情亦大略相似。惺惺惜惺惺。安得不慟。在甯府辦事。夾寫榮府巨細諸事。足見鳳姐部署裕如。不慌不忙。皆是有餘氣象。

寫秦氏喪事是正文。中間夾敍林如海捐館。爲黛玉將來久住大觀園之根。

又夾敍北靜王要見寶玉。是賓。而林黛玉是賓中主。北靜王是賓中賓。

十五囘

寫鄉村女子紡紗等事。直伏巧姐終身。

鐵檻寺化作水月巳由堅固而變虛浮。水月而變饅頭。愈變愈下矣。所謂縱有千年鐵門檻。終須一箇土饅頭也。

淨虛說倒像府裏沒手段。深得激將法。三姑六婆。眞可畏哉。

來旺是鳳姐鷹犬。於此囘點明。

鳳姐一生舞弊作孼。不可勝言。若逐事細說。嫌於雜冗瑣煩。若一概不敍。又似虛枉。故就鐵檻寺弄權。及後文尤二姐事。最惡最險者。細寫原委。以包括諸惡孼。

秦鐘與智能。及寶玉苟且事。是夭亾根據。妙在一是明寫。一是暗寫。

十六囘

張金哥自縊。守備子投河。此二人亦死於情。而孼則歸於鳳姐。乃欲安享三千

金。豈可得哉。

於慶壽日。忽得封妃恩旨。熱如錦上添花。於大喜時。獨爲寶玉悶悶。冷如炭裏藏冰。

情爲業因。業爲情果。可卿已死。鯨卿將故。情已消滅。業亦隨化。秦業安得獨存。此業所以先秦鐘而逝矣。北靜王香串。人皆視同至寶。黛玉獨嗔爲臭物。其品高情深。固不待言。亦可想見其過於自矜處。

鳳姐備酒接風。戲謔趣話。描盡美俊口吻。其自謙處。正是自伐。才能善用反挑筆法。

薛蟠收香菱爲妾。借平兒說謊帶筆敍明。既不須另起頭緒。又帶出鳳姐放債。平兒知心情事。可謂八面玲瓏。

趙奶媽間話。雖是爲他的兒子之事。而借此老嫗口中。細說省親原委。便不費氣力。且逗出甄家豪富。則顯大觀存銀五萬兩。便有根蒂。並與第四囘護官符內所說。遙遙照應。

賈蓉聽見賈璉說賈薔可能在行。卽悄拉鳳姐衣襟。鳳姐亦卽會意帮襯。三人情況。何如讀者當自思之。省親園規模宏大。寫來却不費力。若窘才俗筆。非兩三卷不能盡。

第六囘至十六囘。一大段中。應分六小段。六囘是一段。敍劉老老進榮府之始。七囘是一段。敍寶玉見秦鐘之初。八囘是一段。敍金玉之緣。九十兩囘是一段。敍秦鐘與寶玉相厚。爲衆人所妬。及秦氏病中加氣。病勢愈增。十一十二兩囘敍賈瑞以淫喪命。鳳姐毒設圈套公案。十三至十六囘。了結秦氏姊弟。俱以色殞命。及鳳姐之弄權造孼。中間帶敍黛玉囘京。北靜王等事。爲後文引線。

十七囘

大觀園工程告竣。若祇請賈政一看。毫無意味。今以聯扁爲題。則此一看爲最要緊之事。不徒爲游玩起見。而各處亭臺樓榭殿閣山水。卽可挨次細敍。不覺瑣煩。非善於敍景者。不能有此也。

寶玉試才。爲下文做詩引線。若此時不預先一試。則下回做詩。豈不突如其來。

寶玉不待賈政傳喚。而適相撞見。省却多少閒筆。

寶玉游園。已經多日。其各處景致。自已熟悉。且云衆淸客心中早知賈政要試寶玉之才。寶玉亦知此意等語。則賈政之欲令寶玉擬題聯扁。已早露消息。並非臨時起念。其處處議論。安知不有宿搆。

於游歷時。忽想起帳幔陳設等事。趁勢補入。簡淨便利。

鋪寫各種奇花異卉。用賈政喝住。變筆極妙。

淸客引古詩泣斜陽。於無意中露盛極必衰之意。

玉石牌坊。寶玉忽若見過。直射第五囘所見太虛幻境牌坊。省親不過是一時時熱鬧。與幻境何殊。前後照應。在有意無意之間。

游覽園景。只到了十之五六。含蓄不盡。妙極。

衆小厮分解佩物。事甚無謂。而借此描寫黛玉褊妬多疑。煞有意思。

第十四五囘。寫甯府秦氏喪事之盛。此囘同下囘寫榮府元妃歸省之榮。一凶一吉。皆是反襯後來冷落光景。

十八回

第十八回省親是第一曠典第一大事。故全用正筆細寫。

補敍寶玉三四歲時曾經元妃教讀。以見上回擬題聯匾是有意。不是無意。

元妃初見賈母王夫人三人執手。一句話說不出。只是嗚咽對泣、情景眞切、下文臨別時賈母等別無一言。更妙。

寶釵改綠玉爲綠蠟。是聰明。不是憐愛。黛玉代做杏帘詩。是憐愛。不是聰明。各有分別。

元妃點戲四齣。末點離魂。是讖兆。亦是伏筆。

十九回

甯府演劇、條爾神鬼亂出。忽又妖魔畢露。及揚旛過會。號佛行香。一派邪亂空虛。暗照甯府行爲結局。

茗煙與萬兒。乘間私約。可見甯府家政之疎。

寶玉若非厭看熱鬧戲。何由二人走至小書房。若非撞茗煙。何由尋至襲人家。

文章善於引線。

襲人不肯出賈府心事。後文補寫。却先於寶玉眼中看見他兩眼圈紅。問他哭什麽。爲伏筆。則補寫一層便不鶻突。

茜雪被攆。雖是細事。亦補出不漏。

襲人說前日吃酥酪肚痛嘔吐。善於排解。

襲人試探寶玉。規勸寶玉。是解語花。

寶玉說等我化成輕煙、被風吹散。憑你們去。直伏後來出家走散。

花解語。玉有香。自然巧對。

此回寫襲人。一心跟定寶玉。反照後來改嫁蔣倫。寫黛玉自然有香。正照寶釵藥丸生香。

二十回

元妃省親後。正月未過。無事可寫。故敍婢女等賭錢。以見富貴之家。新正熱鬧景象。

借李嬤之吵鬧。寫襲人之能忍。即借襲人之病睡。逕起麝月晴雯、爲後文伏筆。

借賈環之稚蠢。寫趙姨娘之妬忌。亦是伏筆。

鳳姐於李嬤吵鬧。用好言勸解。於趙姨之妬忌。則用正言彈壓。一是愛憐襲人。一是憎嫌趙姨、而趙姨之敢怒不敢言。其結怨已始於此。

借史湘雲之來、寫黛玉賭氣、說出不如死了等語。亦是伏筆、

第二十回。敍新正瑣碎細事。因十八十九回敍過元妃省親大事。甯府演戲熱鬧。必當敍及細事。是文章巨細濃淡相間法。

此回全用借筆作伏筆。有手揮五絃目送飛鴻之妙。

二十一回

天色纔明。寶玉即披衣靸鞋。往黛玉房中、描出寶玉夜間雖睡在自已房中。却一心只在黛玉處。與西廂梵王宮殿月輪高一樣筆法。

湘雲剩水殘香。寶玉以爲鮮潔非常。描盡意淫二字。湘雲替寶玉梳頭。查看失珠一顆。暗補從前梳洗。已非一次。

寶釵聽襲人說話。有心賞識。留神探問。爲後文伏筆。且暗寫寶釵與湘雲黛玉不同。

四兒纔伺候寶玉。便想設法籠絡。已伏後來被攆之由。

寶玉讀南華經。雖是一時興趣。却是後來勘破根苗。但此時寶玉在忽迷忽悟之時。且欲釵玉花月。自已焚散妝滅。並非自能解脫。故隨即斷響立誓。仍纏綿於色覔也。

黛玉題詩譏誚。說不悔自家無見識。駁得極是。此即作者之意。

平兒搜得頭髮、既壓服主人。又即以示恩。眞是可人。賈璉說不論小叔小姪兒。說說笑笑。却也看出破綻。平兒說別教我說出好話來。是皮裏陽秋。

二十二回

寶釵生日。賈母獨捐貲辦戲。已見賈母屬意寶釵。

黛玉悶睡房中。必待寶玉拉起。然後出來。是暗寫醋意。

寶釵點醉鬧五台山。念出寄生草一曲。分明是寶玉後來遁入空門影子。

史湘雲心直口快。說出小旦像黛玉。當下並不提黛玉著惱。直至人散後方說破。而黛玉惱湘雲光景。已活現紙上。妙極。若於席間露出。則與賈母特辦戲酒面上不好收拾。此文章於事後追神法。

寶玉一偈一詞。却已人悟境。不過尚有人我相。若後文六祖之偈。眞是離一切諸相。

黛玉續偈之無立足境。方是乾淨。固爲超脫。而其不審於此可見。

寶釵引語錄。是不要寶玉談禪。但以冰阻水。冰消水長。恐寶玉禪心因此更深。不特寄生草一曲誤寶玉也。是文章暗深一層法。

各人燈謎。就是各人的小照。與紅樓夢曲。遙遙照應。寶釵燈謎。是竹夫人。

第二十二回。於慶壽賞燈熱鬧中。插入禪機讖謎。如夏至炎熱。一陰已生。直與造化同功。

二十三回

芹兒管事。在芸兒之先。足見鳳姐之權。勝於賈璉。賈璉於說芹芸管事時。忽帶

說昨晚發語。描寫少年夫婦情景逼肖。

寶玉同諸姊妹。不住園中。不能有許多事情。但賈政古板。必不肯允。有元妃傳諭。方好遷依。是大觀園聚集之始。

金釧戲言。可見寶玉喫慣胭脂。已非一次。不但爲後事伏筆。且爲前事伏筆。

寶玉一見小說傳奇。便視同珍寶。黛玉一見西廂。便情意纏綿。淫詞艷曲。移人如此。可畏可畏。此處直伏四十二回情事。

花塚埋花。雖是雅事。却是黛玉結果影子。

黛玉聽曲。至如花美眷。似水流年。二句。想起多少古詩。傷心落淚。短命人往往如此。

於聚集大觀園之始。獨敘黛玉埋花傷心等事。此黛玉之所以終於園中也。

二十四回

鴛鴦絕無憐愛寶玉。意與衆不同。其結果亦與衆不同。賈芸未得鳳姐歡心。先爲所寶玉所愛。是爲小紅引線。鳳姐向芸兒賣情。芸兒卽將賈璉撇開。眞是替

於逢迎者。

小紅不見手帕。於秋紋碧痕查問時說出。不露芸兒拾得痕迹。善用藏筆法。

小紅之屬意賈芸。是秋紋等譏誚奚落逼之使然。否則必專心希寵寶玉矣。

小紅一夢。是一小紅樓。妙在入夢時不說破。讀者幾疑意外。眞是芸兒叫他化工之筆。

第十七回至二十四回。一大段應分三小段。十七八回爲一段。敘大觀園告竣。元妃省親大事。十九二十二十一回爲一段。寫寶玉黛玉深情。及襲人平兒之靈慧。二十二三四回爲一段。寫寶玉禪機發動。各人燈謎讖語。黛玉之因曲傷情。及初聚園中。栽種花果之盛。

二十五回

抄金剛經。引出馬道婆。惹出五鬼雙眞。由道入覺。祛覺成道。卽是仙佛工夫。

二十回中。寶玉嗔說賈環。鳳姐正斥趙姨。及此回中寶玉戲彩霞。鳳姐提醒王夫人。俱爲趙姨咒詛根由。怨毒之於人甚矣哉。

鳳姐鐵檻寺弄權。是淨虛尼說合。趙姨娘之給衣物。既覺是馬道婆作法。三姑六婆。爲害不淺。

五鬼將作祟前。夾寫鳳姐戲謔一段文字。雙眞解釋邪祟後。夾寫寶釵譏笑黛玉一番說話。便覺精彩陸離。

寫趙姨勸賈母。暗描小人以爲得計。反跌出空中木魚聲來。

此回寫馬道婆趙姨之惡迹。爲後來報應證據。且見寶玉之塵緣未斷。熙鳳之惡貫未盈。故雙眞特來解救。爲一部書結上起下關鍵。

二十六回

小紅說千里長棚。沒有不散的筵席。又說不過三年五載。各人幹各人的去。雖非實在看透。卻是後來讖語。

佳蕙說寶玉說怎麼收拾房屋。怎麼做衣裳。小紅冷笑。正要說話。卻被小丫頭打斷。妙極。若再議論短長。不但與上文重複。筆亦不靈活。

西廂元微之同雙文。原是中表姊妹。不終所願。與寶黛相似。引用曲文。似非無

意。
馮紫英來而卽去。正是爲蔣伶伏線。
黛玉聽見晴雯不肯開門。已是氣伍。又聽見寶釵在裏面說笑。其妬其惱。眞有不可言語形容者。付之一哭。安得不鳥飛花落。
寫薛蟠認別字。活畫一箇獃霸王。

二十七回

寶釵見寶玉進瀟湘館。卽抽身走回。聽小紅同墜兒私語。便假裝尋人。善於避嫌。是寶釵一生得力處。
小紅傳平兒說話。瑣碎而明白。活寫出伶俐小丫頭口吻。
探春做鞋一段話。是描寫趙姨妬鄙。
黛玉哭花詞。極歎紅顏薄命。是黛玉一生因果。與紅樓夢曲。遙相關照。
第二十七回。寫小紅與賈芸情事。是賓。寫寶黛兩人心事。是主。

二十八回

黛玉之哭。只哭得自己。寶玉之慟。直慟到一家。深淺不同。是兩人分別處關鍵。
寫黛玉之不睬寶玉。越顯其鍾情。寶玉文筆反襯。得勢則一筆兜轉。正面已透。
黛玉處處不放寶釵。寶釵處處留心黛玉。二人一般心事。兩樣做人。
寶釵冷香丸。是自己細說。黛玉丸方。是寶玉謊說。遙遙關照。
寶玉說理他呢。過一會子就好了。却被黛玉聽見。借端譏誚。可見黛玉先走。並未徑走。原有心等寶玉同行。作者於後文描出前情。既省筆墨。更爲得神。
順手敘出鳳姐要小紅。細密不漏。
酒令各曲。俱有情關照。惟薛蟠所說所唱。村俗可笑。酒底亦不說。描盡獃霸王粗蠢。文筆亦變換不板。
蔣玉函於酒令中。無意說出襲人二字。松花汗巾。玉函先已東腰間。大紅汗巾。夜間寶玉又繫襲人腰裏。姻緣固有前定。伏筆構思甚巧。
元妃節賜。寶玉與寶釵一樣。不但賈母屬意寶釵。卽元妃亦同有此心。
寶玉見寶釵肌容。矽獃呆看。是鍾情亦是意淫。黛玉咬帕暗笑。想見已在門檻

上倚看多時。

二十九回

清虛觀打醮。極力鋪張熱鬧。反照異日淒凉。
寫鳳姐打道士。賈母安慰小道士。恃勢厚道。兩相對照。
寫張道士說話舉動。的是一箇有體面的老道。又是榮國公之替身。最妙處是說寶玉形容舉動。同國公一樣。流下淚來一段。此老道世情周旋。圓活可人。
張道士用盤送符。請寶玉通靈玉給衆道看。中間夾寫鳳姐戲言。不但前後靈活。且卽借伏熙鳳不審。
神前拈戲。第一本白蛇記。漢高祖斬蛇起事。是初封國公已往之事。第二本滿床笏。是現在情形。第三本南柯夢。是後來結局。所以賈母默然。只演第二本。
寶釵金鎖。已惹黛玉妬忌。偏又弄出金麒麟。及張道士說親。黛玉安得不更妬。眞是多心人偏遇刺心事。黛玉說寶釵專留心人帶的東西。有意尖刻。寶釵粧沒聽見。亦非無意。只是能渾而不露。

寶玉砸玉。黛玉吐藥。寶黛等四人。無言對泣。描寫吵鬧情形。既眞切又有孩子氣。
玉可砸。則穗亦當剪。寶黛姻緣中斷。已兆於此。

三十回

寶玉向黛玉說。你死了我做和尙。是以讖語作伏筆。黛玉一面哭。一面又將手帕摔給寶玉拭淚。描盡妬愈極而情愈深。
寶釵怒而能忍。借靚兒尋扇發話。又借戲文譏誚寶黛。其涵養靈巧。固高於黛玉。而其尖利處亦復不讓。金釧說金簪落在井裏。亦以讖語作伏筆。
女伶齡官。於薔薇架邊畫薔字。眞是賭物懷人。又爲三十六回伏筆。
寶玉淋雨。襲人被踢。俱是意外事。引出後文金釧投井。寶玉受責。意外事來。
襲人忍痛不怨。眞是可人。

香豔叢書十九集卷三終

香豔叢書　十九集卷四

石頭記分評

三十一回

晴雯奚落襲人。反襯後來晴雯被攆襲人送衣錢等事。

寶玉要打發晴雯出去。亦是反跌後文。

寶玉襲人哭。黛玉走來冲散。黛玉去後。薛蟠請酒。醉歸。隨起隨落。緊湊超脫。

寶玉又說做和尚。回顧前文。黛玉笑記遭數。哭化爲笑。靈活非常。

借晴雯口中。補寫寶玉與碧痕洗澡。借寶玉黛玉口中。補寫湘雲假扮寶玉。及摸雪人兒情事。覺有普戲美女跳躍紙上。

寫湘雲分送襲人等戒指。必須親自帶來。甚有情理。但金釧此時應已逐出。不知渠戒指如何着落。

黛玉說湘雲配帶金麒麟。引起後文湘雲拾得金麒麟。

湘雲說陰陽二字。頗有意味。且暗藏消長之理。末後以翠縷主僕分陰陽截住上文。不致說破男女。尤爲得體。

薔薇架下金麒麟。必是寶玉遇雨時遺失。可想見昨日淋雨。倉皇走來。誤踢襲人。一夜心慌意亂。不暇檢尋光景。是暗暗補寫法。

翠縷拾得麒麟。笑說分出陰陽來了。先拏湘雲的麒麟瞧。不說明誰陰誰陽。含蓄得妙。

湘雲所說無數人物陰陽。俱是賓。只有翠縷拾起金麒麟。笑說分出陰陽句。是主。

三十二回

借襲人向湘雲道喜。補敘十年前情事。想見小女孩在一處。無話不說。靈活可愛。

借襲人央湘雲做鞋。補寫黛玉剪扇袋。不露痕迹。史湘雲勸寶玉留心經濟學問。卽順手借襲人口中說寶釵亦曾勸過。又贊寶釵有涵養。既補前事。又遠伏

後來寶釵諫勸一節。

黛玉竊聽湘雲等話。若竟進門相見。便費唇舌。妙在暗自驚喜悲歎。抽身走回。既省煩筆。又引出彼此訴說一番。

寶玉因黛玉竟去。出神呆想。引起下回感歎金釧。撞見賈政。

湘雲搖扇。襲人送扇。是撕扇餘波。

湘雲心事委曲。借寶釵口中敘出。卽將做鞋一層脫卸。簡淨靈動。

黛玉不要寶玉拭淚。卻自已與寶玉拭汗。先是假撇清。後是眞癡愛。

寶玉發獃。誤認襲人爲黛玉。襲人恐難免不端之事。暗想如何處治。伏三十四回向王夫人一番說話。

寶釵將自已衣服給金釧裝裹。深得王夫人之心。已隱然是賢德媳婦。

寶釵見寶玉垂淚。王夫人欲說不說。便知覺七八分。人固聰慧。文亦靈活。

寫黛玉戔戔小器。必帶敘寶釵落落大方。寫寶釵事事寬厚。必敘黛玉處處猜忌。兩相形容。賈母與王夫人等。俱屬意寶釵。不言自顯。

第二十五回至三十二回。爲一大段。應分三小段。二十五回爲一段。敘趙姨咒魘。通靈蒙蔽。爲寶玉第一次災難。二十六七八回爲一段。敘黛玉寶釵性情舉動。迥然各別。是主。中間帶敘小紅私情。蔣伶夙緣。是賓。二十九回至三十二回爲一段。借元妃醮事。描寫黛玉妬忌。寶玉獃迷。中間夾敘晴雯金釧作陪。

三十三回

寶玉情迷出神。無心接待雨村。於賈政口中補出。妙妙。

蔣琪置買庄房。已伏後來娶襲人事。

蔣琪在東郊二十里紫檀堡地方。置買田房。王府中尚且不知。寶玉何以獨知其細。暗寫寶玉與琪官情好甚密。不時往來。甚至紫檀堡庄上。寶玉亦曾到過。亦未可知。

賈政大怒。是聽賈環之言。金釧之死是主。蔣琪之事是賓。

夾敘雙嫗一段。文情曲折可愛。

馬婆魘魔。峰起生彩霞。寶玉幾死於鬼。賈環撥舌。禍由死金釧。寶玉幾死於打。

其實皆趙姨所致。是後來結果案據。

寶玉抬回賈母房中。人人俱到。獨黛玉不來。是在瀟湘舘中痛心暗哭。不好意思走來。所以下回說眼睛腫得桃兒一般。其痛更甚於別人。是暗描。不是漏筆。

焙茗向襲人所說。賈環是實。薛蟠是虛。故作猜疑之筆。爲下回薛蟠剖辯地步。

三十四回

寶釵說得半句便咽住不說。寶玉已心感神移。痛亦不覺。此雙眞之所以說塵緣未斷、無可奈何。通靈之玉不蔽於鬼。仍蔽於情矣。

寶釵已認定蔣琪一節是薛蟠播揚。引秦鍾舊事爲證。既勸寶玉改過。又爲乃兄排解。眞是光明正大。

寶釵探望送藥。堂皇明正。黛玉進房。無人看見。又從後院出去。其鍾情固深於寶釵。而行蹤詭密。殊有涇渭之分。

寶釵勸寶玉說早聽人一句話。也不至有今。又說你還樣細心。何不在大事上做工夫。理正而言直。黛玉勸寶玉。只說你從此可都改了罷。言婉而情深。迥然

各別。

借王夫人問賈環話。引出襲人一番說話。襲人固善於乘機。文筆亦不僞矣。

賈環搬舌。襲人諱而不言。省卻無數是非。

襲人說黛玉寶釵在山色有無中。妙極。

黛玉與寶玉。段段不避嫌疑。密語私言。寶釵與寶玉。往往正言相勸。毫無狎褻。二人舉動不同、鍾情無異。襲人雖心欽寶釵。而於防閑之處。仍相提並及。不分重輕。立言得體。

黛玉題詩潛泣。寶釵勸兄氣哭。一是情不自禁。一是情由激生。然總因寶玉一人而起。

黛玉笑寶釵之哭。卻忘自己眼腫。可謂恕己責人。

三十五回

寶釵因晚間受薛蟠委曲。又記挂母親。所以早起。黛玉起得更早。是專憐寶玉。又不好進院。獨立花陰之下。千思萬想。一夜無眠。如畫紙上。

婁哥念詩。獨念哭花二句。可見黛玉無日不哭。無日不念哭花詩。又先引西廂二句。以襯哭花詩文章。既前後照應。黛玉癡情亦見透澈。

寶玉想讚黛玉。賈母偏只讚寶釵。可見賈母久已屬意寶釵。

夾寫傳秋芳一段。形容寶玉癡獃。

鶯兒正要說寶釵好處。卻被寶釵走來冲斷。藏蓄大有意味。

鶯兒正打梅花絡。寶釵忽叫打玉絡。又用金絲配搭。金與玉已相貼不離。黛玉線穗已經剪斷。寶釵線絡從此結成。

自寶釵來至家中。至薛蟠方出去句止。一段文字。是補寫寶釵早起回家情事。以結昨晚薛蟠胡鬧一節。

三十六回

賈母若不吩咐小使過了八月。方許寶玉出二門。則此四五月中。寶玉在園中諸事、無從細敘、此文章開展法。

寶釵輩時常見機勸導。惟黛玉自幼不勸寶玉立身揚名。作者只用閒筆一寫。

以省絮煩。而黛玉之一味情癡。已顯然可見。

借衆人想要金釧月錢。引出王夫人厚待襲人與周趙二姨一樣。接筍自然。

鳳姐說環兒弟該添一個丫頭。是反挑筆。

寶釵刺繡。尚可刷蠅。實在可疑。不但黛玉疑。湘雲亦不免於疑。

借寶玉夢中說出木石姻緣。直伏後來出走情事。寶釵告訴襲人的話。是於同出怡紅院。一面走。一面說的。書中藏而不露。妙極。

寶玉議論忠臣良將皆非正死。又說到自巳即死於此時。一派獃話。總因通靈玉爲情蔽之故。

寶玉要得衆人眼淚。漂化其身。又因齡官鍾情賈薔。說不能全得衆人眼淚、是總結三十三回寶玉受責後衆多眼淚。

寶玉悟人生情緣。各有定分。其悟雖眞、其迷愈甚。齡官一層。固是宜明三十回中畫字之意。實是爲寶玉陪襯、雀兒串戲。是婁哥念詩陪襯、湘雲忽然回去。引起不入海棠社。臨行悄屬寶玉。引起同擬菊花題。兩番詩社。

便不合掌。

第三十七回

八月將終。賈母所限寶玉出門之期已近。乃值賈政又奉差遠出。寶玉更可任意游蕩。以便敘及結社等事。文章生波再展法。

探春纔起意結社。賈芸適送白海棠。借此立名。便不着迹。

探春札甚雅。芸兒書極俗。映襯好看。

未見白海棠。先擬詩社題。與後文菊花題。不用實字用虛字。俱是文章避實法。

李紈評詩。以寶釵詩含蓄渾厚。取爲第一。眼力見識甚高。

各人海棠詩。俱暗寫各人性情遭際。而黛玉更覺顯露。

借送果品。引出史湘雲。又借尋瑪瑙。引出送桂花。爲下文賞桂伏筆。

王夫人給襲人碗菜月錢。是明寫。給衣服在衆丫頭口中說出。是暗寫。筆法方不雷同。

湘雲補詩二首。第一首是寶釵影子。第二首是黛玉影子。

海棠是初起小社。連湘雲所補只有六首。菊花是續起大社。故有十二首。

寶釵想出賞桂吃蟹。代湘雲作東。偏請一家。文章開拓變換。既照應寶玉送桂花。又引起下回借蟹譏諷。

三十八回

湘雲無別號。若俟題詩時增起。未免生硬。於賈母口中說出枕霞閣。後文即取爲號。便覺自然。眞一筆不苟。

敘吃蟹情事。細密周到。又活動不板。

鳳姐與鴛鴦戲言。璉二爺要討你做小老婆。暗伏四十六回事。

合歡酒惟黛釵二人各飲一口。映照有情。

菊詩十二首。與紅樓夢曲。遙遙相應。俱肖各人身分。寶釵蟹詩。雖是譏刺世人。卽謂專誚寶玉黛玉亦可。詠蟹三首。黛玉獨焚。似兆不壽。寶玉說我的也該燒了。又兆將來只賸寶釵一人。

第三十三回至三十八回。一大段應分三小段。三十三回爲一段。敘寶玉受打

幾死。是第二次災難。三十四回及三十五六回。爲一段。寫寶玉雖受痛責。而情迷如故。中間夾敘釵黛襲人玉釧金鶯傳秋芳及夢兆情悟等事。俱寫寶玉癡獃。三十七八回爲一段。敘園中結社之始盛。反照將來之難散也。

三十九回

襲人。鴛鴦。平兒。實爲丫頭中出類拔萃之人。於此回中借李紈總寫一番。彩霞是陪襯。

寶玉提起彩霞老實。探春說他心裏有數。卽用李紈說那也罷了。撇開接入讚襲人。褒貶意在言外。

借平兒口中。夾敘鳳姐假公濟私。放債取利。不是閒筆。是暗暗補筆。

劉老老纔說女兒抽柴。卽用馬棚火起截住。妙極。若向賈母細說。萬一賈母亦信以爲眞。遣人尋廟。其事難於收拾。今將賈母撇開。却入寶玉細問。方易於了結謊話。

寶玉說。等下頭場雪。請老太太賞雪。伏五十回事。黛玉說。不知弄捆柴。雪下去

抽。既揣知劉老老胡謅。且已知寶玉心事。寫出聰慧過人處。

劉老老說若玉小姐十七歲病故。雖是謊言。是林黛玉一襯。

焙茗尋美女廟。偏遇見瘟神像。暗中點醒癡人。是先後紅樓夢中美人。俱變爲夜叉海鬼牛頭馬面陪襯。劉老老於此回投機入局。爲後來巧姐避難根由。

第四十回

兩宴大觀園。三宣牙牌令。是園中極盛之時。特特將鋪設戲玩侈說一番。反襯日後零落衰頹之況。

惜春畫圖。於劉老老閒話中逗起。在有意無意之間。極有斟酌。

劉老老走路一跌。可見說話不可太滿。行事須防失足。雖係閒文。卻是借景醒人。

瀟湘館精雅華麗。不如蘅蕪樸實素淨。秋爽軒闊大疎落。恰配探春身分。

鳳姐與鴛鴦戲弄劉老老。賈母笑罵促狹鬼。雖是戲言。卻是讖語。

分送餘肴給平兒襲人。並不送趙周二姨娘。於周到中形容出愛憎來。

黛玉喜殘荷雨聲句。總是好哭。
黛玉說牡丹西廂曲句。可見平日喜看情詞。且可見其結果處。
寶釵聽黛玉說出牡丹亭曲。回頭一看。妙在黛玉不留意。又說出西廂一句。伏四十二回規勸。
黛玉說牡丹亭西廂。固見其鍾情處。寶釵說處處風波處處愁。亦見其遭際處。
迎春錯韻受罰。其餘俱故意說錯。惟王夫人鴛鴦代說。卻不明說牌色。即接劉老老之笑話。既省筆墨。又變動不板。
劉老老說令。固是發笑。卻暗與巧姐結局關照。

四十一回

竹根杯。引出黃楊杯。文情曲折。
若無黃楊大套杯。劉老老何至醉臥寶玉床。若非劉老老之腹瀉。何由走入怡紅院。一路敘來。有情有景。劉老老極村俗。妙玉極僻潔。兩兩相形。覺村俗卻在人情之內。僻潔反在人情之外。寗為老老。毋為妙玉。妙玉拉寶釵黛玉衣襟。心

中非無寶玉。只是不好拉耳。若心中無寶玉。因何劉老老吃得茶杯。便嫌腌臢不要。自己常吃得綠玉斗。便斟茶與寶玉。又尋出竹根大海來。且肯將成窰茶杯。給與寶玉。聽他轉給劉老老。是作者皮裏陽秋。不可不知。
妙玉向寶玉說你獨來我不肯給你。是假撇清語。轉覺欲蓋彌彰。
妙玉出家人。何以有許多古玩茶器。五年前在玄墓住。形迹殊屬可疑。
劉老老誤入怡紅院一段文章。有疑鬼疑神之筆。又照應鳳姐代插滿頭花。想見席中醉態。眞可發笑。
大姐來園中。引出後文送祟取名情事。

四十二回

劉老老取名巧姐。既補巧姐生日。又說逢凶化吉。遇難成祥。直伏一百十八回中事。
平兒要鄉間乾菜。不是閒話。是為劉老老好時常來往地步。
劉老老此次進榮府。衣物銀兩。滿載而歸。是伏後來老老家中。藉此寬裕。可以

藏留巧姐地步。不僅寫榮府樂施。
寶釵規勸黛玉。是極愛黛玉。所論亦極正大光明。並寶玉亦隱在內。
商量畫大觀園。開出許多需用之物。及尋索圖樣。央人起稿。且告假一年。竟像此圖必要畫成。是反照後來並未完局。又便稽遲日月。是文章躲閃法。

四十三回

攢金祝壽。一則見賈母寵愛。一則見鳳姐之權壓衆人。不獨變換故套。
寫衆人分金多少。及尤氏給還各人公分。俱有分寸。鳳姐生日。偏值金釧生忌。
賈母攢金取樂。偏有寶玉撮土焚香。壽筵未設。寶玉先著素衣。戲席未終。賈璉忽持利劍。且尤氏口中說出錢帶棺裏去。玉釧歎氣。暗中拭淚。種種不祥。俱於極熱鬧時見兆。
焙茗代祝。是用旁筆。寫出寶玉癡獃。婉勸寶玉回家。亦是旁面寫寶玉竟忘鳳姐生日。

四十四回

荊釵男祭。必到江邊。與寶玉焚香。尋至井上。暗相關照。黛玉說出寶釵不答。想見兩人意中。俱默曉寶玉心事。
尤氏說。好容易今兒還一遭。過後知道還得不得。是以讖語作伏筆。
賈璉拔劍要殺鳳姐。與二十二回對平兒說。將來都死在我手裏句。遙遙相應。
鮑二妻自縊。與金釧投井。一是氣忿。一是羞忿。身分各別。
平兒理妝一節。於極氣惱時寫極憐愛。有忽然狂風暴雨。忽然風和花媚之景。
賈璉與鳳姐反目。必得賈母作主。賈璉方好服禮賠罪。此一定之法。人人想得到。至寫得委婉曲折。情景宛然。非俗手可及。
鮑二依舊奉承賈璉。伏後來伺候尤二姐及分贓情事。第三十九回至四十四回一大段。應分三小段。三十九四十四十一為一段。敘劉老老得賈母歡心。可以不時走動。及王夫人等各想饮貺。從此家中漸漸寬裕。為後來巧姐避難地步。四十二回為一段。是上三回餘波。既寫黛玉心服寶釵。又帶敘畫圖等事。四十三四回為一段。寫鳳姐慶壽盛時。即伏日後失時之兆。

四十五回

畫園需用物件。應接四十二回寫因鳳姐生日鬧事。擱起多日。今借和事之後。夾帶敘入。替平兒抱不平等語。前後文章。仍打成一片。無斷續痕迹。又帶說監社一層作襯。更不單弱。

鳳姐口中。帶出邢夫人來。叫引起下回賈赦要鴛鴦情事。

敘賴大得官請酒。不但引出薛蟠被柳湘蓮痛打。及伏探春整頓大觀園。且見榮府聲勢。奴子俱爲正印。又反照後來賈政借銀。借賴嬤嬤口中訓說寶玉一番。暗補榮甯兩府昔日家教之嚴。以形此時放縱。

補寫周瑞之子。於鳳姐生日。酒醉無禮一層。爲是日鬧事餘波。且見鳳姐生辰。內外上下。俱不安靜。黛玉心事向寶釵實說。不但寫黛玉平日多心。且見寶釵賢德。並暗寫出來人背後議論。

黛玉悶製風雨詞。已難爲情。又見寶玉冒雨探望。寶釵送來燕窩。更撩撥起無限感慨。宜乎直到四更睡也。

直宿人等。開場聚賭。爲惹事根由。妙在於無意中帶出。

四十六回

此回寫賈赦要鴛鴦。爲一百十一回鴛鴦自縊之根由。雖是單寫一件事。又夾寫邢夫人愚懦。熙鳳使乖。鴛鴦向平兒襲人說做姑子。還有一死的話。姑子是賓。一死是主。伏殉主事。

鴛鴦正生氣時。又間敘平兒襲人互相取笑。不但文有生趣。且見鴛鴦胸中早有定計。

賈赦向金文翔所說。全是倚勢霸道。俱在鴛鴦逆料之中。此賈母一故。鴛鴦卽死也。

探春勸賈母。開脫王夫人。鳳姐派賈母不是。一箇勸得有理。一箇派得有趣。

四十七回

賈母若不鬥牌。邢夫人如何回去。衆人如何又來。是文章借景脫卸法。又借鳳姐戲謔。了結鴛鴦一案。

賴大家一席。不但探春異日興利除弊。派人管園。於此起念。且薛蟠受打。及湘蓮救薛蟠。尤三姐自刎等事。皆因此席而起。

柳湘蓮同秦鍾相好。寶玉蓮蓬。借景補寫。

寶玉因在馮子英家。私同蔣琪互換腰巾。致受痛責。薛蟠亦因在賴大家誤認湘蓮。致遭毒毆。遙遙相映。湘蓮向寶玉說眼前就要出門。想見此時湘蓮心中早有算計薛蟠之念。

四十八回

薛蟠出門。寫得行李煇煌。是遇盜之由。所謂慢藏誨盜也。

香菱是薛蟠之妾。未便住大觀園。然是甄士隱之女。十二金釵之副。必須聚集一處。今因薛蟠出門。搬進行李。與寶釵作伴。絕無牽强痕跡。卽順寫學詩。以便拉入詩社。

賈璉受責。原其根由。已在賈赦要鴛鴦時。晴雯撕扇。是恃寵撒嬌。雨村訛扇。是倚勢害良。而晴雯之被逐。賈赦之獲罪。皆

萌於此。扇雖小。扇風扇焰。其禍莫測。

賈赦打賈璉。在平兒口中補出。固省筆墨。但若特地來說。殊不得體。故以要棒瘡藥爲由。

香菱學詩。實費苦心苦功。是作者自言做詩工夫。月詩三首。及黛玉等講究諸詩。是作者教人作詩法則。

四十九回

第三首月詩固好。然一片砧聲。五更殘月。及秋江獨夜。團圞不永等語。不但爲香菱影子。且是黛玉寶釵小照。

香菱會做詩。引出多少能詩閨秀來。若不於此時敘入。則香菱講得幾無了結之時。撤上起下。靈動順利。薛李邢王四家親戚。路遇齊來省郤許多筆墨。是文章併疊剪裁法。

詩社是探春興起。要爾衆姊妹。必得探春提唱。一絲不走。

香菱得湘雲同住。詩學自然日進。借寶釵厭煩語。敘出。不用正寫。妙極。

寶琴可以入畫。卽於此時伏筆。
琥珀戲頑。反挑寶琴已有壻家。又借此寫出黛玉與寶釵。相得情況。
寶玉借西廂問黛玉。又借西廂解悟。靈巧恰合。又照應前文。
各人裝束各有好看。惟邢岫烟猶是家常衣服。更爲好看。又伏下文鳳姐送衣。
寶釵贖當等事。
寶玉吃飯慌忙。賈母已知有事。下回冒雪而來。便不突兀。
平兒失鐲。伏晴雯撵墜兒事。

第五十回

蘆雪亭聯句。暖香塢製謎。爲詩社極盛時。從此以後。漸有雪消香散之兆。
上回先寫寶玉看見紅梅。此回接敍乞梅。聯絡自然。白海棠詩。湘雲一人補題二首。爲餘波。紅梅詩。邢岫煙等三人各吟一首。又寶玉另作乞梅一首。爲聯句餘波。遙遙關照。而文法復變化不同。
李紈厭妙玉爲人。是正經。襟懷黛玉。攔住寶玉不要跟人。是靈慧心竅。

四十一回中。妙玉說寶玉。若獨自一箇來。不給茶吃。何以梅花寶玉一人去偏能折來。且又去第二次。分送各人一枝。可見妙玉心中。愛寶玉殊深。前說不給茶。是掩飾語。此番分送紅梅。亦是掩飾。愈掩飾。愈假愈眞。神情可想。
妙玉送寶釵黛玉梅花。兩人不謝妙玉。轉謝寶玉。費心。文人深筆。
賈母至園中。不但引出注意寶琴。添入畫圖。及薛姨媽說破寶琴已許字梅家等語。且爲做燈謎接筍。薛姨媽說寶琴天下十停走了五六停。伏下回懷古十首燈謎。
寶釵燈謎。似是樹上松毬。寶玉似是風箏琴。俗名鶴鞭。黛玉似是走馬燈。
各燈謎。或猜着。或不猜着。變換不板。

五十一回

交趾懷古。似是馬上招軍。俗名喇叭。廣陵懷古。似是柳絮。青塚懷古。似是匠人墨斗。蒲東寺懷古。似是紅天燈。梅花觀懷古。似是紈扇。
寶釵前因黛玉行令說西廂牡丹曲。曾規勸過一番。今寶琴燈謎。亦用西廂牡

丹。若不說另做。未免偏袒。此駁必不可少。隨借李紈口中說。不是看詞曲邪書。爲之剖白。前後不相干礙。針線細密。
寫鳳姐厚待襲人。包給衣服。是體貼王夫人之意。卽順借平兒送給邢岫煙雪褂。正合鳳姐之意。眞是一對有心人。
襲人母死。引起後文許多喪事。又爲晴雯麝月親近寶玉之由。及晴雯得病之根。
太醫診脉。看見晴雯手上兩根指甲長二三寸。預爲七十七回。晴雯臨危時咬下贈寶玉伏線。
麝月取銀給醫生一節。描寫紈袴公子。不知物力。及平日一切。俱是襲人料理。亦是補寫法。

五十二回

賈母說鳳姐太伶俐了。不是好事。正是照鳳姐說。我活一千歲。是反照。
平兒遮蓋墜兒偷鐲。又私囑麝月等襲人回來設法遣去。勿告訴晴雯。居心行

事。明白仁厚。宜其結果勝人。
鼻煙壺。是西洋琺瑯的黃髮女子。引起後文西洋詩女。一筆不肯鶻突。
藥氣花香。黛玉寶玉房中亦復相同。眞是兩人同志。映襯有意。不是閒筆。
外國女兒詩。隱隱是一部紅樓夢。
寶黛兩人。各有說不出的話。含蓄有味。寶玉纔說寶姐姐送燕窩一句。便被趙姨娘來打斷。更妙。
鴛鴦發誓絕婚後。卽不合寶玉說話。貞烈之性。實不可及。
寫寶玉出門。僕從簇擁。衆人請安。反襯後來衰敗出家光景。
墜兒被撵。引出後來晴雯司棋被撵事。
僞鐲激晴雯之氣。補裘增晴雯之病。其死已定。卽不被逐。恐亦難活。
描寫寶玉。疼愛晴雯。反照後來不能照看。
第四十五回至五十二回一大段。應分五小段。四十五回是一段。寫黛玉多病。寶釵多情。四十六回爲一段。寫賈赦漁色。鴛鴦烈性。四十七八回爲一段。敍薛

蟠出門。香菱進園。四十九至五十一回之上半回爲一段。寫園中閨秀之多。詩社之盛。五十一回下半回至五十二回爲一段。寫晴雯生氣勞動。因之病重。

五十三回

晴雯力疾補裘。爲鍾情寶玉之第一事。此異日芙蓉誄之所以作。及不忍再披此裘也。

寶玉說。倘有好歹。是正照其將來之死。晴雯說那裏就得癆病。是反襯其將來之死。

寧榮二國公名諱。借恩賞祭祀銀補點。恰好庄頭送年物銀兩。是反照將來查抄。

借庄頭問答。寫出榮府用費浩繁。入不敷出。伏起後來虧乏。

賈珍嗔說賈芹。伏九十三回事。

宗祠聯匾殿宇及行禮等事。若竟直叙。則作者不在與祭之列。何由得知其細。便爲識者所笑。今借寶琴留神細看。一一鋪叙。文筆極有根柢。

極寫祭祠之盛。賞燈之樂。反照後來之蕭索。

五十四回

於極熱鬧時。插入寶玉出席赴園。並襲人鴛鴦閒話。既寫寶玉疼愛襲人。且補出鴛鴦父母俱故。心中更無牽掛。

鳳姐借照應園中。及預備寶玉回房等事。開脫襲人不來伺候。又引出鴛鴦母死。不來伺候。靈變可愛。

寫寶玉小解及洗手等事。雖是閒文。卻見平日寶玉嬌養已極。

黛玉偏不飲酒。挐杯放寶玉唇邊。寶玉卽一氣飲乾。未免太露。鳳姐說莫吃冷酒。尖刺殊妙。

賈母說編書一則。固是作者深詆唱本小說。亦是暗照寶玉黛玉兩人心事。

女先兒說王熙鳳故事。直伏一百一回散花寺神籤。尋夢下書。偏是西廂牡丹。一是黛寶病死之由。一是黛玉阻婚之椽。聽琴。琴挑。胡笳十八拍。俱與黛玉有關照。

鳳姐不說完笑話。那知道底下的事。接着便散。雖是文章變換法。卽伏以後喪敗諸事。

宴罷打蓮花落。亦非吉兆。

五十五回

要寫探春才能。必須令其管事。若非鳳姐久病。雖有正事。探春無因可管。故借鳳姐之病。徐徐寫起。若單令探春代管。斷無如此大家叫未出閣之閨女料理一切。因又託李紈寶釵。公同照應。穩細周到。

借趙國基死後給賞。補出趙姨娘出身。不露痕迹。探春查舊例。先寫李紈照襲人例。賞銀四十兩作襯。既見探春之能。又挑起趙姨娘之忿。

舊帳內分別內外多寡。文章錯綜細密。

寫探春才能見識。超出諸姊妹之上。已暗伏將來遠嫁。絕無依戀。必能相夫理家。

中間夾寫平兒靈細。及鳳姐心事。不但引起下回興利除弊等事。且暗描鳳姐

平日之苛刻利害。

此回雖專寫探春之才。而家人之先欺後畏。李紈之忠厚老實。寶釵之不肯多言。平兒之乖巧恃愛。及鳳姐之深心籌度。衆丫頭之見怒小心。無不一一如畫。

五十六回

探春有才。寶釵有識。中間夾叙學問一段。是作者指示經濟必須根柢學問中來。方能興利除弊。不失大體。

寶釵要瞧平兒齒舌。是什麽做的。探春說一肚子氣。看見他站了半日。說了些話。不但沒氣。轉自愧傷心。烘染平兒伶俐如畫。

未曾派人分管。先說衆人議論竹子稻地年年可以交錢糧。隨借醫生看史湘雲病。剪斷。然後派人。文情曲折。

寶釵不用鶯兒之母。煞有深心。仍借鶯兒提起焙茗之母。可謂公私兼盡。

鶯兒葉媽。爲五十九回嗔鶯叱燕伏筆。

年終算帳。不蹐帳房。借寫帳房積弊。

寶釵令管園者年終各出錢文。分給衆人。施恩之後。卽吩咐循規蹈矩。不可任意吃酒賭博。可謂恩威兼濟。且伏後文鬧賭等事。

甄夫人進京。遣人問安。說起家中亦有寶玉。面貌性情與賈寶玉無異。接寫湘雲戲言。好逃往南京。又接寫寶玉一夢。與甄寶玉夢中彼此拉住。讀者試想兩箇寶玉。是一是二。僅作後文甄府被抄。及甄寶玉入都看。未免爲作者暗笑。

此回下半段專寫兩箇寶玉。與上半探春興利。寶釵得體。絕不相屬。而一回標題。卻止說探春寶釵。此作者因下半段頗有關係。不便標題。另有一片深心。不可不知。

第五十三回。至五十六回一大段。應分二小段。五十三四回爲一段。極言甯榮二府。祭祠賞燈之盛。反照後來之衰敗。五十五六回爲一段。寫探春寶釵之才識。整理大觀園。又引起後文園中生事。而五十六回之下半。夾敘甄賈兩寶玉。暗藏後事。是一小段中之另一段。

五十七回

紫鵑拒斥寶玉。暗伏黛玉死後。不睬寶玉情事。

紫鵑正言拒寶玉。使寶玉發獃。謊言試寶玉。致寶玉痰迷。由淺入深。文有層次。

借紫鵑閒話。補出賈母每日送燕窩。了結前文。一絲不漏。又卽借吃燕窩。說起明年回去。絕無有心痕迹。眞是天衣無縫。

寶玉發獃。若非雪雁看見。告知紫鵑。則紫鵑無由尋試寶玉。鬥筍處自然無迹。

不許別人姓林。挨住自行船。寫痰迷人如畫。

寶玉向紫鵑說。活則都活。死則都死。亦是反襯後來一死一生。

紫鵑自言自語。恰是黛玉心事。不便自己說。故借紫鵑代說。如畫正午牡丹。無從落筆。借貓眼一線畫出。

夾敘邢岫煙事。旁襯黛玉之婚嫁無就。

寶釵替邢岫煙贖當。不但寫寶釵之賢。且見迎春之愚呆。衆人之勢利。邢夫人之薄情。探春之明細。及富貴不知窮苦。一件極沒要緊事。寫出無數人情物理。

黛玉與寶玉。是月下老人未拴紅線者。寶釵與寶玉。是已拴紅線者。故卽於薛

姨媽口中接入姊妹兩個隨後又插入紫鵑。是紅線不曾牽帶者。

寶釵先說薛蟠。引出薛姨媽提及寶玉。便不唐突。紫鵑試寶玉。深信其必娶黛玉。薛姨媽慰黛玉。逆料其必配寶玉。皆反襯後文。

五十八回

老太妃薨。及後文周貴妃薨。皆爲元妃薨逝作影子。湘雲打出船去趣語。可謂善謔。又照應上回。

寶玉拄杖行去。纔是病後初愈光景。且卽借以隔開婆子手。並打着門檻之用。更爲細密。

鳥啼花落。最易動人傷感。作者雖寫寶玉凝獃。而文情曲折。令人無限低徊。且引出藕官焚紙。火光滿面淚痕。使多情寶玉不得不極力護庇。

藕官與藥官燒紙。是假鳳虛凰。寶玉替金釧焚香。晴雯製誄。是眞情實意。前後文遙相照應。

寶玉敎芳官設爐焚香。補出寶玉平日所爲。

五十九回

賈母等送靈。一切跟隨人等。及看守門戶。寫得詳細周到。隨後卽寫園中婆子與鶯燕吵嚷。平兒又說三四日工夫。出了八九件事。所謂外寇未興。內患已萌。若認作敘事閒文。辜負作者苦心。

薔薇硝是下回茉莉粉玫瑰露茯苓霜引子。襲人見婆子央求。卽便心軟。平兒說得饒人處且饒人。兩人慈厚存心。所以結果不同。晴雯偏說打發出去。心狠結怨。豈知後來婆子未逐。而自己卻遭攆逐。此等處俱是反伏後文。且梨園女子概行遣去。亦於此埋根。

第六十回

此回同下回。就平兒所說三四日內出了八九件事中。補敘兩三件。因與趙姨娘探春平兒司棋彩雲等俱有干係。是以摘出補寫。此外與園內無干涉者。略而不敘。是文章剪裁法。

趙姨娘之愚悪。夏婆之挑唆。及芳官等之放縱。若非探春鎭以正靜。幾至不可

收拾而趙姨之蓄恨芳官等之禍胎。已不可解。
探春查誰人挑唆。必不可少。若竟查出來便難處。隨手抹煞。省卻無數枝節。又偏有翠墨告知小蟬。小蟬轉手夏婆一層。以爲積怨地步。用筆最細。
寫芳官之無知恃寵。眞畫出小孩氣象。
玫瑰露。柳家若不送給伊姪。則茯苓霜亦無由而得。茯苓霜五兒若不送給芳官。則玫瑰瓶亦無由搜出。眞是禍福互相倚伏。
六十回。當與六十一回併作一氣看。纔事事俱有根。

六十一回

假薔薇硝。趙姨娘甘動眞氣。眞玫瑰露。賈寶玉甘冒假賍。
暗換茉莉粉。芳官賺兩下嘴巴。私送茯苓霜。五兒賠一宵眼淚。
指鹿爲馬。芳官調換粉硝。以李代桃。寶玉認偷霜露。司棋若不因雞蛋吵鬧。叫小丫頭亂翻亂摸。玫瑰露瓶何由看見。敘司棋吵鬧一層。此回之根線。
司棋逞性。不但伏後文敗事之根。且見迎春平日不能約束下人。

柳五兒若李紈辦理。必不能明白。若探春究問。又多有干礙。非平兒不可。但平兒何能作主。故借鳳姐已睡。吩咐發落。五兒纔得跪訴寃枉。平兒始訪問襲人。寶玉方肯代認。層層卸落。不著痕迹。
層層卸落。到寶玉認偸。事已可完。但竟就完結。索然無味。又寫平兒慮後。喚到玉釧彩雲。隱隱約約。說出原委。彩雲挺身認罪一節。然後平兒說出干礙三姑娘。彩雲依允。不但波瀾忽起忽落。情事亦周匝細密。鳳姐要細細追求。平兒勸解。是此回餘波。然不寫此一層。便不像鳳姐平日爲人。如此方無缺漏。

六十二回

一部書中慶壽不少。寶玉生日。自不可缺。但一例鋪敘。便是印板文字。今夾敘平兒寶琴岫烟同日誕生。文法既變換不板。又省卻另敘三人生辰。
寶琴岫烟平兒生日是實。補太祖冥壽王夫人賈璉襲人是虛。補筆法不同。
寫寶釵鎖門細心。眞是當家人舉動。又虛補所失物件。不止茯苓霜玫瑰露。且暗描寶玉不管事。寶釵有涵養。一筆寫出幾層深意。

上中下三等家人送平兒禮。尤見周到。
寶釵既鎖角門。薛姨媽不能回家。但許多幼少與老人同坐。實多不便。廳上獨坐。安頓極妙。如此衆人方好猜拳行令。毫無拘束。令女先兒到廳上相陪薛姨媽。亦見周到。
黛玉湘雲所說酒令。俱是兩人小照。莫作閒文看過。寶釵寶玉對點射覆。俱以名互戲。有心有緣。意在言外。又借香菱口中補出命名典故。玲瓏細密。
插敘林之孝家查看一層。周匝無遺。
湘雲醉眠。是香菱解裙陪襯。
插敘攆逐媳婦一層。是描寫奕華神情。又探春作事得體。且以見惜春素日亦不知約束媼婢。
黛玉獨和寶玉在花下密語。只寫不知說些什麼。藏筆最爲蘊藉。
襲人送茶兩杯。黛玉偏先走開。若襲人單送黛玉。豈不得罪寶釵。乃說那位先喝。我再倒去。眞是伶俐口齒。然必要再添一杯。文章便笨。隨以寶釵漱口只剩

半杯。黛玉不多吃茶。半杯已足。文人巧思。不可描摹。黛玉說給桂花油。恐打竊盜官司。是暗刺彩雲。襲人說補翠裘。是明誚晴雯。
芍藥裀引出石榴裙。觀晉柳羅漢松君子竹姊妹花等。引出夫妻蕙並蒂菱。
荳官駁夫妻蕙。口齒甚利。
衆人都散。寶玉獨攜並蒂菱而來。可稱巧合。
香菱石榴裙因爭夫妻蕙而汚。因遇並蒂菱而解。妙有意味。
寶玉埋夫妻蕙並蒂菱。及看平兒鴛鴦梳粧。描寫意淫二字。
香菱叫住寶玉。紅了臉欲說不說。只囑裙子事別告訴薛蟠。臉又一紅。情深意厚。言外畢露。
此回有變換。有補綴。有明寫。有暗寫。有伏線。有映照。文情最爲靈細。

六十三回

寶玉生日有夜宴。平兒生日有答席。與別人生日不同。變換不板。
敘林家查夜一層。與日間查看一層。兩兩對照。筆法周密。

寶釵探春李紈湘雲香菱麝月黛玉襲人等所製花名俱與本人身分貼切。而香菱之並蒂花湘雲之睡海棠更關照得妙。
別人生日妙玉不賀獨賀寶玉芳辰其意何居。其情可見。是文章暗描法。
鳳姐生日鬧出鮑妻自縊平兒吝席忽有賈敬暴亡且尤二姐尤三姐亦於是時引出寧府不祥種種已兆。
第五十七回至六十三回上半回一大段應分四小段五十七回為一段寫寶黛兩人之癡情。五十八九回為一段敘園中人多漸生口舌是非。六十回六十一回為一段為趙姨女伶等不安分乘間生事。六十二六十三上半回為一段。寫賈母王夫人出門。寶玉平兒生日放膽宴會。

六十四回

上半回寫幽淑女悲吟。下半回寫浮蕩子調情。是兩扇反對文字。
襲人獨留心扇撚與晴雯等迥異。寶釵獨說貞靜為主與黛玉等不同。眞是賢妻好妾。

黛玉五美吟。惟虞姬一首頗有意味。
私娶尤二姐。說合籌畫。俱是賈蓉主見。眞是禍首罪魁。寫尤二姐善於偷情。是暗補聚麀情事。
尤三姐憤烈性情。已於上回及此回伏筆。

六十五回

二姐偷娶。三姐思嫁。細味偷字思字。便知不能始終兩全。
寫尤三姐倜儻不羈。英氣逼人。為後來剛烈飲劍描神。敘王鳳姐陰險刁刻。人多懷怨。為異時尤二姐受賺吞金伏筆。
尤二姐尤三姐之死於非命。禍胎皆種於珍璉二人。甯府淫惡造孽無窮。
尤三姐剛僻。是正筆。寫鳳姐陰妬。是旁筆。寫文法變化。
尤三姐心許柳湘蓮。若一問便說。率直無味。今止說五年前想。又即截住。留為下回尤二姐夜間盤問。如正要探勝尋幽。忽被白雲遮斷。文勢曲折紆徐。氣兒大。吹倒林姑娘。氣兒暖。吹化薛姑娘。妙語解頤。恰是童兒口吻。

六十六回

興兒說寶玉糊塗是反襯。尤三姐說寶玉不糊塗。尤三姐冷眼看寶玉是旁襯。熱心嫁湘蓮。
尤二姐說三姐與寶玉已情投意合。興兒說寶玉一定配林姑娘。俱是反挑筆。
尤三姐思嫁柳湘蓮。若自己向賈璉說到底不成體統。今從尤二姐口中說出。便不着迹。又暗補夜間姊妹密談心話。詳略明暗。文筆細緻。
劍雖至寶。畢竟是凶器。以此定親。殊非吉兆。
甄士隱柳湘蓮出家。俱是寶玉出家引子。
柳湘蓮掣出雄雌劍。揮斷萬根煩惱絲。此三句大有意思。煩惱絲無影無形。與頭髮絕不相干。劍鋒雖利。豈能一揮而斷。試者試掩卷細思。柳二郎是否歸眞出家。抑或別樣結局。自有妙文在內。

六十七回

上回尤三姐公案已經了結。尤二姐如何結局。自當接敘。但竟接連直寫文情

便少波折。此回卻先敘薛蟠酬客。次寫寶釵送物。及黛玉思鄉。徐徐接入鳳姐聞風。紆回曲折。引人入勝。
敘薛蟠酬客。寶釵送物。不但文情曲折。且借薛姨媽口中。逗起薛蟠娶親。借鶯兒口中。引起鳳姐聞風。遠針近線。絲絲入扣。
酬客送物。並非閒筆。正是事事周到處。
寫鳳姐怒詰興兒先後回話。將一幅兇惡面孔。一幅畏懼形狀。描畫入神。丹青不及。

六十八回

此回專寫王鳳姐陰毒險惡。為尤二姐吞金自盡之由。
寫鳳姐向尤二姐一番說話。婉曲動聽。尤二姐雖亦伶俐。不由不落其陷阱。
丫頭善姐嘆說尤二姐之話。須知是鳳姐暗中囑咐。鳳姐對尤二姐說倘有下人不到之處。只管告訴我。是先發制人。使尤二姐不得不替丫頭遮掩惡穢。借鳳姐口中說。就告我家謀反也沒事。又敘王信打點察院得贓見榮府此時

財勢薰天反跌衰落。鳳姐大鬧甯府。寫得淋漓盡致。既顯鳳姐之潑悍。又見賈蓉之庸懦。兩面俱到。

哭罵吵鬧後。忽指着賈蓉道。今日纔知道你了。臉上眼圈兒一紅。及賈蓉跪下。鳳姐扭過臉去。賈蓉說以後不眞心孝順天打雷劈。鳳姐瞅了一眼。說誰信你。又咽住不說。隱隱約約。暗藏無限文字。如金鼓震天。忽有鶯啼燕語。又如一片黑雲。現出龍爪。文筆妙極。

六十九回

尤二姐被賺進園。已落深阱。卽無秋桐。亦斷不能久活。今又添一秋桐。其死更速。

鳳姐既暗害二姐。又欲暗害張華。陰險可怕。旺兒說謊。與平兒慈心。皆反襯鳳姐之妬惡。秋桐肆潑。是鳳姐挑唆。異時秋桐被遣。已伏根。

醫生藥誤打胎。不過了結二姐身孕。以便速死。其實墮胎亦死。不墮亦死。與醫無涉。

第六十三回下半回至六十九回一大段。應分四小段。六十三下半回爲一段。敘賈敬暴亡。爲接尤老娘母女暫住甯府之由。六十四及六十五下半回爲一段。敘賈璉偸娶。六十五下半六十六回爲一段。敘三姐自刎。湘蓮出家。了結兩人因果。六十七八九回爲一段。敘鳳姐設計陰毒。尤二姐落阱吞金。了結二姐公案。中間夾敘黛玉悲吟思鄉。是借作反襯引線。

第七十回

桃花。命薄。柳絮。風飄。林薛二金釵。遭逢暗合。而寶釵塡詞。有如風借力。送上靑雲之句。尙不至墮溷沾泥。若黛玉歌行。杜宇春歸。簾櫳月冷。竟是不壽口吻。但靑雲二字。本指仙家而言。後人因岑嘉州有靑雲羨鳥飛句。遂作爲功名言。寶釵詞內靑雲。應仍指仙家。則與寶玉出家。更有映照。

此社是歸結從前詩社。從此以後。漸漸風流雲散。勝會難逢。故桃花一社。有名無實。柳絮塡詞。偶然一聚。便接寫剪放風箏。飄颻星散。已有淒涼景況。

賈赦放賑。是文章展拓法。

七十一回

賈母八旬大慶。是極盛時事。而於南安王太妃請見姑娘等。賈母止傳探春。邢夫人懷怨。又因尤氏生氣。鳳姐暗哭。寶玉又說人事莫定。誰死誰活瘋話。從此以後。家運漸衰。已於極熱鬧時生冷淡根芽。

司棋偸情。偏被鴛鴦撞見。後來兩人俱不善終。一死於多情。一死於絕情。其實兩人。皆是深於情者。

司棋之私情敗露。引出繡春囊。絫金鳳。及搜大觀園逐晴雯等事。此回敘事。爲下文幾十回伏線。

七十二回

王鳳姐之病。來旺兒之横。於此回逗明。迎春之嫁壻失所。鳳姐之違禁放債。亦於此回引起。彩霞放出。爲司棋晴雯等被逐引子。

榮府日用不敷。賈璉支持不住。爲漸漸敗落氣象。寫賈璉畏懼鳳姐。胸中全無主意。描畫入神。

賈雨村降官。爲甯府敗事引子。

彩霞鍾情賈環。賈環無意彩霞。一則見彩霞識見。遠不如晴雯。一則見賈環輕薄。遠不如寶玉。

鳳姐夢人奪錦。是被抄先兆。

事有做不成。話有說不完者。須用意外一事剪斷。如柳絮塡詞。議論紛紛。則以風箏一響剪斷。趙姨娘求情。刺刺未休。則以窗屜一響剪斷。是文章脫卸法。

七十三回

小鵲報信一層。暗寫趙姨平日挑唆生事、及寶玉平日爲人人所愛。寫寶玉溫理舊書。無從溫起。又時時刻刻分心在丫頭身上。妙景如畫。

小丫頭打睡。撞壁上一響。引出牆上跳過人來。不肯一筆骨突兀。與前兩回風箏窗屜響聲。隱隱關照。

晴雯教寶玉裝病。故意亂鬧。因此惹出金鳳、香囊等事。以致司棋及迎春之乳母等人。或死或逐。均受其害。而晴雯亦卽被逐殞命。害人卽以自害。報施甚速。

寫迎春懦弱可憐。異時之受增折磨。已先爲描出。寫探春鋒利可畏。下回不肯受檢搜。亦先爲伏筆。

七十四回

搜檢大觀園。是抄家預兆。杜絕寧國府。是出家根由。迎春一味懦弱。探春主意老辣。惜春孤介性癖。三人身分不同。卽卜結果亦異。鳳姐向王善保家說要搜只搜僧們家的人。薛大姑娘屋裏。斷乎抄檢不得的。王善保亦云。豈有抄親戚的。試問林姑娘獨非親戚乎。則黛玉之受欺。不止不給月銀一端。宜乎其日以淚痕洗面也。侍書之說話鋒利。晴雯之性情躁急。及入畫之哭訴實情。司棋之並無慙懼。各人肚裏各有主意。而司棋之視死如歸。已有定念。鴛鴦偸賈母箱子。於此回補出。又帶寫邢夫人之見小貪利。鳳姐善於安頓。三面俱到。

七十五回

甯府荒淫作惡。不但人言可畏。甚至先靈悲歎。其一敗塗地。自當不遠。甄家抄沒。是賈家抄沒引子。上回於探春口中微露一句。若不補寫明白。便有疎漏。若竟細敍原委。難免冗煩。今借老嬤說。不露痕迹。寶釵不可不去。不得不去。是寶釵身分。且爲園中離散之象。又借探春口中說破。妙妙。

敍賈珍堂中飲博。及邢薛二人浮蕩模樣。全是敗家所爲。

賈珍夜宴鬼爲悲歎。與賈母賞月大不相同。一敗一復。於斯已見。

寶玉賈環詩不明寫出。得體。文法亦見變換。

七十六回

賈赦回家絆跌。亦是將敗之兆。

賈珍夜宴。鬼聲悲歎。賈母賞月。笛聲淒楚。深淺不同。其不吉之徵無異。

尤氏說笑話。因賈母打盹中止。亦變化筆法。

借不見茶杯。引起林史二人往凹晶館看月聯句。可見賈母打盹。姊妹先散情

形。

聯句一節。是詩社結局餘波。

寒塘鶴影。引出妙玉來。

妙玉足成三十五韻。是仿昌黎怪道士傳文法。

借妙玉口中說出氣數使然。文已躍躍筆端。

七十七回

敍王夫人處有人參。賈母所藏之參。又不適用。已見消乏氣像。

借周瑞家口中。補出邢夫人嗔王善保家多事。受責裝病。以便王夫人遣逐司棋。省却無數筆墨。

姦與盜。俱在迎春房中敗露。可見一味忠厚。不能正率下人。所謂忠厚者。無用之別名也。

寫寶釵換參一節。顯出寶釵精細。非比富貴家閨閣中。不諳世務。寫襲人勸解一層。描出襲人涵養。迥異輕浮婦女。全無斟酌。

遣司棋。逐晴雯。是此回正主。其餘四兒芳官等。俱是陪襯。

海棠偶死。不是凶徵。海棠復生。却非吉兆。與九十四回。遙相關照。

晴雯來歷。於此時補出。而姓氏籍貫。仍無着實。伏下回芙蓉誄中句。

芳官等出家。是將來惜春紫鵑出家引子。

王夫人持家嚴正。固爲正理。但未免性急偏聽。金釧之投井。晴雯之屈死。司棋之殞命。及芳官等之出家。皆王夫人所作之孽。是一味嚴峻。亦非和氣致祥之道。

七十八回

補敍王夫人將辦理園內之事。回明賈母。極其周匝。寶釵告辭回家。不但聞知搜檢各房。理應避嫌。且爲將來說親出閣地步。

姽嫿詞是芙蓉誄陪襯。而姽嫿將軍是實事實寫。芙蓉花神是虛言虛擬。賓主虛實。錯綜變化。

林四娘。死得慷慨激烈。晴雯死得抑鬱氣悶。一則重於泰山。一則輕於鴻毛。迥

不相同。而於一回書中並寫有羯。鼓。催。花。之。妙。

醜媳婦將軍。有衆客讚揚。誄芙蓉花神。有黛玉竊聽。文法方不單弱。

第七十回。至八十八回一大段。應分六小段。七十回爲一段。寫詩社之不說再盛。人將散離之機。七十一二回爲一段。敘鳳姐之招怨多病。司棋之私情敗露。七十三四回爲一段。敘園中姦盜有查抄之兆。七十五六回爲一段。寫甯府之夜宴鬼歎。榮府之賞月凄清。爲將衰之象。七十七回爲一段。了結晴雯芳官等終身。七十八回爲一段。寫寶玉癡情。爲詩社聯句餘音。

七十九回

於一篇誄詞中。摘出紅綃帳裏四句。再三改易。忽然映到黛玉身上。一是無心。一偏有意。眞有宜僚弄丸之妙。紫菱洲口吟。是上回誄詞餘波。寶玉替香菱耽憂。是正射後文香菱盼新人進門。是反跌後文。薛蟠娶夏金桂。是娶妻不賢。迎春嫁孫紹祖。是嫁夫失所。正宜作一回寫。而金桂之不賢。已敘一二分。迎春之失所。尚未敘及。仍有次序先後。

第八十回

香菱改秋菱。秋字遠不如香字。可見夏金桂之不通。且一改秋字。香菱便遭厄棒。亦是秋老菱枯之兆。

王熙鳳之挑唆秋桐。是借。劍。殺。人。夏金桂之甘捨寶蟾。是以。新。間。舊。一樣行爲。兩樣心事。

紙人鎮壓香菱受屈。爲後文砒霜毒人。金桂自害引子。

婦人諸病可醫。惟妬之一字。不死不休。王道士療妬方。不是胡謅。是作者借此詼諧。說透妬病。

金桂之潑悍。已寫得淋漓盡致。迎春之受折磨。必當明敘。故卽於此回敘入。

八十一回

敘寶玉想出主意。要接迎春來家。不放回去。描寫獃公子說話入神。

敘寶玉到黛玉處大哭。提起海棠社。及寶釵香菱俱去。再過幾年。園中不知作何光景。不如早死等語。觸起黛玉心事。與前後文遙遙照應。通篇皆血脈貫通。

借釣魚占兆。獨寶玉落空。釣竿折斷。爲將來出家預兆。

馬道婆事敗。伏趙姨娘將來鬼附自責事。

寶玉再入家塾。學八股。爲中舉地步。

八十二回

寶玉厭薄八股。却有意思。博取功名。不得不借作梯階。作者借寶黛兩人口中。俱爲道破。

代儒講書。直是對症下藥。警於教子弟者。

寶玉是夜發熱。先爲心痛引子。如此小事。亦有先後伏應。文章細而且活。

寫黛玉夢境。恍恍惚惚。迷迷離離。的是夢中境象。眞傳神入妙之筆。

以寶玉剖心跌倒。爲哭醒出夢。尤爲妙絕。而寶玉是夜心痛。又暗與夢符。夢與神。通。神與。夢合。是耶非耶。眞疑鬼疑神之筆。

惜春畫大觀圖。久不提起。故用簡筆略描。又於探春湘雲口中。評論多少疏密。見圖尚未定局。

惜春說黛玉。總是看不破。天下事那裏有多少眞的。已是出家人口氣。

八十三回

寫黛玉病中所見所聞。無不觸心刺耳。眞有風聲鶴唳。草木皆兵境況。

王大夫藥案。黛玉已是不起之症。臨行向賈璉說。寶玉二爺到沒有什麼大病。意在言外。

外人說甯榮二府富豪氣象。實在謠言可怕。王鳳姐頗有見識。惜其貪利忘害。不能思患預防。遂至合着謠言。算來總是一場空。句可見富貴人均須於極盛時。仔細留心。爲持盈保泰之道。作者借此警人。莫作閒話看。

以黛玉患病。引元出妃有恙。

寫金桂撒潑。越顯出寶釵涵養。有枯。枝。生。幹。雙。管。齊。下。之。妙。

八十四回

寶玉詩詞聯對燈謎。俱已做過。惟八股未曾講究。若不一試。將來中舉便無根腳。故於再入家塾後。專寫制藝一層。

試過文藝後。卽接說親一事。引起寶釵金鎖。賈母求親。是寶玉釵黛三人結果之因。

以張家親事。襯出寶釵。文情曲折紆徐。

寶釵親事。於巧姐病中說起。是以成親。亦在寶玉病中。作者暗以伏筆作讖兆。

賈環因巧姐而結怨。爲將來串賣之根由。

八十五回

敘北靜王生日。先向寶玉說吳巡撫保舉一節。則陞任郎中。原有因由。文章便不鶻突。

玉放紅光。是精華外露。爲走失之象。不是喜兆。寫寶玉疑心襲人。有意偏在黛玉一邊。是反跌後文賈芸報信。一實一虛。卽此一段閒事。文法亦不雷同。

鳳姐出言冒失。寶玉忽提芸兒。也是冒失。妙在一暗一明。俱與黛玉心事相關照。而鳳姐之言。黛玉明知。寶玉之話。黛玉與衆人俱不懂。雖都是反照黛玉之姻事不諧。却是兩樣文法。

蕊珠記冥升一齣。是黛玉夭亡影子。吃糠是寶玉暗苦影子。達摩帶徒弟過江。是寶玉出家影子。

於極熱鬧時。忽接薛蟠打死人命。有風雲不測之象。第七十九回至八十五回一大段。應分三小段。七十九八十回爲一段。敘薛蟠娶妻不賢。迎春遇人不淑。爲犯案磨死之由。八十一二回爲一段。敘寶玉再入家塾。伏中舉之根。八十三四五回爲一段。敘賈環又結仇怨。薛蟠復遭人命。伏將來串賣巧姐。金桂淫毒自害等事。中間夾敘黛玉惡夢。元妃染恙。及寶玉提親。釣魚占兆。賈政陞官。均係現在事迹。伏後文根線。

八十六回

蔣玉函久不提起。今雖聘娶襲人。爲時不遠。因借薛蟠途遇。邀同飲酒。且卽以當槽張三。注視玉函。爲次日薛蟠生氣。碰死張三根由。並寶玉問知。查問紅汗巾。襲人嗔說。反挑將來聘娶情事。靈活關照。雕龍手筆。

先敘枇駁初呈。後敘覆審翻案。財可通神。寫盡貪官情狀。

賈母夢元妃說。榮華易盡。不是夢境。是預兆。

牛不牛。寶玉自說。妙極。

送蘭花引出猗蘭操。又因猗蘭操。引出下回寶釵歌詞。黛玉和韻。血脈一氣貫注。

八十七回

寶釵與黛玉。原是寶玉鏡中意中人。且寶釵亦獨與黛玉親厚。實是閨閣知音。久不相見。若無詩札往來。殊不近情。此回必不可少。

探春笑說寶釵。橫豎要來。無心却似有心。

香風是蘭花。但竟說蘭不但文情徑直。且探春等又須看花。殊費筆墨。今以像桂花謙開。卽借桂花說起南北各方。人有定數。爲探春南嫁伏筆。玲瓏不可思議。

補柳五兒不進園緣故周匝。

妙玉一見寶玉。臉便一紅。又看一眼。臉卽漸漸紅暈。可見平日鍾情不淺。此時

妙玉已經入魔。夜間安得寧靜。寶玉疑妙玉是機鋒。不覺臉紅。妙玉見寶玉臉紅。亦自臉紅。一樣臉紅。兩樣心事。妙極。

園中路徑。妙玉若不慣熟。豈能獨至惜春處下棋。不過要寶玉引路。爲同行之計。且可共聽琴音。講究一番文心。何靈妙如此。

八十八回

上回敘妙玉走魔。此卽接寫惜春寫心經。以揭。心定。自靜。心明。自慧。妙諦。惜春觀音龍女之譬。鴛鴦說除了老太太。別的也伏侍不來。俱與將來殉主關照。

寶玉說師父讚賈蘭。一定有大出息。爲中舉伏筆。

賈芸謀薦匠人。描盡工部情弊。

巧姐一見賈芸便哭。伏後來串賣情事。

水月庵老尼見鬼。自是東窗事發。鳳姐安得不動心。此心一動。諸邪俱入。空屋人聲。三更發慘。不獨尤二姐一人也。

八十九回

寶玉。釵黛原折開不得。寶釵有歎。黛玉有操。寶玉亦須有所作。故借金裘。引出塡詞。

黛玉房中對聯。已有人琴俱亡之感。

靑女素娥。是釵黛影身。耐冷門寒。畢竟霜晨不久。明月長存。兩人結局。已在圖中照出。

寶玉說我不知音。黛玉說知音有幾。原都是無心。轉念一想。彼此俱似有意。寶玉尚可。黛玉已難爲情。偏又聽見雪雁一番說話。其何以堪。惩生覓死。以至不可救藥。文章一層緊一層。

九十回

黛玉夭亡。已是意中事。然竟絕粒而死。不但文情徑直無味。且覺鍾情尚未至深。死亦死得糊塗。今因聽訛言而覓死。因聽密言而復生。委曲纏綿。反跌後文竟娶寶釵。更爲緊湊。

賈母欲將寶玉移出園外。既照應前文襲人對王夫人話。又伏寶玉病後移出地步。及吩咐寶玉定親。不要叫寶玉知道。伏後文冲喜掉包。黛玉驚迷情事。鳳姐送衣服。是敬重岫烟。金桂送果酒。是勾引薛蝌。一正一邪。互相映襯。寫岫烟涵養。亦反襯金桂淫蕩。

九十一回

寶蟾設計。教金桂勾引薛蝌。金桂纔肯安靜。因其安靜。薛姨媽纔到金桂房中去。方見夏三。因夏三時常走動。買毒藥方有人。層層相因。節節貫注。

寶玉病。黛玉病。寶釵亦當患病。纔是一路人。然寶玉多因魘壓擬獃。黛玉之病本係單弱。又因疑多情切。惟寶釵因勞所致。人品不同。病亦各異。

黛玉問時。層層剝繭。釵玉答語。頗有悟機。而黛玉則說到水止珠沈。寶玉說到有如三寶。兩人結局。於斯可見。此老鴰之所以連聲飛向東南去也。

九十二回

黛玉說薛姨媽心不緒甯。如何還能應酬。纔不疑及親事。亦是反跌後文。

賈母如一顆母珠。在則兒孫繞聚。死則家業消亡。借此一筆。暗伏後文。

巧姐以侯門之女。出嫁耕織之家。如列女傳中孟光一流人物。故借寶玉講書。爲伏筆。

賈政說甄家被抄。是正伏後文賈赦說我家斷無其事。反跌後文。

補叙賈雨村來歷。與第二回遙遙照應。

九十三回

寶玉忖度誰家女兒。得嫁玉函。方不辜負。豈知即是自己平日最愛最親之婢。側筆映照。妙妙。

包勇述說甄寶玉夢醒。忽然改變性情。惟知念書爲事。且能料理家務。賈政便默想一回。試思賈政因何默想。絕不再問。中間暗藏無限情事。讀者須心領神會。勿被作者瞞過。

水月庵。平兒誤說饅頭庵。以致鳳姐驚昏嘔血。不是平兒口誤。却是暗中有鬼。

第八十六回至九十三回。一大段應分五小段。八十六七回爲一段。寫薛蟠以

賄翻案。妙玉因色走魔。中夾叙黛玉撫琴。引起下文。八十八回爲一段。叙佳兒悍僕。伏異時中舉斜益之根。八十九回爲一段。寫寶黛癡情。九十九十一回爲一段。叙金桂淫蕩。岫烟涵養。寶釵持重。九十二三回爲一段。寫巧姐幼慧。賈芹敗事。中間夾叙母珠聚散。甄家抄沒。引出賈家不祥諸事。

九十四回

水月庵一案。若待賈政回來。問出私通情事。礙難發落。今趁賈政上班。從寬完結。省却無數累筆。且元妃將薨。留此女尼女道。甚屬無謂。遣去最妙。

紫鵑說寶玉見一箇愛一箇。貪多嚼不爛。是意淫註脚。

紫鵑輾轉思量。忽然醒悟。自悴後來願入空門。於此已露端倪。

李紈要搜衆人身上。探春嗔其非。見識甚高。但疑環兒又惹趙姨娘吵鬧。似屬多事。

花妖兆怪。通靈走失後。從此元妃薨逝。寶玉瘋顚。甯府抄沒。賈母鳳姐相繼病亡。種種凶事俱來。此回是賈府極盛而衰一大轉關處。

九十五回

焙若說當舖裏有玉。是爲假玉做引子。

請仙乩語。直射寶玉訣禪。

若非王子騰進京。及元妃薨逝二事。躭延日月。賈母必早知失玉情事。無日不追尋吵嚷。寶玉亦必早移出園。文情過於急促。且襲人求黛玉勸導黛玉避嫌不來。探春明知不祥。不肯常來。及薛姨媽寶釵一番話。各人心事俱無從描寫此文章開展法。

賈政因聽見招帖。方知失玉緣由。暗地着人揭去招帖。安頓得體。

做假玉圖騙。反襯後文眞玉送來。

九十六回

假玉一事。只可如此了結。必究治其人。不但又生枝節。且閒費筆墨。於正文毫無關涉。

襲人之一喜一悲。是意中應有之事。喜是爲自已有靠。悲是爲寶黛躭憂。不得

不向王夫人。將兩人園中先後光景。盡情吐露。

傻大姐眞是招災惹禍的種子。前拾繡囊。爲禍不淺。今漏風聲。令黛玉夭逝。恨恨。

寫黛寶兩人相見。只是傻笑。一是迷失本性。一是瘋顚有病。描畫入神。

襲人叫秋紋同送黛玉回去。爲回來報信地步。

九十七回

寶釵成禮時。卽是黛玉死日。若一回並敘。未免筆墨繁瑣。顧此失彼。描寫不盡。分作兩回。此回只寫黛玉病危。卽寫成婚光景。至黛玉身故日時。却於下回寶釵口中說出。用補筆細敘。此文章斟酌先後。變動安頓法。

賈毋因知黛玉心病。疼愛之心頓減。不但道理甚正。且便辦寶釵大事。

鳳姐試寶玉。寶玉說我有一箇心。交給林妹妹。與八十二回黛玉夢境。及寶玉心疼。遙遙呼應。

寫薛蟠問准誤殺。旣反跌後文部駁。又順勢好完寶釵婚事。

黛玉病危。沒人看問。獨有紫鵑一刻不離。不但寫賈母心冷。衆人亦俱冷淡。可爲黛玉傷心。且見紫鵑情重。爲將來不睬寶玉埋根。

紫鵑若竟找至新房。看見寶玉。便恐生出枝節。今因墨雨口說。紫鵑卽便哭回。旣省筆。又緊湊。

於病勢垂危。手脚忙亂時。忽然要喚紫鵑過去。令人實不堪耐。無怪紫鵑之急不擇言。若不叫雪雁去。此事殊難排解。但雪雁之去。非平兒作主。誰敢躭承。此平兒之來。不但見鳳姐細心。且卽以周全此事。並可使鳳姐等俱知黛玉不起。文章細密。無以復加。

寫寶釵成禮時光景。令新人殊不堪耐。與黛玉遙遙相照。

九十八回

寶釵勸解寶玉。先說一番大道理。話是兵家堂皇正兵。說黛玉已故。是兵家不測奇兵。奇正相參。令人捉摸不着。

寶玉離魂一夢。必不可少。若無此夢。癡想何時解悟。獃病何能漸愈。但此夢非

寶釵說破黛玉已死。無由入夢。寶釵可謂神於醫病者。

黛玉臨終光景。寫得慘淡可憐。更妙在連呼寶玉。只說得你好二字。便咽住氣絕。描神之筆。

第九十四回至九十八回一大段。應分三小段。九十四上半回爲一段。敘海棠復生。爲妖孽見兆。並非吉徵。九十四下半回至九十五回爲一段。敘元妃薨逝。寶玉瘋顚。以見花妖之響應。九十六七八回爲一段。敘釵黛二人。一婚一死。了結黛玉因果。引起寶釵後事。

九十九回

敘鳳姐演說寶玉與寶釵頑戲情形。是專爲擇日圓房。敘園中冷落光景。是騰出工夫。好寫賈政任所諸事。不是閒費筆墨。

寫李十兒設法慫慂情事。描寫長隨家人串通書役。簸弄主人伎倆。明透如鏡。

凡做官者。安得不墮其術中。

借節度調取進省一層。爲探春親事定局。薛蟠命案部駁鬥筍。

因薛蟠命案部駁引出夏金桂勾引薛蝌因勾引薛蝌引出妬忌香菱因妬忌香菱引出毒人自毒文情層層相因。

第一百回

補寫薛蟠家業消磨周匝細密。

薛蝌東西俱託香菱收拾又時常說話纔洗衣服金桂妬心已不可耐因愛薛蝌隱忍不發是文章到極緊處放寬一法。

若非香菱無心走出薛蝌既不可聽從金桂又不便聲喊叫破此時殊難擺脫。故借香菱驚散既便薛蝌脫身又爲積怨地步。

因探春親事於王夫人口中述及迎春苦况是趁勢補筆法且爲迎春將死根由。

開發雪雁省贅煩文仍留紫鵑生出後文。

襲人要探春不必辭行寶釵要探春好爲箴諫兩人不同其憐愛寶玉則一。然畢竟寶釵所見高出一層。

一百一回

鳳姐因料理探春粧奩想去瞧瞧恰在人情之內並非無端想起又因日間事忙或黃昏後賈璉在家不能分身適値黃昏人靜賈璉未回遂到園中去情事逼眞。

主婢四人同行礙難見鬼一箇一箇以次遣去止賸鳳姐一人秦氏幽魂纔可出現一路寫來令人毛髮森然鬼魂未見先有狗嗅一驚爲引妙極。

鳳姐特來探望探春乃因見鬼驚怕託辭他們已經都睡急忙回家神情酷肖。若仍至秋爽齋面見探春不但鋪敘閒談徒贅筆墨且必不能寫出失神落膽情狀。

李嬷挫磨巧姐鳳姐囑託平兒及王仁爲人不端暗伏串賣逃避情事。

寫寶玉憐愛寶釵妙在一團孩子氣賈璉氣寶玉恩愛兩相對照鳳姐安得不傷心。

散花寺求籤忽得王熙鳳故事籤固甚靈又提李先兒說書回顧前文筆亦甚

靈。

衣錦還鄉四字獨有寶釵說另有緣故慧心人畢竟不同寶釵正要解籤忽王夫人來請不及解說文筆善於脫卸省事。

一百二回

撥補五兒只王夫人口中帶說探春臨行與衆人作別不復細敘簡省無數閒筆。

大觀園冷落荒凉是盛極必衰氣數使然其敘病祟驅妖等事所謂妖由人興。抄沒預兆。

毛半仙文王與六壬課說得有理有象作者亦殆半仙乎寫道士壇場鋪排形容如畫。

國家將亡必有妖孽大觀園如此疑妖見鬼賈政安得不被參甯府安得不被查抄。

一百三回

薛家婆子急得說話不淸描寫入神。

賈璉說必須經官纔了得下來所見固是寶釵說湯是寶蟾做的掴起寶蟾一面報官一面通信與夏家更爲老到細密才女見識高出賈璉幾倍。

寶釵先放寶蟾開導實供世間聽訟者若能如此何患不得實情。

金桂自害只可息事完結若一經官便難了事。

見機而作急流勇退八字人人皆曉而能行其事者古今寥寥故作者設言此地爲戀棧者下一針砭。

葫蘆兩字釵玉一聯直刺人心雨村卽非穎悟亦當猛省。

第九十一回至一百三回爲一大段應分三小段九十九一百回爲一段敘賈政受家奴簸弄以致被參失察金桂被香菱撞破私情因而謀害一百一二回爲一段寫大觀園無人疑妖見鬼爲榮甯査抄之兆一百三回爲一段敘毒人自毒了結金桂帶敘雨村遇舊爲歸結紅樓夢地步。

一百四回

此庵不燒。賈雨村必重來尋訪。遣丁接請。不但筆墨煩冗。且亦難於了結。付之一火。脫化簡淨。

借醉金剛口中，說重起利盤剝。及張華舊事。可見人言藉藉，口碑載道。爲御史風聞題參張本。

黛玉死後，若寶玉一哭之後。絕不提起。便與生前情意。絕不關照。然既與寶釵恩愛。又不便時時刻刻哀思黛玉。故借賈政歎傷，觸動前情，想起紫鵑。但竟叫紫鵑，未必肯來。卽來亦不肯細說寶玉心事。無從傾吐。因借央懇襲人。復以誄祭晴雯相比。方可描出寶玉深情。卽烘雲托月文法。

一百五囘

查抄家產。偏在設席請客。方是出於意外。

寫西平王處處用情。趙堂官處處挑撥。令人急煞。以爲賈母王夫人及寶玉房中。必遭荼毒。幸有北靜王來。宣明恩旨。令人神魂稍定。文情如疾風暴雨時，忽然雲散風和。

抄沒甯府情形。只在賈政聽見登記上寫出。可見番役查抄時。兩府內人等。俱看守嚴密，消息不通。於天翻地覆時。忽插入焦大吵鬧。又將賈珍平日作爲。及被抄情形。細說一遍。以補筆旁筆。寫出正文。方不是印板文字。

寫薛蝌獨出力探事。不但見親情之厚。薛蝌之能。且可見其餘親友之炎涼。不是單寫薛蝌。

一百六囘

榮府家產。概行給還。獨抄出借券。照例入官。鳳姐一生盤剝積蓄。盡化爲烏有。所謂采得百花成蜜後。不知辛苦爲誰甜。剝削者當猛省。

夾敘孫家要銀。見孫紹祖無情無理。迎春豈能久活。於哭聲嘈亂時。插敘史家人來。一則好止哭聲。一則聲說湘雲卽日出閣。不來探望之故。情事周匝。

一百七囘

尤三姐一案。掩飾得毫無根迹。益見湘蓮出家之妙。賈母不問家事。賈政實難訴說。趁此一問。據實囘明。賈政復職。親友都來賀喜。世態如斯。不足爲怪。獨邢

夫人尤氏暗地悲傷。又不便露出。寫得周到。

賈政請將園宅入官一層。必不可少。若不摺奏。奉旨居然住着。終不放心。

賈化暗傷賈府。借旁人傳言說出。是暗補法。

包勇看園。本是受罰。豈知轉爲後來禦盜之人。若不預伏此人。惜春必遭擄刼。事出無心。却又有意。

一百八囘

湘雲說到有了二字。便臉紅住口。活是新婦光景。

邢岫煙不來。自是正理。夾寫邢夫人尤氏心事。周匝細密。

此番寶釵慶壽。爲通部慶筵總結。所以賈母因此得病。卽爲通部不祥之事總結。

寶玉因十二金釵。想起衆姊妹。因衆姊妹。想起黛玉。雖是癡情。却有次序。

寶玉聽見哭聲。是心疑所致。經婆子們一說。竟成實事。宜寶玉之大哭也。

寶釵慶壽。是強歡笑。寶玉悼亡。是眞痛哭。

一百九囘

寶玉一生。原是夢中人。夢中境。寶釵欲以夢醒之。是慧心人作用。無如兩夜無夢。白費寶釵苦心。寶玉與成親後。雖相恩愛。終非魚水。至此寶釵欲移花接木。方得兩情浹洽。不但寫寶釵是夜多情。且見平日端莊。亦爲身孕伏脈。

五兒自補入寶玉房中。並未與寶玉交言。借此一敘。必不可少。若非外面聲響。寶釵欬嗽。寶玉與五兒如何分散。文筆收縱自如。

玦者決也。爲賈母與寶玉永訣之兆。

妙玉探望賈母。却是閒文。要緊處在問知惜春住房。爲異日遇盜埋根。

一百十囘

心實吃虧四字。是修福延壽眞訣。王鳳姐與此四字相反。所以無壽無福。

賈母與寶釵。並無一言。惟有歎氣。心中疼護寶玉。又憐寶釵所嫁不偶。既說不出心事。形容入神。

鴛鴦先疑鳳姐不肯用心。嘮叨哭泣。此層文章必不可少。

百忙中夾敘賈蘭攻書。寶玉孩氣。及賈環惡狀。鴛鴦氣性。文心閒暇。文筆周密。毫無手忙脚亂。顧此失彼之病。

李紈不知車可借。僱惹人譏笑。借此時冷落形容當日富豪。一筆兩面俱到。

寫裏頭人心不齊。外頭呼應不靈。總因銀錢不應手。鳳姐沒權柄。遂至諸事雜亂。

一百十一回

鴛鴦殉主。固是義氣。亦是怨氣。賈赦雖已遠去。邢夫人應膽虛心戰。

鳳姐睡倒。秋桐一看便去。平兒卽囑豐兒回明邢王二夫人。一筆不漏。

鴛鴦自縊時。尋取所剪頭髮。揣入懷中。頓使前事刺人心目。文筆靈警異常。

寶玉寶釵一樣行禮。兩樣心事。

妙玉是夜在惜春處住宿。以致被盜窺見。爲明日被刼之由。數固有定。文亦有意。

此時包勇進來。盜不踏門。專爲保全惜春而設。

秦氏多情而淫。何能超出癡情司。歸入仙境。慧心人須將冊中題畫。及當懸梁等語。細參作者隱意深文。

一百十二回

賈家尼僧道婆往來。惹出多少惡事。以妙玉孤潔。尚不免於物議。何問其他。得包勇大嚷一塲。爽人心目。賈璉問包勇。包勇也不言語。最爲得體。且省筆墨。

賈璉開失單。頗有斟酌。

鳳姐尙在。如何先在陰司告狀。亦是疑鬼疑神之筆。賈璉回話。輕聲低語。不知所言何事。乃於賈政口中喝破。描寫得情。

一百四回至一百十二回一大段。應分三小段。一百四五回爲一段。敘小人布散流言。以致甯府被抄。一百六七八九回爲一段。寫賈母禱天散財。及勉强尋歡。爲得病之由。又帶敘賈政復職。迎春物故。一百十回十一十二回爲一段。敘賈母壽終。鴛鴦殉主。趙姨冥報。妙玉被刼。此三人公案中。夾敘鳳姐患病。惜春剪髮。爲將來出家之由。

一百十三回

賈母已故。鳳姐病危。若趙姨不死。必生出無限風波。就此了結。既見果報之不爽。又免日後滋事。

鳳姐病重。邪魔悉至。雖是病昏恍惚。亦是警人。諺云時衰鬼弄人。信然。

鳳姐託劉老老帶去巧姐。願與庄家結姻。是正伏下文。劉老老說鄉間太苦。太太們也不肯與庄家結親。是反跌下文。

劉老老借鳳姐許願。一層連夜回去。亦是省筆法。

寶玉胡思亂想。觸緒紛來。歸結到尋問紫鵑。寫得實在可憐。紫鵑安得不感動柔情。

紫鵑想到不如木石無知無覺。一片酸熱心腸。頓然冰冷。正是出家根由。

百十四回

邢岫煙出閣。正值賈母新喪。不便夾雜敘入。若突然補敘。便嫌生砌。今借鳳姐病危。襲人提起夢冊。寶釵提起籤兆。引出岫煙求妙玉扶乩。然後從寶釵口中

略敘大槪。補得毫無斧鑿痕。

寫王仁向巧姐一番說話。伏後來串賣情事。

平兒慨然取出東西。交給賈璉。且說是奶奶所給。還與不還。毫無介意。眞是不負恩義之人。日後巧姐所以虧他保護。

賈政憶女寄書。應嘉爲子託親。兩相關照。又爲下文探春回京。李綺姻事伏筆。

應嘉屬意寶玉。不遑問及包勇。是匆匆作別光景。

一百十五回

賈政叫寶玉作文。不過借此截斷同寶釵說話。無甚緊要。所以不日寶玉病重。亦不復提起。

借地藏庵尼僧口中。竟說妙玉跟了人去。只怕是假惺惺。不但是文人暗筆。且見妙玉平日不滿人意。

寶玉一見甄寶玉。想起夢中光景。以爲必是同心知己。是反跌下文。賈蘭却是甄寶玉知己。是旁襯法。寶玉遇自己相貌。却不願要。深合我相非相妙義。宜其

一病幾死。病好便要超凡也。

惜春出家。因寶玉病重。暫時擱起。若此時卽辦。賈璉在家。殊難安頓。是文章下坡勒馬法。

寶玉於病到極危時。忽有和尙送還通靈。一見便好。喜出望外。於正要起坐時。一聞麝月砸破一言。忽然暈倒。驚出意外。文章變幻不測。

一百十六回

寶玉初次入夢是眞夢。所以畫冊題詞。俱不記得。此番是神遊幻境。並不是夢。故十二首詩詞俱牢牢記得。讀者亦莫作夢看。

寶玉神遊幻境。除在世諸人。自當不見。其餘迎春黛玉鳳姐秦氏尤三姐鴛鴦晴雯。皆恍忽見面。元春是皇妃。不便與衆相同。故止寫詞中一語。隱隱逗明。最爲得體。若妙玉如果被害。靈鬼亦應仍歸幻境。必當與寶玉一見。乃獨不提及。是作者深文隱義。不可不知。

寶釵說到生也是這塊玉。下句必是死也這是塊玉。忽然止住不說。流下淚來。

神情如畫。

寶玉牢記冊上詩句。心中早有成見。與惜春之意相合。故借惜春口中說破。入我門三字。

賈政扶柩回南。了却無數未完事件。且好敍後來一切家事。若賈政在家。便有許多掣肘處。

寫紫鵑五兒兩人。心事不同。有淸濁涇渭之分。

一百十七回

寶玉問和尙來路。和尙說你自已來路還不知道。便來問我。眞是當頭一棒喝醒癡迷。凡人眷戀妻兒名利。至死依依不捨。皆是不知來路。若曉得來路。便是去路。有何可戀處。

寶玉說還了你玉。和尙說也該還了。針鋒相對。須知不是還玉。是反眞還原。

襲人聽說還玉。此驚實非小可。正如寶釵所說。生也是這塊玉。死也是這塊玉。凡人所見。不過生死爲重。豈知佛門另有不生不死一義。

佛門不打誑語。寶玉對王夫人所說。却是誑語。須知仍是眞心要走。不是誑語。

寶釵不還玉。以爲有玉。卽有人。寶玉說重玉。不重人。是在人。不在玉。暗裏機鋒。靈警異常。

小厮學和尙同寶玉說話。妙在似明白似糊塗。只有寶釵是慧心人。必是想起乩語。所以發怔。

寶玉說和尙住處。說遠就遠。說近就近。卽是反求不遠之義。

寶玉說一子出家的話。是文章明點法。隨以頑話撇開。是縱放法。不點則眼不明。不縱則勢不寬。

接寫賈璉匆忙出門。纔好敍巧姐惜春諸事。

一百十八回

王夫人卽不問彩屛等願跟惜春與否。紫鵑亦必跪求。但徑行敍入。不但文情直率。且不見王夫人周到。襲人也願跟惜春出家。亦是反跌下文。

寶玉此時雖已明白因緣。但聽見紫鵑提起黛玉。一陣心酸。看見襲人痛哭。也

覺傷感。尙有塵心未淨。

平兒看出相看巧姐之人。不像是對頭親。也不像是藩府人。靈慧可愛。

借王夫人說話中。補明寶琴已嫁。湘雲已寡。簡淨得法。於賈蘭口中。帶敍甄家有信。要娶李綺。趁勢敍入賈政有信。探春回京。是陪襯賓主法。

就賈政信中。叮囑寶玉賈蘭。場期已近。實心用功。下文寶釵規勸寶玉。俱有根由。

寶釵說博得一第。從此而止。是要寶玉易於入正。俟得第之後。徐徐再勸。不想此四字爲寶玉心許。其一中便走之念。此時已決。

寶釵派鶯兒服侍。原是怕寶玉舊性又發。豈料寶玉險些塵心復動。可見斬斷凡心。殊非易事。

鶯兒自園中打絡後。未免有心。始終與寶玉並未交言。補此一段文字。以了前因。

一百十九回

寶玉赴考時。辭別王夫人及李紈寶釵。句句是一去不回口氣。文章玲瓏。有手揮目送之妙、

惜春與紫鵑。已跳出樊籠。不送不辭。斟酌有意。

王夫人與寶釵。一樣流淚。兩樣心事。王夫人是說話傷心。寶釵是慧心窺破。所以王夫人尚可明說。寶釵竟有不能說之苦。

賈環想報仇得意。是反跌下文。

王夫人說竊信與賈璉。着人送去。也是一法。豈知三日內即要送去。令人急殺、然後轉出劉老老逃避一法。眞是山窮水盡。忽有柳暗花明之景。且使王夫人不得不依。妙極。

平兒連鋪蓋衣服也不要。只求王夫人派看人屋。才識敏決。可以扶危救急。及王夫人轉去絆住邢夫人。布置周密。

賈芸王仁等有興而去。掃興而回、殊快人心。王夫人說逼死巧姐。平兒要賈環找還屍身。亦着急得像。

李紈探春惜春。及家人焙茗等。議論寶玉。各有不同。各有道理。惟寶釵襲人心中無限苦楚。一字說不出來。情事逼眞。

借寶玉賈蘭籍貫。引起元妃。又借海疆靖寇班師。引出大赦。賈珍賈赦亦可宥罪復職。給還家產。薛蟠亦得贖罪。以便歸結全部、

王夫人帶領巧姐等。同見邢夫人。將前事都歸在賈芸王仁身上。安頓極妥。否則邢夫人難安。

第一百十三回至一百十九回一大段。應分四小段。一百十三四回爲一段。完結王鳳姐因果。中間帶敍寶玉癡情。甄府復職。一百十五回至一百十七上半回爲一段。敍惜春決志出家。寶玉悟心幻境。夾敍兩寶玉相會。一甄一賈。性情各別。及賈政扶柩回南。完結各葬事。一百十七下半回十八上半回爲一段。寫賈璉出門。賈環乘間串賣巧姐。一百十八下半回至一百十九回爲一段。敍寶玉逃禪。賈府蒙恩。以便完結全部。

一百二十回

襲人病中一夢。已有出嫁之念。所以薛姨媽一勸即從。

賈政若不於途次舟中親見寶玉。聽見歌詞。則到家後。豈有不竭力找訪。生出無限筆墨支離。必得如此。方可了悟因緣。付之度外。文章固善於歸結。亦可見良工心苦。

寶釵有孕。惜春住攏翠庵。巧姐許字周家。及賈赦居村靜養。俱補筆補明。簡而不漏。

甄士隱說寶玉即寶玉。已將實事明明說破。讀者自當領會。士隱又說榮甯查抄之前。釵黛分離之日。此玉早已離世。一爲避禍。二爲撮合等語。按榮甯查抄、係一百五回之事。則一百五回之後。所敍寶玉之事。俱係空中樓閣。細繹寶玉之走。當在通靈走失。元妃薨逝後。賈母將寶玉移出大觀園。即爲黛釵分離之日。看來元妃薨後。賈府已有不好消息。所以寶玉即避禍出走。至所云撮合。不知何事。作者旣諱而不言。穎慧者當必有領悟也。

甄士隱說福善禍淫。蘭桂齊芳。是文後餘波。勸人爲善之意。不必認作眞事。

了結香菱。簡潔跳脫。又是一樣文法。

第一百二十回一大段、應分四小段。賈政陛見。奏明寶玉情事一段。了結寶玉因果。帶敍薛蟠贖罪回家。香菱扶正。甯府收拾齊全。至襲人嫁玉函止。爲一段。完結襲人因緣。並巧姐許字。自雨村遇見士隱。至士隱拂袖而起。爲一段。說明寶玉去來原委。自雨村睡熟草庵。至末爲一段。作者自述作紅樓夢。爲游戲筆墨。掃空一切。爲更進一層之意。

香艷叢書十九集卷四終

國家圖書館出版品預行編目資料

紅樓夢夢

龔鵬程著. – 初版. – 臺北市：臺灣學生，
2005 [民 94]
面；公分

ISBN 957-15-1242-7 (精裝)
ISBN 957-15-1241-9 (平裝)

1. 紅樓夢 – 研究與考訂

857.49 94000966

紅樓夢夢（全一冊）

著作者：龔鵬程
出版者：臺灣學生書局有限公司
發行人：盧保宏
發行所：臺灣學生書局有限公司
臺北市和平東路一段一九八號
郵政劃撥戶：〇〇〇二四六六八號
電話：(〇二)二三六三四一五六
傳真：(〇二)二三六三六三三四
E-mail: student.book@msa.hinet.net
http://www.studentbooks.com.tw

本書局登記證字號：行政院新聞局局版北市業字第玖捌壹號

印刷所：長欣彩色印刷公司
中和市永和路三六三巷四二號
電話：二二二六八八五三

定價：精裝新臺幣四〇〇元
平裝新臺幣三二〇元

西元二〇〇五年一月初版

85723

ISBN 957-15-1242-7 (精裝)
ISBN 957-15-1241-9 (平裝)

臺灣學生書局出版

中國文學研究叢刊

❶	詩經比較研究與欣賞	裴普賢著
❷	中國古典文學論叢	薛順雄著
❸	詩經名著評介	趙制陽著
❹	詩經評釋（全二冊）	朱守亮著
❺	中國文學論著譯叢	王秋桂著
❻	宋南渡詞人	黃文吉著
❼	范成大研究	張劍霞著
❽	文學批評論集	張　健著
❾	詞曲選注	王熙元等編著
❿	敦煌兒童文學	雷僑雲著
⓫	清代詩學初探	吳宏一著
⓬	陶謝詩之比較	沈振奇著
⓭	文氣論研究	朱榮智著
⓮	詩史本色與妙悟	龔鵬程著
⓯	明代傳奇之劇場及其藝術	王安祈著
⓰	漢魏六朝賦家論略	何沛雄著
⓱	古典文學散論	王安祈著
⓲	晚清古典戲劇的歷史意義	陳　芳著
⓳	趙甌北研究（全二冊）	王建生著
⓴	中國兒童文學研究	雷僑雲著
㉑	中國文學的本源	王更生著
㉒	中國文學的世界	前野直彬著，龔霓馨譯
㉓	唐末五代散文研究	呂武志著

㉔ 元代新樂府研究　廖美雲著
㉕ 五四文學與文化變遷　中國古典文學研究會主編
㉖ 南宋詩人論　胡　明著
㉗ 唐詩的傳承—明代復古詩論研究　陳國球著
㉘ 中外比較文學研究　第一冊(上、下)　李達三、劉介民主編
㉙ 文學與社會　中國古典文學研究會主編
㉚ 中國現代文學新貌　陳炳良編
㉛ 中國古典文學研究在蘇聯　(俄)李福清著，田大長譯
㉜ 李商隱詩箋釋方法論　顏崑陽著
㉝ 中國古代文體學　褚斌杰著
㉞ 韓柳文新探　胡楚生著
㉟ 唐代社會與元白文學集團關係之研究　馬銘浩著
㊱ 文轍(全二冊)　饒宗頤著
㊲ 二十世紀中國文學　中國古典文學研究會主編
㊳ 牡丹亭研究　楊振良著
㊴ 中國戲劇史　魏子雲著
㊵ 中外比較文學研究　第二冊　李達三、劉介民主編
㊶ 中國近代詩歌史　馬亞中著
㊷ 近代曲學二家研究—吳梅・王季烈　蔡孟珍著
㊸ 金元詞史　黃兆漢著
㊹ 中國歷代詩經學　林葉連著
㊺ 徐霞客及其遊記研究　方麗娜著
㊻ 杜牧散文研究　呂武志著
㊼ 民間文學與元雜劇　譚達先著
㊽ 文學與佛教的關係　中國古典文學研究會主編
㊾ 兩宋題畫詩論　李　栖著
㊿ 王十朋及其詩　鄭定國著